램브루 제국
LAMBROU EMPIRE
아이반
조닉
엔파리아
빌츠
파쟁트
바나페
리라탄광
앙게나스
★황제 직할령
듀렐리
롬바르디
N
S
W
E

이번 생은 가주가 되겠습니다

김로아 장편소설

D&C BOOKS

이번 생은
가주가 되겠습니다 4
김로아 장편소설
D&C BOOKS

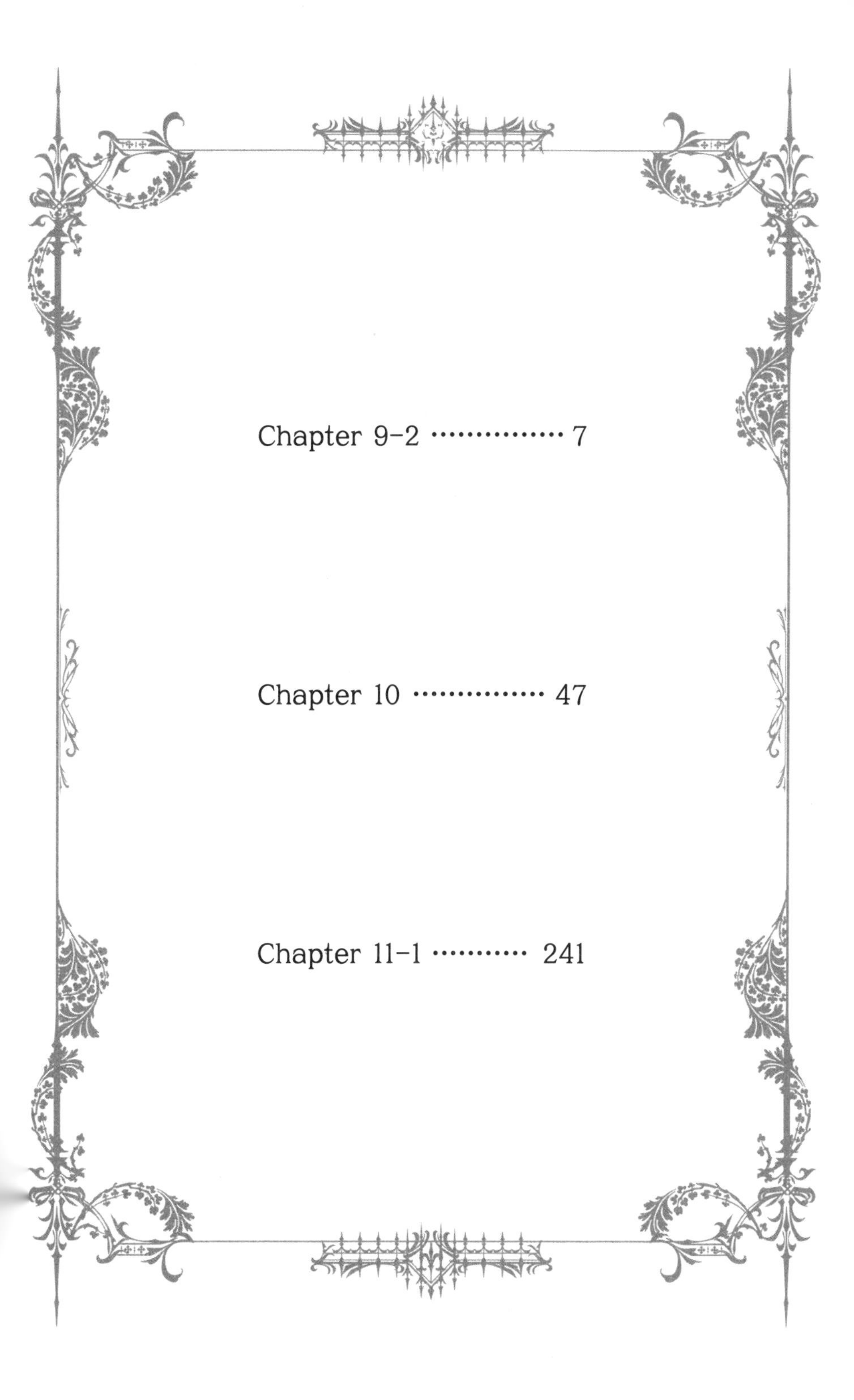

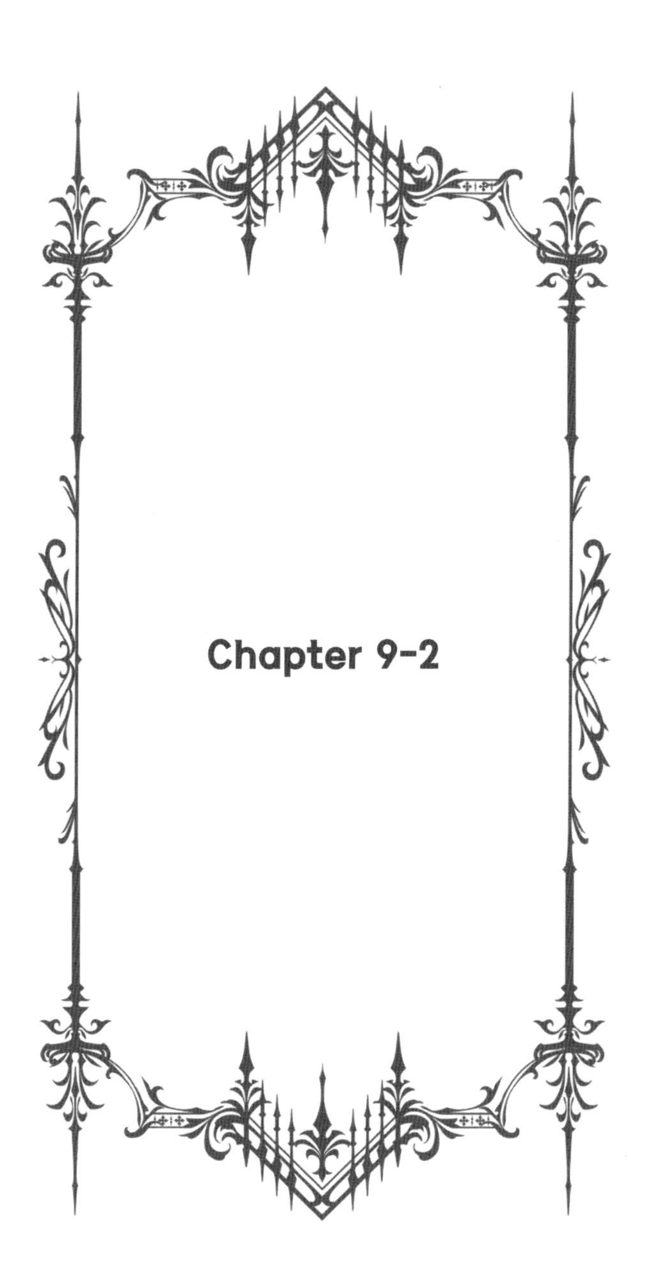

Chapter 9-2

Chapter 9-2

롬바르디 가주의 집사 요한은 어두운 안색으로 저택에 날아든 전서구의 발목에서 붉은 종이를 꺼냈다.

붉은 종이는 긴급을 의미했다.

게다가 전서구의 종류가 커다란 매였다.

일반 새와 비교할 수 없이 빠르기는 하지만, 아주 귀해서 촌각을 다투는 일이 아니라면 잘 사용하지 않는 종이었다.

다급하게 전서를 열어 내용을 확인한 요한은 곧바로 발걸음을 옮겼다.

저벅, 저벅, 저벅.

처음에는 조금 빠르게 걷던 걸음이 점점 빨라졌다.

가주 집무실에 다다랐을 때, 요한은 완전히 뛰고 있었다.

벌컥.

오늘은 일주일 중 세 번째 날.

아주 오랜만에 한자리에 모인 가주와 사남매가 동시에 요한을 바라봤다.

"무슨 일인가."

회의를 방해하다니, 전혀 요한답지 않은 행동에 룰락은 무슨 일이 생겼음을 짐작하며 물었다.

"허억, 피, 피렌티아 아가씨께서…… 사, 산사태에……."

"뭐라?"

룰락은 기다리지 못하고 벌떡 일어나 요한의 손에서 붉은 종이를 낚아채 읽었다.

"……아버님?"

피렌티아라는 이름을 들은 갤러한도 성큼성큼 걸어 다가왔다.

부자가 동시에 종이에 적힌 내용을 확인했다.

비틀.

갤러한이 하얗게 질린 얼굴로 쓰러질 듯 비틀거렸다.

"갤러한."

샤나넷이 얼른 다가와 갤러한을 부축하며 룰락에게 물었다.

"무슨 일이 있는 거예요, 아버지?"

"티아가…… 산사태에 휩쓸렸다는 아이반 가주의 전언이다."

"……뭐라고 하셨어요, 지금?"

샤나넷은 자신의 귀를 의심하며 서신을 빠르게 읽어 내렸다.

"말도, 안 돼. 티아가, 어째서……."

갤러한은 넋이 나가 숨도 제대로 쉬지 못하며 중얼거렸다.

그런 갤러한의 어깨를 잡아 주는 샤나넷의 손도 덜덜 떨렸다.

룰락은 확인하듯 서신을 다시 읽더니 말했다.

"여기 어디에도 티아가 잘못됐다는 말은 없다. 단지 마차가 토사에 떠내려갔다는 말뿐."

그리고 바로 갤러한의 옷을 세게 잡아 억지로 일으켜 세웠다.

"정신 차려라, 갤러한! 넌 티아의 아버지다. 네가 정신을 놓으면 어쩌겠다는 거냐."

호통 치듯 커다란 룰락의 목소리에 흐리게 풀렸던 갤러한의 눈에도 초점이 돌아왔다.

"아버님 말씀이…… 맞습니다. 우리 티아는 아직 그 안에 무사할 수도 있어요. 그래, 맞아……."

사시나무 떨듯 떨리던 갤러한의 몸에서 점차 떨림이 멈췄다.

그리고 몸을 일으킨 갤러한은 주먹을 꽉 쥐며 말했다.

"제가 아이반으로 가겠습니다. 롬바르디의 기사단을 붙여 주십시오."

룰락은 고개를 끄덕였다.

"1, 2 기사단을 모두 데려가거라."

롬바르디 저택을 지킬 최소한의 병력만 남겨 두라는 말이었다.

"쌍둥이가 말을 빠르게 잘 달리니 도움이 될 거야. 나는 아이반에 있는 롬바르디 광산에서 구조에 도움이 될 수 있는 장비가 있는지 수배해 보마."

샤나넷이 말했다.

"후발은 우리가 알아서 꾸려 보내겠다. 아이반에서 오는 소식도 전서구로 전해 줄 테니, 갤러한 너는 바로 출발하거라."

"부탁드리겠습니다, 아버님."

갤러한은 언제 비틀거렸냐는 듯, 가주 집무실을 박차고 나갔다.

룰락은 이어 요한에게 말했다.

“요한, 마차를 준비시키게.”

“예, 가주님.”

요한도 뛰어나가고, 룰락은 잠시 숨을 돌리며 채비를 했다.

하지만 떨리는 손 때문에 몇 번이고 헛손질을 해야 했다.

보다 못한 샤나넷이 다가가 옷 입는 것을 도와주며 물었다.

“어디로 가시는 거예요?”

“황궁으로 간다. 요바네스에게 황명을 내리라고 할 생각이다.”

“황명이라면…….”

“롬바르디에서부터 아이반으로 가는 길목에 있는 모든 성의 영주들에게 롬바르디의 기사단이 검문 없이 지나갈 수 있도록 하고 밤에도 성문을 닫지 말고 열어 두라는 명 말이다.”

“아버지 생각이 맞아요. 황명이 있는 편이 빠르겠죠.”

그 모든 광경을 눈을 휘둥그레 뜨고 지켜보던 로렐스가 머리를 긁적이며 슬쩍 중얼거렸다.

“하지만 산사태에 휩쓸렸다면 이미…….”

쾅!

집무실에 굉음이 울렸다.

룰락이 앞에 있던 무거운 옷걸이를 옆으로 밀쳐 넘어뜨린 것이다.

“로렐스.”

시퍼런 노기가 서린 눈으로 룰락이 아들을 경고하듯 불렀다.

로렐스의 어깨가 크게 움찔했다.

“오늘은 이 이상 네 실수를 눈감아 줄 여력이 없다. 말조심하거라.”

로렐스는 얼른 고개를 끄덕였다.
“티아는 괜찮을 거예요, 아버지.”
샤나넷이 부드럽게 말했다.
룰락은 고개를 끄덕였다.
“그래, 괜찮을 게다. 그 아이는 바로 이 룰락의 손녀다. 아주 강한 아이니까, 괜찮을 게다.”
몇 번을 스스로에게 주문을 걸듯 중얼거린 룰락은 작은 바람을 일으키며 집무실을 나갔다.
작게 한숨을 쉰 샤나넷도 간단하게 자리를 정리하고 움직이려 했다.
“누님은 어딜 가십니까?”
이 모든 폭풍이 마치 남의 일인 것처럼, 멀쩡한 얼굴의 비에제였다.
“에스티라 박사를 데리러 간다. 티아가 다쳤을 수도 있으니 준비를 해야지.”
비에제는 잠시 인상을 찌푸렸지만, 더 이상 말을 하지는 않았다.
무슨 말이 하고 싶은지 짐작이 간 샤나넷은 그런 비에제를 한번 차갑게 바라보고는 서둘러 발걸음을 옮겼다.
그러나 샤나넷이 향하는 곳은 에스티라의 연구실이 있는 건물이 아니었다.
자신의 집무실로 향한 샤나넷은 서둘러 종이를 꺼내 짧은 말을 휘갈겼다.
피렌티아에게 큰일이 생긴 것을 꼭 알아야 하는 사람이 한 명 더 있었다.
편지 봉투를 꼼꼼히 봉한 샤나넷이 젊은 하인을 하나 불러 말했다.
“이 서신을 지금 당장 펠렛 상회에 전하고 오거라.”

그리고 다시 한번 강조해 말했다.

"다른 누구도 아닌, 꼭 클레리반 펠렛 본인에게 전해야 한다."

사고가 일어난 지도 벌써 이틀이 지나가고 있었다.

롬바르디의 마차 안에 미겐테 아이반이 함께 타고 있다는 것이 알려지며 또 한 번의 커다란 충격이 아이반을 휩쓸었다.

성벽을 복구하던 인력들까지 모두 동원되어 구조 작업을 벌였다.

하지만 야속하게도 진척은 더뎠고 사람들은 지친 한숨을 내쉬었다.

하지만 그 어떤 것에도 아랑곳하지 않고 움직이는 사람이 있었다.

캉, 까앙!

처절한 쇳소리가 울렸다.

페레스의 검에 번쩍이던 푸른 오러도 점점 그 빛을 잃어 갔다.

이틀째 제대로 먹지도 자지도 않고 검을 휘두르는데, 아직까지 오러가 발현되는 것만 하더라도 기적 같은 일이었다.

"허억, 허억……!"

페레스가 거친 숨을 몰아쉬며 검을 고쳐 잡았다.

"2황자 전하."

그 모습을 보다 못한 아이반의 경비대장이 페레스의 팔을 잡았다.

"조금이라도 휴식을 취하십시오."

"이거 놔라."

"이렇게 무리하게 오러를 운용하다간 다시는 검을 잡지 못할 수도 있는 것을 잘 아시지 않습니까."

"놔."

페레스는 그렇게 말하며 경비대장의 손을 뿌리쳤다.

그리고 반쯤 풀린 눈으로 땅속 어느 한 지점을 바라봤다.

마치 그곳에 피렌티아를 태운 마차가 묻혀 있는 것을 본능적으로 알 수 있는 사람처럼.

페레스는 눈으로 흘러 들어간 땀을 대충 닦으며 중얼거렸다.

"티아가 없으면, 더 이상 검을 잡을 이유도 없어."

환하게 웃는 그 얼굴을 떠올린 페레스는 다시 한번 검의 손잡이를 움켜잡았다.

겨우 다시 아물었던 손아귀의 찢어진 상처에서 울컥, 핏물이 배어 나왔다.

하지만 그런 고통은 아랑곳하지 않고 다시금 페레스의 검에는 푸른빛이 어렸다.

콰앙, 캉!

한층 더 커진 소리가 무너져 내린 숲을 울렸다.

아이반의 경비대장은 비를 뿌리는 하늘을 원망스레 올려다보며 말했다.

"젠장, 인력만 더 있었어도……."

북부의 다른 영지에서 소식을 듣고 사람들을 보내오기는 했지만, 그야말로 한 줌이었다.

모두들 자신의 영지를 복구하고 추가적인 산사태를 막는 것이 최선이었기에 어쩔 수 없었다.

그때 누군가가 큰 소리로 외쳤다.

"저쪽에 사람들이 옵니다! 다, 다른 지역의 병사들인 것 같습니다!"

놀란 경비대장이 높은 곳으로 뛰어 올라가 병사가 가리킨 곳을 봤다.

"저 문양은……."

족히 수십 명은 되어 보이는 커다란 무리에는 총 네 개의 깃발이 불쑥 솟아 있었다.

모두 아이반에서 더 남쪽에 위치한 제국 중부 지역 가문의 깃발이었다.

점점 무리가 가까워지고, 가장 선두로 말을 타고 달려온 기사가 아이반 경비대장 앞에 서서 말했다.

"우리는 파셍트, 빌츠, 바나페 그리고 엔파리아의 사람들이오. 황실의 명을 받고 롬바르디 영애의 구조 활동을 도우러 왔소."

깜깜하다.

며칠이 지났는지 이제 시간 감각조차 없었다.

이럴 때 손목에 시계라도 차고 있으면 좋을 텐데.

그렇게 생각하며 팔을 들어 올리려고 했다.

하지만 힘이 없어서 그 단순한 동작 하나에도 한참이 걸렸다.

손등의 살이 부쩍 마르고 핏줄이 도드라져 있는 것이 보였다.

겨우 숨만 붙어 있을 정도의 음식과 물만 먹었으니 당연한 일이었다.

나는 고개를 돌려 맞은편 의자를 바라봤다.

미겐테 아이반이 두 눈을 꾹 닫고 깊게 잠들어 있었다.

죽은 사람의 모습이라고 해도 믿을 정도로 생기가 없다.

순간적으로 덜컥 겁이 나서 귀를 기울였다.

다행히 아주 얕은 숨소리가 들렸다.

아, 다행이다.

솔직히 말하자면 미겐테 아이반이 무사하다는 것보다는 혼자 남겨지지 않았다는 안도였다.

조용한 마차 내부에 후웅 하는 작은 바람 소리만 들렸다.

이곳에 처음 갇혔을 때는 대화도 많이 나눴다.

하지만 점점 대화를 나누는 것도 사치로 느껴졌다.

그만큼 피로와 허기는 금방 찾아왔다.

대화는 급속도로 줄어들었고 잠을 자는 시간이 늘었다.

이제는 가끔 눈을 떠서 천장을 바라보다가 미겐테 아이반이 아직 숨이 붙어 있다는 것을 확인하는 게 내가 하는 일의 전부였다.

그리고 지금처럼 갈증이 더 이상 참을 수 없는 지경에 이르면.

달칵.

나는 옆구리에 끼고 있던 물병의 뚜껑을 조심스레 열었다.

그리고 딱 한 모금.

눈을 감고 물이 몸으로 흘러 들어가는 것을 최대한 느끼며 물을 삼켰다.

"하아."

아쉬웠다.

겨우 이 정도로 엄청난 갈증이 해결될 리 없다.

어쩔 때는 오히려 더욱 목이 타들어 가는 것같이 느껴질 때도 있었다.

그럴 때는 그냥 모든 걸 포기하고 물을 통째로 모두 들이켜고 싶은 충동에 사로잡혔다.

하지만 그럴 수 없다.

여기서 포기할 수는 없다.

조금만 버티면, 버티다 보면 나를 구하러 와 줄 테니까.

이 어둡고 좁은 공간에서 나가서 언제 이런 일이 있었냐는 듯 다시 일상으로 돌아갈 수 있을 테니까.

오로지 그런 생각으로 충동을 참아 낼 뿐이었다.

대신 미겐테 아이반처럼 계속 잠을 잤다.

그리고 꿈을 꿨다.

꿈속에서 나는 땅속에 갇혀 있지 않았다.

대신 저택에서 평화롭게 책을 읽고 익숙한 롬바르디 시내를 거니는 꿈을 꿨다.

또 어쩔 때는 이전 생의 꿈을 꾸기도 했다.

나는 어깨와 어깨가 부딪치는 수많은 군중 속에서 저 멀리 말을 타고 지나가는 페레스를 본다.

무표정한 얼굴의 페레스는 감정이 없는 시선으로 자신을 보러 모인 사람들을 내려다볼 뿐이다.

그러면 나는 가슴이 부풀도록 숨을 크게 들이쉰 다음, 목청이 터져라 그 이름을 부른다.

'페레스!'

그 순간 페레스의 붉은 눈이 나를 바라본다.

짧은 찰나의 시간 동안 나는 마음을 졸인다.

나를 알아볼까?

그리고 그런 나의 마음을 달래듯, 페레스의 눈동자에는 생기가 차오른다.

나만이 아는 비밀스러운 미소를 지으며 내 이름을 부르기 위해 입을 연다.

하지만 꿈은 언제나 거기서 끝나고 만다.

페레스의 목소리가 듣고 싶은데.

들을 수가 없다.

"이번에는 꼭 들을 거야."

다시 잠이 몰려오는 것을 느끼며 나는 중얼거렸다.

이번에 꾸는 꿈에서는 페레스가 나를 부르는 소리가 들리기를 바라며 막 잠에 빠지는 순간이었다.

"티아!"

잠깐만, 누가 내 이름을 부른 것 같은데.

하지만 다시 눈을 뜰 수 있기도 전에 깊은 잠이 다시 나를 덮쳤다.

"산을 옮기는 데 몇 명의 사람이 필요할까."

바이올렛은 수많은 사람들이 오가는 구조 현장을 보며 그렇게 멍하니 중얼거렸다.

롬바르디의 힘은 가히 대단했다.

둘째 날 도착한 중부 지역의 병사들을 시작으로 도움의 손길이 속속들이 모여들었다.

펠렛 상회에서 고용한 용병 백이 팔을 걷어붙였고, 원래는 아이반의 재건 공사를 위해서 왔던 롬바르디 건설의 기술자들도 더 이상 추가적인 붕괴가 일어나지 않도록 손을 썼다.

그리고 다음 날 근처 롬바르디 광산에서 중장비가 도착했다.

그때부터 구조 작업에는 속도가 붙었다.

하루 종일 수십 명의 사람들이 몇 시간씩 돌아가며 돌을 나르고 흙을 퍼냈다.

그래서 무너진 산은 위쪽부터 조금씩 사라지고 있었다.

말 그대로 산을 옮기고 있는 것이다.

그러나 속절없이 흐르는 시간 앞에서 인간은 너무나 무력했다.

벌써 사고가 일어난 지 나흘째가 되는 날이었다.

해가 어둑해지자 여기저기에 커다란 횃불이 섰다.

밤에도 계속해서 작업을 이어 가기 위해서였다.

하지만 이제 구조 활동에 동원된 사람들은 하나둘씩 의문을 가지기 시작했다.

'과연 롬바르디 영애가 아직까지 살아 있을까?'

다들 겉으로 내색은 하지 않아도 휴식 시간이 되어 한두 명씩 둘러앉으면 그런 대화가 오가는 것은 이미 바이올렛도 알고 있는 사실이었다.

이런 상황에서 도움이 되는 것은 광산에서 몇 번 붕괴 사고를 겪어 본 적이 있는 인부들이었다.

"커다란 바위가 많고 흙더미가 성겨서 꽤 아래까지 공기가 통할 겁니다."

그 말이 지금 바이올렛과 사람들의 유일한 희망이었다.

"피렌티아 님이 어떤 분이신데."

바이올렛은 그렇게 말하며 마음을 다잡았다.

그때, 김이 모락모락 나는 차를 가지고 온 라모나가 바이올렛에게 말을 걸었다.

"따듯한 음료 드세요, 바이올렛 님."

피렌티아의 사고 소식을 듣고 가장 먼저 달려온 사람들 중 하나인 라모나는 다른 이들과 힘을 모아 구조 작업을 하는 사람들에게 음식을 나눠 주고 부상자가 생기면 그들을 돌봐 주는 일을 하고 있었다.

"고마워요, 라모나 양."

"롬바르디 영애께서는 무사하실 거예요. 힘을 내세요, 바이올렛 님."

"고마워요."

바이올렛이 힘없이 웃으며 말했다.

"많이 가까운 사이신가 봐요, 바이올렛 님과 롬바르디 영애는."

"피렌티아 님은 내가 펠렛 상회에서 일하는 이유예요. 더 큰 꿈을 꿀 수 있게 해 주신 분이죠. 아마 나 말고도 피렌티아 님께 갚을 수 없는 빚을 진 사람들은 많을 거예요. 그런 분이니까, 피렌티아 님은."

"사랑을 많이 받는 분이시군요."

라모나는 복잡한 얼굴로 웃으며 말했다.

"저쪽에 사람들이 옵니다! 롬바르디! 롬바르디의 사람들인 것 같은데요!"

높은 쪽에서 작업을 하던 병사 하나가 큰 소리로 외쳤다.

바이올렛은 마시던 차를 얼른 라모나에게 쥐여 주고 그쪽을 향해 달려갔다.

사고 현장으로 말을 타고 달려오는 것은 열다섯 명 남짓의 사람들이었다.

그중 롬바르디의 문양이 박힌 기사복을 입고 있는 사람이 열 명 정도였다.

그쪽에서도 바이올렛을 발견한 것인지 그녀를 향해 말을 몰기 시작했다.

다그닥, 다그닥!

"워어, 워어—."

유일하게 두 사람을 태운 말이 크게 투레질을 하며 멈춰 섰다.

그러자 뒤쪽에 타고 있던 사람이 서둘러 말에서 내렸다.

"갤러한 님!"

바이올렛은 깜짝 놀라 외쳤다.

롬바르디에서 이곳까지는 마차로 열흘이 넘게 걸리는 거리였다.

아무리 말을 빨리 몰아도 일주일은 걸린다.

그런데 겨우 나흘 만에 이곳에 도착하다니.

도대체 어떤 여정이었을지, 상상도 가지 않았다.

"……티아는, 티아는 어디에 있습니까."

파리한 안색에 한눈에 보기에도 한계까지 지친 갤러한이 바이올렛을 보자마자 물었다.

"아직……."

바이올렛의 말에 갤러한이 작게 비틀거렸다.

그런 갤러한의 어깨를 잡아 주는 사람이 있었다.

클레리반이었다.

“일단 앉을 곳으로 안내해 주세요, 바이올렛.”

“그리고 물이랑 먹을 것도요.”

“따듯한 거면 더 좋겠는데.”

번갈아 가며 빠른 승마가 익숙지 않은 갤러한을 뒤에 태우고 이곳까지 도착한 길리우와 메이론이 뻑뻑한 눈을 문지르며 말했다.

“이쪽으로 모시겠습니다.”

바이올렛은 근처에 모닥불을 피워 놓고 사람들이 앉아 쉬는 곳으로 롬바르디의 일행을 안내했다.

사람들은 이미 눈치껏 자리를 비켜 준 상태였다.

겨우 의자에 엉덩이를 붙이자 쌍둥이는 앓는 소리를 냈다.

이곳까지 지나는 성마다 말을 바꿔 가며 달려왔다.

결국 새로운 말을 구하지 못한 기사단 중 몇 명은 후발대를 만들어 나누어져야 했다.

롬바르디의 경험이 많은 기사들도 들어 본 적이 없는 강행군이었다.

하지만 모두들 갤러한의 마음을 알았기 때문에 말을 달리고 또 달렸다.

“일단 지금까지의 진척 상황을 말씀드리겠습니다, 갤러한 님.”

바이올렛은 최대한 차분한 목소리로 지금까지의 일을 설명했다.

자신까지 동요하는 모습을 보여서는 안 된다는 생각이었다.

“그러니까 내일 저 거대한 암석을 들어내는 것이 관건이라는 말씀이군요.”

바이올렛의 설명을 들은 갤러한이 말했다.

"맞습니다. 광산 기술자의 말로는 위의 암석만 치우면 그 아래쪽은 금방 진척될 거라고 합니다."

"방법은 무엇이 있다고 합니까?"

"광산에서 사용하는 마나탄을 이용해 폭파시키는 방법이 가장 빠르지만 지반이 더 무너질 위험이 있어 제외되었고, 남은 방법은 둘 중 한 가지입니다."

바이올렛이 마른입을 겨우 축이며 말했다.

"시간이 걸리더라도 장비를 이용해서 암석을 조금씩 떼어 내는 것과 오러 소드를 이용해 여러 조각을 내서 들어내는 것입니다. 후자가 가장 빠르고 안전한 방법이겠지만……."

바이올렛이 말끝을 흐렸다.

"저 정도 암석을 잘라 낼 수 있는 것은 오러 마스터이신 황자 전하밖에 없는 터라."

"황자 전하가 피렌티아 님의 일에 힘을 아끼실 리가 없는데요, 바이올렛?"

클레리반이 눈썹을 찌푸리며 묻자 바이올렛이 아랫입술을 깨물며 대답했다.

"오히려 힘을 너무 많이 쓰셔서 문제입니다. 벌써 몇 번이나 쓰러지셔서……. 지금도 저렇게……."

"여기 황자 전하가 계십니까, 지금?"

갤러한이 물었다.

페레스는 존재감이 큰 사람이었다.

사람이 많다고는 하지만 페레스가 있는데 이렇게 눈에 띄지 않을 리가 없었다.

"네, 저쪽에……."

바이올렛이 힘없이 한쪽을 가리켰다.

"저게…… 페레스야?"

길리우가 믿기지 않는다는 듯 말했다.

어둑해서 명확히 볼 수 없었지만, 땅에 무릎을 꿇고 앉아 있는 남자의 뒷모습이란 것은 알 수 있었다.

너무나 작고, 또 너무나 지쳐 보이는 모습이었다.

언제나 고고하고 강한 기운이 흘렀던 페레스라고는 상상할 수 없었다.

"몇 번이나 휴식을 취하시라 억지로라도 말려 보려고 했지만, 그때마다 말리는 사람이 크게 부상을 입는 바람에……. 기사가 셋이나 다친 뒤로는 아무도 엄두를 내지 못하고 있습니다."

바이올렛의 말을 들으며 페레스를 바라보던 갤러한은 자리에서 일어났다.

잠시 비틀거리기는 했지만, 곧고 빠른 걸음이었다.

그런데 그 길목에서 갤러한을 기다리고 있는 사람이 있었다.

예전의 풍채는 어디로 가고, 며칠 새에 완전히 늙어 버린 아이반 가주였다.

굳은 안색으로 주춤주춤 갤러한에게 다가서며 아이반 가주가 말을 걸었다.

"로, 롬바르디 공……."

그 비굴하고 초라한 모습에 사람들의 시선이 집중됐다.

"부디, 부디 제 이야기를 좀 들어 주……."

하지만 아이반 가주는 더 이상 말을 하지 못했다.

크기를 가늠할 수 없는 분노가 담긴 눈과 엄청난 위압감이 아이반 가주를 찍어 누르듯 다가왔기 때문이었다.

"……."

갤러한은 아무 말도 하지 않았다.

조금씩 뒷걸음질 치는 아이반 가주를 바라보다가 다시 페레스를 향해 걸어갔을 뿐이었다.

덜그럭, 덜그럭.

페레스에게 가까워질수록 기계적으로 반복되는 소리가 갤러한에게 들려왔다.

그리고 마침내 페레스의 뒤에 선 순간, 갤러한은 이를 악물었다.

덜그럭, 툭.

덜그럭, 툭.

페레스는 맨손으로 돌을 들어내고 있었다.

서 있을 힘도 없어 무릎을 꿇고 주저앉아서 그렇게.

돌을 쥔 손끝은 이미 모두 피로 범벅이 되어 있었다.

하지만 페레스의 시선은 땅속에만 고정되어 있었다.

마치 그곳에 다다르면 티아를 볼 수 있을 거라고 생각하는 것처럼.

"그만하십시오, 황자 전하."

갤러한은 한 걸음 더 다가서며 말했다.

페레스의 움직임이 멈추더니 천천히 뒤를 돌아봤다.

"……갤러한 롬바르디?"

페레스의 얼굴은 더 상태가 좋지 않았다.

크고 작은 생채기가 나 있었고, 입술은 쩍쩍 갈라져 피가 굳어 있었다.

그러나 그것보다 더 갤러한의 심장을 덜컥거리게 한 것은 페레스의 눈이었다.

텅 비어 초점 없이 흐린 붉은색 눈동자.

전에 딸아이가 말한 적이 있었다.

황궁에서 우연히 페레스를 처음 만났을 때의 이야기를.

"붉지만 툭 치면 금방 바스러져 없어질 것 같은 낙엽 같았어요, 그때의 페레스는."

땅에 주저앉아 갤러한을 올려다보는 페레스는 마치 그때로 돌아간 듯한 모습이었다.

딸아이를 만나기 전 혼자 숲속에서 살아가던 작디작은 꼬마 아이로.

갤러한은 무릎을 굽혀, 페레스와 눈높이를 맞췄다.

"예, 접니다."

다정한 갤러한의 목소리를 듣자, 페레스의 얼굴이 일그러졌다.

"……미안합니다. 티아를…… 지키지, 못했습니다."

페레스가 떨리는 목소리로 말했다.

"내가…… 함께 있었어야 했는데."

그렇게 중얼거린 페레스는 다시 기계처럼 움직이기 시작했다.

덜그럭 소리를 내며 돌과 흙을 파헤쳤다.

"내가 꼭, 티아를 찾아낼 겁니다. 꼭……."

탁.

갤러한이 페레스의 손을 잡았다.

그리고 물었다.

"지금 황자 전하의 모습을 본다면, 티아가 뭐라고 할 것 같습니까."

"……."

페레스는 대답 대신 자신의 몸을 한번 내려다봤다.

그리고 입을 꾹 다물었다.

"전하께서는 이미 그 답을 알고 계신 것 같군요. 아마 크게 혼이 나실 겁니다. 그리고 저도 혼이 나겠군요. 전하께서 이 지경이 되도록 말리지 않고 뭘 했냐고요."

갤러한은 그렇게 말하며 페레스의 손에서 돌을 빼냈다.

"지금 전하는 휴식을 취하셔야 합니다."

"난 쉴 생각 없……."

"전하를 위해서 쉬라고 말씀드리는 게 아닙니다. 티아를 위해서입니다."

갤러한이 단호하게 말했다.

"저 밑의 거대한 암석을 깨려면 전하의 오러 소드가 필요하다고 합니다. 그래야 내 딸아이를 안전하고 빠르게 꺼낼 수 있습니다."

"지금도 오러는 사용할 수 있습니다."

페레스가 옆에 나뒹굴고 있던 검을 집으며 마나를 불어 넣었다.

하지만 오러는 아지랑이처럼 잠시 미약하게 피어올랐을 뿐, 전처럼 형체를 만들어 내지 못했다.

"아……."

페레스는 잠시 자신의 검을 내려다보며 아무런 말도 하지 못했다.

"그것 보십시오. 지금 전하는 티아에게 아무런 도움이 되지 못합니다."

갤러한은 더욱 강하게 말하며 페레스의 어깨를 잡아 일으켰다.

평소라면 어림도 없는 일이지만, 페레스는 너무나 쉽게 딸려 올라왔다.

그만큼 지쳐 있다는 말이었다.

갤러한은 작게 한숨을 쉬며 미간을 찌푸렸다.

"제가 부축하겠습니다."

어느새 롬바르디의 기사들이 옆으로 다가와 말했다.

쌍둥이와 클레리반, 그리고 바이올렛도 함께였다.

갤러한은 페레스를 기사에게 넘기고 엄한 목소리로 말했다.

"지금부터 휴식을 취하시고 힘을 모으십시오. 내일이면 암석 위에 있는 바위를 모두 걷어 낼 수 있을 거라고 합니다. 그때가 전하가 필요한 때입니다."

"하지만 그 전에도 큰 바위를 쪼개려면 내 오러가 필요할 겁니다."

페레스가 아직 작은 산을 이루고 있는 바위들을 바라보고 고개를 저었다.

그때 길리우와 메이론이 입고 있던 로브를 벗으며 말했다.

"그건 우리한테 맡겨."

앞장선 두 사람이 동시에 허리에 찬 검을 뽑았다.

"후우……."

그리고 내쉬는 긴 숨과 함께 쌍둥이의 검에서 오러가 피어올랐다.

페레스만큼의 강렬한 빛은 아니었지만 훌륭히 검날을 감싸고 있는 오러 소드였다.

"저 정도는 우리도 할 수 있으니까."

"황자 전하는 가서 얼른 쉬라고."

그렇게 말한 길리우와 메이론이 각자 앞에 있는 바위를 향해 검을 내리그었다.

그그극!

약간의 마찰이 이는 소리와 함께 바위에 깊은 상흔이 남았다.

"이 정도면 쪼갤 수 있지?"

길리우가 옆에서 대기 중이던 인부들에게 물었다.

"예! 문제없습니다!"

힘차게 대답한 사람들이 오러가 남긴 자국을 따라 정을 대고 망치를 두드렸다.

그리고 얼마 지나지 않아 바위가 쩌적 하는 소리를 내며 갈라졌다.

"자, 봤지?"

"바위는 우리가 치우고 있을 테니까 회복이나 제대로 해."

"거기에다 우리는 두 사람이니까 번갈아 쉬어 가면서 오러를 쓸 수 있어."

페레스는 잠시 쌍둥이를 바라보더니 천천히 고개를 끄덕였다.

그리고 갤러한을 돌아보며 말했다.

"더 이상 일은 하지 않고 여기에 앉아서 쉬겠습니다. 여기가, 마음이 편합니다."

"……그렇게 하십시오."

갤러한이 대답하자 페레스는 그대로 걸어가 멀찍이 놓인 바위에 걸터앉았다.

"음식도 중요합니다, 황자 전하."

바이올렛이 얼른 부드러운 빵과 물을 페레스에게 건네주며 말했다.

"먹어야 힘이 납니다. 저 두꺼운 암석을 가르려면 준비를 제대로 하셔야 합니다. 티아를 어서 구해야 할 것 아닙니까."

살짝 머뭇거리는 페레스에게 갤러한이 그렇게 말했다.
그러자 페레스가 순순히 빵과 물을 받아 들었다.
“자, 한 번 더 준비해!”
메이론이 큰 소리로 외치며 오러를 일으켰다.
쾅!
쩌저적!
정체되었던 현장에 다시 활기가 돌기 시작했다.
페레스는 조용히 바위 위에 앉아 빵을 씹었다.
우직하게 턱을 움직이다가 또 벌컥벌컥 물을 들이켰다.
오로지 에너지를 비축하기 위한 움직임이었다.
그 와중에도 페레스의 시선은 단 한 곳, 반쯤 모습을 드러낸 거대한 암석에서 떨어지지 않았다.
그것이 마치 일생에서 가장 중요한 목표가 된 것처럼, 끊임없이 노려보며 빵을 씹어 삼켰다.

구웅. 쿵.
낮고 묵직한 소리에 잠에서 깼다.
후두둑.
약한 진동과 함께 마차 천장에서 흙이 떨어졌다.
“이게…… 무슨 소리입니까?”
다행히 나에게만 들리는 환청은 아닌지, 미겐테 아이반도 잠에서 깨어났다.

"혹시 또 산사태가 일어나는 것은 아니겠지요?"

"그런 걸 수도 있지만……."

쿠웅.

또 한 번 낮은 진동과 함께 소리가 들려왔다.

"후우……."

미겐테 아이반은 이제 완전히 희망을 잃은 모습이었다.

절망적인 눈으로 흙먼지가 떨어지는 천장을 올려다보더니 다시 잠이 들었다.

아니, 이제는 힘이 없어서 실신하는 것에 가까웠다.

나도 상태가 안 좋기는 마찬가지였다.

진동이 울릴 때마다 후두둑 떨어지는 흙이 걱정되었지만 자꾸만 눈이 감겼다.

이러다 천장이 무너지면, 죽는 거겠지.

그렇다면 자다가 아무것도 모른 채 가는 것도 나쁘지는 않겠다.

그런 생각을 하며 눈이 스르륵 감길 때였다.

콰앙!

조금 전과는 비교할 수도 없이 큰 소리가 나며 천장의 한쪽이 찌그러졌다.

"어라……."

하지만 내가 놀란 건 그것 때문이 아니었다.

"……빨리 ……들어내!"

"이쪽은 전부……. 어서……!"

그동안 적막뿐이던 마차 안으로 소리가 들려오기 시작했다.

동시에 내 심장도 두근거리기 시작했다.

나는 겨우 몸을 일으켜 천장에 대고 소리치기 시작했다.
"여기! 나 여기 있어요! 사람 살아 있어요, 여기!"
하지만 마음먹은 대로 소리는 크게 나오지 않았다.
설상가상으로 겨우 그것 때문에 온몸의 힘이 빠지고 숨이 가빴다.
"하아, 하아……."
하지만 여기서 포기할 수는 없다.
나는 다시 눈을 질끈 감고 소리를 질렀다.
"여기! 내 말 들려요!"
소용이 없는 것 같다.
하긴, 저 위에 있는데 이런 목소리가 들릴 리가…….
"티아!"
"페, 페레스?"
맞다. 페레스는 오감이 일반 사람보다 월등히 뛰어나다.
오러를 다루기 시작하면서는 더더욱.
그리고 더 큰 소리들이 들려오기 시작했다.
동시에 간헐적으로 떨어지는 흙의 양도 늘어났다.
점점 사람들의 목소리도 더 잘 들리기 시작했다.
나는 겨우 손을 뻗어 미겐테 아이반을 깨우려고 했다.
"으음……."
하지만 미겐테 아이반은 겨우 눈만 뜰 뿐, 몸을 일으키지 못했다.
나는 일단 초콜릿 쿠키가 들어 있던 상자를 들어 마차 벽을 때리며 외쳤다.
"여기야! 페레스, 나 여기 있어!"
하지만 그것도 잠시, 눈앞이 핑 돌고 숨이 가빴다.

결국 나는 벽에 머리를 기대고 자꾸 감기는 눈꺼풀과 싸웠다.

"페레스, 페레스……."

내가 할 수 있는 거라곤 개미만 한 목소리로 페레스의 이름을 부르는 것뿐이었다.

"페레스, 나 여기……."

더 이상 무거워지는 눈꺼풀을 이기지 못할 거라고 생각한 순간이었다.

콰득.

묵직한 소음과 함께 빛이 마차 안으로 쏟아져 들어왔다.

"으윽."

오랫동안 어둠에 익숙해져 있던 나는 아무것도 볼 수 없었다.

하지만 단 한 가지.

"티아."

페레스의 목소리가 있었다.

나는 빛을 피해 눈을 감은 채로 목소리가 들리는 쪽을 향해 무작정 손을 뻗었다.

탁.

그리고 허공을 휘젓는 내 손을 잡아 주는 손이 있었다.

그 손이 내 몸을 훅 잡아 올렸다.

그리고 나를 안아 주는 페레스의 몸이 느껴졌다.

나는 더듬더듬 손을 뻗어 페레스의 옷깃을 있는 힘껏 잡았다.

"이제 괜찮아. 괜찮아, 티아."

그 말이 전부였다.

그 순간 그동안 나를 지탱해 왔던 모든 긴장이 풀리며 나는 정신을 놓았다.

나를 깨운 건 아주 작은 소음이었다.

'달칵' 하고 문고리를 잡았던 손을 놓는 소리.

그 소리에 정신이 들며 눈을 반짝 떴다.

그런데 여전히 내 눈앞은 깜깜했다.

순간 겁이 덜컥 났다.

구조되는 꿈을 꾼 건가?

나는 아직 마차 안에 갇혀 있는 건가?

하지만 반사적으로 움직인 손에 와 닿는 이불의 부드러운 감촉이 그게 아니라는 사실을 알려 줬다.

동시에 몸에 잔뜩 들어갔던 힘이 빠졌다.

그리고 다시 생각을 할 수 있었다.

조용히 손을 움직여 눈가를 만져 봤다.

역시 안대로 가려져 있었다.

오랫동안 빛을 보지 못했으니 바로 눈을 떠서 밝은 것들을 보면 눈이 다친다.

나를 위해서 누군가 이렇게 해 준 거구나.

그렇게 생각하니 완전히 마음이 놓였다.

그리고 시각이 아닌 다른 감각을 통해 여러 가지 정보가 들어오기 시작했다.

장작이 타면서 나는 불의 냄새.

푹신하고 따듯한 침구의 촉감.

그리고 조금 떨어진 곳에서 이야기를 나누는 목소리.

"왜 아직도 안 일어나? 어디 크게 아픈 거 아니야?"

아, 길리우다.

"벌써 3일째 잠만 자고 있는데. 깨워야 하는 것 아닌가?"

길리우보다 조금 더 낮은 목소리, 메이론이다.

"피렌티아 님은 많이 지치신 거예요. 다친 곳은 이마의 상처뿐이니 너무 걱정하지 마세요."

에스티라도 왔구나.

새까만 정적 대신 익숙한 사람들의 목소리가 들리니 자꾸만 웃음이 났다.

이렇게 계속 누워 몇 시간이고 듣고 있을 수 있을 것 같았다.

"두 분 어깨는 조금 어떠세요?"

에스티라가 물었다.

"나는 괜찮은데, 길리우는 밤새 좀 끙끙거리더라고요."

메이론이 대답했다.

"으음. 아무래도 그렇게 오러를 많이 사용한 건 이번이 처음이라서. 그 연고 좀 더 줄 수 있어요, 에스티라 박사? 아주 시원하고 좋던데."

"그럼요. 얼마든지 드릴 수 있으니 아끼지 마시고 듬뿍 쓰세요, 길리우 님."

아무래도 에스티라 연고에 대해서 말하는 것 같았다.

그때 메이론이 말했다.

"작은아버지도 바르셔야 하는 것 아니에요? 어제도 늦게까지 편지들에 답장을 쓰느라 바쁘시던데.”

“하하, 그럼 나도 좀 빌릴까. 손목이 좀 시큰거리기는 하는데.”

아, 아버지다.

웃음기를 머금은 다정한 목소리는 분명 아버지였다.

아이반까지 길이 먼데, 어떻게 오셨지?

“피렌티아 님의 안부를 묻는 편지가 많이 오는 건가요?”

에스티라가 아버지에게 물었다.

“말도 마세요. 아버지, 샤나넷 누님, 라라네에 크레니까지 하루에도 몇 번씩 긴급 전서구를 사용해서 롬바르디에서 여기까지 난리도 아닙니다. 클레리반 님께서 답장 쓰는 걸 도와주지 않으셨다면 아마 밤을 새웠을 겁니다.”

“모두들 걱정이 많으셨으니까요. 후후, 피렌티아 님께서 일어나시면 다들 한 소리 들으시겠네요. 긴급 전서구를 그렇게 막 사용하면 되냐고요.”

“하하, 아마 그럴 겁니다.”

아버지의 웃음소리에 나도 참았던 웃음이 터졌다.

“이번에 오는 편지에 답장은 제가 직접 쓸게요, 아빠.”

“티아!”

여러 사람들이 동시에 내가 있는 침대 쪽으로 우르르 뛰어오는 것이 들렸다.

“여기 아직 아이반 맞죠? 다들 여기서 뭐 하는 거예요.”

나는 웃으며 물었다.

“당연히 티아 소식을 듣고 바로 달려왔지!”

“맞아! 롬바르디에서 여기까지 겨우 나흘 만에 주파했다고!”

"우리가 티아를 얼마나 걱정했는지 알아?"

쌍둥이들이 서로 질세라 얼른 대답했다.

"저는 어제 도착했어요, 피렌티아 님. 마차를 타고 오느라 조금 늦었어요, 죄송해요."

"아니야. 롬바르디에서 여기까지 나는 꼬박 열흘이 넘게 걸렸는걸. 어제 도착했다면 밤새 쉬지도 못하고 온 걸 텐데. 고마워, 에스티라."

"안대가 많이 불편하시죠? 지금 방 안을 어둡게 해 놓기는 했지만 그래도 무리가 갈 수 있어서 가려 놓았어요. 잠시 뒤에 밤이 되면 한번 안대를 벗어 보셔도 괜찮을 것 같아요."

"응, 알겠어."

그렇게 에스티라와 대화를 나누고 문득 깨달았다.

아직 별말이 없는 사람이 있다는 것을.

"아빠, 괜찮아요?"

"……티아."

아이고.

역시 아버지의 목소리가 잔뜩 젖어 있었다.

우리 울보 아버지.

"나는 괜찮은데, 이제. 많이 놀라셨죠, 죄송해요."

나는 아버지의 목소리가 들려온 쪽을 향해 얼굴을 돌리고 일부러 더욱 밝게 웃어 보이며 말했다.

"아니 하필이면 제가 지나갈 때 그 길이 무너져서는. 운이 조금 안 좋았……."

말을 멈출 수밖에 없었다.

살짝 흘러 내려온 내 머리칼에 덜덜 떨리는 손가락이 와 닿았기 때문이었다.

"……그래, 괜찮아서 다행이다. 정말로 다행이야."

보지 않아도 알 수 있었다.

지금 아버지가 어떤 표정을 짓고 있을지는.

나는 아버지의 손을 잡아 주며 말했다.

"이제 다 괜찮아요, 아빠."

아버지는 계속 말없이 내 이마를 쓸어 주었다.

나는 그 손길에 그 어느 때보다 마음이 놓이는 것을 느끼며 웃었다.

그렇게 잠시 행복감을 느끼다 보니 또 다른 궁금증이 마구 머리를 들이밀었다.

"그런데 미겐테 아이반 님은 어떻게 되셨어요? 그쪽도 괜찮은 거예요?"

대답은 에스티라에게서 돌아왔다.

"다리가 부러진 상태로 시일이 지나 버려서 후유증은 남겠지만, 순조롭게 회복 중입니다."

"후유증이라면……."

"아마 한쪽 다리를 절게 되실 것 같습니다."

"아……."

다리 모양이 조금 이상하다고 생각했는데, 부러졌던 거구나.

나보다 유독 상태가 안 좋았던 것이 이제 이해가 갔다.

"그럼 페레스는요?"

"황자 전하는 어째서 묻니?"

아버지가 의아한 듯 나에게 되물었다.

"제가 아래에 갇혀 있는데, 페레스가 가만히 있었을 것 같지는 않아서요."

막연한 추론이었지만, 신빙성은 매우 높았다.

아버지는 잠시 말이 없었다.

그리고 어딘가 조금 뾰로통한 목소리로 대답했다.

"황자 전하께서는 별일 없으시단다. 너를 구조하느라 힘을 많이 쓰셨지만, 빠르게 회복하고 계시지. 아, 저기 오시네."

아버지의 말소리와 함께 문 쪽에서 달칵하는 소리가 들렸다.

"페레스?"

눈이 보이지 않으니까 이렇게 불편하구나.

저벅, 저벅.

대답 대신 나에게 다가오는 발걸음 소리가 들렸다.

"우리는 잠깐 나갔다 오마, 티아. 잠시 이야기 나누고 있으렴."

어째서인지 아버지와 다른 사람들은 조용히 자리를 비켜 줬다.

모두 나가고 나와 페레스만 남았다.

나는 페레스가 있는 쪽으로 손을 뻗었다.

다행히 커다란 손이 바로 내 손을 잡았다.

"밥 먹었어?"

하지만 녀석은 대답이 없었다.

"페레스, 나 지금 눈 안 보이는 거 알지? 말하지 않으면 몰라."

"……미안해."

페레스의 목소리가 잔뜩 낮게 갈라져 있었다.

"뭐가?"

"너 혼자 그런 일을 겪게 해서."

아, 대충 녀석이 무슨 생각을 하고 있는지 알 수 있었다.

"걱정해 준 건 고마운데, 그런 생각은 하지 마. 너도 그 안에 나랑 같이 있었으면 어쩌려고? 너라도 밖에 있었으니까 날 꺼내 준 것 아냐?"

페레스는 말없이 내 손을 더욱 꽉 잡았다.

"이런 일이 아예 없었다면 좋았겠지만, 그래도 나름 최선의 상황에서 벌어진 일이라고 생각해. 나도 이렇게 멀쩡하게 나왔고 말이야."

사실 그 좁고 어두운 마차 안을 생각하면 아직 조금 무섭기는 하지만.

최대한 담담한 척 말했다.

"그리고 사실 생각보다 그렇게 무섭지는 않았어. 날 구해 줄 거라고 생각했거든."

이건 진심이다.

나는 페레스가 했던 것처럼 녀석의 손을 꽉 잡아 주며 말했다.

"특히 페레스 네가 밖에 있다고 생각하니까 든든했어. 기다리는 시간이 좀 지루하기는 했지만."

"티아……."

"이제 그 일은 뒤로 두고 다시 평범한 일상으로 돌아가면 되는 거라고 생각할 거야. 그러면 후련해. 그러니까 너도 그렇게 해, 페레스."

"……알겠어."

녀석이 순순히 대답했다.

하지만 목소리에 여전히 기운이 없었다.

흐음, 그럼 어쩔 수 없지.

나는 아주 살짝, 안대를 들춰 보았다.

에스티라가 말한 대로 방에 두꺼운 커튼을 쳐 놓은 것인지, 내부는 그리 밝지 않았다.

몇 번 깜박여 보니 눈에도 전혀 이상이 없었다.

나는 그대로 안대를 벗었다.

"티아!"

페레스가 깜짝 놀랐지만 나는 멈추지 않았다.

그리고 감았던 눈을 살짝 떠 봤다.

바로 앞에 걱정이 가득한 페레스의 얼굴이 보였다.

"너 그럴 줄 알았어."

눈동자는 지진이라도 난 것처럼 흔들리고, 눈꼬리는 아래로 축 처져 있다.

나는 손을 들어 페레스의 볼을 살짝 만져 봤다.

물론 미친 미모는 어디로 가지 않았지만 영 까칠한 것이 많이 상해 있었다.

"나보다 너 상태가 더 안 좋은 것 아냐?"

"……난 괜찮아. 오러도 잘 회복되고 있고. 나보다는 네가 더……."

"너나 나나 한동안 잘 챙겨 먹어야겠다."

나는 일부러 더 가볍게 말하며 페레스의 얼굴에서 손을 떼고, 잡고 있던 손도 자연스레 놨다.

페레스의 시선이 그곳에 잠시 머무는 것이 느껴졌다.

"아이반 가주는?"

"네가 구조되던 날 사직했어. 그리고 다음 날 의식을 차린 미겔테 아이반에게 정식으로 가주 자리를 넘겼고. 네 사고에 대한 책임도 최대한 본인이 다 지려고 하는 것 같기는 하지만, 그렇게 두지는 않을 거야."

그렇게 말하는 페레스의 목소리가 조금 음산했다.

"벌인 일에는 책임을 져야지."

"아니야, 페레스. 제롬 아이반이 모두 짊어지도록 내버려 둬."

하지만 나는 고개를 저으며 페레스를 말렸다.

"미겐테 아이반은 네가 황태자로 임명되면 무조건 동의 표를 던져 줄 사람이야. 이제 와서 북부의 대표가 아이반이 아닌 다른 가문으로 덜컥 바뀌어 버리면, 내가 북부까지 와서 이 고생을 한 보람이 없어져 버린다고."

페레스는 잠시 나를 바라봤다.

붉은색 눈이 잔뜩 가라앉아 있었다.

그런 표정을 보는 건 오랜만이라, 나도 모르게 작게 움찔하며 물었다.

"뭐야, 왜 그렇게 봐?"

"티아 네가 롬바르디와 펠렛 상회를 연계해서 북부 구호에 나서고 아이반까지 온 게 나 때문이라는 건 아니겠지?"

"왜 아니야. 페레스 너도 이제 슬슬 준비를 하는 게 좋을 거야. 그쪽도 이미 작업을 시작한 건 알고 있잖아?"

그러니 트리바 나무를 그렇게 사 모았을 거고.

하지만 페레스의 표정이 계속 심상치 않았다.

호숫가에서의 그날을 떠올리게 하는 모습이라고 생각하는 순간, 페레스의 손이 내 볼에 닿았다.

너무 놀라서 페레스를 바라보는 눈꺼풀이 나도 모르게 파르르 떨렸다.

이상했다.
조금 전 내가 페레스의 볼을 만질 때랑은 너무나 다른 느낌이었다.
그리고 내가 말리기도 전에 페레스의 입술이 내 이마에 와 닿았다.
두근두근.
심장이 오랜만에 힘찬 기지개를 켜며 빨리 뛰기 시작했다.
내 이마에서 입술을 뗀 페레스는 잠시 내 얼굴을 빤히 바라봤다.
강렬한 시선에 눈길이 닿는 곳이 다 타 버리는 것 같다.
그 상태 그대로 페레스는 움직이지 않았다.
마치 내가 준비가 되기를 기다리는 것처럼.
나는 나도 모르게 입술을 한번 깨물었다.
이유는 모를 일이었다.
기다리던 선물을 열어 보기 직전처럼 조급한 마음만 가득했다.
그리고 그것이 신호가 된 것처럼 페레스의 얼굴이 천천히 다가왔다.
피하려면 피할 수 있었다.
하지만 그 대신 나는 눈을 감았다.
내 예상보다 조금 더 빨리 다가온 페레스의 입술이 아주 살짝 내 입술에 와 닿았다.
얇은 살결을 통해 뜨거운 체온이 느껴졌다.
갑자기 꿈속에서 몇 번이나 보았던 페레스의 모습이 떠올랐다.
말 위에서 차가운 눈으로 모두를 오시하는 그 얼굴이.
그리고 그 순간, 페레스가 성마르게 입술을 비벼 왔다.
한 번의 여린 입맞춤으로는 만족할 수 없다는 듯.
그 마음이 전해지자, 심장이 다시 한번 두근 하고 크게 요동쳤다.
이전 생에서의 페레스와 지금 이 모습의 차이가 머릿속에서 복잡하게 뒤섞여 버렸다.

더욱 가까이 다가오기 위해 단단한 손가락이 내 머리칼 속을 파고들고 있었다.

훌쩍 다가온 페레스의 몸도 느껴졌다.

마치 온몸으로 말하고 있는 것 같았다.

자신을 받아 달라고.

내 마음도 말하고 있었다.

페레스를 받아 주라고.

나도 모르게 한 손을 들어 페레스의 가슴 위에 얹었다.

그리고 옷을 잡아 가까이 끌어당겼다.

아니, 그러려고 했다.

하지만 나 스스로 얼마나 페레스를 원하고 있는지 깨닫자 순간 정신이 번쩍 들었다.

나는 확 몸을 뒤로 물러 강하게 얽혀 있던 입술을 떼어 냈다.

"뭐, 뭐 하는 짓이야."

하마터면 넘어갈 뻔했잖아!

내 외침에 페레스는 열기가 가시지 않는 눈으로 나를 바라봤다.

그리고 나에게서 눈을 떼지 않으며 자신의 젖은 입술을 엄지로 쓱 훔쳤다.

그리고 어딘가 나른한 목소리로 말했다.

"전에 티아 네가 말했잖아. '표현하지 않는 사랑은 사랑이 아니다'라고."

"야! 그, 그건 그냥 아비녹스한테……."

"이미 한 번 널 잃을 뻔했어, 티아."

페레스가 나에게로 손을 뻗었다.

“이제 망설이지 않아.”

그리고 손가락으로 내 입술을 살짝 훑는다.

“이제 네 마음도 알 것 같으니까.”

페레스의 눈이 자신의 셔츠에 남은 주름을 내려다보며 말했다.

조금 전 내가 나도 모르게 꽉 쥔 바로 그곳이었다.

녀석은 어딘가 뿌듯한 얼굴로 그 주름을 매만졌다.

그리고 아주 짙은, 붉은 장미와 닮은 미소를 지으며 말했다.

“이제부턴 표현할 거야, 티아. 네가 내 마음을 받아 줄 준비가 될 때까지.”

그건 선전 포고였다.

Chapter 10

Chapter 10

사고 뒤, 나는 일주일 정도 더 아이반에서 요양하며 몸을 추슬러야 했다.

하마터면 눈이 많이 내리는 아이반에서 겨울을 보내야 하나 싶었는데.

그 소식을 들은 할아버지가 내가 편안히 누워서 여행할 수 있도록 특별히 개조된 마차를 아이반으로 보내 준 덕분에 나는 무사히 롬바르디로 돌아올 수 있었다.

그렇게 아이반에서 롬바르디로 돌아온 뒤 몇 개월이 흘렀다.

내가 다시 체력을 기르고 일상생활로 돌아오는 사이 겨울이 지나고 봄이 왔다.

즉, 사교 시즌의 시작이었다.

그리고 기다렸다는 듯, 황후는 화려하고 성대한 연회로 새로운 시즌의 포문을 열었다.
나를 비롯한 제국과 사교계에서 힘깨나 쓴다는 사람은 죄다 불러 모아서 말이다.
나는 지나가는 시종이 들고 있던 술잔을 하나 받아 들었다.
"술도 음식도 죄다 최고급으로만 사용했네."
아무리 황실의 연회라도 보통 이 정도까지 하지는 않는다.
황후가 이번 연회에 얼마나 신경을 썼는지 알 수 있는 부분이었다.
명목상은 그저 '황후가 주최하는 시즌의 첫 연회'였지만, 그 목적은 뻔했다.
"개발이 어느 정도 된 서부 관광을 홍보하겠다는 거겠지."
그렇다면 그냥 솔직하게 홍보하면 될 텐데.
끝까지 '황실 연회'라는 허울뿐인 제목을 붙이는 걸 보면 아직도 '돈을 버는 행위'에 대한 황후의 생각이 어떤지 알 수 있다.
"여러모로 참 대단한 사람이야."
반 정도는 진심이다.
황후는 여러 악조건 속에서도 서부의 개발을 조금씩 추진해 냈다.
건설에 필요한 주요 목재인 트리바 나무는 턱없이 모자라고, 그나마 시장에 나온 것들은 모낙 상단이 엄청난 고액을 요구해 주머니는 텅텅 비고, 북부와의 사이는 틀어져 버린 악재 속에서도 말이다.
게다가 산사태의 책임을 무는 벌금으로 인해 앙게나스는 땅까지 매각했다.
하지만 황후는 기어코 서부를 개발해 냈다.
관광 사업을 시작할 수 있을 만큼.
나는 술을 한 모금 마시며 연회의 가장 중심에 서 있는 사람들을 바라봤다.

"모두 롬바르디 공이 힘써 준 덕분이에요."

황후가 자신을 주목하고 있는 사람들에게 들으라는 듯 조금 큰 목소리로 말했다.

"하하하, 황실의 일인데 응당 도와야지요!"

비에제가 입이 귀에 걸려서는 더 큰 목소리로 웃어 댔다.

"물론 서셔우의 도움도 잊지 않았답니다."

"과찬이십니다, 황후마마."

황후가 비에제의 맞은편을 바라보며 말하자 얼굴이 조금 낯선 사람이 손에 든 잔을 살짝 들어 올리며 대답했다.

"저 사람이 찬톤 서셔우구나."

딱 소문대로의 사람이었다.

원래 황실의 기사단장이었다고 하더니.

멀리서도 느껴지는 분위기가 다른 귀족들과는 사뭇 다르다.

관리하기 쉽도록 짧게 친 머리칼과 매서운 눈매, 그리고 '크다'라고 느껴질 정도로 다부진 몸은 한 가문의 가주라기보다는 아직 현역의 기사가 더 어울리는 사람이었다.

나만 그렇게 생각하는 것은 아닌 듯, 지금도 서셔우 가주의 주변에는 동그랗게 보호막이라도 펼쳐져 있는 것처럼 사람들이 쉽게 다가가지 못하고 있었다.

"황도에서 저 정도 위압감을 가지고 있는 건, 할아버지와 페레스뿐이려나."

"나 말이야?"

"아, 깜짝이야!"

오른쪽에서 별안간 들려온 목소리에 나는 반걸음 옆으로 물러났다.

그 모습을 보며 페레스가 반쯤 눈을 휘며 웃는 것이 보였다.

"기척 좀 내고 다녀, 페레스."

"조금 놀라게 해 주고 싶어서."

저렇게 솔직하게 말하니 화도 제대로 못 낸다.

"안녕, 티아."

"……안녕."

아이반에서 있었던 입맞춤 사건 이후로 나는 페레스와 거리를 두고 있었다.

하지만 녀석은 이미 선전 포고했던 대로 그런 것에는 아랑곳하지 않고 들이대고 있었다.

물론, 사적인 자리에서만.

지금도 내가 털을 바짝 세우고 경계하는 모습을 보이자 페레스는 뒷짐을 진 채, 더 이상 다가오지 않고 있었다.

여전히 나를 보는 눈에는 은근한 웃음기가 가득했지만.

여기서 더 울컥하게 되는 것은, 페레스의 그런 모습에 내 가슴이 자꾸만 두근거린다는 것이다.

나는 눈을 가늘게 뜨고 페레스를 노려봤다.

"또, 또 그 표정!"

"무슨 말을 하는지 모르겠는데."

어쩐지 날이 갈수록 능글맞아져서 걱정이다.

나는 그런 페레스의 얼굴을 한 번 더 째려본 뒤, 턱 끝으로 황후와 비에제, 그리고 서셔우 가주를 가리키며 물었다.

"저 연합에 대해서 어떻게 생각해?"

"글쎄."

말은 별로 대수롭지 않게 하지만, 황후를 바라보는 페레스의 눈에는 어느새 날이 서 있었다.

나는 더욱 목소리를 낮게 죽이며 말했다.

"요즘 저 조합 때문에 황후와 1황자의 인기가 올라가고 있다고 하던데. 덤으로 비에제까지 말이야."

사람들은 아직까지도 롬바르디 건축이 제대로 대금을 받지 못했다는 사실을 잘 모른다.

그러니 그들의 눈에는 롬바르디와 앙게나스의 연합이 꽤 공고해 보이니 일어나는 일이었다.

게다가 비에제는 자신의 개인 돈까지 황후의 서부 사업에 투자했다는 사실을 공공연하게 떠벌리고 다녔다.

내가 예쁘게 깔아 놓은 덫에 스스로 제 발을 집어넣고 있다는 사실도 모르고 바보같이.

"티아 너는 어때? 비에제 롬바르디가 서부 개발 사업에 한몫을 해냈으니 네 입지가 곤란해지지는 않나?"

얘가 지금 날 뭐로 보고.

"내가 성공시킨 택배 사업이 지금 가문에 벌어다 주고 있는 돈이 얼만데."

롬바르디 택배는 아주 성공적으로 자리를 잡아 착실하게 현금을 벌어들이는 중이었다.

클랑 데본은 하루가 다르게 커져 가는 택배 사업에 즐거운 비명을 지르고 있고 말이다.

한마디로 비에제가 서부 사업에 퍼다 준 돈을, 롬바르디 택배와

덩달아 매출이 뛴 롬바르디 상단이 메꿔 주고 있다고 해도 과언이 아니었다.

이미 롬바르디 택배는 가문을 지탱하는 든든한 한 축이 되어 가고 있었다.

"아직 택배 약발 안 떨어졌어, 괜찮아."

바로 다음에 쓰려고 장전해 둔 게 있기도 하고.

나는 여유롭게 말하며 술을 한 모금 더 마셨다.

그런데 그때, 멀리서 나를 보고 있던 서셔우 가주와 눈이 마주쳤다.

워낙 강렬해서 그냥 못 본 척 흘려 넘길 수도 없는 시선이었다.

"……이쪽으로 오네?"

서셔우 가주는 천천히 나와 페레스 쪽으로 걸음을 옮기고 있었다.

당연히 많은 사람들의 시선이 서셔우 가주를 따라 우리 쪽으로 옮겨왔다.

나는 얼른 한 걸음 더 옆으로 움직여 페레스와 거리를 넓혔다.

뚜벅뚜벅 다가온 서셔우 가주는 묵직한 목소리로 페레스에게 먼저 인사를 했다.

"안녕하십니까, 2황자 전하. 오랜만에 뵙습니다."

평범한 인사였다.

원래 황실에서 기사단장을 하던 사람이었으니 페레스와 이미 안면이 있다는 것도 이상하지 않았다.

그러나 문제는 서셔우 가주의 태도였다.

황자를 대하는 모습이라고 하기엔 지나치게 당당했고 묘하게 거슬렸다.

딱히 예법에서 어긋난 곳은 없었지만, 그것은 분명히 의도한 것이었다.

"……오랜만이군요. 서셔우 가주."

페레스가 딱딱한 목소리로 서셔우 가주를 똑바로 바라보며 대답했다.

그리고 그 순간, 갑자기 주변의 온도가 몇 도쯤 확 내려간 듯한 기분이 들기 시작했다.

그 이유는 마주 보고 서 있는 페레스와 서셔우 가주였다.

오러 마스터인 페레스와 전 황실 기사단장인 찬톤 서셔우의 기 싸움이었다.

나는 주변을 둘러봤다.

귀족들이 웅성거리고 있었다.

페레스와 서셔우 가주의 모습을 호기심 어린 눈으로 보는 사람들도 적지 않았다.

아마 오늘 연회가 끝나면 이 일이 입에 오르내리며 사교계가 떠들썩해질 것이 눈에 보였다.

그리고 나는 황후를 확인했다.

"훗."

황후는 의기양양하게 웃으며 페레스와 기 싸움을 벌이고 있는 찬톤 서셔우를 아주 뿌듯하게 보고 있었다.

지금 이 행동 하나만으로도 황후의 머릿속에서 서셔우 가주의 주가가 확 올랐음은 확실하게 알 수 있었다.

사람들이 보는 앞에서 다가와 인사를 건넨 것 하나만으로, 찬톤 서셔우는 자신이 페레스와 대립하는 사람이라는 인상을 확실하게 심어 주는 데 성공한 것이다.

나는 여전히 팽팽하게 기 싸움을 하고 있는 페레스와 찬톤 서셔우를 보면서 속으로 조용히 미소 지었다.

'페레스, 정말로 똑똑하단 말이지.'

나는 사람들의 시선이 집중된 그곳에서 조용히 빠져나와 한가한 2층의 계단 쪽으로 걸음을 옮겼다.

"안녕하세요, 선생님."

"오셨습니까, 피렌티아 님."

미리 약속한 대로 클레리반이 그곳에서 나를 기다리고 있었다.

클레리반은 정중하게 나를 에스코트했고 우리는 평범한 사제지간이 되어 연회장을 거닐었다.

그러자 처음에는 우리를 바라보던 몇몇 귀족들도 이내 흥미를 잃고 자신들의 대화로 돌아갔다.

나는 그것을 확인한 뒤, 나지막한 목소리로 물었다.

"사람들은 뭐라고 하던가요?"

클레리반은 오늘 연회에 참석해 많은 사람들과 대화를 나누며 자잘한 정보를 취합했다.

"피렌티아 님의 짐작이 맞았습니다. 수급이 어려운 트리바 나무 대신, 서셔우의 남부 밀림에서 구할 수 있는 목재를 사용해 건물을 지었다고 합니다."

"그럼 앙게나스는 서셔우에 많은 빚을 지고 있겠네요."

"베이트 님의 정보와도 맞아떨어집니다. 앙게나스가 벌금을 내기 위해 서부의 영지를 판 곳이 서셔우 가문이라는."

"앙게나스가 서셔우에게 돈으로 완전히 묶인 상황이네요."

내 질문에 클레리반이 옆을 지나가는 귀족에게 웃는 얼굴로 고개를 까딱해 인사하며 대답했다.

"아마 서부의 관광 사업으로 벌게 될 돈으로 갚으면 된다는 안일한 생각이 아니겠습니까."

"귀족들은 서부 관광에 관심을 보이고 있나요?"

"대부분 호의적입니다. 워낙 돈은 많고 할 일은 없는 게 귀족들 아니겠습니까. 무엇이든 심심함을 덜 수 있는 것이라면 환영이지요."

나는 클레리반을 바라보며 걸음을 멈췄다.

그리고 씨익 웃으며 말했다.

"이제 슬슬 때가 된 것 같죠?"

클레리반도 조금 사악하게 웃으며 대답했다.

"예, 피렌티아 님."

그동안 직접 이번 일을 추진해 온 클레리반은 몸이 근질거려 참을 수 없다는 듯한 표정이었다.

아마 나도 비슷한 얼굴을 하고 있겠지.

2층의 난간에 기대어 아래층을 내려다보니 1층에 바글바글하게 모인 귀족들이 한눈에 보였다.

그 사람들이 마치 내 어장에 갇힌 물고기들로 보였다.

아주아주 돈이 많은 물고기들로.

나는 클레리반에게 고개를 끄덕이며 말했다.

"그럼 본격적으로 움직여 볼까요, 선생님?"

마지막 오케이 사인이었다.

황후의 연회에 다녀온 뒤.

나도 행동을 개시했다.

첫 번째는 롬바르디 저택으로 아비녹스를 부르는 일이었다.

루만 가주가 다시 동부로 돌아간 상황에서 아비녹스는 공식적인 루만 가주 대리의 역할을 하고 있었기 때문이었다.

그러나 형식적으로는 어디까지나 평범한 사교적인 초대였다.

그랬기에 약속 시간도 아침에서 점심으로 넘어가는, 한가하게 차를 한잔 함께하기 좋은 시간으로 골랐다.

미리 준비를 모두 마치고 내 집 응접실에 앉아서 오늘 아비녹스에게 물어볼 것들을 머릿속으로 정리하고 있을 때였다.

똑똑.

노크 소리와 함께 별관 집사의 목소리가 들렸다.

"아비녹스 루만 님께서 오셨습니다, 아가씨."

"들어오세요."

나는 그렇게 말하고 아비녹스를 맞이하기 위해 자리에서 일어났다.

문이 열리고 아비녹스가 걸어 들어왔다.

그런데.

"안녕하세요, 피렌티아 님."

우와, 눈부셔!

나도 모르게 두 손으로 눈을 가릴 뻔했다.

아비녹스를 볼 때마다 밝은 플래티넘 블론드와 오묘한 눈 색깔, 그리고 특유의 밝은 성격 때문에 '태양 같다'라고 생각하기는 했지만.

오늘 아비녹스는 더욱 빛이 났다.

"불러 주셔서 감사합니다."

나는 봤다.

완벽하게 단장한 아비녹스에게서 연예인을 볼 때만 보인다는 후광을.

그리고 동시에 깨달았다.

아비녹스가 나를 위해서 이렇게 머리부터 발끝까지 차려입었을 리는 없다는 것을.

"아…… 네, 어서 오세요."

나는 일단 아비녹스를 소파에 앉혔다.

하지만 후광이 번쩍이는 모습에서 쉽게 눈을 뗄 수는 없었다.

그런 나의 시선을 의식한 듯, 아비녹스가 얼굴을 살짝 붉히며 물었다.

"오늘, 제 차림이 이상한 걸까요?"

"예? 아뇨, 멋지세요."

"그럼…… 다행입니다."

아비녹스는 쑥스럽게 웃었다.

"오늘 저와 만나는 것 말고 특별한 일정이 있으신가요, 아비녹스 님?"

"그, 그런 것은 아닙니다. 그냥…… 나, 날이 좋아서요."

날이 좋아서 그렇게 차려입었다고?

누가 봐도 아침부터 일어나서 목욕재계까지 하고 머리카락 한 가닥까지 단정하게 다듬고 온 모습인데?

"아아, 날이 좋아서요?"

"예……. 날이 좋아서, 하하."

자기 스스로도 어설픈 대답이라는 것을 아는지, 아비녹스는 볼을 긁으며 미소 지었다.

그런데 그 어딘가 수줍은 모습이 또 너무 예뻐 보여서, 나는 몇 초간 멍하니 아비녹스를 쳐다보고 말았다.

"……피렌티아 님?"

아비녹스가 나를 향해 어색하게 웃을 때까지.

페레스도 그렇고, 아비녹스도 그렇고 다들 너무 예뻐서 곤란하다니까 진짜.

"크흠."

나는 겨우 정신을 차리고 준비해 두었던 차와 다과를 아비녹스 앞에 내려놓았다.

찻잎은 얼마 전 라라네가 직접 말려서 만들어 준 꽃 차였다.

정확한 이름은 모르지만 향이 좋아서 요즘 내가 즐겨 마시는 차였다.

따뜻한 찻물이 잔을 채우며 피어오르는 향긋한 향기에 아비녹스가 빙그레 웃으며 말했다.

"아, 에필리아 꽃 차로군요. 향이 참 좋네요."

"향만으로도 구분이 가능하신 건가요?"

나는 놀라서 물었다.

"예, 동부는 원래 제국 중앙보다 차 문화가 발달하기도 했고 최근에는 다양한 찻잎에 대해 열심히 공부 중이기도 해서요."

"차에 대한…… 공부요?"

"일전에 말씀드렸던 그분이 차를 매우 좋아하시거든요."

아비녹스가 동그란 찻잔의 둘레를 손끝으로 그리듯 만지며 대답했다.

차를 좋아하고, 또 책을 좋아하고.

내가 롬바르디 저택으로 부르니 이렇게 한껏 차려입고 온 아비녹스라.

나는 마치 지금 생각이 난 것처럼 작게 손뼉을 치며 물었다.

"그러고 보니, 그 뒤로 어떻게 되어 가고 계신지 여쭤봐도 될까요? 조언을 해 드린 입장이라 궁금하네요."

"아, 그게……."

아비녹스가 자꾸만 새어 나오는 미소를 억지로 억누르는 듯 헛기침을 하며 대답했다.

"피렌티아 님의 조언대로 고백했습니다, 제 마음을."

"그랬더니 받아 주시던가요?"

아비녹스가 대답 대신 고개를 끄덕였다.

"그 뒤로, 자주는 아니지만 지인을 통해 편지를 주고받으며 마음을 나누고 있습니다. 다 피렌티아 님 덕분입니다."

"제가 뭘 한 게 있나요. 용기를 내신 아비녹스 님이 해낸 일이시죠."

흐음.

그렇다 이거지.

나는 잠시 가는눈으로 아비녹스를 바라보다가 본론을 꺼냈다.

"오늘 뵙자고 청한 이유는 몇 가지 여쭤볼 것이 있어서예요, 아비녹스 님."

"예, 무엇이든 편히 물어보세요, 피렌티아 님."

북부에서의 일 이후로 내게 부쩍 친근해진 아비녹스가 특유의 쾌활한 미소를 지었다.

"동부는 어떤 곳인가요?"

"으음, 어려운 질문이네요."

아비녹스가 매끈한 턱을 매만지면서 잠시 생각하다 입을 열었다.

"동부는…… 따듯한 곳입니다."

그렇게 말하는 아비녹스의 얼굴이 느슨하게 풀렸다.

"먼 바다에서 불어오는 바람도, 햇살에 데워진 하얀 모래도, 그리고 사람들도 따듯하고 정겹죠."

아비녹스의 모양 좋은 입술에도 따듯함이 어렸다.

"그것 아십니까? 동부 해안가의 큰 도시들은 대부분 건물을 흰색으로 칠합니다. 그편이 시원하기 때문이죠. 그리고 동부 사람들은 색이 진하고 화려한 옷을 즐겨 입는데, 높은 곳에서 거미줄처럼 얽힌 좁은 골목들을 내려다보고 있자면 한 폭의 그림을 보는 것 같달까요."

"우와, 아름답겠네요."

"예. 무척이요. 아, 또 있습니다."

아비녹스가 신이 난 목소리로 말했다.

"예로부터 아침 일찍 바다로 나갔던 사람들이 돌아올 시간이 되면 해안에서 사람들이 음악을 연주하는 전통이 있습니다. 멀리 떠났던 배가 그 소리를 듣고 집을 찾아올 수 있도록 했던 것이죠."

"아……."

"그래서 해 질 녘이 되면 곳곳에 음악 소리가 가득합니다. 동부 출신이라면 악기를 한둘 정도는 연주할 수 있는 이유도 그런 관습 때문이죠."

아비녹스의 이야기를 들을수록 나와 클레리반이 세운 이번 사업 계획이 옳았다는 확신이 점점 차올랐다.

“이야기만 들어도 정말 아름다운 곳 같네요. 그런데 그렇게 좋은 곳이 어째서 지금까지 잘 알려지지 않았을까요? 여행지로 딱인 것 같은데.”

내 말에 아비녹스가 씁쓸하게 웃으며 대답했다.

“아무래도 거리가 멀어서가 아닐까요. 마차로 꼬박 3주 정도를 이동해야 하는 거리니까요. 그 길을 왕복하자면 건강한 사람도 병이 나고는 하죠.”

“만약 왕복이 아니라 편도라면 어떨까요? 그럼 여행길이 조금 다닐 만할까요?”

“그럼요, 여정이 반으로 줄어드는 거니까요.”

아비녹스는 대번 고개를 끄덕이며 덧붙였다.

“몸이 고된 마차 여행을 대체할 수 있는 방법이 있다면 참 좋을 텐데.”

“역시, 그렇죠?”

나는 아비녹스의 말에 맞장구를 치며 준비해 두었던 서류 꾸러미가 담긴 봉투를 건네었다.

“이게…… 뭔가요?”

아비녹스가 눈을 동그랗게 뜨고 나를 바라봤다.

“펠렛 상회에서 현재 추진하고 있는 새로운 사업의 간략한 설명서예요. 루만가에 도움이 될 수 있을 것 같아서 미리 준비했어요. 이걸 드리기 위해서 오늘 잠시 뵙자고 했던 거고요.”

아비녹스는 잠시 나를 보다가 서류를 꺼내 읽기 시작했다.

"이건……."

깊은 바다에 비치는 햇살같이 오묘한 색을 담은 눈동자가 마구 흔들렸다.

"전에 말씀하셨죠, 동부는 더 이상 고립되지 않기를 원한다고. 이보다 더 좋은 기회는 없지 않을까요?"

"확실히……."

아비녹스는 고개를 번쩍 들어 나에게 물었다.

"클레리반 펠렛 상회주와 가까이 지내시는 것은 알았지만, 이런 설명서는 어떻게……."

합리적인 의구심이기는 했다.

나는 미리 준비해 두었던 대로 대답했다.

"저도 조금은 머리를 보탠 사업이거든요. 하지만 자세한 문의는 펠렛 상회를 통해 하셔야 할 거예요. 물론 클레리반 선생님도 제가 이 설명서를 아비녹스 님께 전달한다는 사실은 이미 알고 계신답니다."

"아아, 고맙습니다. 고맙습니다, 피렌티아 님!"

아비녹스가 감동한 듯 반짝거리는 눈으로 연신 인사했다.

"그럼 대화는 이만하고…… 저랑 잠시 걸으실까요? 날도 좋은데."

"예!"

아비녹스는 아무런 의심 없이 열렬히 고개를 끄덕이며 말했다.

내 집을 나와서 우리는 천천히 걸었다.

이따금 마주친 저택의 고용인들이 나와 아비녹스를 호기심 섞인 눈으로 바라봤다.

나는 일부러 사람들의 왕래가 많은 길을 따라 저택을 한 번 크게 돌았다.

아비녹스는 그동안 내가 준 서류 봉투를 두 손으로 꼭 쥐고 동부에 대한 이야기를 해 주었다.

"루만가의 영지는 아니지만 조금만 더 북쪽 해안을 따라 올라가면 기터웰이란 영지가 나옵니다. 그곳의 에메랄드 빛 해변은 동부에서도 아주 유명하죠!"

"아, 틸리아나 기터웰 영애의 영지이군요."

"예, 그렇습니다. 틸리아나를 기억하시는군요!"

"그럼요. 덕분에 사교계 데뷔를 무사히 치를 수 있었는걸요. 몇 해 전까지는 이따금 편지를 주고받았었는데……."

"사실 틸리아나가 몸이 조금 약합니다. 3년 전에 크게 앓았지요. 물론 지금은 많이 좋아졌습니다!"

"그런가요. 다행이네요."

그렇게 대화를 나누다 보니, 내가 목적한 장소에 다다랐다.

별관 뒤쪽의 한적한 곳에 위치한 라라네의 온실이었다.

멀리서 슬쩍 보니, 라라네는 잔뜩 집중해 화분에 심어진 꽃들을 돌보고 있었다.

오늘도 자기가 돌보는 꽃에 굴하지 않는 미모였다.

"그리고 저희 루만 영지에도 맛있는 음식들이 많은데……."

아비녹스는 아직 우리가 어디에 도착했는지도 깨닫지 못한 채 신나게 동부 이야기를 풀어내고 있었다.

그런 아비녹스의 목소리를 들었는지, 라라네가 고개를 번쩍 드는 것이 보였다.

쨍그랑-!

놀란 라라네가 화분을 놓쳐 버렸다.

"어어?"

말을 멈춘 아비녹스가 마찬가지로 커다랗게 뜬 눈으로 라라네를 바라봤다.

아비녹스는 그 자리에 멈춰서 눈을 두어 번 비비더니 라라네가 진짜라는 것을 깨닫자 곧바로 그쪽을 향해 달려갔다.

그러고는 라라네의 손을 잡고 이리저리 살피며 큰 소리로 물었다.

"라라네 님, 괜찮으십니까? 어디 다치신 데는 없습니까?"

"네, 저는 괜찮아요……."

잡힌 손을 빼내지도 못하고 라라네의 얼굴이 새빨갛게 물들었다.

"아! 죄, 죄송합니다!"

아비녹스도 자신이 한 일을 깨닫고 얼른 손을 떼고 뒤로 물러났다.

물론 그 얼굴도 라라네 못지않게 붉어져 있었다.

"역시 그렇게 된 거였구나."

아이반에서 아비녹스가 좋아하는 여자에 대해서 들었을 때부터 라라네와 비슷하다는 생각은 했지만.

정말 라라네였을 줄이야.

"이, 이건 제가 치우겠습니다. 저쪽으로 가 계십시오!"

"아, 아뇨! 제가……."

"아닙니다! 손 다치십니다! 제가 하겠습니다!"

이제는 서로 깨진 화분을 치우겠다며 발을 동동 구르고 있다.

수줍은 얼굴을 빨갛게 물들이고 있는 라라네와 아비녹스가 참 예뻐 보였다.

나는 그런 두 사람을 모습을 멀리서 지켜봤다.

"잘 어울리네."

라라네는 자신이 온실에서 정성을 다해 키우고 있는 꽃 같은 사람이다.

그런 라라네에게 아비녹스는 햇살이 되어 줄 수 있을 거다.

이전 생에서처럼 라라네가 외로운 곳에서 혼자 시들어 버리는 것을 다시 보고 싶지 않다.

그래.

라라네에게는 동부가 나을 거야.

따듯한 바람과 음악이 불어오는 그곳에서라면 라라네도 걱정 없이 활짝 피어날 수 있지 않을까.

"지난번에 빌려주신 책 잘 읽었어요, 아비녹스 님."

"마음에 드셨다니, 기쁩니다!"

나는 잠시 두 사람을 지켜보다 조용히 돌아 나왔다.

두 사람에게 잠시나마 오붓한 공간을 마련해 주기 위해서였다.

조금 전 일부러 아비녹스를 데리고 저택을 한 바퀴 돌았으니까, 사람들은 아비녹스가 나를 만나기 위해 롬바르디에 왔다고 생각할 거다.

그것과 라라네의 온실에 아비녹스를 데려다준 것.

이게 내가 지금 라라네를 위해 해 줄 수 있는 일이었다.

그렇게 다시 혼자가 되어 정원을 걷고 있자니 왠지 기분이 묘했다.

라라네와 아비녹스라니.

다시 생각해도 전혀 뜻밖이지만 무척이나 잘 어울리는 커플이다.

그리고 나중에 라라네에게 꼭 물어봐야지.

"정혼 이야기가 오가고 있는 게 어디에 있는 어떤 놈팡이인지."

이전 생의 그놈인지, 아니면 또 다른 놈인지.

생각만 해도 열불이 난다.

비에제 이 나쁜 새끼.

이번 생에도 라라네를 이상한 사람이랑 결혼시키려고 하기만 해 봐.

마침 발끝에 걸리는 돌멩이를 콱콱 밟아 주었다.

그렇게 하니, 별것 아니지만 마음이 조금 나아졌다.

나는 천천히 걸어 내 집으로 돌아왔다.

앞으로도 아비녹스를 몇 번 저택으로 불러 줘야 하나 생각하면서.

그리고 집 문 앞에 서 있는 사람을 발견했다.

"안녕, 티아."

그것은 한 손에 카라멜 에비뉴의 케이크 상자를 들고 사적인 방문을 한 페레스였다.

놀랐다.

그래, 솔직히 고백하자면 조금 전 라라네와 아비녹스의 모습을 보고 페레스를 떠올리기는 했다.

그렇지만 정말 잠깐이었는데.

"티아?"

내가 더 이상 다가가지 않고 가만히 서 있자, 페레스가 내 쪽으로 걸어왔다.

그리고 잠시 동안 내 표정을 가만히 들여다보더니 슬쩍 웃으며 물었다.

"혹시, 마침 내 생각 하고 있었어?"

"아, 아니거든!"

망했다.

너무 크게 부정해 버렸다.

아니, 무표정해서 꼭 인형 같던 녀석이 언제 남의 맘까지 척척 읽어 내게 된 건데!

페레스는 강한 부정에 조금 눈을 크게 뜨더니 이내 눈을 곱게 휘며 다시 웃었다.

"왜, 왜 왔어?"

내 질문에 페레스가 손에 든 케이크 상자를 들어 보이며 대답했다.

"어딜 좀 가는 길에 티아 네 생각이 나서."

"너는 항상 나를 단 음식이랑 연관시키는 경향이 있어, 페레스. 물론 내가 단 음식을 좋아하기는 하지만……."

말을 하다 문득 의문이 들었다.

"그런데 어딜 가는데 롬바르디 저택을 지나쳐?"

"아카데미에서 친했던 동기생을 만나러."

내가 알기로 녀석이 아카데미에서 가장 친하게 지냈던 것은 리그니테 루만, 즉 아비녹스의 동생이다.

그렇다면 모낙 상단에 가는 길이라는 건데.

모낙 상단의 지부는 황도에 있다.

그것도 황궁 근처에.

나는 눈을 가늘게 뜨고 다시 물었다.

"정말로 가던 길인 거 맞아?"

내가 콕 집어 묻자 페레스는 입을 꾹 다문 채 미소만 지어 보였다.

저건 녀석이 내게 차마 거짓말을 할 수 없을 때 짓는 얼굴이다.

"뭐, 너도 다른 사람에게는 말하기 껄끄러운 일이 있는 거겠지."

나는 어깨를 으쓱하며 말했다.

"고마워, 잘 먹을게."

페레스에게서 건네받은 케이크 상자는 제법 묵직했다.
"손은 커 가지고."
이거 혼자서 절대 못 먹는다.
나는 닫힌 방문을 가리키며 페레스에게 물었다.
"차 한잔하고 갈래? 케이크랑 같이."
"……그래도 돼?"
페레스가 의외라는 듯 눈썹을 들어 올렸다.
"뭐야, 페레스. 반응이 왜 그래?"
"미리 약속하지 않고 왔으니까."
꽤 오래전에 내가 '바쁘니까 미리 연락을 하고 와라'라고 말했던 것 때문인 것 같았다.
나는 작게 한숨을 쉬면서 들어오라고 손짓하며 문을 열었다.
"……손님이 있었어?"
페레스가 테이블에 아직 남아 있던 두 사람분의 다기를 보고 물었다.
"아비녹스 루만이 왔다 갔어."
"아비녹스가? 왜?"
"알고 보니 아비녹스가 만나고 있는 사람이 라라네더라고. 다른 사람들에게는 비밀이야."
사실 동부 사업 건을 의논하려고 불렀다가 덩달아 알게 된 사실이었지만.
나는 중요한 것은 슬쩍 빼고 말했다.
"아……."
페레스가 놀란 듯 얼른 고개를 끄덕였다.

나는 적당한 찻잎을 골라 다시 차를 우려냈다.

"역시, 카라멜 에비뉴의 디저트가 최고야."

달콤한 커스터드 크림을 듬뿍 떠서 먹으니 피로가 풀리는 것 같았다.

페레스도 내가 먹은 케이크를 따라서 한 입 하더니 동의한다는 듯 고개를 끄덕였다.

그렇게 우리는 나란히 앉아서 케이크를 연달아 해치웠다.

결국, 접시 위에는 작은 크림 파이 하나만 덩그러니 남았다.

많이도 사 왔다고 타박한 게 민망하구만.

만족스레 배를 두들기고 있는데, 페레스가 말했다.

"티아, 입에 묻었어."

"어, 그래?"

그 말에 나는 주변을 두리번거렸다.

하지만 입을 닦을 만한 것이 보이지 않았다.

소매로 대충 닦아야 하나 생각하고 있는데.

"닦아 줄게."

페레스가 손을 뻗어 내 입가를 손가락으로 쓸었다.

내가 막을 타이밍을 놓칠 정도로 자연스럽고 스스럼없는 행동이었다.

너무 놀라 멍하니 페레스를 바라봤다.

페레스의 손가락이 내 입술을 느릿하게 건드리는 것이 느껴졌다.

그 순간, 아이반에서의 일이 불이 지펴지듯 확 하고 떠올랐다.

침대에서의 그 일이.

보나 마나, 내 얼굴에도 빨갛게 불이 붙었겠지.

여자 입술에 크림이 묻었을 때, 그것을 손가락으로 훔쳐 주는 것은 흔한 일이다.

적어도 로맨스를 다룬 책이나 방송에서는 그랬다.

그래. 그렇게 흔하디흔하고 어떨 때는 느끼하기까지 한 장면인데.

지금 페레스와 마주 보고 있는 내 심장은 지나칠 정도로 두근댔다.

페레스의 손가락이 스쳐 간 입술이 불에 덴 듯 뜨거웠고, 훔쳐 간 크림을 핥는 페레스의 입에서 시선을 뗄 수가 없었다.

녀석도 그것을 알아챈 것이 틀림없다.

붉은 입술에 슬쩍 웃음이 걸려 있는 것을 보면.

"으윽."

나는 내려놨던 포크를 들어 남은 디저트를 퍽퍽 퍼먹었다.

옆에서 페레스가 낮게 웃는 소리가 들렸지만 오로지 케이크에만 집중했다.

물론 이번에는 입에 묻는 것이 없도록 신경 써 가면서.

갤러한은 오랜만에 펠렛 상회를 찾았다.

체사유에서 돌아온 지 얼마 되지 않아 아직 여독이 남아 있었지만, 갤러한의 얼굴에는 생기가 가득 흘러넘쳤다.

그만큼 좋은 일을 앞에 두고 있었기 때문이었다.

클레리반의 집무실 앞에 도착한 갤러한은 망설임 없이 노크했다.

"들어오십시오."

기다리고 있던 듯, 바로 클레리반의 목소리가 들려왔다.

"클레리반 님."

"오셨습니까."

클레리반은 웃는 얼굴로 갤러한에게 자리를 권하며 말했다.

"기분이 좋아 보이십니다."

"곧 항만이 열리지 않습니까. 지난해부터 바쁘게 준비해 온 일이 곧 현실이 된다니. 가슴이 두근거려서 잠이 오지 않을 정도입니다."

갤러한의 녹색 눈이 반짝거렸다.

클레리반이 그런 갤러한의 모습을 보고 작게 미소 지었다.

"……그럼 마지막으로 계획을 다시 훑어보시죠."

그렇게 한참 동안 클레리반과 갤러한은 함께 머리를 맞대고 서류를 검토했다.

마침내 모든 준비가 끝난 것을 확인한 갤러한은 뿌듯한 얼굴로 고개를 끄덕이며 말했다.

"펠렛 상회 없이 저 혼자서는 절대 이런 일을 해내지 못했을 겁니다. 체사유의 영주라고는 하지만, 뭐 아는 것이 있어야지요. 정말 감사합니다, 클레리반 님."

"투자금을 댄 대신 저희 펠렛 상회의 선박은 앞으로 체사유 항만에 정박료를 내지 않지 않습니까. 그리고 항만의 수익도 나눠 가지게 됐으니 그런 감사의 인사를 받을 만한 일은 아닙니다, 갤러한 님."

"하하, 그런가요."

갤러한은 멋쩍게 웃으며 서류를 꼼꼼하게 챙겼다.

그 모습을 지켜보던 클레리반이 안경을 벗어 내려놓으며 말했다.

"하지만 오랜만에 이렇게 마주 보고 앉아 이야기를 나누니 옛날 일이 생각나기는 하는군요."

"옛날 일이라면……."

고개를 갸웃하던 갤러한이 손뼉을 '탁' 치며 물었다.

"아, 혹시 기성복 사업에 대해서 여쭤보러 갔을 때를 말씀하시는 겁니까?"

"네, 맞습니다. 그때는 저와 제대로 대화를 나누기도 힘들어하셨는데, 지금의 능숙한 모습을 보니 정말로 시간이 많이 지났구나 싶습니다."

클레리반이 작게 웃으며 말했다.

그 웃음이 자신을 놀린다고 생각한 것인지, 갤러한의 얼굴이 살짝 붉어졌다.

"그때는 클레리반 님이 무서워서 어쩔 수 없었습니다."

갤러한은 그때의 일이 떠올랐는지 피식 웃으며 고개를 절레절레 저었다.

"……지금은 어떻습니까."

클레리반이 낮은 목소리로 물었다.

"지금은 무서울 리 없지 않습니까. 클레리반 님이 얼마나 상냥하고 다정한 분이신지 이제 잘 알고 있는걸요."

"제가…… 말입니까?"

"예, 클레리반 님은 주변의 사람들을 아주 잘 챙겨 주시지 않습니까."

갤러한이 쾌활하게 대답했다.

"이번 항만의 일도 그렇지요. 제가 체사유의 일에 대해 걱정을 하니 선뜻 손을 내밀어 주신 것 아닙니까."

"저는 그렇게 좋은 일을 한 게 아니라……."

“압니다. 펠렛 상회에게도 좋은 기회가 되는 사업이라는걸.”
갤러한이 클레리반을 정면으로 응시하며 말했다.
“하지만 이번 일을 진행하며 펠렛 상회가 얼마나 저희 체사유의 편의를 봐주었는지도 잘 알고 있습니다. 정말 이익만을 위해 한 일이었다면 그러지 않으셨을 겁니다.”
“…….”
클레리반은 아무런 대답을 하지 않았다.
입을 꾹 다물고 앉아 있는 클레리반을 보며 갤러한은 느슨하게 웃더니 말했다.
“덕분에 체사유의 사람들도 훨씬 더 좋은 삶을 살 수 있을 겁니다. 항만을 중심으로 큰 상권이 발달할 거고, 이제 농사 말고도 할 일이 생겼으니 영지민들은 흉년에 굶지 않아도 됩니다. 모두 펠렛 상회 덕분입니다.”
갤러한은 머리를 짧게 숙였다.
고마움을 담은 인사였다.
묵묵히 그 모습을 지켜보던 클레리반은 어쩐지 조금 붉어진 귓불을 만지작거리며 작게 말했다.
“……도움이 되었다면 다행입니다.”

롬바르디 저택을 나온 페레스는 다시 황도로 돌아왔다.
티아가 눈치챘던 대로 ‘지나가는 길이었다’라는 말은 거짓말이었다.

모낙 상단에 가는 길에 카라멜 에비뉴를 보니 티아가 생각이 나 케이크를 샀고 그것을 전해 주고 싶었다.

물론 카라멜 에비뉴는 배달 서비스도 제공하고 있었지만 페레스는 그것을 모르는 척했다.

이미 사 버렸으니 케이크를 티아에게 전해 줘야 한다고 생각하며.

그 바람에 회의는 늦어졌지만 페레스에게 우선순위는 분명했으니 크게 상관은 없었다.

기다리고 있던 리그니테와 노시어가 페레스를 맞았다.

"남부의 사업은 어찌 되고 있지?"

"차질 없이 진행되고 있습니다. 북부에서 트리바 나무를 벌목하며 생긴 요령 때문인지 훨씬 수월하기도 합니다."

"대금은?"

"마찬가지로 바로바로 처리되고 있습니다. 서셔우가 아닙니까. 신속하게 정산이 되고 있습니다."

노시어의 만족스러운 보고에 페레스는 천천히 고개를 끄덕였다.

그러나 모든 일이 순조로운 것은 아니었다.

"펠렛 상회에 대한 조사에서는 큰 수확이 없었어. 정말로 알아낼 것이 없다고."

리그니테가 지겹다는 듯 몸을 떨며 말했다.

"무섭도록 과감하고 보는 눈이 정확하다는 것만 빼면 클레리반 펠렛은 깨끗해."

그렇게 말하고는 있었지만 리그니테도 뭔가 꺼림칙하기는 했다.

상인들은 보통 버는 돈만큼 손이 더럽기 마련이다.

하지만 클레리반 펠렛은 그렇지 않았다.

그럼에도 불구하고 펠렛 상회는 날이 갈수록 승승장구하고 있으니.
오히려 그 점이 리그니테의 머릿속에 경종을 울렸다.
"손을 대는 사업마다 어떻게 그렇게 성공하는 건지. 이번에도 일을 하나 더 벌였다던데."
"펠렛 상회가?"
"체사유에 지어지던 항만이 펠렛 상회의 투자를 받았던 거더라고. 그쪽을 통해서 동부로 물자를 유통시킬 생각인 것 같은데."
"동부로?"
"길이 험해서 그렇지 동부만큼 좋은 시장이 없으니까 그렇겠지. 중앙에서 들어가는 물건은 거의 부르는 게 값이기도 하고. 펠렛 상회는 어마어마한 돈을 벌 거야."
그 말을 듣고도 페레스는 별말이 없었다.
"페레스?"
깊이 생각에 잠긴 페레스를 불러 봤지만 여전히 대답은 없었다.
"동부……. 아비녹스……."
페레스는 그저 의미를 알 수 없는 말만 중얼거릴 뿐이었다.

한편, 황도에 위치한 앙게나스 가문의 타운 하우스에 큰 소리가 울렸다.
"이, 이게 뭐 하는 짓인가!"
황후의 남동생이자 새로운 앙게나스 가주, 듀이지 앙게나스는 경악한 얼굴로 자신의 앞을 가로막은 자에게 소리를 질렀다.

"앙게나스의 기사단장이라는 자가 가주를 감금하다니!"

듀이지 앙게나스는 사교 클럽의 살롱에 참석하기 위해 집무실을 나서려 했을 뿐이었다.

앙게나스 가문의 기사단장인 이던 클루스가 문 앞에 버티고 있는 것을 발견하기 전까지는.

비키라는 가주의 명령에도 이던 클루스는 꿈쩍도 하지 않았다.

두꺼운 갑옷을 입고 산처럼 우뚝 선 채로 듀이지 앙게나스를 무심한 얼굴로 내려다보고 있을 뿐이었다.

"여봐라! 앙게나스 가주의 명에 불복종하는 자가 여기 있다! 이 자를 끌고 가라!"

목에 핏대가 서도록 소리를 쳐 봐도 텅 빈 복도에는 인기척도 없었다.

마치 모두 듀이지 앙게나스의 상황을 알고 자리를 피한 것처럼.

오싹 소름이 돋은 그 순간이었다.

"이제 알겠니, 듀이지?"

천천히 모퉁이를 돌아 모습을 나타낸 것은 긴 베일을 두르고 있는 라비니 황후였다.

"누가 진짜 앙게나스의 주인인지."

"누, 누님이 어떻게 제게 이러실 수가 있습니까!"

"아아, 나도 이러고 싶지는 않았단다. 하지만 롬바르디 건설의 대금일을 미루라는 내 말을 듣지 않으려고 했잖니."

"하지만 약속된 날짜가 있고 롬바르디 쪽에서도 계속 압박이 들어오는데 어떻게……."

"결국 너는 나보다 롬바르디가 더 두려웠던 모양이구나."

라비니 황후가 생긋 웃으며 물었다.

“지금은 어떠니, 듀이지?”

듀이지 앙게나스는 질린 얼굴로 라비니를 바라보다 고개를 저으며 말했다.

“저는 누님이 이해가 가지 않습니다. 서셔우와 롬바르디에 그 많은 빚을 지고, 불안하지도 않으십니까.”

“불안할 게 무엇이 있지? 서부의 사업이 마무리되어 이제 그 열매를 수확할 일만 남았는데.”

또각또각.

라비니 황후가 듀이지에게 다가가는 소리가 복도에 울렸다.

“아둔해서 가여운 내 동생. 너는 아버지의 아들이 맞구나.”

그녀가 혀를 끌끌 찼다.

“서부의 관광 사업은 관광이 전부가 아니다. 사람이 모이는 곳에는 돈도 모이는 법. 농사도 제대로 지을 수 없는 땅에 큰 도시가 세워지는 기적이 일어날 거야. 바로 내가 만든 기적이지. 그러니 네가 걱정해야 할 것은 없다, 듀이지.”

듀이지 앙게나스를 바라보는 푸른 눈동자가 차갑게 빛났다.

“네 스스로의 무지함 말고는.”

라비니 황후의 손끝이 듀이지 앙게나스의 볼을 툭툭 건드렸다.

그리고 공포와 분노로 얼룩진 남동생의 얼굴을 보며 다시 한번 혀를 찼다.

“이번에는 너의 실수를 눈감아 주마. 하지만 두 번은 없다. 알겠니?”

퍽 다정한 목소리로 라비니 황후가 속삭이듯 말했다.

“너는 앞으로도 내가 시키는 대로 하면 된다. 그러면 앙게나스

가주로서의 삶을 즐길 수 있을 거야."

그렇게 말한 황후는 이던 클루스에게 눈짓을 한번 했다.

그러자 태산같이 버티고 서 있던 앙게나스의 기사단장은 너무나 쉽게 옆으로 비켜서 길을 내 주었다.

황후는 만족스레 그 모습을 보다가 돌아서 걸어갔다.

그러나 듀이지는 외쳤다.

"이, 이대로는 안 됩니다!"

"하아. 또 무슨 말이니, 듀이지."

멈춰서는 황후의 얼굴에 결국 진한 짜증이 일었다.

앙게나스의 가주를 바꾸는 방법은 간단하다.

현 앙게나스 가주가 죽거나 가주로서의 의무를 질 수 없는 상태가 되면 되는 것이다.

"사업이야 누님의 말씀대로 따르면 된다고 치지만, 황위는 어찌하실 겁니까? 1황자 전하를 황태자로 만드셔야 할 것 아닙니까!"

"……그래서?"

느릿하게 되묻는 라비니 황후의 눈에 진한 살기가 스쳤다.

"귀족들 사이에서 1황자 전하의 자질에 대해 말이 나오고 있습니다. 매일 젊은 귀족들과 사냥만 하고 다니시니까요. 이제라도 공부를 시키심이……."

철썩!

바람을 일으키며 걸어간 황후가 듀이지의 뺨을 있는 힘껏 내리쳤다.

그녀가 끼고 있던 반지에 긁힌 얼굴에서 붉은 피가 흘러내렸다.

"건방진 것. 감히 내 아드님에 대해 입을 함부로 놀리다니."

라비니 황후가 매서운 눈으로 듀이지 앙게나스를 노려봤다.

그러나 뭔가 이상했다.

언뜻 분노가 가득한 것 같은 두 눈에 웃음기가 담겨 있었다.

듀이지는 그 표정을 알고 있었다.

어릴 적, 라비니가 무언가 일을 꾸미다가 들통이 나면 짓곤 했던 얼굴이었다.

"누님……?"

"여전히 눈치는 빠르구나, 듀이지."

라비니 황후는 들켰다는 듯 피식 웃었다.

어딘가 등골이 서늘해지는 웃음이었다.

"폐하께선 절대로 2황자를 황태자로 삼으실 리 없다. 그 천한 것은 잘못된 사람을 닮아 태어났으니. 또한, 만에 하나 그런 일이 벌어진다고 하더라도……."

라비니가 의미심장하게 눈을 빛내며 말을 줄였다.

"결국 내 아드님이 황태자로 책봉되겠지. 그러니 황자 전하께선 아무것도 하실 필요가 없다."

"아무것도 하실 필요가 없다니……."

"앞으로도 그저 지금처럼 좋아하는 일을 하고 다니시면 될 일이지. 바로 너처럼 말이야."

"아아……."

그제야 라비니의 계획을 알게 된 듀이지는 본능적으로 뒷걸음을 쳐 멀어지려 했다.

황후는 미소 지으며 말했다.

"이 어미가 다 알아서 해 드릴 테니까."

오랜만에 혼자서 저녁 시간을 보내고 있었다.

아버지는 펠렛 상회에서의 회의가 늦어지는 모양이라 혼자 저녁 식사를 끝내고 책을 읽고 있었다.

똑똑.

작은 노크 소리가 들린 것도 그때였다.

"들어와."

내가 대답하자 문이 조심스레 열리고 라라네가 들어왔다.

"잠깐 이야기할 수 있을까, 티아?"

"물론이야. 여기 앉아, 라라네."

라라네는 조금 긴장한 얼굴이었다.

그 이유는 이미 짐작이 갔지만, 나는 짐짓 모른 척 평소와 다름없이 행동했다.

"차라도 한잔 마실래?"

"아, 아니야. 마시고 왔어. 그리고 이거."

잠시 머뭇거리던 라라네가 하얀 꽃 한 다발을 내밀었다.

엄지손톱만 한 자잘한 꽃이 풍성하게 묶여 있었다.

"랑파꽃이야. 향이 진하니까 창가에 놓으면 좋아."

"고마워, 라라네. 지난번에 줬던 꽃 차도 잘 마시고 있어."

"떨어지면 언제든 말해, 티아. 내게 많이 있으니까."

"응, 라라네에게는 계속 고마운 일만 생기네."

별 의미 없이 던진 말이었는데.

큰 푸른색 눈을 말없이 깜박이던 라라네가 작은 목소리로 말했다.
"고마워해야 하는 건 나야, 티아."
무릎 위에 올린 라라네의 두 주먹이 드레스 자락을 꼭 쥐는 것이 보였다.
"오늘 일, 고마웠어. 그 말을 하려고 들렀어."
라라네의 목소리는 작게 떨리기까지 했다.
"으음, 라라네. 혹시 내가 괜한 일을 한 건 아니지?"
나는 조심스레 물었다.
"응? 아, 아니야! 그런 의미에서 말한 것 아니야, 티아."
라라네가 놀라 두 손을 내저으며 대답했다.
"덕분에 아비녹스 님을 볼 수 있었는걸……."
살짝 숙인 라라네의 얼굴에 희미하게 미소가 어렸다.
참 예쁜 미소였다.
나는 조금 짓궂게 물었다.
"아비녹스 님이 그렇게 좋아, 라라네?"
"응? 아, 그게……."
세상에.
내 질문 하나에 라라네의 얼굴이 더 이상 빨개질 수 없을 정도로 새빨갛게 달아올랐다.
원래 성격상 자주 수줍어하는 라라네였지만 이렇게 빨개진 얼굴은 나도 처음 본다.
"아비녹스 님은, 날 웃게 해 주셔."
한참 만에 라라네가 꺼낸 말이었다.
"티아도 알겠지만, 나는 조금 소심해서 사람들과 함께 있을 때

어색해하고 긴장도 많이 하는 편이야. 그런데 아비녹스 님과 함께 있으면 어느새 웃고 있는 나를 발견해."

"편안하게……."

"나를 진심으로 생각해 주는 사람이라는 걸 알 수 있으니까, 마음이 놓이나 봐."

그렇게 말하는 라라네의 모습은 무척이나 편해 보였다.

"참 이상한 일이지, 티아. 나를 낳아 주신 부모님도, 함께 자란 남동생에게도 이런 위안을 받아 본 적이 없는데."

나는 어딘가 씁쓸하게 말하는 라라네의 손등을 톡톡 두들겨 주며 말했다.

"당분간은 자기 자신만 생각해, 라라네. 라라네가 좋고 편안하다면, 그걸로 된 거야."

"티아……."

라라네가 떨리는 시선으로 나를 바라보더니 씁쓸하게 웃었다.

"역시 혼담에 대해서 알고 있구나."

"대충은. 어디까지 진행되고 있는 거야?"

"다행히 아직 정해진 것은 없어. 그저 부모님이 나에게 마음의 준비를 하고 있으라고 말씀하시는 정도야. 아무래도 후보가 몇 있나 봐."

"후보?"

"티아도 알잖아. 지금 아버지의 상황이 조금 복잡한 것."

"아……."

나도 모르게 작게 탄식하고 말았다.

비에제는 지금 딸을 어디로 시집보내야 자신에게 가장 이득이 될지 재고 따져 보는 중인 거다.

딸은 하나뿐이고 결혼을 통해 사돈 관계를 맺는 것은 엄청난 기회 혹은 큰 실수를 무마하는 카드가 될 수 있으니까.

"이런 상황에서 아비녹스 님의 마음을 받아들이는 것이 얼마나 이기적인 일인지 알고 있지만, 그래도 나, 아비녹스 님이 너무 좋아서……."

라라네의 목소리에 물기가 어렸다.

가족의 편의에 따라 정해지는 상대와 결혼을 해야 한다고 들으며 자라 온 라라네다.

아마 정혼을 앞두고 아비녹스와 사랑에 빠졌다는 것만으로도 어마어마한 죄책감을 느끼고 있겠지.

나는 조용히 맞은편 자리로 옮겨 앉았다.

그리고 라라네를 꽉 안아 주었다.

"조금 전에도 말했듯이, 지금은 라라네만 생각해. 아직 아무것도 정해진 것 없으니까 벌써부터 너무 슬퍼하지 말고."

"고마워, 티아……."

라라네의 몸이 작게 떨렸다.

나는 그 등을 가만히 쓸어 주며 라라네의 귓가에 말해 주었다.

"괜찮아, 라라네. 앞으로 무슨 일이 있을지는 아무도 모르는 거니까."

며칠 뒤.

갤러한은 갑작스레 의복점으로 찾아온 손님을 불편한 얼굴로 맞이하고 있었다.

미리 연락조차 주지 않고 멋대로 갤러한 의복점 본점에 위치한 집무실로 찾아왔다.

언질도 없이 무작정 찾아왔다는 것은 이미 갤러한이 언제 어디에 있는지 파악하고 있었다는 말이었다.

게다가 찾아온 상대가 상대이니만큼, 갤러한은 잔뜩 긴장해 주먹을 꽉 쥐었다.

하지만 그런 기색을 내보이지 않았다.

오히려 가슴을 쭉 펴고, 담담한 목소리로 방문객에게 물었다.

"갑자기 여기까지는 무슨 일로 오셨습니까, 찬톤 서셔우 가주님."

"내가 실례를 했나 봅니다."

찬톤 서셔우가 조금 느릿한 말투로 말했다.

하지만 사과의 말은 없었다.

실례인 것은 알지만 그에 대해 미안해하지는 않는 것이다.

"……들어오십시오."

갤러한은 집무실 소파를 가리키며 말했다.

"고맙소."

그렇게 찬톤 서셔우와 마주 보고 앉은 갤러한은 문득 자신의 집무실이 좁게 느껴지는 것을 깨달았다.

실제로 그러한 것은 아니었다.

그저 찬톤 서셔우의 커다란 몸집과 존재감을 평범한 집무실이 다 담아내기 버거울 뿐이었다.

호기심 섞인 눈으로 갤러한의 집무실을 둘러보던 찬톤 서셔우는 갤러한에게 말했다.

"내가 서셔우의 가주가 되고 한 번쯤은 나를 찾아올 줄 알았더니. 좀처럼 얼굴을 보기가 힘든 사람이더군요, 갤러한 롬바르디 공 그대는."

찬톤 서셔우는 지금 먼저 인사를 오지 않은 갤러한을 타박하고 있었다.

체사유는 갤러한에게 수여된 후 독립하여 더 이상 서셔우 가문의 봉지가 아니게 되었지만, 여전히 서셔우의 땅에 둘러싸인 영지임에는 변함이 없었다.

"물론 대륙 전역에 퍼져 있는 갤러한 의복점과 체사유 영지를 함께 운영하려면 매우 바쁠 테니 이해합니다."

"……감사합니다."

"덜 바쁜 내가 찾아오면 될 일이지, 아니 그렇습니까?"

찬톤 서셔우의 입술이 미소 비슷한 것을 그려 냈지만, 갤러한은 더욱 불편해질 뿐이었다.

서셔우 가주 개인이 가진 분위기도 그랬지만, 무엇보다 그가 황후의 사람이라는 사실이 갤러한을 긴장하게 하고 있었다.

요즘 황후는 가는 곳마다 찬톤 서셔우를 데리고 다니며 소개했다.

제국의 귀족이라면 서셔우 가주가 황후의 최측근이라는 것을 모르는 사람이 없도록 하려는 것처럼.

솔직히 말하자면 갤러한에게 찬톤 서셔우는 매우 꺼림칙한 사람이었다.

아니나 다를까.

서셔우 가주가 물었다.

"체사유에 항만이 열린다는 소리를 들었는데. 그 말이 맞습니까?"

순간 갤러한은 '아니다'라고 대답하고 싶은 충동을 참아 냈다.

체사유 항만은 그만큼 소중한 것이었다.

그리고 갤러한의 본능은 찬톤 서셔우는 그것을 위협할 사람이라고 말하고 있었다.

"그렇습니다."

어쩔 수 없이 갤러한의 말끝이 늘어졌다.

"그렇다면 체사유 항만은 내륙의 물자가 강을 따라 움직이게 되는 시작점이 되겠군."

이미 서셔우 가주는 모든 것을 파악하고 있었다.

"……맞습니다."

갤러한이 한 박자 느리게 대답했다.

그러자 찬톤 서셔우가 한쪽 눈썹을 들어 올리며 말했다.

"그런데 왜 나는 그 사실을 이제 와 알게 된 겁니까?"

"그게 무슨 말씀이신지……."

"체사유 항만까지 내륙의 물자가 가려면 모두 서셔우의 땅을 지나가야 할 것 아닙니까."

덜컹.

심장이 내려앉는 소리와 함께 갤러한은 멈칫했다.

체사유 항만은 서셔우의 땅에 둘러싸여 있다.

달리 말하자면, 물자들이 체사유로 들어갈 수 있을지 없을지는 서셔우의 가주인 그에게 달려 있다는 말이었다.

꽤 근사한 협박이었다.

서서히 적의로 물들어 가는 녹색 눈이 찬톤 서셔우를 직시하며 물었다.

"제가 어떤 의미로 그 말을 받아들여야 합니까."

"어떤 의미일 것 같습니까?"

굳은 얼굴로 아무 말도 하지 않는 갤러한을 잠시 바라보던 찬톤 서셔우는 말했다.

"펠렛 상회의 투자를 받아 꽤 공을 들인 것 같던데."

지독히 건조하면서도 느릿한 말투였다.

찬톤 서셔우가 팔꿈치로 무릎을 짚으며 몸을 앞으로 기울였다.

그를 따라 커다란 그림자도 함께 움직였다.

"내 말 한마디면 그 모든 것이 다 물거품이 될 수도 있습니다."

갤러한의 집무실에 정적이 흘렀다.

팽팽하게 당겨진 긴장감 위에, 찬톤 서셔우는 슬그머니 자신의 기운을 흘려 넣었다.

수백의 황실 기사단을 호령하던 위압감이 갤러한을 압도하도록.

같은 상황에서 갤러한의 형인 비에제 롬바르디는 숨도 제대로 쉬지 못했다.

나중에는 놀라 딸꾹질까지 하기도 했다.

그때를 떠올리는 찬톤 서셔우의 눈에 즐거움이 스쳤다.

하지만.

"원하는 게 뭡니까."

갤러한 롬바르디는 적의를 거두지 않으며 물었다.

"……하."

놀란 것은 찬톤 서셔우였다.

기운을 거둬들이고 갤러한을 빤히 바라봤다.

안색을 보아 하니 영향을 받지 않은 것은 아닌데.

밝은 녹색 눈에 깃든 적개심은 전혀 사그라지지 않았다.

"내가 원하는 게 있다고 어떻게 확신하는 겁니까."

"그게 아니라면 직접 찾아와 내 기를 꺾으려는 수고를 할 필요 없이, 항만이 열린 뒤 물자가 들어오지 못하도록 서셔우의 성문을 걸어 잠가 버리면 될 일이었습니다. 그편이 체사유에 더 큰 타격을 입힐 수 있을 테니까요."

갤러한이 담담하게 말했다.

"그러니 유치한 짓은 그만두시고 말해 보십시오. 원하는 게 뭔지."

"……가끔은 소문이 사실일 때도 있나 보군."

'소문'이란 말에 갤러한이 살짝 미간을 찌푸렸다.

"그 '소문'이란 게 무엇인지는 모르지만 용건을 빨리 말씀해 주십시오. 가 봐야 할 곳이 있습니다."

"아아, 오늘이 롬바르디 가주님의 탄일이라고 했던가. 매년 연회도, 선물도 받지 않고 가족과 가신들만 모아 단출하게 보내신다지요. 그럼 서두르셔야지."

찬톤 서셔우는 고개를 끄덕였다.

그리고 갤러한을 똑바로 바라보며 말했다.

"언제든 체사유 항만에 서셔우의 배가 들어올 수 있는 우선권. 어떻소."

갤러한은 조금 놀랐다.

당연히 서셔우의 땅을 지나가는 통행료를 달라고 할 줄 알았던 것이다.

우선권을 요구하는 이유는 단 한 가지뿐이다.

"서셔우가 직접 배를 만들 생각인 겁니까?"

"쓰임이 잦다면 우리 서셔우도 못 만들 것은 아니지요."

그렇게까지 해서 서셔우가 동부에 가져가려고 하는 물건이 무엇일까.

잠시 생각하던 갤러한은 말했다.

"……서셔우의 곡식을 동부에 가져가 팔 생각이신 거군요. 그것도 직접."

갤러한의 말에 찬톤 서셔우는 어깨를 으쓱하고 대답했다.

"서셔우의 곡물이 제국에서 가장 싼 값에 팔린다는 것, 롬바르디 공은 알고 있습니까?"

"생산량이 많으니 가격도 낮게 잡힌다고 알고 있습니다."

"맞습니다. 그리고 나는 서셔우의 농민들이 피와 땀을 흘려 생산해 낸 것이 헐값에 팔려 나가는 것을 더 이상 두고 볼 수만은 없어서 말입니다."

찬톤 서셔우의 목소리가 서늘했다.

그때 갤러한이 물었다.

"그래서 서쪽의 앙게나스와 손을 잡으신 겁니까? 언제나 식량이 모자란 서부를 쉽게 공략하기 위해서?"

서셔우 가주가 피식 웃으며 답했다.

"부정하지는 않겠소. 이미 지난 몇 개월 동안 서부의 영지민들은 우리 서셔우가 비교적 저렴하게 공급하는 식량에 익숙해졌지."

"그리고 체사유에서 시작되는 수상 무역을 통해 동쪽으로도 진출하려는 생각이군요."

"동부라는 새 시장을 열어 주는 그대 때문이지, 갤러한 롬바르디 공."

찬톤 서셔우, 보통이 아니다.

갤러한은 내심 긴장감에 마른침을 삼켰다.

전 기사단장이라는 말에 내심 얕잡아 보는 마음이 있었다.

검이나 잡던 자라고.

하지만 직접 만난 그는 곰 같은 자였다.

덩치가 크고 행동이 느릿해 언뜻 아둔해 보이나 사실은 무척이나 예리하고 강자의 본능이 살아 있는.

"그러니 내 제안을 받아들이시오, 롬바르디 공. 내가 그대의 앞길을 막게 하지 말고."

요구하는 것만 들어주면 방해하지 않겠다.

나를 적으로 만들지 말라는 달콤한 유혹이었다.

잠시 찬톤 서셔우를 응시하던 갤러한은 고개를 끄덕이며 자리에서 일어났다.

그리고 악수를 청하며 말했다.

"그렇게 하지요. 정박료에 대한 자세한 설명은 빠른 시일 내에 저택으로 보내 드리겠습니다."

만족스레 갤러한의 손을 잡던 찬톤 서셔우가 멈칫했다.

"……정박료?"

"그럼 배를 공짜로 대려고 하셨습니까? 걱정 마십시오. 이웃인 서셔우이니 훨씬 저렴한 가격으로 적용시켜 드리겠습니다."

찬톤 서셔우의 날카로운 눈이 갤러한을 찌르듯 노려봤다.

그러나 갤러한은 피하지 않았다.

찬톤 서셔우와 부친인 룰락 롬바르디는 비슷한 과였다.

이런 부류의 강자들에게는 약자가 되어선 안 된다.

조금이라도 고개를 빳빳이 들고 맞서야 한다.

그게 살아남는 길이다.

다행히 갤러한을 보는 찬톤 서셔우의 눈가에 웃음기가 번졌다.

그리고 말했다.

"체사유의 영주께서 그렇게 말씀하시는데 믿어야겠지. 알겠습니다, 연락을 기다리겠소."

찬톤 서셔우가 집무실을 나갔다.

혼자 남겨진 갤러한은 그대로 소파에 쓰러지듯 주저앉았다.

"후우……."

심장이 쿵쾅거리고 지친 한숨이 절로 나왔다.

맹수로부터 체사유 항만을 겨우 지켜 낸 듯한 심정이었다.

그때 대화 도중 오갔던 말이 떠올랐다.

"그리고 나는 서셔우의 농민들이 피와 땀을 흘려 생산해 낸 것이 헐값에 팔려 나가는 것을 더 이상 두고 볼 수만은 없어서 말입니다."

머릿속이 복잡했다.

"……그렇게 나쁜 사람은 아닌 건가?"

마른세수하던 갤러한은 앓듯이 중얼거렸다.

조촐한 저녁 식사라고는 하지만 롬바르디 가주의 생일이 정말로 조용히 지나갈 리는 없다.

가주의 직계들과 봉신 가문의 직계들만 모아도 롬바르디 저택의 거대한 연회장인 엘레노어 홀이 가득 찼다.

현재는 정찬이 모두 끝나고 사람들이 자유로이 돌아다니며 대화를 나누는 시간이었다.

룰락의 곁에도 봉신 가문의 가주들, 그리고 샤나넷과 비에제가 둘러앉아 이런저런 이야기를 나누고 있었다.

"북부가 안정화되며 광물의 가격이……."

"이참에 롬바르디도 서부의 부동산에 조금 더 투자를 하는 것이……."

오가는 대화를 한 귀로 듣고 한 귀로 흘리며 룰락은 술잔을 빙글 돌렸다.

미루는 것에도 한계가 있다.

이제 후계를 지목할 때가 다가오고 있었다.

룰락은 찬찬히 샤나넷과 비에제, 그리고 갤러한의 빈자리를 바라봤다.

샤나넷은 두말할 것도 없이 훌륭한 가주가 될 것이다.

여자라는 이유로 뒷말은 나오겠지만 롬바르디의 성을 지켰고 쌍둥이도 롬바르디의 이름을 받았으니 제국법상 문제가 될 것은 없다.

본인이 여러 차례 '다음 대 롬바르디 가주가 될 생각이 없다'고 밝히지 않았다면 샤나넷은 완벽한 후계였을 것이다.

그리고 비에제는.

'두고 보면 알겠지.'

앙게나스의 서부 관광 사업이 발돋움하기 직전이다.

비에제의 말대로 그 사업이 성공할지 말지는 모두 미래에 달렸다.

룰락의 시선이 마지막으로 갤러한의 빈자리에 닿았다.

이런 날이 올 것이라 생각지도 못했지만, 근래 룰락의 마음이 가장 기우는 쪽은 바로 막내인 갤러한이었다.

자랄 때부터 그 총명함은 알고 있었지만 갤러한 의복점을 운영하며 그 머리가 단순히 책상물림만은 아님을 스스로 증명해 내었다.

또한 최근 체사유 영지에 항만을 건설하며 영주로서의 과감함도 보였다.

그러나 가장 큰 이유는 갤러한의 총명함도, 영주로서의 경험도 아니었다.

그것은 바로.

"할아버지."

밝고 명랑한 목소리가 룰락의 상념을 깨웠다.

"할아버지, 생신 축하드려요!"

손녀인 피렌티아였다.

"아빠가 늦으시네."

할아버지의 생신처럼 중요한 자리에 늦을 사람이 아닌데.

무슨 일이 있는 건 아니겠지.

"어디서 비라도 피하고 계신 거겠지. 너무 걱정하지 마, 티아."

라라네가 내 어깨를 토닥이며 말했다.

"비?"

나는 고개를 들어 창밖을 바라봤다.

어느새 꽤 많은 비가 내리고 있었다.

"지난번에 티아가 사고를 당한 이후로 할아버지의 명이 있었잖아."

"롬바르디의 사람들은 비나 눈이 많이 오면 마차를 멈추고 피해 있으라고."

쌍둥이가 내 앞에 디저트와 과일을 밀어 주며 말했다.

내 취향은 또 어떻게 알아서.

온통 내가 좋아하는 것들뿐이다.

"그래, 그런 거겠지."

나는 포크로 과일 조각을 하나 찍어 우물거리다 제일 상석 쪽을 바라봤다.

할아버지 곁에 사람들이 바글바글하게 모여 있었지만, 정작 할아버지와 대화를 나누는 사람은 없다.

할아버지의 생신을 축하하기 위해 모인 자리인데도 불구하고.

시끄러운 바다 위에 혼자 떠 있는 섬 같은 그 모습에 괜히 마음이 쓰였다.

"어디 가, 티아?"

자리에서 일어나자 내 차에 꿀과 우유를 넣던 길리우가 눈을 동그랗게 뜨며 물었다.

"잠깐 할아버지께 드릴 게 있어서. 갔다 올게."

나는 미리 챙겨 온 손가방을 들고 할아버지 곁으로 다가갔다.

"할아버지."

하지만 할아버지는 깊이 생각에 잠겼는지 내 목소리를 듣지 못했다.

나는 일부러 조금 큰 목소리로 말했다.

"할아버지, 생신 축하드려요!"

"음? 아아, 고맙다, 티아."

그제야 따듯한 갈색 눈이 나를 바라본다.

나는 할아버지의 옆자리에 앉아 손을 잡아 드리며 말했다.

"앞으로 딱 백 번만 더 건강하게 생신 연회 해요, 할아버지."
"어허허, 녀석."
할아버지는 내 응석이 싫지 않은지 웃으며 연신 머리를 쓰다듬어 주었다.
"생신 선물을 드리면 안 되는 건 알지만 이건 조금 다른 거니까 받아 주세요."
나는 손가방에서 빨간색 봉투를 하나 꺼내 할아버지에게 건넸다.
"이게 무어냐, 티아?"
"일주일 뒤에 황도의 강가에서 열리는 펠렛 상회의 연회 초대장이에요, 할아버지."
"호오, 강가에서 연회를 한단 말이냐?"
할아버지가 호기심 섞인 눈으로 봉투를 열어 초대장을 확인했다.
"요즘 날씨가 워낙 좋잖아요. 이런 계절에 안에만 있기엔 조금 아까워서 특별하게 준비해 봤어요."
"준비해? 이 연회를 티아 네가 준비했다는 말이냐?"
이미 주변의 가신들과 롬바르디의 사람들이 우리의 대화에 귀 기울이고 있는 것쯤은 안다.
다들 내가 펠렛 상회의 일에 직접 관여했다는 말에 하나둘 대화를 멈추고 있었다.
뭐, 이제 슬슬 '클레리반의 제자' 역할에서 벗어날 때도 됐으니까.
나는 고개를 끄덕이며 대답했다.
"네, 할아버지. 초대장 봉투까지 제가 직접 골랐는걸요. 보세요, 빨간색이잖아요."
"허허, 그렇구나."

"사실 일반적인 연회는 아니고 펠렛 상회의 새 사업을 소개하는 자리예요. 그리고 그 사업에도 제가 조금 머리를 보탰으니 할아버지가 와 주시면 정말 기쁠 것 같아요."

"호오, 그랬단 말이냐? 그래, 그렇다면 이 할아비가 응당 가 봐야지!"

"와아, 할아버지가 오시면 다들 눈이 동그래질 거예요!"

연회는 모름지기 참석하는 손님에 따라 격이 달라지는 법.

롬바르디의 가주가 직접 참석한다면 연회의 무게와 파장도 더욱 묵직해질 것이다.

그런데 그때 이죽거리는 목소리가 들려왔다.

"그래 봤자 연회에 꽃 장식이나 골랐을 테지."

술이 올라 얼굴이 불그스름한 비에제였다.

뭐래, 저 주정뱅이가.

나를 흘끔 노려본 비에제는 할아버지에게 큰 소리로 말했다.

"아버님! 오늘 앙게나스로부터 공사 대금으로 얼마가 들어왔는지 아버님도 아시지 않습니까! 오늘 연회는 저를 위해 열어 주셨어야 했던 것 아닙니까, 하하!"

요새 세랄이 목줄을 쥐고 있어 조금 잠잠한가 했더니.

제 버릇 개 못 주고 결국 술에 취해 입을 잘못 놀리고 있다.

"비에제, 술이 과한 것 같구나."

보다 못한 할아버지도 못마땅한 얼굴로 낮게 말했다.

내 생각 같아서는 테이블 위에 나뒹구는 냅킨 중 하나를 집어 저 입에 쑤셔 넣고 하인들을 시켜 끌고 가라고 말하고 싶지만.

지켜보고 있는 가신들을 생각하며 속으로 작게 심호흡을 하며 마음을 가라앉혔다.

이런 자리에서 비에제와 싸워 봤자 내 얼굴에 침 뱉기니까 참아야…….

“요새 자금이 부족하다는 앙게나스 가문이지만 제가 요청하니 떡하니 대금을 치르지 않았습니까! 사내라면 저처럼 강한 한 방이 있어야 하는 법 아닙니까!”

한 방 같은 소리 하고 있네.

비에제의 말이 내 안의 무언가를 툭 건드렸다.

나는 웃는 얼굴로 말했다.

“누가 들으면 앙게나스가 우리 롬바르디에 주지 않아도 되는 공돈을 주는 줄 알겠어요. 한참 늦게, 그것도 반밖에 주지 않으면서 그렇게 생색이라니.”

“시끄럽다! 어디 주제도 모르고 건방지게…….”

비에제가 노골적으로 불쾌한 티를 내며 나를 노려보다가 표정이 굳어진 할아버지의 눈치를 보고 말을 줄였다.

그리고 나를 가르치듯 말했다.

“하나만 알고 둘은 모르는구나. 서부 개발은 이게 끝이 아니다. 이번 관광 사업이 잘되면 또 롬바르디에 건설을 발주하기로 다 이야기가 되어 있다는 말이다. 그깟 공사 대금 반은 오히려 남겨 두는 편이 우리에게는 이득이지.”

이걸 어쩌나.

다음 공사는 없을 텐데.

비에제는 혀를 끌끌 차며 계속 지껄였다.

“한 가족끼리 서로서로 도우며 좋은 일이지.”

나는 그 말에 고개를 갸웃하며 대답했다.

“그것참 이상하네요. 앙게나스가 언제 우리 롬바르디의 봉신 가문이 되었던 거죠? 한 가족이라니.”

“하하…….”

가신 몇이 작은 소리로 웃었다.

퍽 재미있는 농담이니까.

가문의 크기로 보나 영향력과 위치로 보나, 하다못해 재산의 정도로 보나.

롬바르디와 앙게나스가 비에제의 말대로 진짜 한 가족이 되려면, 그쪽이 우리 밑으로 들어오는 방법밖에 없는걸.

“봉신 가문이라니!”

하지만 비에제는 버럭 성을 냈다.

“앙게나스는 내 처가다! 롬바르디와는 한집안이나 마찬가지이지!”

그러고는 알 만하다는 듯 말했다.

“하긴. 결혼해 나가면 다른 가문의 사람이 될 것이니, 네가 롬바르디에 애정이 부족한 것도 놀랄 일은 아니지.”

툭.

내 머릿속에서 이성의 끈이 끊어지는 소리가 들렸다.

“지금…… 뭐라고 했어요?”

나는 비에제를 똑바로 노려봤다.

“롬바르디에 대한 애정이…… 부족하다고?”

이 내가?

나 피렌티아 롬바르디가?

비에제 당신 따위에 비해서?

자리에서 벌떡 일어났다.

'쾅!' 하고 의자가 넘어지며 큰 소리가 연회장에 울렸고 많은 사람들이 이쪽을 돌아보는 것이 느껴졌다.

나는 놀란 얼굴로 앉아 있는 비에제를 향해 한 걸음씩 다가갔다.

비에제의 바보 같은 짓 때문에 롬바르디가 꽤나 큰 손해를 입게 생긴 것도 감수할 수 있다.

비에제가 머저리 같은 소리를 해 대는 것도 무시할 수 있다.

하지만.

롬바르디에 대한 내 애정이 뭐 어쩌고 어째?

나는 비에제의 바로 앞에 섰다.

위에서 내려다보는 비에제는 평소보다 백배는 더 얼간이 같아 보였다.

나는 한쪽 입꼬리를 살짝 올리며 손가방을 열었다.

그리고 꺼낸 물건을 비에제 앞 테이블에 다시 한번 쾅 소리가 나도록 내려놨다.

"……초대장?"

할아버지 생신 연회에 참석한 다른 사람들에 주려고 가져왔던 붉은색 초대장이었다.

나는 계속해서 비에제를 내려다보면서 한 글자, 한 글자 힘을 줘 또박또박 말했다.

"꼭, 오세요. 부디, 꼭."

클레리반이 새 사업을 발표하는 그 순간, 네 얼굴을 내 눈으로 직접 봐야겠으니까.

나는 비에제를 오게 하기 위해 마지막 말을 슬쩍 흘렸다.

"오지 않았다간 당분간 사교 모임에서 할 말이 없어 가만히 앉아 있어야 할지도 모르니까. 나중에 후회하지 마시고요."

그 순간 얼빠진 시선이 흔들리는 것을 보며 알 수 있었다.

비에제는 이 초대장을 들고 제 발로 연회에 찾아올 거란 걸.

일주일 뒤.

황도는 오늘 저녁 펠렛 상회가 여는 연회로 한창 떠들썩했다.

하지만 리그니테 루만은 그로부터 조금 멀리 떨어진 곳에 있었다.

멘리라는 지역으로 롬바르드 영지의 가장 남쪽에 위치한 시골 마을이었다.

클레리반 펠렛이 여는 연회는 매번 화제가 되고는 하니 조금 아쉽기는 하지만, 새로 들어온 정보를 하루라도 빨리 확인하기 위해 어쩔 수 없는 선택이었다.

"여긴가?"

리그니테가 말을 몰아 도착한 곳은 멘리에서 가장 큰 저택 앞이었다.

한적한 시골 마을에서 제일 커다란 저택이라고 해 봤자 황도의 타운 하우스보다도 작은 수준이었지만, 잘 정돈이 되어 나름 단정하고 아늑한 느낌을 주는 곳이었다.

"어떻게 하지……."

이미 해가 저무는지라, 낯선 집의 문을 두드리기에는 조금 늦은 시각이었다.

리그니테는 잠시 망설이다 훌쩍 말에서 내렸다.

손으로 옷에 묻은 흙먼지를 대충 툭툭 털어 단정히 한 후, 저택의 현관으로 걸어갔다.

"펠렛 상회가 처음 세워졌을 때를 중심으로 다시 살펴봐. 특히 펠렛 상회 건물의 전 소유주가 지금 어디 있는지 찾아내."

얼마 전 페레스가 뜬금없이 내린 명령이었다.

또 클레리반 펠렛에 대한 이야기인가 싶어 리그니테는 작게 한숨을 쉬며 물었다.

"전 소유주는 갑자기 왜?"

"그 건물을 매입한 자가 클레리반 펠렛 본인인지 확인해 봐. 서류상의 매입자가 아니라 실질적인 매입자 말이야."

그 순간, 리그니테는 뒤통수를 거하게 얻어맞은 것 같은 느낌이었다.

왜 진작 그 생각을 못 했을까.

펠렛 상회는 처음부터 다른 투자자 없이 클레리반 펠렛 본인이 유일한 소유자였다.

그래서 단순히 '대단한 사람이군'이라고 생각하며 넘어갔을 뿐이었다.

하지만 지금 생각해 보면 조금 이상했다.

펠렛 상회를 세우기 전, 클레리반 펠렛은 롬바르디 가문을 위해

일하는 수많은 고용인들 중 하나일 뿐이었다.

물론 저택의 살림과 후계들의 교육을 담당했으니 많은 급료를 받기는 했겠지만, 시가지에 있는 건물 하나를 통째로 매입하기엔 부족했을 것이다.

하지만 제국의 어느 은행에도 클레리반 펠렛이 대출을 받았던 흔적은 없었다.

그것은 직접 조사한 리그니테가 장담할 수 있었다.

그렇다면 건물 하나를 선뜻 살 만한 돈은 과연 누구의 것이었을까.

펠렛 상회가 세워진 건물은 정말 클레리반 펠렛의 소유였을까.

여러 가지 의문점들 속에서 리그니테는 저택의 문을 두드렸다.

"실례하겠습니다. 계십니까?"

잠시 뒤, 집사복을 입은 중년의 남성이 나와 리그니테를 맞이했다.

"안녕하십니까, 롬바르디시에 사시던 그린 베로우 님을 찾아왔습니다. 만나 뵐 수 있겠습니까?"

집사는 무례하지 않은 선에서 리그니테의 차림새를 한번 쭉 훑어봤다.

수상한 자가 아닌지 확인하는 것이다.

이름을 밝히지는 않았지만 정중한 말투와 고급스럽게 보이는 옷이 방문자가 귀족임을 증명하고 있었다.

"주인님은 지금 쉬고 계십니다. 일단 응접실로 들어오시지요."

"고맙습니다."

리그니테는 안내에 따라 안으로 들어서며 이번에는 제대로 된 답을 찾을 것 같다는 강한 예감을 받았다.

동시에 명령을 내리던 페레스의 모습이 떠올랐다.

묘한 확신이 깃들어 있던 그 눈이.

너른 물이 잔잔하게 흐르는 황도의 강가.

조금 높은 곳에 선 클레리반은 흡족한 얼굴로 연회장에 모인 귀족들을 내려다봤다.

이제 연회를 준비할 때 초대한 이들이 오지 않으면 어쩌나 걱정을 할 필요가 없었다.

펠렛 상회의 연회라고 하면 다른 사람의 초대장이라도 들고 참석하려고 하는 이들이 대부분이었으니까.

그만큼 이제 귀족 사회에서 클레리반 펠렛이라는 이름이 가지는 영향력은 대단했다.

그늘 속에 숨어 살아야 했던 그 유명한 로마시에 딜라드의 사생아, 클레리반 펠렛은 이제 어디에도 없었다.

그는 그저 대펠렛 상회의 클레리반 펠렛으로 램브루 제국 귀족들 위에 우뚝 섰다.

'그리고 이 모든 건 피렌티아 님 덕분이다.'

상상하기도 싫었다.

만약 피렌티아 롬바르디라는 빛을 만나지 못했다면 자신의 삶이 어떤 모양이었을지.

생각만 해도 아찔했다.

마침 클레리반의 시선이 조금 멀리 떨어져 있는 피렌티아와 마주쳤다.

클레리반은 은밀히 고개를 까딱했다.

그러자 그녀는 아름다운 얼굴에 미소를 지어 보이며 클레리반에게 인사했다.

그리고 눈짓으로 연회장 입구를 가리켰다.

얼른 그쪽을 바라보자 막 연회장에 도착한 룰락과 로마시에 딜라드가 보였다.

여유롭게 연회를 즐기고 있는 것처럼 보이지만, 피렌티아는 이미 모든 중요 인물의 동선을 완벽하게 파악하고 있었다.

클레리반은 자신에게 맡겨 달라는 의미로 손을 살짝 가슴팍 위로 올린 뒤 서둘러 룰락에게 다가갔다.

"오셨습니까, 가주님."

"아아, 클레리반. 오늘도 아주 아름다운 연회일세. 역시 펠렛 상회라는 말이 아깝지 않을 정도야."

룰락은 진심으로 기꺼워하며 웃었다.

"과찬이십니다."

그리고 클레리반은 룰락의 옆에 선 로마시에를 바라봤다.

"오랜만에 뵙습니다, 롬바르디 상단주님."

타인을 향한, 담담하고도 완벽하게 정중한 인사였다.

클레리반은 더 이상 로마시에 딜라드를 보며 괴로워하지 않았다.

이 또한 피렌티아를 만난 뒤 생긴 변화였다.

"피렌티아 아가씨께서 준비하신 연회라는데 내가 놓칠 수는 없지."

로마시에 딜라드는 그렇게 말하며 클레리반을 바라봤다.

피렌티아가 준비한 것이 이 연회뿐만이 아니라는 것을 이미 짐작하고 있는 눈이었다.

로마시에 딜라드는 펠렛 상회의 실소유주가 누구인지 알고 있는 몇 안 되는 사람 중 하나였다.

"자네 요즘 들어 부쩍 우리 티아를 챙긴단 말이지?"

룰락이 싫지 않게 로마시에를 흘끔 바라보며 말했다.

"하하, 제가 그랬습니까?"

뜨끔한 로마시에는 얼른 대답했다.

"워낙 뛰어난 분이시지 않습니까. 아직 나이는 어리지만 수완이 그 누구 못지않으시니. 젊었을 적 가주님을 보는 것 같아 그렇습니다."

"으음? 그런가?"

룰락은 눈을 동그랗게 뜨더니 이내 '어허허!' 하고 크게 웃었다.

"그래, 우리 티아가 나를 좀 닮기는 했지! 그래!"

하지만 언뜻 호탕하기만 한 웃음 뒤에 여운이 남았다.

룰락은 잠시 고개를 끄덕끄덕하며 무언가를 생각하다가 클레리반의 어깨를 두드렸다.

"바쁜 사람 더 잡아 두지 않겠네. 그럼 나중에 보지."

"예, 가주님."

연회장 안으로 들어가는 룰락의 뒷모습에 클레리반은 정중하게 인사했다.

그 뒤, 연회장에 속속들이 도착하는 사람들을 맞이하면서도 클레리반은 룰락에게서 눈을 떼지 않았다.

그리고 마침내 뒤늦게 도착한 비에제가 그 가족들과 함께 룰락에게 인사를 하는 것이 보였다.

그것을 확인한 클레리반은 연회장 단상 쪽으로 걸음을 옮겼다.

"클레리반 님."

단상 근처에서 대화를 나누고 있던 갤러한과 아비녹스 루만이 클레리반을 바라봤다.

두 사람 다 긴장한 기색이 역력한 모습이었다.

“준비가 다 끝났습니다. 괜찮으시겠습니까?”

클레리반의 물음에 갤러한은 억지로나마 웃어 보였다.

아비녹스도 짧게 심호흡을 하더니 고개를 끄덕였다.

클레리반은 조금 전, 룰락이 했던 것처럼 두 사람의 어깨를 두드려 주고는 훌쩍 단상 위로 올라섰다.

그뿐이었다.

하지만 연회장에 가득하던 사람들의 대화 소리는 잦아들고 음악은 멈췄다.

사람들이 올려다보는 클레리반의 얼굴에는 어느새 특유의 자신만만한 미소가 지어져 있었다.

“귀한 시간을 내주신 여러분들께 진심을 담아 감사한 마음을 전합니다.”

클레리반이 천천히 좌중을 훑으며 말했다.

“그러면 이제 본격적인 연회를 시작하도록 하겠습니다.”

“본격적인 연회라니?”

“뭐가 더 있는 건가?”

사람들이 서로 돌아보며 웅성거렸다.

클레리반은 그런 반응을 즐기듯 잠시 사람들을 지켜보다가 씨익 웃으며 강가를 가리켰다.

마침 커다란 배가 천천히 모습을 드러내고 있었다.

“여러분을 선상으로 모시겠습니다.”

귀족들은 그야말로 난리가 났다.

흥분과 환호의 도가니였다.

화려하게 불을 밝힌 배가 강가의 부두에 안전하게 정박하자 앞다투어 배에 타려고 했다.

태어나서 배라는 것을 처음 본 사람도 많았다.

그러나 처음에는 조금 무서워하던 그들도 어린애처럼 신나 하기는 마찬가지였다.

사람들이 하나둘 탑승하기 시작하자, 배 위에는 음악이 흐르기 시작했다.

조금 전까지 흐르던 음악과는 다른, 더 흥겹고 빠른 노래는 동부의 민요를 제국식으로 재해석한 것이었다.

제공되는 술도 바뀌었다.

지상에서는 붉은 와인이 서빙되었지만 선상에서는 톡 쏘는 샴페인과 드라이한 화이트 와인이 사람들의 손에 들렸다.

음식과 어울리게 하기 위해서였다.

"이건 뭔가?"

"동부의 특산품인 해산물을 시트러스 소스에 졸여 조리한 음식으로……."

고용인들의 추천에 조심스레 음식을 맛본 사람들의 눈이 하나같이 휘둥그레졌다.

"맛있다!"

"처음 느껴 보는 매력적인 맛이군요!"

그때, 한 귀족이 큰 소리로 말했다.

"이거 동부의 음식이로군!"

"동부요……?"

"내가 젊었을 적에 동부에 몇 번 다녀온 적이 있는데 그때 맛봤던 요리인 것 같은데. 이름이…… '칸타테'였던가."

멋지게 기른 콧수염이 인상적인 중년의 남자였다.

"아아, 동부의 음식은 아주 별미지! 그 맛을 잊을 수가 없어서 종종 생각이 나곤 했는데, 펠렛 상회의 연회에서 다시 맛보게 될 줄이야! 허허!"

그 뒤로 귀족들은 조금 더 적극적으로 음식들을 맛보기 시작했다.

음식은 그저 배가 고프지 않을 정도로만 먹는 일반적인 연회와는 다른 모습이었다.

나도 그런 사람들 사이에 섞여서 하나씩 음식을 맛봤다.

전체적으로 밋밋한 제국의 음식과는 다르게 시고, 달고, 매콤한 맛이 아주 인상적인 해산물 요리였다.

그때 시원한 강바람이 불어왔다.

내 옆에서 마찬가지로 음식을 하나씩 먹어 보던 한 귀부인이 꿈꾸듯 말했다.

"저도 동부에 가 볼 수 있다면 얼마나 좋을까요."

나는 주변을 둘러봤다.

그 귀부인뿐만이 아니라 비슷한 생각을 하는 사람들이 많아 보였다.

그리고 그런 분위기가 무르익기를 기다렸다는 듯, 클레리반이 선상 위의 단상에 올라섰다.

이번에는 아버지와 아비녹스도 함께였다.

"갤러한 롬바르디 공?"

"그 옆은 누구지?"

"저 젊은 청년은 동부 루만가의 가주 대리 아닌가요?"

사람들이 호기심 섞인 눈으로 단상을 올려다봤다.

"저희 펠렛 상회가 특별히 준비한 연회가 마음에 드십니까?"

클레리반의 질문에 사람들은 웃으며 손에 든 잔을 들어 올렸다.

"먼저 눈치를 채신 분도 계시겠지만 지금 서빙되고 있는 것은 모두 동부의 음식입니다. 중앙을 비롯해 제국의 다른 지역에서는 접해 볼 수 없는 아주 특별한 음식들이지요."

특별한.

그 단어에 귀족들의 눈이 반짝였다.

클레리반은 뜸을 들이려는 것인지 잠시간의 공백 뒤에 말을 이었다.

"아비녹스 루만 공자의 도움으로 우연한 기회에 동부의 훌륭한 음식과 문화를 접해 보고 이것을 더 많은 분들과 함께 나누고 싶다는 생각을 했습니다. 그리고 그 답을 체사유에서 찾을 수 있었습니다."

클레리반과 아버지 그리고 아비녹스가 사람들 앞에서 서로 정중하게 인사를 나눴다.

이번 사업의 파트너이자 관계자임을 보여 주는 것이었다.

"일주일 뒤, 체사유의 항만이 열립니다. 내륙에서 동부까지의 물길이 열리는 것이지요. 그리고 바로 체사유에서부터 우리 펠렛 상회의 '동부 크루즈 여행'이 시작될 예정입니다."

클레리반의 말이 떨어지기가 무섭게, 펠렛 상회의 직원 두 사람이 커다란 액자를 들고 단상 위로 올라왔다.

커다란 배의 전경이 그려진 그림이었다.

"여러분이 지금 타고 계시는 배의 약 열 배에 달하는 거대한 최고급 여객선이 고객분들을 안전하고도 편안하게 동부까지 모실 겁니다."

동부까지의 편안한 여행이라니!

게다가 한 번도 타 본 적 없는 최고급 여객선이라니!

눈을 동그랗게 뜨고 옆 사람과 속닥이는 귀족들의 흥분한 속마음이 빤히 보인다.

"오늘 연회를 마련한 이유는 딱 한 가지. 2주 뒤 역사적인 첫 크루즈 여행을 떠나실 15쌍의 고객을 선발하기 위해서입니다. 물론, 모든 경비는 저희 펠렛 상회의 몫이고 선정되신 분들께선 그저 7일 동안 밤마다 열리는 아름다운 선상 연회와 2주간 꿈같은 동부 여행을 편안한 마음으로 즐기시면 됩니다."

"오오!"

"선정은 어떤 방식으로 하는 겁니까!"

한 남자가 참지 못하고 큰 소리로 물었다.

"하하, 방식은 간단합니다. 오늘 연회 동안 이런 상자를 든 펠렛 상회의 직원들이 여러분 곁을 지나갈 겁니다. 그때 카드에 자신의 이름을 써서 넣어 주시면 됩니다. 추첨은 연회 막바지에 진행하겠습니다."

사람들이 직원의 모습을 확인하려 까치발을 드는 모습이 여기저기에서 보였다.
“그럼, 동부의 훌륭한 음식과 아름다운 음악과 함께 좋은 시간 보내십시오.”
클레리반이 단상에서 내려오자 다시 흥겨운 음악이 선상에 흘렀다.
성공적인 프레젠테이션의 결과는 보나마나였다.
사람들은 음식과 술을 뒤로한 채, 추첨함에 달려들었다.
나는 배의 난간에 기대어 그 모습을 여유롭게 지켜봤다.
어떤 사람은 자신의 이름을 두 번 써서 넣으려다가 걸려서 망신을 당하기도 했다.
그때, 배의 문 쪽에서 작은 소란이 일었다.
“문을 열어라! 지금 당장 내려야 한단 말이다!”
비에제가 펠렛 상회의 직원에게 위협적으로 소리치고 있었다.
이제 막 서부 관광으로 돈을 벌어 보려는 참에 어느 면에서 보나 더 뛰어난 동부 크루즈 여행이라니.
발등에 불이 떨어진 비에제는 아마 황후에게 달려가려는 걸 거다.
하지만 그럴 수는 없다.
“위험합니다. 그만둬 주십시오, 롬바르디 공! 이미 배는 출발했습니다!”
“이익! 그렇다면 다시 배를 돌리라고!”
클레리반이 연설을 시작함과 동시에 배는 정박되어 있던 강가를 떠났는걸.
비에제를 위해서 내가 특별히 준비한 선물이다.
“아마 다섯 시간은 넘게 걸릴 텐데.”

그동안 똥줄 좀 타 보라지.

아마 그 시간 동안 롬바르디 건설이 받지 못한 돈과 서부 개발에 투자한 자기 개인 자금까지 세어 보느라 피가 바짝바짝 마를 거다.

"꼴좋군요."

어느새 내 옆으로 다가온 클레리반이 난동을 부리다가 할아버지의 분노 섞인 눈총을 받고서야 조용해진 비에제를 보며 말했다.

"자업자득이죠."

나는 비에제를 향해 혀를 쯧쯧 차며 대답했다.

그때 다시 한번 강바람이 불어와 내 머리칼을 날렸다.

상쾌하면서도 부드러운 바람이었다.

"아, 시원하다."

흥겨운 음악과 사업의 대성공 그리고 비에제의 패닉이 한데 섞인 선상에서의 밤이라니.

나는 다시 한번 더 강바람을 깊게 들이마시며 눈을 감았다.

그리고 아무 말 없이 손에 들고 있던 샴페인 잔을 들어 올렸다.

곧 쨍 하고 클레리반이 내 잔에 자신의 잔을 가볍게 부딪치는 소리가 났다.

나는 미소와 함께 시원한 샴페인을 한 모금 머금었다.

"아, 완벽해!"

너무, 아름다운 밤이에요.

다음 날 아침.

페레스는 롬바르디 저택에 도착해 말에서 내렸다.
이제 황자의 방문이 익숙한 듯 하인이 나와 페레스의 말을 마구간으로 이끌었고, 별관의 집사가 그를 마중했다.
“티아는?”
“일어나 계십니다.”
집사의 대답에 페레스는 한쪽 눈썹을 들어 올렸다.
어젯밤, 선상 연회가 아주 늦게 끝났다고 했다.
배에서 내리기 아쉬워하는 귀족들의 요청 때문이었다.
펠렛 상회의 연회가 마무리되지 않았는데 티아가 먼저 집으로 돌아올 리는 없었다.
페레스 자신이 알아낸 티아의 비밀을 고려하면 더더욱.
그래서 티아가 벌써 일어나 있다는 사실이 의외였다.
그녀가 일어날 때까지 몇 시간은 기다릴 각오가 되어 있었는데, 그럴 필요가 없게 되었다.
똑똑.
짧게 노크를 하고 들어서는 순간에도 페레스는 고민하고 있었다.
어떤 말로 대화를 시작해야 할까.
티아는 어떤 반응을 보일까.
아니, 어쩌면 그녀의 비밀을 모르는 척해 줘야 하는 건 아닌가.
그걸 원하지는 않을까.
그런 망설임들이 페레스의 머릿속을 가득 채웠다.
그런데.
“안녕, 페레스.”
붉은 드레스를 입은 티아는 소파에 앉아 그를 반겼다.

테이블 위에는 두 사람을 위해 차려진 차와 케이크가 보였다.

페레스에게도 익숙한 '카라멜 에비뉴'의 배달용 포장 상자도 한쪽에 놓여 있었다.

티아가 그를 향해 미소 지으며 말했다.

"어서 와. 기다리고 있었어, 페레스."

"건물을 팔았던 날? 고향인 이곳으로 돌아오기 위해 마지막 남은 건물을 처분하던 날이었으니 대충 기억은 하고 있네만. 궁금한 게 무엇인가?"

안락의자에 몸을 깊게 묻고 앉은 그린 베로우는 리그니테의 질문에 수염을 쓰다듬으며 중얼거렸다.

"특이한 점이라……. 그래 한 가지 있었지. 마지막 잔금을 치르는 거래 장소에 웬 어린아이 하나가 따라왔었어."

"어린아이…… 말입니까?"

"그렇다네. 이제 열몇 살쯤 되어 보이는 여자아이였는데……. 커다란 자루에 담아 온 금화로 건물을 사는 남자 대신 잔금을 치렀지. 이제 다시 생각해 보니 정말로 특이한 일이었군."

그린 베로우는 껄껄 웃었다.

꿀꺽, 마른침을 삼킨 리그니테는 떨리는 목소리로 물었다.

"혹시 그때 그 여자아이에 대해서 기억나는 점은 없으십니까? 외모라든가, 이름이라든가……."

"으음, 글쎄. 나 같은 사람에게 그런 것을 물어봤자……. 체구가 자그마했던 것과 말투가 제법 야무졌던 것 말고는……."

그렇게 말끝을 흐리던 그린 베로우가 무릎을 탁 치며 말했다.

"아아, 그래. 또록또록한 녹색 눈에 머리에는 붉은색 리본을 하고 있었다네! 허허, 내 기억력도 아직 죽지 않았구만!"

리그니테에게서 들은 그런 베로우와의 대화를 회상하던 페레스는 시선을 들어 맞은편에 앉아 있는 티아를 바라봤다.

"어떤 케이크 먹을래? 나는 초콜릿이 당기지만 네가 먹고 싶다면 양보할 생각도 있어, 페레스."

가장 좋아하는 색인 붉은색 드레스를 입은 그녀는 한가로이 케이크에 대해서 이야기하고 있었다.

"티아."

"응?"

"어떻게 알았어? 내가 널 만나러 올 거라는 것."

페레스의 질문에 티아의 부산스런 움직임이 멈췄다.

"네가 아침 일찍 저택으로 찾아올 거란 건, 네가 아카데미로 혼자 떠나려던 날과 마찬가지야. 그냥 너라면 이렇게 할 것 같았으니까. 그리고."

티아가 생긋 미소 지으며 대답했다.

"너에겐 급하게 나를 만나러 올 이유가 생겼으니까."

"그러니까 그걸 어떻게……."

"그러는 넌 어떻게 알아냈는데? 내 비밀을 말이야."

"……미안해. 사과할게."

페레스의 사과에 티아는 어깨를 으쓱하며 가벼운 목소리로 말했다.

"아니야, 사과할 것 없어. 너나 나나 피차 마찬가지인걸. 아니, 오히려 알아내지 못했다면 너에 대해 실망했을지도 몰라."

티아가 말끝에 작게 웃었다.
"게다가 네가 사과를 해 버리면 나도 찔리는 게 많아진단 말이야, 페레스."
그러고는 페레스의 앞에 놓인 찻잔에 가득 차를 따라 주었다.
"자, 이제 물어봐. 양심껏 대답해 줄게."
티아의 말에도 페레스는 한동안 미동이 없었다.
빤히 그녀만을 응시할 뿐이었다.
오늘따라 티아가 낯설게 느껴졌기 때문이었다.
달라진 것은 없는데, 마치 다른 사람을 보는 것 같았다.
페레스는 느릿하게 입술을 떼었다.
그리고 낮은 목소리로 물었다.
"티아 네가, 펠렛 상회의 진짜 주인이야?"
페레스의 질문을 받은 그녀의 얼굴에 미소가 번졌다.
그리고 티아가 대답했다.
"응, 맞아. 내가 펠렛 상회의 실소유주야."
"처음부터?"
"응, 처음부터."
펠렛 상회가 세워진 것은 8년 전.
그 당시 티아의 나이는 겨우 열한 살이었다.
동시에 조각조각 나눠졌던 퍼즐이 맞춰지는 것 같았다.
다이아몬드 광산에서부터 트리바 나무와 최근 동부 크루즈 사업까지.
온몸에 소름이 끼쳤다.
페레스는 본능적으로 두 손에 얼굴을 묻었다.

두근두근하고 거세게 뛰는 심장과 단단하게 긴장한 온몸의 근육이 느껴졌다.

그리고.

'역시 너였어.'

손안에 가둔 깜깜한 어둠 속에서 페레스의 입꼬리가 느슨하게 풀렸다.

베이트가 새벽같이 배달 가방을 들고 달려와 리그니테 루만이 펠렛 상회 건물의 전 소유주를 찾아갔다는 사실을 알려 주지 않았다면 아무것도 모른 채로 페레스에게 급습당할 뻔했다.

나는 웃는 얼굴 아래로 안도의 한숨을 찻물과 함께 삼켰다.

하지만 아직 끝난 게 아니다.

손으로 얼굴을 가리고 있는 바람에 페레스의 반응을 살필 수가 없다.

배신감을 느끼나?

화를 내는 건가?

페레스라면 언젠가 눈치챌 줄 알고 있었지만 녀석이 어떻게 생각하는지가 제일 중요했다.

만약 이런 일로 사이가 틀어지기라도 한다면.

'미래의 황태자와 미리 친해져서 롬바르디의 가주가 되는 것에 도움을 받고 황위 다툼에 줄을 잘못 서서 망했던 가문의 미래를 바꾼다.'

회귀하자마자 세웠던 나의 가장 중요한 목표 중 하나에 큰 차질이 생길 수도 있는 것이다.

나와 녀석의 사이가 겨우 그 정도로 나빠지지는 않겠지만.

마침내 페레스가 고개를 들었다.

무표정한 얼굴이기는 했지만 다행히 화가 난 것 같지는 않았다.

페레스가 내게 물었다.

"혹시 내 비밀도 알고 있어?"

하긴.

나도 녀석에 대해서 알고 있는 것을 어느 정도 말해야 공평하겠지.

나는 고개를 끄덕이며 대답했다.

"모낙 상단."

"……알고 있었구나."

"트리바 나무로 황후와 앙게나스를 압박하는 건 정말 좋은 수였어, 페레스."

나야 미래를 알고 있으니 트리바 목재를 공격적으로 매입했던 거지만.

페레스는 순수하게 황후의 움직임을 읽어 미래를 예측해 낸 것이다.

정말 대단한 녀석이다.

페레스의 똑똑한 머리에는 매번 감탄을 하지 않을 수가 없다.

"그럼 펠렛 상회는, 너는 산사태가 일어날 줄 알고 트리바 나무를 쌓아 둔 거야?"

나는 어깨를 으쓱하고 말했다.

"그쪽에 광산을 많이 가지고 있으니까. 전문가들의 의견에 귀를 기울였지."

미안, 페레스.

회귀해서 미래를 알고 있다고 할 수는 없으니까.

"같은 트리바 나무를 가지고도 페레스 너는 황후의 돈줄을 말리고 경제적인 이득을 취한 거고, 나는 조금 더 정치적으로 움직였을 뿐이야."

페레스의 붉은색 눈동자가 나를 응시했다.

걱정했던 것과는 다르게 차분한 눈이었다.

나는 그 눈을 피하지 않고 마주 바라보며 말했다.

"하지만 만약 처음부터 너와 내가 같이 움직였다면 더 큰 성과를 낼 수 있었을 거야."

"더 큰 성과……."

페레스가 작게 중얼거리더니 물었다.

"너의 목적은 뭐지, 티아?"

"목적?"

"단순히 펠렛 상회라는 상단을 크게 키우는 것이 목표라기엔 잘 이해되지 않는 부분들이 있어서."

"아아."

나는 고개를 끄덕였다.

그리고 짧게 숨을 들이쉰 다음, 대답했다.

"나는 롬바르디의 가주가 될 거야, 페레스."

입 밖으로 내는 말소리가 짜릿하다.

"그리고 그렇게 되기 위해 네가 황태자가 되어 복수할 수 있도록 앞으로도 도울 생각이고."

그런데 페레스의 반응이 조금 이상했다.

딱딱하게 굳은 얼굴로 나를 바라봤다.

붉은 눈동자가 미세하게 흔들리고 있었다.

아, 조금 전 내가 한 말 때문인가?

오해의 소지가 있는 말이기는 했다.

"물론 내 이득을 위해서 널 이용하겠다는 말은 아니야. 내가 너를 돕는 이유는, 페레스 넌 내 친구이기도 하고……."

"이용해."

"……뭐?"

내가 되묻자 페레스가 천천히 자리에서 일어났다.

그리고 바로 내 옆으로 다가왔다.

"날 이용해, 티아."

페레스는 그렇게 말하며 내 오른손을 가져갔다.

조금 거친 페레스의 손이 내 팔 안쪽의 예민한 살을 따라 길게 내려갔다.

스륵.

살과 살이 닿는 소리가 조용한 방 안에 울렸다.

"페, 페레스."

"너라면 날 이용해도 좋아."

이번에는 페레스의 엄지가 푸른 핏줄이 비치는 내 손등을 둥그렇게 문질렀다.

"열 번이든, 백 번이든. 얼마든지 괜찮아."

붉은 눈동자가 나를 태울 듯이 바라보며 내 손등을 천천히 끌어당겼다.

"아니, 이용해 줘."

"……읏!"

페레스의 입술 사이에서 새어 나온 숨결이 손등 위에 적나라하게 느껴졌다.

그리고 결국 뜨거운 입술이 손등에 닿았다.

다른 손은 내 왼손을 파고들어 단단히 깍지를 낀 지 오래였다.

페레스는 거기서 멈추지 않았다.

내 손가락 마디마디마다 입술을 내렸다.

마치 소유권을 주장하듯이.

그리고 녀석의 눈은 그 과정 동안 단 한 번도 나에게서 떨어지지 않았다.

신성한 의식을 치르듯 하던 페레스가 마지막으로 한 번 더 손등에 길게 입을 맞추고, 낮은 목소리로 말했다.

"내가 널 도울 수 있게, 티아."

라비니 황후는 머리끝까지 치밀어 오르는 화를 참기 위해 더욱 진한 미소를 지었다.

"차향이 좋습니다, 황후마마."

"마음에 든다니 다행이군요, 서셔우 가주."

"그런데……."

찬톤 서셔우가 뜸을 들였지만, 황후는 그 입에서 나올 다음 말을 이미 알고 있었다.

"펠렛 상회의 일 때문인가요, 서셔우 가주?"

"이미 들으셨군요. 맞습니다. 앙게나스의 서부 관광은 괜찮은 것입니까?"

"……별문제 없어요. 걱정해 주어서 고맙군요."

"하지만 크루즈 여행이라는 것이 꽤 매력적으로 들리기는 합니다. 게다가 동부는 1년 내내 온화하고 따듯한 기후를 가졌다니, 여행지로는 안성맞춤이겠지요."

"서셔우 가주."

이자가 지금 누굴 놀리는 건가!

버럭 소리를 치려던 라비니는 이어진 찬톤 서셔우의 말에 얼른 입을 다물었다.

"약속했던 지급일은 지키실 수 있겠습니까, 황후마마."

"그건……."

앙게나스는 서셔우에게 어마어마한 빚을 지고 있는 상황이었다.

화가 가라앉고 이성이 돌아왔다.

"지급일을 늦춰 줄 수 있다면 좋겠군요."

부탁하는 자의 태도로는 뻣뻣하기 그지없었지만, 라비니는 매우 자존심이 상했다.

서셔우가 지급일을 늦춰 주지 않으면 당장 그 빚을 갚을 능력이 앙게나스에게는 없었으니 이럴 수밖에.

"역시 서부 관광 사업에 타격이 있나 봅니다."

찬톤 서셔우가 고개를 끄덕이더니 툭 던지듯 말했다.

"원하시면 자금을 더 빌려드리겠습니다, 황후마마."

라비니는 귀를 의심했다.

하지만 이어지는 서셔우 가주의 말이 그녀가 잘못 들은 게 아니란 것을 증명했다.

"저희 서셔우에서도 이미 서부 사업에 투자한 돈이 있으니 여기서 물러나면 손해가 크지요. 게다가 앞으로 동부 크루즈 사업과 경쟁하려면 자금이 더 필요하실 듯하여……. 아닙니까?"

"그래 주면 큰 도움이 될 겁니다, 서셔우 가주."

라비니의 얼굴에 화색이 돌았다.

더 큰 빚을 지게 된다는 것이 마음에 걸렸지만 찬톤 서셔우의 말이 맞았다.

여기서 멈추면 남는 것은 빚뿐이다.

무엇이라도 더 해 봐야 했다.

그런 앙게나스에게 지금 서셔우 가주는 한 줄기 빛이었다.

반짝이는 라비니 황후의 눈을 응시하던 찬톤 서셔우는 슬그머니 말을 꺼냈다.

"하지만 이번에는 담보가 필요할 듯합니다."

"다, 담보?"

그동안 앙게나스는 서셔우에게 증서 한 장만 쓰고 돈을 빌렸다.

은행에서 하는 신용 대출이나 마찬가지인 셈이었다.

"아무리 가주인 저라도 서셔우 가문의 사람들에게 보여 줄 것이 필요해서 말입니다. 황후마마께서는 제 입장을 이해해 주실 것이라 믿습니다."

"그, 그럼요. 담보라……."

라비니는 지난번보다 더 큰돈을 빌리려는 생각이었다.

그러니 비슷한 가치의 무언가가 필요했다.

그때, 고민하는 라비니 황후에게 찬톤 서셔우가 제안했다.

"지난번 서셔우에 넘기셨던 앙게나스의 영지 근처의 땅은 어떻습니까?"

"……땅문서를 내놓으라는 말인가요?"

"농사가 잘되거나 가치가 높은 땅일 필요도 없습니다. 앙게나스의 영지 중에는 그런 땅이 꽤 되는 것으로 압니다만."

찬톤 서셔우는 차분한 목소리로 설명했다.

"가문의 사람들, 특히 서셔우 부인께 보여 드릴 무언가면 됩니다. 모두 만에 하나를 위한 담보일 뿐이니까요. 그리고……."

서셔우 가주가 고개를 절레절레 저으며 말했다.

"광활한 곡창 지대를 가진 서셔우가 앙게나스의 땅문서를 가지고 무엇에 쓰겠습니까."

일리가 있는 말이었다.

영지 문서만큼 확실한 담보는 없었고, 찬톤 서셔우의 말 대로 앙게나스의 땅은 서셔우 가문에게 욕심을 낼 만한 큰 가치가 없었다.

"그저 황후마마와 앙게나스에게 한 번 더 기회를 드리고 싶은 마음에 제안한 것뿐. 부담되신다면 기존의 약속대로 채무를 변제하시고 계약을 정리하는 것도 저는 좋습니다."

찬톤 서셔우가 미소 비슷한 것을 지어 보이며 황후에게 물었다.

"어찌하시겠습니까, 황후마마."

크루즈 관광이 시작된 지도 벌써 3개월이 흘렀다.

그사이 많은 변화가 있었다.

특히 내 금고 사정에.

돈이 너무 많아져서 어디에 어떻게 더 투자를 하고 써야 하는지 고민이 될 정도랄까.

돈이 들어오는 경로는 크게 두 가지였다.

하나는 동부 크루즈 사업을 통해 펠렛 상회가 직접적으로 벌어들이는 돈이었다.

크루즈 여행을 하기 위해 귀족들이 내는 거금과 관광객과 함께 배로 실어 나르는 물건들을 동부에 팔아 들어오는 수익이었다.

그리고 다른 한 가지는 아버지와 나누는 체사유 항만 사용료였다.

사실 전자보다는 후자가 훨씬 더 큰 금액이라 나도 놀랐다.

그만큼 체사유 영지는 빠른 속도로 발전하고 있었다.

굳이 따지자면 체사유 영지는 아버지의 것이고 나는 아버지의 외동딸이자 유일한 상속자니까.

나는 내 생각보다 더 많은 돈을 벌고 있는 것일지도 모르겠다.

동부 크루즈 사업을 안정화시키느라 지난 3개월간 나도 꼼짝없이 바쁜 생활을 했다.

"아이고, 삭신이야."

이제 크루즈 관광도 별일 없이 알아서 돌아가기 시작했고 나는 오늘부터 다시 한가한 삶을 살겠다고 클레리반에게 선언하고 집으로 돌아오는 길이었다.

"내일은 늦잠 잘 거야. 허리 아프기 전까지는 침대에서 안 일어날 거라고."

그렇게 중얼거리며 내 방을 향해 계단을 올라가고 있을 때였다.

"흑! 흡……."

굉장히 처연하면서도 오싹 소름이 돋는 소리가 위쪽에서 들리고 있었다.

"여자 울음소리?"

나는 조심스레 계단을 밟아 올라갔다.

그리고 내 방 앞에 쭈그리고 앉아 울고 있는 사람을 볼 수 있었다.

"라라네? 여기서 뭐 해? 왜 울고 있는 거야?"

"티, 티아……. 흐윽!"

언제부터 울고 있었던 건지.

라라네의 얼굴이 눈물로 엉망이었다.

나를 보고 더 슬프게 울기 시작한 라라네가 떨리는 목소리로 힘겹게 말했다.

"흑, 호, 혼처가…… 정해졌대. 나 어떻게 해야 할지 모르겠어, 티아……."

나는 일단 라라네를 집 안으로 들였다.

"이거 마셔, 라라네. 눈물도 좀 닦고."

벌써 빨갛게 부어오른 눈으로 하염없이 눈물을 떨구고 있는 라라네는 금방이라도 쓰러질 것 같았다.

"……고마워, 티아."

힘없이 웃었지만, 내가 건네주는 컵을 받아 든 라라네의 손가락이 옅게 떨리고 있었다.

"조금 진정이 됐으면 말해 봐. 약혼을 하게 된 거야?"

"……응, 아마도."

라라네의 길게 뻗은 속눈썹이 작은 한숨과 함께 바르르 떨렸다.

"조금 전에 어머니와 아버지가 나누는 대화를 우연히 들었어. 이미 어느 정도 이야기가 끝난 모양이야."

당사자는 모르는 약혼이라.

말도 안 되는 이야기인 것 같지만, 안타깝게도 제국에서는 흔한 상황이다.

특히 권세가 높은 귀족 가문일수록 그 권력을 지키기 위해 가장 편하고 좋은 방법으로 쓰이는 것이 자식들을 결혼시키는 거니까.

물론 자식에게 마음을 쓰는 경우에는 연애결혼을 할 수 있도록 허락해 주거나, 정혼을 하기 전에 만나게 해서 결정권을 주는 정도의 배려는 있지만.

비에제와 세랄에게는 그런 기대도 사치다.

"라라네는 어떻게 하고 싶어?"

나는 조심스레 물었다.

"나는……."

아, 젠장.

멈췄던 라라네의 눈물이 다시 흐르기 시작했다.

나는 조용히 손수건을 건넸다.

툭, 투둑.

굵은 눈물을 말없이 떨구던 라라네가 말했다.

"……언젠가 이런 날이 올 거라고 생각했어. 어렸을 때부터 쭉 그렇게 배우고 자랐으니까. 언젠가 부모님이 정해 주시는 사람과 결혼해야 한다고."

서글픈 얼굴과는 달리 라라네의 말투는 담담했다.

"그런데 아비녹스 님을 만났고, 누군가와 함께하는 것만으로도 이렇게 행복할 수 있다는 걸 알았어. 그래서 부모님께도 아비녹스 님에 대해 말씀을 드리려고 했는데……."

라라네가 손수건을 꽉 쥐었다.

"아버지와 어머니는 매우 기뻐하고 계셨어. 내 결혼이 아버지에게 큰 도움이 될 거라고."

"라라네……."

"내가 정략결혼을 하고 싶지 않다고 말씀드려도 소용없는 거겠지."

흐릿하게 웃는 라라네가 오늘따라 너무나 작아 보였다.

"아비녹스 님께 미안해서 어떻게 하지? 충격이 클 텐데. 보기보다 마음이 여린 사람이라……."

체념한 사람처럼 일견 차분해 보였던 라라네의 얼굴이 와락 일그러진 것도 그때였다.

아비녹스를 떠올리자 감정이 북받쳐 오르는 듯 눈물도 더욱 빠르게 흘러내렸다.

"하지만 정말로 아비녹스 님이 아닌 다른 사람과 결혼하기 싫어, 티아. 그분이 아니면, 싫어……."

나는 라라네를 꽉 안아 주었다.

그리고 울음이 그칠 때까지 등을 쓸어 주며 기다렸다.

그동안 나는 라라네의 갈등을 여실히 느낄 수 있었다.

가족을 위해 정해진 길을 가야 한다는 생각과 자신이 사랑하는 사람과 함께하고 싶은 마음.

그 두 가지 중 하나만을 선택할 수 없고, 또 다른 하나를 버릴 수도 없는 그 마음이 얼마나 괴로울지.

덜덜 떨리는 라라네의 몸이 말하고 있었다.

나는 조금 진정되어 눈물을 닦고 있는 라라네에게 말했다.

"일단 앞으로의 일이 어떻게 되더라도 라라네의 마음을 아비녹스 님에게 확실하게 전하는 게 좋지 않을까?"

"그래도 될까? 염치없는 일이 아닐까?"

"아비녹스 님이라면 오히려 라라네의 걱정을 하고 있을 거야. 그리고 이런 일은 말이 금방 퍼지기 마련이라. 사람들이 수군거리는 소문으로 알게 하는 것보단 라라네가 직접 말하는 게 좋을 것 같아."

"그럼 내일, 아아, 어쩌지."

라라네가 무언가를 깨닫고 발을 동동 굴렀다.

"내일이 아비녹스 님을 만나는 독서모임이 있는 날이야. 그런데 어머니는 내일 나를 데리고 그쪽에 인사를 갈 생각이신 것 같던데……."

"당장 내일?"

빠르다.

보통 집안끼리 혼담이 오갈 때는 시간을 두고 하나씩 조건을 조율하기 마련이다.

말 그대로 계약처럼 이루어지는 결혼이니까.

어쩌면 이미 세부 사항에 대한 말이 모두 끝난 상황일 수도 있다.

그렇다면 덜컥 공식적인 발표를 할 일만 남은 것이다.

"티아의 말대로 내일이면 이미 소문이 퍼질 텐데."

"모임의 장소는 황도인 거지?"

"응, 세다큐나가에 있는 카라멜 에비뉴야."

참 공교롭기도 하지.

마침 장소가 또 거기라니.

나는 고개를 끄덕이며 라라네에게 말했다.

"라라네는 일단 아비녹스 님께 줄 편지를 써. 내일 내가 독서 모임에 가서 전해 줄게."

"정말? 아아, 너무 고마워, 티아!"

라라네가 나를 덥석 안았다.

깜짝이야.

원래 이런 성격이 아닌데.

아비녹스가 무척이나 걱정되기는 했던 모양이었다.

"그럼 나는 얼른 가서 편지를 써 올게. 조금만 기다려 줘, 티아."

라라네가 자리에서 벌떡 일어났다.

그런 라라네를 배웅하며 문득 드는 궁금증에 나는 물었다.

"그런데 상대가 누구야?"

이전 생에서 라라네가 결혼했던 건 북부 아이반 가주의 사촌이다.

정확히 말하자면 아이반의 봉신이자 미겐테 아이반의 사촌 동생.

아마 북부의 표를 확보하기 위한 황후의 주선이었을 것이다.

이번에도 그 놈팡이는 아니겠지.

아이반에 갔을 때 내가 그놈을 묻어 버리고 왔었어야 했는데.

그렇게 속으로 중얼거리고 있는 내게 라라네가 말했다.

"……1황자 전하야."

익스큐즈 미? 파던?

"뭐, 뭐라고? 누구?"

"1황자 전하……."

잘못 들은 게 아니었다.

나는 뻐근해져 오는 뒷목을 잡았다.

"……하."

끓어오르는 빡침을 깊은 한숨으로 승화시켜 보려고 했지만 되겠냐, 그게.

세랄, 비에제.

둘 다 미쳤구나.

라라네에게 감히 아스타나 같은 개망나니를 가져다 붙이다니.

빨갛게 부은 눈이지만 여전히 청초하고 아름다운 라라네를 보며 속으로 엄숙히 선언했다.

이 결혼, 내가 막는다.

같은 시각.

요바네스 황제와 라비니 황후는 오랜만에 얼굴을 마주했다.

이 일정 때문에 낮잠을 자지 못한 요바네스는 입이 찢어져라 크게 하품을 했다.

"하암. 그래서 왜 얼굴을 보자고 한 것이오, 황후."

"일전에 말씀드렸던 1황자의 혼담이 잘 진행되고 있으니 함께 축하를 해야 하지 않겠습니까, 폐하?"

"혼담?"

요바네스는 미간을 찌푸렸다.

"설마 비에제 롬바르디의 여식과 아스타나를 이어 주는 게 어떻겠냐 했던 것 말이오?"

"네, 그 아이의 모친이 제 사촌이기도 하고 그쪽도 황실과 사돈이 되는 것을 퍽 기꺼워하는 터라 혼담이 수월하게 오가고 있답니다."

"그럼 아스타나와는 육촌이 아니오?"

"제국법상 삼촌 이상의 관계라면 혼인을 할 수 있지 않습니까. 사촌끼리도 왕왕 결혼하는 일이 있는 것을요."

"크흠."

요바네스는 불편한 헛기침을 했다.

"롬바르디의 가주가 그 일에 동의할 리가 없을 텐데."

가문 간의 결합인 혼인은 최종적으로 가주의 허락이 필요하다.

그리고 요바네스는 룰락의 성격을 잘 알았다.

그 꼬장꼬장한 자의 혈육 사랑이 얼마나 끔찍한지도.

라비니 황후는 요바네스의 눈치를 슬쩍 보다가 말했다.

"다른 일도 아니고, 국혼입니다. 모든 것은 폐하의 뜻대로 되어야지요."

"하지만……."

"황실의 혼담을 거절하는 것은 아무리 롬바르디라 하더라도 명백히 선을 넘는 일입니다. 그자들이 황실과 폐하의 권위를 무시하지 않고서야……. 아니 그렇습니까, 폐하?"

"그렇기야 하지."

요바네스가 고개를 끄덕였다.

그 모습에 내심 미소 짓던 라비니 황후는 한마디를 더 보탰다.

"요즘 황실의 철광산 개발을 롬바르디 가주가 반대를 하고 나서서 골치라고 하셨지요?"

요바네스 황제는 황실 소유의 거대한 철광산을 개발해 돈을 벌고 싶어 했다.

하지만 그랬다간 안 그래도 포화 상태인 철 시장에 물건이 더 풀리게 되고 철값이 더 떨어지게 될 게 뻔했다.

룰락 롬바르디는 이를 이유로 요바네스의 계획에 대대적으로 반대를 표명했다.

롬바르디의 가주가 그렇게 나오니 그 뒤를 따르는 귀족의 수도 상당해 아무리 황제라고 하더라도 눈치를 보지 않을 수가 없는 것이다.

"만약 이런 상황에서 황실과 롬바르디가 사돈을 맺는다면, 롬바르디 가주도 더 이상 반대만 할 수는 없을 텐데요."

요바네스의 귀가 솔깃했다.

"비에제의 여식이라면 혹여 그가 롬바르디 가주라도 되는 날에는 더더욱 유용하겠군."

"제 뜻을 폐하께서 알아주시다니 기쁘기 그지없습니다."

라비니 황후가 아름답게 웃었다.

그리고 요바네스의 앞에 그가 가장 좋아하는 독주를 따라 주며 말했다.

"지금 당장 결정하실 필요는 없으니 내일 롬바르디 가주와 대화를 나눠 보세요, 폐하. 의외로 크게 반대하지 않을 수도 있는 일 아닙니까."

물론 룰락 롬바르디는 펄쩍 뛸 것이다.

이 일에 대해서는 롬바르디 가문 아무에게도 말하지 말라 세랄에게 당부를 해 두었으니.

갑작스런 혼담에, 평소 황실을 얕잡아 보고 아스타나를 마음에 들어 하지 않는 그 늙은이가 어떻게 반응할지는 이미 정해져 있는 것이나 마찬가지였다.

그리고 그것이 요바네스의 자존심을 건드릴 것이다.

라비니 황후는 비밀스럽게 미소 지었다.

짤랑.

작은 종소리와 함께 나는 '카라멜 에비뉴'에 들어섰다.

디저트 가게 특유의 달콤하고 맛있는 냄새가 가득했지만, 그것이 오늘 내 기분을 달래 주기엔 역부족이었다.

"어서 오십시오, 고객님."

오늘은 가게에서 일을 하는 날인지 베이트가 웃으며 내게 다가와 인사했다.

"한 분이십니까?"

"오늘 여기서 독서 모임이 있다고 하던데요."

나는 생긋 웃으며 베이트에게 대답했다.

손에 들고 있는 작은 시집도 보여 주면서.

그런데 왜 내 얼굴을 보고 흠칫하는 건데?

"……독서 모임 말씀이십니까? 2층으로 모시겠습니다."

베이트와 나는 함께 계단을 오르기 시작했다.

"누구입니까?"

베이트가 잔뜩 목소리를 죽이고 물었다.

"뭐가요?"

"피렌티아 님을 그렇게 열받게 한 사람 말입니다. 누군지 모르겠지만 미리 애도의 시간을 가져야 할 것 같아서요."

"……나 열 안 받았는데."

"거울을 좀 보고 말씀하시죠. 웃는 얼굴에 소름이 다 돋았습니다. 이것 보십시오."

베이트가 슬쩍 셔츠 사이에 오돌토돌 닭살이 된 자신의 팔을 보여 주며 말했다.

그사이 우리는 2층에 도착했고 나는 자리를 둘러보는 척하며 물었다.

"……아비녹스 루만. 어딨어요?"

"아아, 역시 라라네 님의 혼담 때문이었군요."

베이트가 혀를 쯧쯧 차며 손가락으로 위를 가리켰다.

"루만 공자라면 3층 발코니에 혼자 있습니다. 표정만 봐서는 뛰어내리기라도 할 것 같아서 다른 자리를 주고 싶었지만 따로 기다리는 사람이 있는 듯해 그 자리를 드렸습니다."

"그래요?"

잘됐네.

나는 드레스를 힘껏 움켜쥐고 다시 계단을 오르며 말했다.

"그럼 지금부터 3층 발코니에 들어오는 사람 없게 해요."

"알겠습니다."

말끝에 '아이고, 쯧쯧.' 하고 혀를 차는 베이트를 한번 힘껏 째려봐 주고 3층으로 올라왔다.

다행히 3층에는 사람이 별로 없었다.

베이트의 말대로 아비녹스는 발코니에 있었다.

독서 모임의 주제인 시집은 테이블 위에 아무렇게나 내팽개쳐 둔 채로 한숨을 푹푹 쉬면서.

처량하게 하늘을 올려다보는 모습이 퍽 우수에 젖어 있었지만,

지금 내 눈에는 그런 거 안 보인다.
나는 발코니에 나가 곧바로 등 뒤의 문을 닫았다.
철컥.
그 소리에 아비녹스가 고개를 돌렸고 나를 알아봤는지 눈이 동그래졌다.
그리고 나는 손에 들고 있던 시집을 휘둘렀다.
퍽!
책에 맞은 아비녹스의 어깨가 크게 흔들렸다.
"피, 피렌티아 님……."
"그러니까 진작에 청혼을 했었어야지! 내가 그렇게 표현을 하라고 했잖아요!"
햇살 아래에 반짝이는 금발과 순둥순둥한 얼굴을 보니 새삼 아비녹스가 얼마나 라라네와 잘 어울리는지 느껴져 더 부아가 치밀었다.
"책임져요!"
"……네?"
"우리 라라네 책임지라고!"
내가 버럭 외친 소리에 아비녹스의 푸른 바다를 닮은 오묘한 색의 눈이 몇 번 크게 깜박였다.
그리고 주먹을 불끈 쥐더니 외쳤다.
"채, 책임지고 싶습니다!"
"……정말로요?"
"예! 사실 오늘 그 마음을 전하고 싶어서 이것도 가져왔습니다!"
아비녹스가 품 안에서 작은 상자를 꺼냈다.
그 안에는 백색의 영롱한 빛을 띠는 진주 반지가 들어 있었다.

어느 보석 못지않게 아름답지만 차갑지 않았다.

바다 사람인 아비녹스가 라라네처럼 따듯한 사람에게 청혼하기에 딱 안성맞춤인 반지였다.

내가 말을 하다 말고 반지를 빤히 바라보자 아비녹스는 그것을 조금 다른 의미로 받아들인 듯했다.

“이, 일단 급해서 지금은 이것뿐이지만 나중에는 정식으로 청혼 반지 세트를 마련할 생각입니……!”

“청혼 반지 세트? 그게 뭐예요?”

“동부의 관습입니다. 동부의 남자는 12개의 반지를 준비해 청혼합니다. 여성이 청혼을 받아들여 주면 1년 동안 매달 다른 반지를 끼며 약혼 기간을 보낸 뒤에 결혼식을 올리는 것인데…….”

아비녹스가 시무룩한 얼굴로 자신이 준비한 한 개의 반지를 내려다보며 말했다.

“아무 보석점에나 들러서 12개의 반지를 준비할 수도 있었지만, 라라네 님에게 그런 식으로 청혼하고 싶지는 않았습니다. 그래서 황도의 타운 하우스에 있는 루만가의 보물들 중 가장 어울리는 것을 고른 건데…….”

아비녹스의 어깨가 점점 아래로 처졌다.

“역시 오늘은 나오지 않으시는 거군요.”

조금 전 시집으로 때린 게 미안할 정도로 안쓰러운 모습이다.

나는 그런 아비녹스의 어깨를 다독여 주고 맞은편 자리에 앉았다.

“라라네의 혼담에 대한 소문은 언제 들었어요?”

“오늘 아침에 동생인 리그니테가 알려 주었습니다. 이미 황도에 소문이 파다하다면서요. 제가 라라네 님과 만나고 있다는 것을 알고 있는 줄도 몰랐는데…….”

리그니테라면 이미 오래전부터 알고 있었을 것이다.

베이트가 나에게 정보를 가져다주는 것처럼 전문적이진 않지만, 페레스의 옆에서 비슷한 일을 하고 있으니까.

아비녹스는 다시 땅이 꺼져라 한숨을 쉬었다.

“라라네 님은 괜찮으신 겁니까?”

힘이 하나도 없는 목소리였다.

“아비녹스 님은 화가 나지 않아요? 사랑하는 사람이 나와 연애하는 도중에 다른 사람과 혼담이 오가고 있는데요.”

나라면 솔직히 화도 조금은 날 것 같거든.

하지만 아비녹스는 고개를 절레절레 저었다.

“라라네 님은 지금 저보다 더 슬퍼하고 있을 것을 압니다. 그런데 제가 어떻게 화를 낼 수 있겠습니까.”

그렇게 말하는 아비녹스의 힘없이 웃는 얼굴이 라라네의 모습과 너무나 닮아 있었다.

지금 두 사람은 서로를 더 걱정하고 있는 거다.

나의 슬픔과 아픔보다는, 그 사람이 나 때문에 힘들지는 않을까, 멀리서 냉가슴만 앓으며 안타까워하는.

“아비녹스 님께 줄 게 있어요.”

나는 손에 들고 있던 시집을 펼쳤다.

책장이 벌어지고 그 안에 숨어 있던 깔끔한 미색의 편지 봉투가 모습을 드러냈다.

“라라네의 편지예요. 아비녹스 님에게 대신 전해 달라고 부탁해서 내가 왔어요.”

"아아, 라라네 님……."

아비녹스는 나에게서 편지 봉투를 받아 들고서도 바로 내용을 읽어 보지 않았다.

그저 미소 지은 얼굴로 '아비녹스 님께'라고 적힌 라라네의 정갈한 필체가 적힌 부분을 쓰다듬어 볼 뿐.

"하아……."

이번에는 나에게서 한숨이 터져 나왔다.

두 사람 다 이렇게 착하기만 해서 어떻게 할 거야.

저쪽은 이득을 보기 위해서라면 무엇이든 할 사람들인데.

걱정이다, 정말.

한참을 봉투 겉면만 바라보던 아비녹스는 이제야 조심스레 봉투를 열어 편지를 읽어 보고 있었다.

어느 한 부분이라도 찢어질까 조심하는 것이었다.

"천생연분이네, 천생연분이야."

나는 고개를 절레절레 저으며 아비녹스가 마음 편히 라라네의 편지를 다 읽을 수 있도록 시간을 주었다.

황후궁 앞.

"황후마마께서 기다리고 계신다. 어서 들어가자."

세랄이 천천히 멈춰 서고 있는 마차 안에서 라라네를 재촉하듯 말했다.

"저어, 어머니……."

마차 안에서 줄곧 망설이던 라라네는 더 이상 미루면 안 된다는 생각에 마지막 용기를 짜냈다.

"……무슨 일이니, 라라네."

심상치 않은 라라네의 태도에 세랄은 황궁의 시종이 열었던 마차 문을 도로 닫았다.

"드릴 말씀이 있어요."

라라네는 불안한 시선을 감추지 못하며 드레스 자락을 꽉 쥐었다.

"그렇게 하면 드레스에 자국이 남잖니."

세랄은 툭 하고 라라네의 손을 옆으로 치웠다.

"말해 보렴."

"저, 저는 정략결혼을 하고 싶지 않아요. 다시 생각해 주세요, 어머니."

라라네가 떨리는 목소리로 말했다.

아비녹스에 대해서 말을 꺼내지 않은 것은 혹시나 그에게 불똥이 튈까 두려웠기 때문이었다.

혼담이 오가는 상대가 다름 아닌 1황자였으니까.

"라라네, 너도 알지 않니. 하고 싶은 일과 해야 하는 일은 다른 것이란다."

"저도 잘 알고 있어요. 하지만 가끔은 아무리 의무를 위해서라도 포기할 수 없는 소중한 것이 있다고 생각해요."

"포기할 수 없는 소중한 것?"

세랄이 고개를 갸웃했다.

"1황자 전하와 혼인하여 너의 의무를 다하는 것보다 중요한 그 '소중한 것'이 무엇이지?"

"……행복이요. 이대로 1황자 전하와 결혼한다면 저는 평생 행복하지 않을 거예요, 어머니. 다시 생각해 주세요."

소심한 성격의 라라네는 지금 젖 먹던 힘까지 짜내고 있었다.

여린 어깨가 덜덜 떨리는 것이 한눈에 보일 정도였다.

그러나 세랄은 작게 혀를 찼다.

"라라네."

"……네, 어머니."

"가진 것이 많고 누릴 것이 많은 고위 귀족일수록 정략결혼은 이미 태어난 순간부터 인생의 한 부분이나 마찬가지란다."

세랄은 언뜻 다정한 목소리로 라라네를 타이르듯 말했다.

"다들 이런 과정을 거치지. 나도 마찬가지였고. 그러니 그만 고집부리렴."

가만히 그 말을 듣고 있던 라라네는 커다란 눈으로 세랄을 바라보며 물었다.

"그래서 어머니는 지금 행복하신 건가요?"

"……뭐?"

"의무를 다하기 위해 아버지와 정략결혼을 하셨잖아요. 그래서 어머니는 행복하세요?"

세랄은 잠시 아무런 말이 없었다.

그 속을 짐작하기 어려운 얼굴로 빤히 자신의 딸을 바라보고 있을 뿐이었다.

그 무거운 침묵에 라라네는 금방이라도 숨이 막힐 것 같았다.

홧김에 뱉은 말이긴 했지만 반쯤은 진심이었다.

단 한 번도 어머니와 아버지를 보며 '행복해 보인다'는 생각을 해 본 적이 없으니까.

길게만 느껴진 정적 이후, 세랄은 천천히 라라네를 향해 손을 뻗었다.

본능적으로 몸을 움츠렸던 라라네는 머리에 와 닿는 손길에 크게 움찔했다.

"라라네, 사랑이 아니라 권력을 좇으렴. 언제나 그것이 정답이란다, 여리고 순진한 내 딸아."

세랄이 마치 자장가를 부르듯 다정한 목소리로 말했다.

"그게 너의 어머니로서 해 줄 수 있는 가장 최선의 조언이구나."

"하지만 어머니, 저는 권력을 원하지 않아요."

라라네는 호소했다.

"저는 그런 것에 욕심이 없어요. 제가 원하는 미래는 사랑하는 사람과 평화로운 일상을 나누는 모습인걸요."

"철없는 소리."

세랄은 그 말허리를 단박에 끊어 버렸다.

"네가 원하는 그 평화로운 일상은 권력 없이는 아무것도 아닌 거란다, 라라네. 지금은 나를 원망할 수도 있지만 나는 너를 위해 최선의 선택을 내리고 있다는 것을 알아주렴."

"최선의 선택이요?"

"상대는 1황자 전하다. 언젠가 너는 황태자비가 될 거야. 중앙에서 멀고 먼 곳의 적당한 세력가의 집안에 시집가는 것보단 가족들을 언제나 볼 수 있는 이곳이 좋지 않겠니."

"그렇기는 하지만……. 저는 1황자 전하와 결혼하고 싶은 생각이 없……."

"이상하구나, 라라네."

세랄의 눈이 차갑게 라라네를 노려봤다.

"너 혹시, 우리 몰래 만나는 사람이라도 있는 거니?"

"아, 아뇨! 그런 거 아니에요!"

라라네는 두 손을 내저으며 펄쩍 뛰었다.

하지만 살짝 붉어지는 얼굴을 막을 수는 없었다.

세랄의 눈이 가늘어졌다.

"만약 있더라도 빨리 정리하는 것이 좋을 거야. 네가 장차 결혼하게 될 상대가 곧 황태자가 되실 아스타나 전하라는 것을 명심하렴. 행실을 바르게 하란 말이야."

결국 라라네는 세랄의 옷자락을 잡았다.

그리고 매달리듯 말했다.

"어머니, 저는 정말 이 결혼을 하고 싶지 않아요."

하지만 세랄의 반응은 냉담했다.

오히려 딸의 마음을 꿰뚫어 보려는 것처럼 한참을 노려보더니 말했다.

"안 되겠다. 너는 오늘부터 혼자 롬바르디 저택을 나가는 일이 없도록 해라, 라라네."

"아, 안 돼요, 어머니!"

"어째서?"

"그게…… 이미 참석하겠다고 회신을 보낸 연회도 있고, 또 독서 모임도……."

"이제부터는 결혼 준비에 바빠 그런 모임에 나갈 시간도 없을 거다. 그리고 혼담에 대한 소문이 퍼지면 네가 연회에 참석하지 못하더라도 다들 이해해 주겠지. 그럼, 미래의 황태자비이신데."

세랄은 상상만으로도 흡족한 미소를 지었다.

그러나 이내 엄격한 얼굴로 돌아와 라라네에게 말했다.

"앞으로 저택 밖에 나갈 때는 내 허락을 받고, 웬만한 일에는 내가 동행할 거야. 알아들었지, 라라네?"

이렇게 되면 아비녹스 님을 만날 수가 없는데.

라라네는 눈물이 고이는 얼굴을 숨기려 고개를 푹 숙였다.

"어서 대답하렴, 라라네!"

세랄이 호되게 재촉했다.

"……네, 어머니."

라라네는 결국 그렇게 대답할 수밖에 없었다.

황제 집무실.

대회의가 끝난 뒤, 룰락은 요바네스의 요청에 따라 황제 집무실에서 그를 기다리는 중이었다.

"후우……."

장시간 회의의 여파로 아파 오는 눈을 문지르며 룰락은 낮은 한숨을 내쉬었다.

올해 들어 부쩍 세월을 실감하고 있었다.

이제는 가주의 업무 자체가 체력적으로 큰 부담이 되었다.

"이제 나도 내려놓을 때가 된 것인가."

룰락은 씁쓸한 미소를 지으며 중얼거렸다.

그때 요바네스가 집무실로 들어왔다.

"아, 먼저 와 계셨군."

황제는 성큼성큼 다가와 찬장에서 술을 꺼냈다.

그리고 시종을 부르는 일 없이 직접 두 잔에 술을 따랐다.

"한잔하겠습니까?"

요바네스가 룰락의 앞에 잔을 하나 내려놓으며 말했다.

룰락은 크리스탈 잔 안에 든 그 황금색 액체를 빤히 바라보다가 물었다.

"폐하의 집무실에 드나든 지 십수 년의 세월 동안 이리 술을 권하신 건 처음입니다, 폐하."

"으음, 그랬군. 내가 야박했습니다. 롬바르디 가주에게 술 한 잔을 아꼈다니."

"철광산 때문에 이러시는 거라면 소용없습니다. 단순히 돈을 벌기 위해서라면 다른 쪽을 고민해 보십시오. 롬바르디가 도와드리겠습니다."

"흐음. 광산은 전혀 양보할 수가 없다는 말이로군."

요바네스가 룰락을 날카로운 시선으로 바라보며 물었다.

"안타깝게도 그렇습니다, 폐하. 시장이 망가질 위험이 높습니다."

룰락의 대답에 요바네스는 술을 크게 한 모금 마시더니 고개를 끄덕였다.

언뜻 납득한 것처럼 보일 만한 태도였다.

"그건 그렇고. 광산 때문에 보자고 한 것은 아닙니다."

요바네스가 한발 물러나듯 말했다.

순간 룰락은 미간을 좁혔다.

저리 쉽게 물러날 요바네스 황제가 아니다.

돈에 대해서는 그 누구보다 강한 집착을 보이는 것이 요바네스다.

분명 무언가 노림수가 있는 것이다.

그리고 룰락은 바로 그 이유를 알 수 있었다.

"비에제의 딸 라라네를 아스타나의 짝으로 들이기로 결정했다 말해 주기 위해 불렀습니다."

놀란 사람처럼 룰락의 눈썹이 위로 올라갔다.

그 모습을 보며 요바네스는 내심 고소를 삼켰다.

처음 황후가 제안했을 때는 어찌 되어도 좋았다.

아스타나의 혼사에는 별 관심이 없었고 게다가 롬바르디라니.

룰락을 상대해야 하는 일이 영 껄끄럽기도 했다.

하지만 곰곰이 생각해 보니 그리 나쁜 일은 아니었다.

아니, 마음에 들었다.

이 고고하고 오만한 룰락의 손녀가 며느리가 된다니.

또한 롬바르디는 반론의 여지가 없는 훌륭한 귀족 핏줄이니, 황실의 혈통 유지에 큰 도움이 될 테다.

이번만큼은 황후가 꽤 쓸 만한 생각을 해 냈다는 것에 요바네스는 동의했다.

욕심을 낼 만하다.

황제는 그렇게 판단을 했다.

'혼사를 막아 주는 조건으로 내게 다른 것을 준다면 또 모를까.'

룰락이 거래를 할 의향이 있는지 떠보기 위해 오늘 이 자리에 부른 것이다.

요바네스는 스며 나오려는 웃음을 애써 얼굴에서 지우며 물었다.

"놀라시는 것을 보니 혼담에 대해서 몰랐나 봅니다."

무엇보다 룰락의 신경을 건드린다는 것이 몹시 즐거웠다.

"많이 놀란 것 같은데……."

"아니, 내 손녀의 혼담에 대한 이야기는 들어 알고 있었습니다만."

편안한 자세로 앉은 룰락이 고개를 절레절레 저으며 말했다.

"그것을 폐하께서 진지하게 고려하고 계실 줄이야. 허허, 이것 참."

룰락이 놀랍고 어이가 없다는 듯 웃었다.

"누구의 생각일지는 짐작이 갑니다. 폐하께서 이런 일에 관심을 쏟으실 리는 없으니."

룰락의 목소리가 낮게 가라앉았다.

"지금 이런 운을 띄우시는 이유는 손녀의 혼담을 빌미로 롬바르디에게서 무언가를 얻어 내려는 생각이셨겠지요."

요바네스 황제의 미간이 조용히 찌푸려졌다.

생각이 모두 읽혔다는 데서 오는 불쾌감이었다.

룰락 롬바르디와의 대화는 언제나 이런 식이다.

그것은 요바네스가 막 황제가 되었을 때나, 어느덧 중년이 된 지금이나 마찬가지였다.

찌푸린 요바네스의 눈을 응시하며 룰락은 천천히 자리에서 일어났다.

"롬바르디와 앙게나스를 양손에 쥐고 저울질을 하려는 시도는 아주 좋았습니다. 칭찬해 드리지요. 하지만."

룰락이 경고하듯 천천히 고개를 저었다.

"제 혈육은 아닙니다, 폐하. 제 핏줄은, 거래의 대상이 아닙니다."

아래를 내려다보는 룰락의 갈색 눈이 차갑게 빛났다.

그리고 황제의 집무실을 나가기 전 한마디를 남겼다.

"황후의 말에 휘둘려 후에 후회할 일은 하지 마십시오, 폐하."

룰락이 느긋한 발걸음으로 걸어 나가고.

혼자 남은 요바네스는 독주를 들이켰다.

룰락의 방자한 태도에 화가 나서 참을 수가 없었다.

그러나 뾰족한 수가 있는 것도 아니었다.

램브루 제국의 황제라고 하여서 모든 이의 위에 서 있지 않다는 것은 이미 오래전에 깨달은 것이었다.

그렇게 혼자서 바득바득 이를 갈고 있는 황제에게 라비니 황후가 찾아왔다.

"어찌 되었나요?"

이미 모두 알고 있으면서 모른 척 묻는 황후의 모습에 요바네스는 더욱 짜증이 났다.

대답 대신 술을 한 잔 더 마시는 황제의 모습에 황후는 안타깝다는 듯 말했다.

"저런. 롬바르디 가주가 또 폐하를 화나게 했군요. 황실 무서운 줄 모르는 그 건방진 자가."

황후는 상대방이 듣고 싶은 말을 정확하게 읽어 내는 재주가 있었다.

지금도 그 말 몇 마디에 요바네스는 황후에 대한 짜증이 부쩍 사라지는 것을 느꼈다.

"이 기회에 밀어붙이세요, 폐하. 아스타나의 혼인은 폐하와 롬바르디 가주와의 관계에도 큰 전환점이 될 수 있을 겁니다."

"전환점?"

"생각해 보세요. 제 손녀가 황실에 들어와 있는데 롬바르디가 지금처럼 교만하게 굴 수는 없겠지요."

"하긴. 제 피붙이는 끔찍이 여기는 자이니."

조금 전, '제 핏줄은 거래의 대상이 아니다'며 눈을 시퍼렇게 빛내던 모습을 떠올리며 요바네스가 중얼거렸다.

"반발이 있겠지만 혼인까지만 밀어붙이면 그만입니다. 게다가 세랄과 비에제 롬바르디는 이미 여식의 혼인에 동의를 했어요. 롬바르디 가주가 강하게 버틸 명분은 없지요."

황제가 고개를 주억거리는 모습에 황후는 내심 미소를 지었다.

자존심이 상해 분노하는 황제를 구슬리는 일은 너무나 쉽다.

그러나 황제의 다음 말에 라비니의 얼굴이 딱딱하게 굳었다.

"그래서, 내가 이 혼담을 밀어붙여 주면 황후는 나에게 무엇을 줄 것이오?"

"……예?"

"그래, 나는 앙게나스가 가지고 있는 서베스강 하역의 철광이면 될 것 같은데."

이번에는 라비니 황후가 크게 움찔했다.

몸이 흔들리는 것이 한눈에 보일 정도였다.

"바라포트가의 명의로 되어 있는 것 말이오. 10여 년 전에 비에제 롬바르디를 통해 롬바르디로부터 훔치듯이 매입했던 그 광산."

"폐하, 그것은 그저 작은 탄……."

"탄광일 뿐이라고 뻔히 보이는 거짓말은 하지 마시오, 황후. 오늘 황후에게 화를 내고 싶지는 않으니."

요바네스가 웃는 얼굴로 말했다.

황후의 입꼬리가 살짝 떨렸다.

황제가 말하는 광산은 약 10여 년 전, 앙게나스가 바라포트의 이름으로 몰래 사들였던 것이다.

앙게나스는 철광을 소유할 수 있도록 황실의 허락을 받지 못했으니 어쩔 수 없었다.

지금은 석탄을 더 이상 채굴하지 않고 그 아래에 약간의 철광석만 품고 있는 광산은 라비니의 기억 속에서도 잊혀 가고 있던 것이었다.

라비니는 황제를 바라봤다.

유별나게 똑똑하거나 학식이 뛰어난 사람은 아니었지만, 요바네스는 자신의 손익에는 그 누구보다 영민했다.

바로 지금처럼.

도대체 그 철광산에 대해서 언제부터 알고 있었던 것인가.

여전히 웃고 있는 요바네스의 얼굴에 황후는 오싹 소름이 끼쳤다.

"어떻소? 아스타나가 롬바르디의 여식과 결혼을 할 수만 있다면 앙게나스에게 그리 손해 보는 거래는 아닐 터인데."

라비니 황후는 평정심을 되찾으며 계산을 시작했다.

현재 앙게나스의 불안정한 재정 상태와 세랄이 약속한 라라네 롬바르디의 지참금, 그리고 향후 그로 인해 얻을 수 있을 이익들까지.

그리고 고개를 끄덕였다.

"드리겠습니다, 폐하."

"아주 좋군."

요바네스가 만족스레 미소 지었다.

"내일 광산의 명의를 레드 상단의 이름으로 돌리시오. 당장 채굴을 시작하고 싶으니."

요바네스 황제는 꽤나 들떴다.

옆자리에 앉아 있는 황후의 존재는 이미 그의 관심 밖의 일이었다.

"오셨습니까, 가주님."

황궁에서 돌아온 룰락을 평소처럼 맞이한 집사 요한은 곧바로 뭔가 심상치 않음을 감지했다.

마차에서 내리는 룰락의 분위기가 무시무시했던 것이다.

아니나 다를까.

"비에제를 오라고 하게."

그 짧은 말만 남긴 룰락은 혼자서 집무실로 들어가 버렸다.

"부르셨습니까, 아버님."

잠시 뒤, 비에제가 집무실 안으로 들어왔다.

이미 무슨 용건으로 부른 것인지 예상한 듯, 비에제는 의자에 앉지도 않고 가만히 서 있었다.

"비에제."

"예, 아버님."

"라라네와 1황자의 혼사는 없던 것으로 해라."

"그럴 수는 없습니다."

"지금 내 명을 거역하겠다는 것이냐?"

룰락의 눈빛이 매서워졌다.

하지만 비에제도 맞섰다.

"라라네는 제 딸입니다."

"그래, 하지만 원래 가문의 혼사는 가주의 뜻을 따라야 하는 법. 너와 세랄의 혼사 또한 전대의 뜻이셨던 것을 잊은 것은 아니겠지."

만약 룰락의 선택이었다면, 비에제를 앙게나스와 엮는 일은 절대로 일어나지 않았을 것이었다.

"……라라네를 대신해 가장 좋은 선택을 해 주었을 뿐입니다. 황실의 일원이 되는 것은 분명히 좋은 기회이니까 말입니다."

"좋은 기회?"

룰락이 쾅 하고 책상을 거칠게 내려쳤다.

"똑바로 말해라, 비에제. 라라네가 아니라 너를 위한 기회겠지!"

"그건……!"

"아스타나가 어떤 놈인지 너도 알지 않느냐! 그게 네 자식을 위한 최선이란 말이냐!"

룰락은 그 어느 때보다 격렬하게 분노하고 있었다.

비에제는 이제껏 몇 번이고 크고 작은 실수를 해 왔다.

그러나 이번만큼 룰락이 격노한 적은 없었다.

"그동안 너의 허물을 눈감아 준 것은 네가 롬바르디이자 나의 혈육이기 때문이다. 하지만 아무리 너라고 하더라도 제 자식을 희생시켜 이득을 챙기는 행위는 용납하지 않겠다. 마지막 경고다, 비에제."

룰락의 시선을 받은 등골이 선뜩했다.

하지만 비에제는 이를 악물고 뒤돌아 집무실을 나왔다.

황후가 이미 경고한 일이었다.

부친의 반대가 극심할 것이라고.

하지만 비에제가 버티기만 하면, 라라네와 1황자의 혼사를 성사시키겠다는 약속도 있었다.

"마지막 경고다, 비에제."

부친이 했던 말이 귓가에 천둥처럼 울렸지만, 비에제는 애써 두려움을 털어 냈다.

펠렛 상회의 사무실.

클레리반과 바이올렛의 보고가 끝났다.

나는 서류를 정리하는 두 사람에게 물었다.

"다음 크루즈 일정이 언제죠?"

"3일 뒤, 체사유 항만에서 출발합니다."

클레리반이 대답했다.

아, 하필이면.

"그럼 그다음은요?"

이번에는 바이올렛이 말했다.

"새로 도입한 배가 막바지 준비 중입니다. 예정된 출발일은 열흘 뒤입니다."

열흘이라.

그 정도면 괜찮을지도 모른다.

"왜 그러십니까, 피렌티아 님?"

"크루즈에 특별한 손님을 태워야 할지도 몰라서요. 자세한 건 나중에 설명할게요."

나는 의아하게 바라보는 바이올렛과 클레리반에게 웃어 준 뒤, 서둘러 펠렛 상회를 빠져나왔다.

오늘은 특별한 일정이 있다.

서둘러 롬바르디 저택으로 돌아왔다.

그러자 먼저 나를 기다리고 있던 사람이 반갑게 맞이해 주었다.

"오셨습니까, 피렌티아 님."

아주 멋지게 차려입은 아비녹스였다.

나는 그런 아비녹스를 바라보며 물었다.

"준비됐어요, 아비녹스 님?"

내 질문에 아비녹스는 미소 지으며 고개를 끄덕였다.

"반지는요?"

"여기 있습니다."

아비녹스가 가슴 안쪽의 주머니를 톡톡 두드리며 대답했다.

오늘따라 더 멋지게 차려입은 아비녹스의 모습이 의미심장하기까지 했다.

나와 아비녹스는 일단 지난번처럼 사람이 많은 곳을 잠시 거닐었다.

그리고 곧바로 라라네의 온실로 향했다.

뭔가 눈치를 챈 건지, 라라네는 세랄 때문에 저택 밖으로는 자유롭게 다니지 못하지만 다행히 저택 내부에서는 크게 제약이 없었다.

나는 그것을 이용해 오늘 두 사람에게 조금 도움을 주기로 했다.

"미리 라라네에게 여기서 보자고 말을 해 놓았어요. 아, 저기 있네요."

"라라네 님……."

아비녹스가 안타깝게 중얼거렸다.

온실에 있을 때면 언제나 반짝반짝 빛나는 모습으로 꽃을 가꾸던 라라네였다.

그러나 오늘은 달랐다.

힘없이 온실 의자에 걸터앉아 있는 모습이 너무나 짠했다.

"그럼 저는 이만……."

"아닙니다."

라라네와 아비녹스에게 둘만의 시간을 주기 위해 돌아서려는 나를, 아비녹스가 잡았다.

"피렌티아 님께서 저희 두 사람의 증인이 되어 주십시오."

여전히 긴장한 기색이 역력한 아비녹스는 그래도 얼굴에 미소를 지어 보이며 내게 말했다.

"라라네 님이 제 청혼을 받아 준다면 루만가의 이름으로 바로 청혼서를 라라네 님의 부친과 롬바르디 가주께 보낼 계획입니다. 이미 제 부친의 허락은 받아 둔 상태입니다."

한마디로 귀족들의 결혼 코스를 정석대로 밟겠다는 말이었다.

이미 루만 가주의 허락까지 받아 놓았다니.

제대로 마음을 먹고 일을 추진했구만.

"조금 늦은 감은 있지만 아직 황실에서 롬바르디 가문으로 정식 청혼서를 보내거나 공식적인 발표를 하지 않았으니 제게도 기회는 있습니다."

아비녹스는 그렇게 말하며 주먹을 꽉 쥐어 보였다.

"물론…… 라라네 님이 제 청혼을 받아 주셨을 때의 이야기지만요."

그러고는 다시 긴장 모드로 돌아간다.

나는 아비녹스의 어깨를 토닥여 주며 말했다.

"알겠어요. 기꺼이 두 사람의 증인이 되어 드릴게요."

"감사합니다!"

"그럼, 갈까요?"

긴장 탓에 삐걱삐걱 소리가 날 것처럼 걷기 시작한 아비녹스가 먼저 앞장서서 온실 문을 열었다.

으으, 나까지 긴장된다!

"아비녹스 님……?"

라라네는 자기 눈을 믿지 못하겠다는 듯 떨리는 목소리로 아비녹스를 불렀다.

아비녹스는 그런 라라네에게 다가가 다정한 목소리로 물었다.

"얼굴이 조금 상한 것 같은데. 괜찮으신 겁니까?"

"저는 괜찮아요……. 제 편지에 답장이 없으셔서 아비녹스 님은 괜찮으신 건지 궁금했……."

라라네의 말이 뚝 끊겼다.

아비녹스가 천천히 한쪽 무릎을 꿇었기 때문이었다.

"아, 아비녹스 님?"

"라라네 롬바르디 영애, 저의 용기가 너무 늦었습니다."

아비녹스가 품 안에서 꺼낸 작은 반지 상자를 열어 라라네 앞에 내밀었다.

"저와 결혼해 주시겠습니까?"

잠깐 정적이 흘렀다.

반지를 든 아비녹스 숨을 죽였다.

최대한 방해가 되지 않게 뒤쪽으로 선 나도 숨을 죽였다.
그리고 작은 소리가 들렸다.
툭, 투둑.
라라네의 눈에서 눈물방울이 떨어지는 소리였다.
"아, 아비녹스 님……."
라라네는 두 손을 꼭 쥐고 아비녹스를 바라봤다.
그리고 예쁜 얼굴에 미소가 번지며 라라네가 활짝 웃었다.
"좋아요, 아비녹……."
라라네가 마침내 청혼을 받아들이려던 바로 그때였다.
콰앙!
큰 소리와 함께 온실 문이 벌컥 열렸다.
"아, 아버지……!"
"지금 뭐 하는 짓이냐, 라라네!"
뛰어 들어온 것은 비에제였다.
가장 먼저 반응한 것은 아비녹스였다.
바로 라라네를 보호하듯 앞을 가로막고 섰다.
"롬바르디 공, 잠시 제 이야기를 들어 주십시오."
그러자 비에제의 눈에서 불꽃이 튀었다.
중요한 혼담이 오가는 딸을 지키려는 듯 행동하는 낯선 사내를 치켜뜬 눈으로 노려보다가 중얼거렸다.
"분명히 어디서 본 적이 있는 얼굴…… 혹시, 루만가……?"
아비녹스가 누군지 알아본 비에제는 더욱 인상이 일그러졌다.
동부의 루만가는 공공연히 페레스를 지지하는 가문으로 알려져 있었다.

리그니테 루만이 페레스와 아카데미에서 친하게 지냈기도 했고, 페레스는 동부가 무역 보조금을 받을 수 있도록 도왔으며, 지난번 아이반행에도 루만가가 자진해서 따라나섰으니까.

"이게 무슨 짓이오, 루만 공자!"

크게 외친 비에제는 아비녹스의 손에 들려 있던 반지를 저 멀리 쳐 내 버렸다.

이곳까지 아비녹스가 가슴에 소중히 품고 왔던 반지 상자가 온실 바닥에 나뒹굴었다.

그것을 바라본 아비녹스는 침착한 목소리로 말했다.

"미리 인사드리지 못한 점, 송구스럽게 생각합니다. 하지만 라라네 님과 저는 줄곧 교제를 해 왔으며, 저희 루만가는 롬바르디에 정식으로 청혼서를 보내려 합니다. 오가는 혼담이 있는 것은 알지만, 부디 고려를……."

"이보시오, 루만 공자."

비에제가 위협적으로 다가서며 말했다.

"내 딸이 결혼할 사람이 누군지 알고 지금 이러는 것이오?"

"……알고 있습니다."

"알고 있다? 어떻게든 제국 중앙으로 발을 들이밀어 보려는 루만가가 황실을 적으로 돌리겠다는 말이오, 지금?"

"……라라네 님을 위해서라면 각오하고 있습니다."

"아, 아비녹스 님!"

라라네가 다시 눈물을 흘리며 고개를 저었다.

비에제는 그런 라라네에게 호통치듯 말했다.

"생각이 있는 것이냐 없는 것이냐! 경거망동을 해도 유분수가 있지! 이렇게 철없이 굴면 너뿐만이 아니라 루만가도 큰 곤경에 처하게 되는 것이다, 라라네!"

"아아……."

라라네가 고개를 툭 떨궜다.

"오늘 일은 내가 못 본 것으로 하겠소, 루만 공자!"

비에제가 악문 잇새로 말하면서 라라네의 팔을 잡아끌었다.

"그만두십시오!"

아비녹스는 그런 비에제의 손을 금방이라도 부러뜨릴 듯 잡았다.

하지만.

"……놔주세요, 아비녹스 님."

라라네가 가느다란 목소리로 말했다.

"라라네 님……."

아비녹스는 마치 자신이 아픈 것처럼 비에제의 손에 붙들린 라라네의 팔을 괴롭게 바라봤다.

하지만 라라네가 재차 고개를 가로젓자 비에제를 잡고 있던 손이 힘없이 풀려났다.

"가자, 라라네."

비에제는 여기서 일 초도 더 있기 싫다는 듯 바로 라라네를 잡아끌었다.

그 우악스런 손에 잡힌 라라네는 그저 맥없이 끌려갈 뿐이었다.

그리고 비에제가 문 앞에 서 있던 나를 발견했다.

짜악-!

어떻게 피해 볼 겨를도 없이, 내 얼굴이 옆으로 돌아갔다.

"티, 티아!"

"피렌티아 님!"

깜짝 놀란 아비녹스와 라라네가 외쳤다.

입술이 터졌는지, 피가 흘러내리는 것이 고스란히 느껴졌다.

퉤!

가만히 입가를 훔치는 내 발치에 비에제가 침을 뱉었다.

"더러운 계집, 감히 내 딸의 앞길을 망치려고 해?"

비에제는 그러고도 분이 풀리지 않았는지 씩씩거렸다.

하지만 이 상황을 누가 볼까 두려운 듯 서둘러 라라네를 데리고 온실을 나가 버렸다.

"피렌티아 님, 괜찮으십니까?"

아비녹스가 서둘러 다가와 나를 살폈다.

나는 그 손을 살짝 밀어내며 입 안에 고인 피를 바닥에 뱉어 냈다.

사실 이 정도 뺨은 수도 없이 맞아 봤기 때문에 큰 타격도 없다.

지금은 이런 게 중요한 게 아니야.

나는 아비녹스를 똑바로 응시하며 물었다.

"어떻게 할 거예요?"

"라라네 님은 분명히 제 청혼을 받아들였습니다."

아비녹스가 바로 대답하며 바닥에 떨어져 있던 반지 상자를 주웠다.

"이제 라라네 님은 제 약혼자입니다. 포기하지 않을 겁니다."

평소의 순둥순둥한 아비녹스라고는 생각이 되지 않을 만큼.

이글이글거리는 눈이었다.

"……이제 좀 마음에 드네."

라라네를 지키려면 그 정도는 되어야지.

나는 아비녹스의 손에서 반지 상자를 가져오며 말했다.

"이건 내가 전해 줄게요."

아비녹스는 의아한 듯했지만 이내 고개를 끄덕였다.

나를 믿겠다는 것이다.

나는 반지가 무사한 것을 확인하고 상자를 닫았다.

손안에서 '탁!' 하는 소리가 경쾌하게 울렸다.

이런다고 내가 포기할 것 같아?

황궁의 대회의실.

황제와 귀족회가 마주하는 대회의가 끝나 가고 있었다.

별다를 것 없는 평범한 회의였다.

그런데 슬슬 회의실에서 벗어날 준비를 하는 귀족들에게 요바네스가 말했다.

"내가 발표할 것이 있다."

결국 귀족들은 다시 눈치를 보며 자리에 앉았다.

그들이 모두 착석한 것을 확인한 요바네스 황제는 마지막으로 룰락 롬바르디를 바라봤다.

그리고 의기양양한 미소를 지으며 말했다.

"나 요바네스는 비에제 롬바르디의 여식, 라라네 롬바르디를 1황자 아스타나의 짝으로 받아들이기로 했다는 것을 경들에게 알리는 바이다."

마치 농담을 하는 것처럼 가벼운 어조와 표정이었다.

하지만 그 반향은 작지 않았다.

"허억!"

"로, 롬바르디?"

소문을 듣지 못했던 사람들은 경악했고.

"풍문이 사실이었군!"

"롬바르디와 황실이라니……."

소문을 알고 있던 이들은 고개를 가로저었다.

"이는 롬바르디 가문과 황실의 화합을 위한 결정으로 램브루 제국에 한층 더 완벽한 평화와 안녕을 가져다줄 것이라고, 나는 믿어 의심치 않는다."

이제 귀족들은 모두 한곳을 바라보고 있었다.

굳은 얼굴로 황제를 노려보고 있는 룰락 롬바르디였다.

얄밉게 싱글벙글하는 요바네스와 너무도 다른 반응에 사람들의 얼굴에 호기심이 스쳤다.

미리 이야기가 끝난 것이 아니었나?

설마 일방적인 발표인 건가?

귀족들이 아는 롬바르디 가주는 절대 황실과 혼인으로 얽히고 싶어 할 사람이 아니었으니까.

아니나 다를까.

룰락 롬바르디가 의석에서 몸을 일으켰다.

그리고 황제를 향해 낮은 목소리로 말했다.

"거부하겠습니다."

"거, 거부라니!"

요바네스가 혼인을 발표했을 때보다도 더 큰 반향이 회의실을 휩

쓸었다.

“저, 저러다 위험한 것 아닌가?”

“황실의 공식적인 혼담을 거절하다니…….”

롬바르디가 아닌 일반적인 귀족 가문이었다면 당장 이 자리에서 황명 불복종의 죄로 끌려가도 할 말이 없는 일이다.

“지금 내 명을 거역하겠다는 것인가, 롬바르디 가주?”

요바네스 황제가 룰락을 싸늘하게 노려보며 물었다.

하지만 룰락은 눈도 하나 깜짝하지 않았다.

오히려 황제를 마주 바라보며 또박또박, 선언하듯 말했다.

“롬바르디가는 황실의 혼담을 거부하겠습니다.”

그것도 모자라 룰락은 회의실에서 나가려 등을 돌려 걸어갔다.

황제가 정식으로 폐회를 선언하기 전에 회의실을 벗어나는 것은 있을 수 없는 일이었다.

룰락이 회의실의 문고리를 잡았을 때, 요바네스가 분노해 외쳤다.

“지금 그 문을 열고 나가면 다시는 황도에 발을 들이지 못할 것이오, 롬바르디 가주!”

금문령을 내리겠다는 말이었다.

황제의 땅이자, 귀족 회의와 대회의 등 중요한 사안들이 벌어지는 황도에 출입하지 못하도록 하는 금문령은 중앙 귀족들이 가장 두려워하는 형벌 중 하나였다.

그러나 그 외침을 들은 룰락은 한쪽 입꼬리를 비스듬히 올리며 요바네스를 돌아봤다.

“금문령이라.”

이미 요바네스의 부친, 선황에 의해 한 번 룰락에게 내려졌던 형

벌이었다.

그리고 스무 해 동안의 힘 싸움 끝에, 선황은 제 손으로 금문령을 거둬들여야 했다.

룰락은 요바네스에게 살짝 고개를 숙여 보이며 말했다.

"폐하의 뜻대로 하십시오."

"롬바르디 가주!"

등 뒤에서 요바네스의 목소리가 들렸지만, 룰락은 아랑곳하지 않고 거대한 문을 힘차게 밀어젖히며 대회의실에서 당당하게 걸어 나갔다.

결국 라라네는 자기 방에 갇혔다.

처음에는 롬바르디 기사단에 협조를 요청해 그들이 문 앞을 지켜주기를 원했지만, 단호하게 거절당했다.

지금은 세랄과 비에제 그리고 벨레삭이 번갈아 가며 방문을 지킨다고 했다.

내가 찾아가 라라네를 보고 싶다고 말했지만 세랄의 경멸에 가까운 시선만 받으며 쫓겨나야 했다.

"하지만 그렇다고 내가 포기할 것 같냐."

나는 내 방 창가에 기대 어둑해진 저녁 하늘을 바라봤다.

그리고 점점 별이 하나둘 모습을 드러내고 밤에 가까운 시간이 되었다.

철컹.

정원 건너편의 저택 철문이 닫히는 소리가 멀리서 작게 들려왔다.
이제 특별한 일이 없는 한, 동이 틀 때까지 저 문은 열리지 않는다.
아무도 저택 안으로 들어오거나 또 나갈 수 없는 것이다.
그 사실을 알고 있을 비에제네 식구들도 당연히 경계가 풀릴 수밖에 없다.
또 늦은 시간이니 그냥 문 앞만 지키며 잠들었을 수도 있다.
"시간이 다 됐네."
나는 어느새 약속한 시간이 다 된 것을 깨닫고 밖으로 나갔다.
별관 옆쪽에 있는 작은 숲의 나무들이 바람에 따라서 파스스 노래를 부르는 것 같았다.
그리고 그 노래가 잠시 잦아들 때쯤.
"티아."
어두운 숲 속에서 페레스가 걸어 나왔다.
롬바르디 저택의 담은 높고 롬바르디 기사단과 병사들이 물샐틈없이 지키고 있다지만, 오러를 다루는 것처럼 여러모로 인간의 한계를 뛰어넘은 페레스 앞에선 별로 의미가 없는 것들이었다.
"어쩐 일이야. 네가 먼저 만나자고 하다니."
페레스가 곧바로 내 손을 잡고 손등에 입을 맞추며 말했다.
"거의 두 달 만인가? 이제 페레스 네가 황도로 돌아온 것 같아서."
그동안 페레스는 남쪽으로 떠나 있었다.
뭔가 일을 처리하러 갔던 것이겠지.
내 말에 잠시 멈칫하던 페레스는 잠시 뒤 다시 미소를 되찾았다.
"맞아. 티아 너는, 그랬지. 잠시 잊고 있었어. 아직 적응 중이어서."
페레스가 펠렛 상회의 주인이라는 내 정체를 알게 된 지도 벌써

3개월.

하지만 그때의 기억이 떠오를 때마다 페레스는 저렇게 다시 놀라고 다시 즐거워하는 것 같았다.

"그런데 오늘은 왜 부른 거야, 티아? 나야 널 보니 좋지만. 무슨 일이 있는 건 아니겠……."

나에게 다가오던 페레스가 말을 멈췄다.

"입술……."

비에제에게 뺨을 맞는 바람에 터진 내 입술에 페레스의 시선이 닿았다.

그리고 바람이 불었다.

조금 전까지는 기분 좋게 바람에 몸을 맡긴 채 춤을 추던 나무들이 위협적으로 우웅 하고 떨기 시작했다.

페레스를 중심으로 퍼져 나가는 묵직한 파동 때문이었다.

그러는 와중에도 내 주변은 조용하다는 것을 보면 알 수 있었다.

"누구야, 티아."

언뜻 들으면 다정한 듯한 목소리에 살기가 배어 있었다.

페레스의 눈동자 색도 평소와는 조금 달랐다.

"누가, 널 아프게 했어?"

페레스가 본인이 더 아픈 듯 눈살을 찌푸리며 말했다.

나는 그런 페레스에게 고개를 저었다.

"그만해."

내 말 한마디에 주변을 억누르던 힘이 거짓말같이 사라졌다.

파드득.

차마 도망가지 못하고 나무 위에서 숨죽이고 있던 새들이 그제야 멀리로 날아가는 것이 보였다.

"누가 날 아프게 했냐가 중요한 게 아니야, 페레스. '왜'가 중요한 거지."

페레스는 누가 이랬는지 말해 주지 않는 것이 불만인 듯, 부어오른 내 입술을 바라보는 눈매가 여전히 날카로웠지만 순순히 고개를 끄덕였다.

"어쩌다 그렇게 된 거야?"

"사실 며칠 전에……."

나는 그동안 있었던 일을 짧게 축약해 페레스에게 들려주었다.

그리고 마지막에 덧붙였다.

"그래서 네가 필요해, 페레스."

"아……."

내 말에 페레스가 잠시 눈을 깜박이더니 웃었다.

숲의 향기는 저리 가라 할 정도로 깊고 진한 미소였다.

"왜 그렇게 웃어?"

"기뻐서. 지금 티아에게 내가 필요하다는 거잖아."

"너는 참 별게 다……."

습관처럼 페레스를 타박하려던 나는 입을 다물었다.

지금 페레스에게 부탁을 하는 사람은 나인데.

이러면 안 되지.

나는 고개를 끄덕이고 앞장서 걸으며 말했다.

"너한테는 그렇게 어려운 일이 아닐 것 같기는 한데. 일단 도움이 필요해, 페레스."

"뭐든지."

녀석, 완전히 신났다.

나는 페레스를 데리고 숲을 가로질러 걷기 시작했다.

시간을 맞춰서 돌아다니는 경비대원들이 잘 다니지 않는 길이었다.

그리고 우리가 향한 곳은 본관이었다.

잘 보이지 않는 어두운 그늘 아래에 페레스와 마주 보고 선 나는 작은 목소리로 말했다.

"나 저기로 올려 줘."

페레스가 내 손가락 끝을 따라 위를 바라봤다.

"……발코니?"

"응, 저기 3층에 있는 거."

"라라네 롬바르디의 방인가?"

역시 페레스는 바로 맞혔다.

나는 고개를 끄덕였다.

"괜찮겠어?"

"뭐가?"

"무서울 텐데."

3층이라고는 하지만 천장이 높은 구조라 보통 건물의 4층은 족히 되는 높이다.

하지만 별로 무섭지는 않다.

"페레스 널 믿어."

너한테 저 정도는 껌이잖아?

페레스는 살짝 미소 지으며 좋아하더니 내 쪽으로 고개를 살짝 기울이고 물었다.

"누가 그랬는지 말해 주면."

칫, 부탁을 그냥 들어주지는 않겠다는 거지.

"……비에제."

"비에제 롬바르디?"

"응."

"그렇다고 비에제한테 해코지는 하지 마."

내 대답에 순간적으로 페레스의 눈에 날카로운 빛이 스치는 것을 보고 얼른 단호하게 말했다.

"그건 내 몫이니까."

잠시 나를 빤히 바라보던 페레스는 이내 내게 손을 뻗었다.

"안을게."

녀석의 짧은 말과 함께, 내 몸이 너무나 쉽게 훌쩍 들려 페레스의 팔 위에 앉혀졌다.

다리와 엉덩이 밑으로 돌처럼 단단한 페레스의 팔근육이 고스란히 느껴졌다.

나는 팔을 페레스의 목에 두르고 녀석의 목에 얼굴을 묻었다.

"무서워서 이러는 거 아니야."

그냥 나는 높은 데가 싫다고.

"무서운 거랑 싫은 건 엄연히 다른 거야."

맞닿은 몸을 통해서 페레스가 낮게 웃는 소리가 들렸다.

그리고 페레스의 한쪽 팔이 내 몸을 더욱 굳게 잡는다는 느낌이 들 때.

휘익, 탁, 탁, 타박.

그게 다였다.

마지막에 후욱 하고 뒤늦은 바람이 우리를 따라잡으며 머리카락을 한번 흐트러뜨린 것 말고는 '뛴다'라는 느낌도 없었다.

"눈 떠도 돼."

페레스의 낮은 목소리에 서서히 고개를 들자 어느새 우리는 내가 조금 전에 가리킨 그 발코니에 서 있었다.

"안에는 라라네 롬바르디 한 명뿐인 것 같아."

센스쟁이.

페레스는 어느새 예민한 오감으로 기척을 읽고 나에게 말해 줬다.

"너는 여기서 잠깐 기다리고 있어. 금방 말하고 나올게."

내 말에 페레스가 묵묵히 고개를 끄덕였다.

그러고는 빛이 들지 않는 구석의 난간에 털썩 엉덩이를 대고 앉아 나를 바라본다.

그 모습이 말 잘 듣고 순한 강아지를 보는 것 같아 페레스에게 잘했다는 의미로 한번 웃어 주고는 창문을 작게 두드렸다.

똑똑.

소리가 나고 얼마 지나지 않아 놀란 얼굴의 라라네가 창문을 열었다.

"티, 티아?"

잔뜩 낮춘 목소리로 나를 보던 라라네는 뒤쪽에 조용히 앉아 있는 페레스를 보더니 대충 상황을 파악한 듯했다.

얼른 나를 안으로 들인 라라네는 무표정한 얼굴로 멀뚱히 앉아 있는 페레스를 향해 고개를 살짝 숙여 인사한 뒤 문을 닫았다.

"티아, 얼굴이……."

라라네는 내 입술과 부어오른 뺨을 보고 말을 잇지 못했다.

이미 퉁퉁 부은 눈에 또다시 눈물이 고였다.
"미안해. 미안해, 나 때문에."
라라네가 내 손을 꽉 잡았다.
"나 때문에 티아도, 아비녹스 님도, 또 루만가도……."
아니, 잠깐 이상한데.
나와 아비녹스는 비에제에게 험한 꼴을 당했지만, 갑자기 루만가라니?
"루만가가 왜?"
"조, 조금 전에 아버지가 다녀가셨는데…… 이번 일 때문에 루만 가문이 매우 곤란해질 거라고. 어쩌면 동부로 가던 보조금이 끊길 수도 있다고……."
이 비에제 천하의 나쁜 새끼.
하다못해 이제 자기 딸에게도 협박이라니.
그것도 공갈 협박이다.
루만 가문의 보조금은 그렇게 쉽게 거둬질 것이 아니니까.
하지만 순수한 라라네는 그 말을 곧이곧대로 믿었겠지.
그리고 혼자 이 어두운 방에 앉아 두려움에 떨고 있었을 거다.
자기 때문에 아비녹스와 아비녹스의 가문에 큰일이 생겼다고 스스로를 자책하면서.
"다 내가 욕심을 부려서……."
그렇게 중얼거리는 라라네는 어딘가 위태위태해 보였다.
순간, 잠든 것처럼 누워 있던 라라네의 모습이 떠올랐다.
잘못된 사람을 부모로 두고 그들을 사랑해 순종한 대가로 너무나 일찍 눈을 감았던.

손안에 쥔 꽃처럼 시들어 버렸던 라라네의 모습이.

나는 가져온 아비녹스의 청혼 반지가 담긴 상자를 라라네의 손에 조금 억세게 쥐여 주었다.

"이건……."

손가락에 끼워 보지도 못했던 약혼반지를 본 라라네의 눈동자가 흔들렸다.

조심스러운 손길이 진주 반지를 꺼내자 달빛을 받아 영롱한 빛이 흘렀다.

라라네는 잠시 동안 그 아름다운 보석에게서 눈을 떼지 못했다.

그리고 반지를 조심스레 자신의 손가락에 끼웠다.

반지는 마치 라라네를 위해서 만들어진 것처럼 딱 맞아 들었다.

그래, 라라네.

시든 꽃 따위보다는 너에겐 그게 훨씬 더 잘 어울려.

나는 라라네의 헝클어진 머리칼을 손가락으로 살짝 빗어 정리해 주며 말했다.

"아비녹스 님이 '기다리겠다'고 전해 달랬어."

"아……."

라라네의 눈에서 굵은 눈물이 뚝뚝 떨어졌다.

"잘 들어, 라라네. 이곳을 떠날 수 있는 방법을 마련했어."

"떠날 수 있는…… 방법?"

"응, 라라네와 아비녹스 님 두 사람이 함께 행복해질 수 있는 곳으로 갈 방법."

하지만 라라네는 이내 괴롭게 체념하듯 말했다.

"하지만 내가 그렇게 가 버리면 다치는 사람들이 너무 많아. 당장 나를 도와준 티아 너도……. 그리고 내가 도망가 버리면 롬바르디와 루만가는……."

"그런 건 걱정하지 마. 만약 라라네가 아비녹스 님과 이곳을 떠나더라도 다치는 사람은 아무도 없을 거야. 내 말을 믿어, 라라네."

"티아……."

"그러니까 지금은 라라네 자신의 행복만 생각해. 그리고 결정을 내려. 지금도 고민 중이잖아?"

"그, 그게……."

라라네는 고개를 숙였다.

당장 아비녹스와 떠나겠다고 할 리가 없다.

그러기엔 라라네는 비에제와 세랄을, 그리고 벨레삭을 애정한다.

인생에서 어쩌면 가장 중요한 선택을 강요받는 이 순간에도 차마 선뜻 그들을 저버리지 못할 만큼.

비에제와 세랄 같은 사람을 어떻게 애정할 수 있는지 이해는 할 수 없었지만.

그래도 부모님이니까.

그리고 착하디착한 라라네니까.

선뜻 아비녹스의 손을 잡고 도망치듯 떠날 수 없는 망설임을 이해한다.

나는 라라네의 마른 어깨를 다독여 주었다.

"부모님과 형제를 사랑하는 게, 그래서 그들이 행복해하는 일을 하고 싶은 게 나쁜 건 아니야. 절대로."

라라네의 그렁그렁한 눈이 나를 올려다본다.

"하지만 그래도 가장 중요한 건, 라라네 자신의 행복이야. 그러니까 네가 결정해. 어떻게 할 건지."

"……티아라면 어떻게 했을 거야?"

"나라면……."

여기까지 오지도 않았다.

진작에 집안을 쑥대밭으로 뒤집고 나한테 아스타나 같은 것과 결혼하라고 종용하는 사람들의 입을 다 찢어 버렸을 거다.

누구 인생을 망치려고!

하지만 라라네에게 그런 말은 지나치게 과격하지.

나는 고개를 저으며 대답했다.

"라라네는 내가 아니니까 그런 질문은 별로 의미가 없어. 하지만 이거 하나는 확실히 알아."

라라네의 예쁜 눈을 똑바로 바라보며 말했다.

"라라네의 가족들은 네가 참고 희생한다고 해서 그것에 감사할 사람들이 아니란 거야."

라라네의 긴 속눈썹이 파르르 떨렸다.

아마 자신도 알고 있었겠지.

"그러니까 더 이상 가족들을 위해서 참고 희생하지 않아도 돼, 라라네."

나는 그 말을 남기고 자리에서 일어났다.

들키기 전에 얼른 나가야지.

"미안하지만 시간은 별로 없어, 라라네. 앞으로 딱 5일, 그 안에 결정해야 해."

"5일……."

라라네는 얕게 고개를 끄덕였다.

다시 페레스가 기다리는 발코니로 나서는 내 눈에, 테이블 위에 놓여 있는 여러 개의 꽃 화분이 들어왔다.

그중, 곧고 화려하게 피어 있는 붉은 꽃이 가장 마음에 들었다.

스스로 버티는 힘이 약해서 지지대에 기대어 꽃을 피운 다른 것들과는 달리, 혼자만의 힘으로 하늘을 향해 꼿꼿하게 고개를 들고 있는 붉은 꽃.

나는 그것을 가리키며 말했다.

"5일 안으로 마음이 서면, 저 화분을 창밖에 내놔. 그럼 나머지는 내가 알아서 준비할 테니까."

룰락의 집무실에 요바네스 황제의 서신이 도착했다.

[롬바르디 가주에게 3일의 시간을 주겠다. 시일 내에 황실과 롬바르디의 혼약에 동의하라. 황명에 따르지 않을 시, 룰락 롬바르디는 금문령에 처한다. 또한, 금문령은 오직 혼인이 성사되었을 시에만 해제된다.]

"용을 쓰는군."

툭.

룰락은 황제의 서신을 귀찮다는 듯 옆으로 밀어 놓으며 맞은편에 앉아 있는 샤나넷을 바라봤다.

"그래, 광산 쪽으로 새 소식이 들어왔다고?"

"예, 아버지."

샤나넷이 조금 전 롬바르디 광산으로 도착한 작은 서신을 룰락에게 내밀었다.

"바라포트가의 탄광이 멈췄던 작업을 재개했다고 해요."

"분명히 탄맥이 모두 말랐다고 했던 그 광산 말이지."

"예, 아무래도 이건……."

"그 밑에 있는 철광을 두드리기 시작했다는 것이로군."

룰락이 고개를 절레절레 저으며 물었다.

"소유주도 바뀌었겠지?"

"앙게나스의 봉신 가문인 바라포트가에서 레드 상단으로 소유주를 이전한다는 신청 서류가 접수되었다고 합니다."

"그렇겠지."

롬바르디 저택의 집무실에서 제국 중남부의 탄광과 황도 관청에서 일어나는 일에 대한 정보를 속속들이 알게 되었지만, 룰락은 놀라워하는 기색 하나 없었다.

이것이 바로 롬바르디 장학회의 힘이었으니.

"황후에게 고작 그 철광 하나 받기 위해 이 난리를 피웠다는 건가. 아니면 요바네스에게도 자존심이라는 것이 있었던 모양이지."

룰락은 피식, 웃으며 중얼거렸다.

"아무래도 내가 우습게 보인 모양이다, 샤나넷."

"황제 폐하께선 어렸을 적부터 그리 총명하신 분은 아니었지요."

샤나넷도 신랄하게 말했다.

비에제가 도대체 무엇을 믿고 이런 일을 벌였는지는 모르겠지만, 황실과 롬바르디, 그리고 앙게나스의 알력 다툼 사이에 낀 것이 아무 죄 없는 라라네라는 것이 무척이나 화가 났다.

"루만가에서 정식으로 청혼서를 보낸 모양이네요."

샤나넷이 황제의 서신 옆에 놓인 또 다른 편지 봉투를 보고 말했다.

'아비녹스 루만 가주 대리'라는 서명이 유려한 필체로 적힌 것이었다.

"루만가의 청혼서는 받지 못한 것으로 처리할 생각이다."

하지만 룰락은 그것을 벽난로 안으로 던져 넣으며 말했다.

"롬바르디는 황실의 압박을 견딜 수 있지만, 루만은 아니다. 체사유의 항만으로 숨통이 트였다고는 하나, 여전히 황실의 도움 없이는 중앙 세력에 편입하기에 요원하지. 그쪽은 그런 상황도 불사하겠다 이리 청혼서를 보내온 것 같지만."

아비녹스 루만이 보낸 청혼서가 금방 재가 되어 사라져 버렸다.

"일단 황실과의 이 멍청한 다툼을 해결하는 것이 먼저다."

룰락의 말에 샤나넷의 안색이 어두워졌다.

부친은 '멍청한 다툼'이라며 가벼이 이야기했지만, 지난번 롬바르디와 황실이 각축을 벌였을 때는 장장 20년이란 시간이 흘렀다.

"오래 걸릴 텐데……."

그 시간을 라라네처럼 여린 아이가 버틸 수 있을까.

샤나넷은 자기도 모르게 생각했다.

'루만 공자가 라라네를 데리고 훌쩍 동부로 도망이라도 간다면 좋으련만.'

그렇게 한다면 그저 젊은이들의 치기 어린 행동으로 치부하고 편을 들어 주기가 그나마 수월할지도 모른다.

그러다 샤나넷은 스스로의 생각에 흠칫 놀라 머리를 크게 흔들었다.

그때, 집무실에 노크 소리가 들리고 여러 사람들이 우르르 들어왔다.

"부르셨습니까, 가주님."

그들은 딜라드, 빌케이, 데본 등 롬바르디 가문의 가신들이었다.

"아아, 다들 왔구만."

가주 회의가 소집된 것을 눈치챈 샤나넷은 조용히 인사를 하고 집무실 밖으로 나갔다.

"오늘 이 자리에 왜 모였는지는 다들 알 거라고 생각하네."

룰락의 말에 가신들이 고개를 끄덕였다.

황제를 떠올리며 불쾌하다는 듯 얼굴을 찌푸리는 이도 있었다.

"명령만 내려 주십시오, 가주님. 무엇이든 하겠습니다."

롬바르디 상단의 로마시에 딜라드가 굳은 목소리로 말했다.

"오늘 나에게 황궁에서 서신이 왔네. 3일을 줄 테니 그 안에 롬바르디와 황실의 결혼에 동의하라고 하더군. 그렇지 않으면 금문령을 내리겠다고."

"허허, 거참."

"저희가 근래 들어 지나치게 조용히 있었나 봅니다. 가주님께 그런 협박이라니."

상대는 황제였지만, 가신들의 말에는 거침이 없었다.

롬바르디의 가신들은 제국의 귀족이었지만 황실이 아닌 롬바르디 가주를 황제처럼 모시는 이들이었으니, 어찌 보면 당연한 것이었다.

"그래서 나에게 3일이란 시간을 주신 것에 큰 후회를 하게 해 드릴 생각이네."

룰락이 가장 먼저 로마시에 딜라드를 바라보며 말했다.

“3일 후 내 금문령이 내려진 순간부터 롬바르디 상단은 황도에서 철수하기로 하지.”

황도로 유입되는 물자의 십중팔구는 롬바르디 상단의 것이었다.

당장 롬바르디 상단이 문을 닫으면 황도는 마비 상태에 이르게 될 것이 뻔했다.

“데본 가주.”

“예, 가주 님.”

롬바르디 교통과 택배를 운영하고 있는 클랑 데본이 대답했다.

“데본가도 마찬가지일세. 또한 그동안 롬바르디 교통에 의지해 상행을 하던 상단들에게도 통보하게. 황도를 거치는 노선은 우리가 더 이상 협조할 수 없다고.”

“예, 알겠습니다.”

롬바르디의 파업 아닌 파업이 황도뿐만이 아닌 대륙 전역으로 영향을 미치게 하는 방법이었다.

“그리고 빌케이가.”

룰락의 부름에 롬바르디 건설의 르마바우 빌케이가 고개를 숙였다.

“황도에 진행 중인 현장이 몇 개지?”

“스물두 개입니다.”

“모두 멈추게.”

“예, 가주님.”

롬바르디 건설에 발주를 했던 것은 모두 귀족들이었으니.

황도에 건물을 세울 만큼의 세력을 갖춘 중앙 귀족들에게도 롬바르디의 압박이 시작되는 것이다.

"이래도 버티신다면 롬바르디 은행과 장학 재단도 합류하게 할 생각이니 준비를 해 두게."

"예, 알겠습니다."

그 누구도 반론을 제기하는 사람은 없었다.

오히려 이번 사태에 힘을 보탤 수 있어서 기뻐할 뿐이었다.

"덕분에 저희도 오랜만에 푹 쉬겠습니다!"

"그러게나 말입니다. 이거 폐하께 감사하다고 해야 할지! 하하!"

젊은 축에 속하는 클랑 데본과 르마바우 빌케이는 능청을 떨기까지 했다.

그들의 농담에 다 함께 웃음을 터뜨리는 가신들을 보며 룰락이 혼잣말을 했다.

"과연 그 자존심이 어디까지 가실지, 궁금하구만."

조치가 취해지기 시작하면 알 수 있을 것이다.

요바네스가 이렇게까지 밀어붙이는 이유와 황후의 다음 움직임이 무엇이 될지도.

3일 뒤.

결국 롬바르디 가주에게 금문령이 내려졌다.

그 소식을 들은 귀족들은 이번 일이 장기전이 될 것이라고 하나같이 혀를 내둘렀다.

결국에는 모양새 좋게 혼담이 성사되며 마무리되지 않을까 하는 이들도 적지 않았다.

애초에 비에제 롬바르디의 여식 하나의 혼사 때문에 이 큰일이 났다는 것을 이해할 수 없다는 이들이 대부분이었으니까.

하지만 기다렸다는 듯, 롬바르디의 반격이 벌어졌다.

당장 황도 안에서 롬바르디 상단이 문을 닫고, 롬바르디 건설과 롬바르디 교통도 몸을 뺐다.

잘 맞물려 돌아가던 황도라는 거대한 도시가 순식간에 삐거덕거리기 시작했다.

비명 소리는 그동안 롬바르디 교통에 상행을 의탁하던 중소 상단들에서 제일 먼저 터져 나왔다.

하루 만에 모두가 실감하게 된 것이다.

롬바르디가 제국 전체에 가진 엄청난 영향력을.

세랄은 아침 일찍부터 이 소식을 라라네에게 전하고 있었다.

"네가 한 짓이 얼마나 어마어마한 일인지 이제 알겠니, 라라네?"

"어머니……."

마음이 여린 라라네는 세랄의 예상대로 크게 흔들리고 있었다.

그동안 방 안에 박혀 온실에서 가져온 화분 몇 개만 돌보며 고집스레 입을 다물고 있던 모습과는 달랐다.

이때다 싶어, 비에제가 엄하게 말했다.

"금문령이 귀족에게 얼마나 치욕스런 형벌인지 아느냐? 또한 이번 조치로 롬바르디가 얼마나 엄청난 손해를 감수하고 있는지도?"

라라네는 고개를 들지 못했다.

가족들의 말대로 이 모든 게 다 자신의 잘못인 것만 같았다.

조심스레 고개를 들어 남동생인 벨레삭을 바라봤지만, 돌아오는 거라곤 차가운 시선뿐이었다.

내가 정말로 그렇게 큰 잘못을 한 걸까.

나는 내가 사랑하는 사람과 결혼을 하고 싶었을 뿐인데.

행복하게 살고 싶을 뿐인데.

그러나 그동안 단단히 먹었던 마음가짐이 흔들리는 것은 순식간이었다.

"1황자님이 장차 황태자가 되시면 너는 황태자비가 되는 거다, 라라네. 그리고 때가 되면 이 램브루 제국의 황후가 되겠지. 다른 귀족 영애들은 무슨 짓을 해서라도 차지하고 싶어 하는 혼처를 왜 너는 싫다고 하는 거니."

세랄이 답답하다는 듯 말했다.

"도대체 그 루만가 촌뜨기의 어디가 그렇게 좋다는 거야? 반반한 얼굴 말고는 1황자 전하에 비해서 나은 점이 하나도 없던데!"

벨레삭이 불퉁한 목소리로 외쳤다.

"나는, 그러니까……."

아비녹스를 떠올리니 라라네의 눈에 금세 눈물이 고였다.

지금 이 순간에도 라라네는 아비녹스가 그리웠다.

그 다정한 미소도, 세심하게 배려하는 손길도.

아비녹스의 곁에서는 아무것도 무섭지 않았고 마치 숨통이 트이는 듯한 느낌이었다.

'하지만 나에겐 과분한 행복이었을지도 몰라.'

라라네는 쓰게 웃었다.

그리고 마치 그 마음을 읽은 것처럼, 비에제가 말했다.

"루만 공자도 많이 곤란한 것 같더군. 듣자 하니 더 이상 사교 모임에도 모습을 보이지 않고, 저택에서 나오지 않는 모양이야. 그게 다 고개를 들 수가 없어서겠지."

"저 같아도 그러겠어요. 겨우 자신의 연애 놀음 때문에 온 제국이 뒤집어졌다면 염치가 없고 민망해서 동부로 돌아갈지도요."

벨레삭이 쯧쯧 혀를 찼다.

결국 라라네의 눈에서 눈물이 뚝뚝 떨어졌다.

세랄은 그런 라라네의 머리를 다정하게 쓰다듬어 주며 말했다.

"귀족들 중에 연애 상대와 결혼을 하는 이가 얼마나 되겠니, 라라네. 그래도 롬바르디 영지에서 멀리 떨어진 곳이 아니라, 가족들이 언제든 드나들 수 있는 황궁이라면 너도 조금은 덜 쓸쓸하지 않겠어?"

"그렇기는 하지만……."

"더구나 황후마마는 나의 사촌 언니이시니 너에게도 친딸처럼 잘해 주시겠다 몇 번이나 약속하셨단다. 이번 결혼으로 우리 모두가 진정한 한 가족이 되는 거야."

그 달콤한 말에 라라네는 다시 한번 가슴이 욱신거렸다.

어머니는 나를 정말 걱정하시는구나.

그렇다면 아비녹스 님이 나에게 얼마나 잘해 주시는 분인지 말씀드리면 조금이라도 내 마음을 이해해 주시지 않을까.

그런 희망도 함께 샘솟았다.

라라네는 아주 작은 목소리로 겨우 말을 꺼냈다.

"어머니, 하지만 저는 아비녹스 님이 좋……."

"아악, 정말!"

벨레삭이 벌떡 자리에서 일어나며 소리를 질렀다.

그리고 라라네를 향해 책망했다.

"누나는 도대체 언제까지 그러고 있을 거야?"

"벨레삭……."

"상황을 보면 모르겠어? 지금 누나 하나만 희생하면 다 행복해질 수 있다고!"

"……뭐?"

자신의 귀를 의심한 라라네의 목소리가 떨렸다.

다른 사람들에게는 못되게 굴곤 했지만 누나인 라라네에게는 그래도 애정을 보이는 동생이었던 벨레삭이다.

그런데.

"아무리 루만 촌뜨기에게 눈이 멀어도 그렇지! 누나가 1황자 전하와 결혼하면 아버지도, 어머니도, 그리고 나도, 다 원하는 걸 이룰 수 있다고!"

"……원하는 걸?"

"그래! 그런데 누나는 가족들을 위해서 그 정도 희생도 못 해? 그 놈의 아비녹스, 아비녹스! 핏줄보다 사랑에 눈이 멀어도 정도가 있지! 그만 정신 좀 차려!"

라라네는 정신이 멍했다.

누군가 머리를 아주 큰 돌로 세게 내려친 것 같았다.

천천히 주변을 돌아봤다.

아버지도, 어머니도.

벨레삭의 의견에 동의하는 듯, 입을 꾹 다물고 자신을 보고 있었다.

마치 모두가 '너 하나만 희생하면 돼'라고 말하고 있는 것 같았다.

그리고 그때, 티아가 했던 말이 떠올랐다.

“라라네의 가족들은 네가 참고 희생한다고 해서 그것에 감사할 사람들이 아니란 거야.”

그 말이 틀리기를 바랐다.
하지만 언제나 그렇듯, 티아의 말이 맞았다.

“그러니까 더 이상 가족들을 위해서 참고 희생하지 않아도 돼, 라라네.”

기억 저쪽에 숨어 있던 말과 함께, 라라네는 붉은 꽃이 핀 화분을 눈에 담았다.
그리고 고개를 끄덕였다.
“그렇게 할게요.”
스스로도 놀랄 만큼 담담한 목소리가 흘러나왔다.
“어머니, 아버지의 말씀에 따를게요.”
“아아, 라라네!”
“잘 생각했다!”
전에 없이 기뻐하는 세랄과 비에제의 모습에 라라네는 점점 더 마음에 확신이 섰다.
자신이 내린 선택이 옳은 것이라는 확신이었다.
“하지만 저에게도 아비녹스 님에 대한 마음을 정리할 시간을 주세요.”

"시, 시간?"

비에제가 조급하게 물었다.

"네, 오래 걸리지 않아요. 며칠이면 돼요. 며칠 동안만 저 혼자 방 안에서 조용히 생각할 시간을 주세요, 아버지."

비에제가 흘끔, 세랄을 바라봤다.

세랄이 고개를 끄덕이자 비에제가 어쩔 수 없다는 듯 말했다.

"그래, 네 생각이 그렇다면 며칠 동안은 최대한 방해하지 않으마. 정말 마음을 바꾼 것이지, 라라네?"

불안해하면서도 기쁨을 감추지 못하는 비에제의 눈을 바라보며, 라라네는 고개를 천천히 끄덕였다.

"네. 걱정하지 않으셔도 돼요, 아버지."

오늘과 내일이 라라네가 무사히 탈출할 수 있는 마지막 기회나 마찬가지였다.

산책을 하는 척, 라라네의 방 창문 앞을 지나가던 나는 안도의 한숨을 내쉬었다.

"아, 다행이다."

라라네의 방 창문에 붉은 꽃이 피어 있었다.

붉은 꽃 화분을 확인한 후, 나는 바로 할아버지의 집무실로 찾아갔다.

똑똑.

"할아버지, 계세요?"

"으음? 티아냐? 들어오거라."

금문령이고 뭐고, 할아버지는 여전히 눈코 뜰 새 없이 바빠 보였다.

책상 양쪽에 산처럼 서류를 쌓아 놓고 하나씩 읽고 계셨다.

"요한을 불러 줄 테니, 쿠키라도 먹고 있으련? 급한 것만 끝내고 그쪽으로 가마."

할아버지도, 참.

내 나이가 몇인데 아직도 쿠키를.

요한 집사가 내주는 쿠키가 유독 맛있기는 하지만.

나는 대답 대신 할아버지의 집무 책상으로 다가가 말했다.

"잠깐만 시간 내주시면 안 될까요? 드릴 말씀이 있는데."

나도 오랜만에 할아버지와 다과도 하고 느긋하게 이야기를 나누면 좋겠지만, 라라네를 빼내기 위해 빨리 준비해야 할 것이 많다.

"……급한 일인가 보구나."

할아버지는 내 표정에서 뭔가 심상치 않음을 느꼈는지, 바로 손에 쥐고 있던 깃펜을 내려놓았다.

"말해 보거라, 티아야."

"짧게 말씀드릴게요, 할아버지."

나는 짧게 숨을 고르고 말했다.

"저는 라라네가 도망치는 걸 도와줄 생각이에요."

할아버지는 놀라거나 화내지 않았다.

그저 나를 빤히 바라볼 뿐이었다.

계속 이야기를 해 보라는 표현이다.

"라라네도 동의한 일이에요, 물론. 할아버지께서 라라네의 정혼을 막기 위해 노력하고 계시지만, 저도 할아버지도 알잖아요. 라라네는 오래 버티지 못할 거라는 거요."

"흐음……."

할아버지가 대답 대신 낮은 한숨을 쉬었다.

"이대로 우리 가문과 황실의 힘 싸움이 끝나고, 또 라라네가 황실과의 혼담에서 자유로워지고. 그 후에 루만가와 정식으로 청혼서를 주고받기엔 시간이 너무 오래 걸려요."

거기까지 갈 수 있을지도 모르겠지만.

"할아버지는 이 일에 대해서 모르시는 거예요. 이건 어디까지나 참다못한 라라네가 사랑의 도피를 하는 거니까요."

라라네가 탈출하는 것이 가주의 뜻이냐 아니냐는 하늘과 땅 차이이다.

"하지만 오늘 밤 기사단이 정문을 지키고 있지 않다면, 그리고 정문이 열려 있다면 라라네가 저택을 벗어나기 훨씬 쉬울 거예요, 할아버지."

할아버지의 갈색 눈동자가 나를 응시했다.

나는 조심스레 물었다.

"괜찮으시겠어요, 할아버지?"

사실 할아버지에게 라라네의 이야기를 알리는 것도 도박이다.

어쨌든 롬바르디의 직계인 라라네가 누군가와 사랑의 도피를 한다는 것 자체가 불명예스러운 일이었기 때문이다.

대부분의 귀족가들은 '사랑의 도피'의 'ㅅ' 자만 나와도 온갖 문을 다 걸어 잠글 거다.

과연 할아버지는 어떨까.

언뜻 할아버지의 눈에 웃음기가 스쳤다.

그리고 다시 깃펜을 손에 쥐며 말했다.

"괜찮냐니. 나는 지금 네가 무슨 말을 하는 건지 모르겠구나, 티아야."

아, 역시!

그렇게 말하는 할아버지의 입가에 은근한 미소가 걸려 있었다.

"그러게요. 저는 그럼 가 볼게요, 할아버지!"

나는 그대로 꾸벅 인사를 하고 집무실을 빠져나왔다.

이제 준비는 다 끝났다.

밤이 됐다.

하늘도 라라네를 도와주는 것인지, 오늘 밤에는 달도 별도 뜨지 않았다.

깜깜한 밤하늘 아래에서 나는 익숙한 뒷모습을 톡톡 두드리고 말했다.

"오늘도 수고해 줘서 고마워, 페레스."

이 계획은 페레스가 없이는 성립 자체가 되지 않는다.

그래서 서신에 '오늘 밤과 내일 밤' 중 편한 날에 시간을 내 달라고 했는데.

녀석은 답장도 없이 오늘 밤 롬바르디의 담을 뛰어넘어 나에게 왔다.

흐음. 사랑의 도피는 페레스 전문일지도 모르겠네.

"티아 네가 날 필요로 하는 일은 드무니까. 불러 줄 때 와야지."

페레스가 슬쩍 웃으며 대답했다.

그러고는 라라네 방 발코니를 가리키며 물었다.
“다시 저기로 올려 주면 되는 거지?”
“응. 그리고 오늘은 나뿐만이 아니라 라라네도 내려 줘야 해.”
“……라라네 롬바르디도?”
페레스가 조금 놀란 듯 고개를 갸웃하다가 말했다.
“오늘 빼내려는 거야?”
“……너 내가 라라네 도망치게 하려는 걸 미리 알고 있었던 것처럼 말한다?”
“티아라면 그냥 두고 보지만은 않을 거라고 생각했으니까. 그런데 오늘이라면…….”
페레스가 하늘을 흘끗 바라보고 대답했다.
“좋은 날로 잡았네. 이런 날은 그림자도 잘 생기지 않거든.”
“뭐야. 많이 해 본 사람처럼 말한다?”
“……아카데미에서 가끔.”
페레스는 거기서 더 말을 하지 않았다.
수석 졸업에 조기 졸업이라 완전 모범생처럼 공부만 했나 싶었는데.
이따금 저렇게 말하는 것을 보면 또 아닌 것 같기도 하고.
페레스의 아카데미 생활에 대한 약간의 호기심은 뒤로하고.
“이리 와, 티아.”
페레스가 지난번처럼 나에게 손을 뻗으며 말했다.
“너…….”
뭔가 말투가 묘하게 이상한데.
“왜?”

페레스는 아무것도 모르겠다는 듯 순진한 얼굴을 하며 나를 바라본다.

"어휴, 됐다 됐어."

지난번처럼 페레스가 나를 안아 들었다.

그래도 두 번째라고, 지난번보다 훨씬 안정된 자세가 나온다.

페레스의 팔이 내 엉덩이를 받치고 나는 페레스의 목에 팔을 감고.

그러다 보면 녀석의 얼굴이…… 코앞에 있다.

두근.

어두운 밤의 빛에만 의지해서 보이는 페레스의 눈동자가 어느새 나를 바라보고 있었다.

이상하다.

깜깜해서 다른 것들은 다 빛을 잃었는데.

페레스의 붉은 눈동자만큼은 유독 루비만큼이나 붉디붉다.

나는 페레스의 그런 시선을 지나쳐 목에 얼굴을 묻으며 말했다.

"올려 줘."

"……응."

후욱.

커다란 바람이 두어 차례 불고, 페레스의 몸이 더욱 단단해지는가 싶더니 나는 어느새 라라네의 발코니에 서 있었다.

"고마워, 페레스."

페레스의 팔에서 내려오면서 나는 한 가지를 인정해야 했다.

녀석과 떨어지는 것이 무척이나 아쉽다는 것을.

나는 일부러 페레스의 얼굴을 보지 않으려 고개를 돌리고 창문을 두드렸다.

똑똑.

얼마 지나지 않아 테라스의 문이 열리고 라라네가 모습을 드러냈다.

그리고 묘한 표정으로 말했다.

"오늘 밤은 날 지키는 사람이 아무도 없어. 다들 일찌감치 자러 갔거든."

한마디를 덧붙이기도 했다.

"내가 그동안 거짓말이라고는 할 줄 모르는 사람이었던 보람이 있는 것 같아."

조금은 자조적인 말이었다.

나는 그런 라라네의 어깨를 살짝 두드리며 물었다.

"준비는? 다 해 놨어?"

"응, 여기."

보여 주는 가방은 한 손으로 달싹 들 수 있을 만큼 작은 것이었다.

"정말 그거면 되겠어, 라라네?"

"처음에는 조금 막막했는데, 막상 챙기려니까 몇 개 없었어. 꼭 챙겨 가고 싶은 물건이."

그렇게 말하는 라라네의 얼굴이 무척이나 쓸쓸해 보였다.

"그래도 혹시 모르니까 한 번 더 방을 둘러보는 게 어때?"

"아니야. 괜찮아, 티아."

라라네는 고개를 저었다.

"새로 시작하고 싶어."

"아……."

처음 보는 단호하고 또 차분한 얼굴이었다.

단순히 아비녹스와 사랑의 도피를 하는 것뿐만이 아니다.

라라네에게는 오늘 밤이 더욱 큰 의미라는 것을 알 수 있었다.

"그런데 나, 잘…… 내려갈 수 있을까?"

라라네는 조금 긴장된 얼굴로 발코니 아래를 내려다보며 물었다.

무섭지, 무섭기야 하겠지.

침대보를 찢어서 줄을 만들어 내려가는 것도 아니고.

나는 라라네를 안심시켜 주기 위해 페레스에게 다시 안기며 말했다.

"내가 먼저 보여 줄게. 페레스는 믿어도 돼, 라라네."

페레스는 나와 함께 고개를 끄덕이며 나를 한 팔로 들더니 올라올 때와 마찬가지로 몇 번의 발돋움만으로 무사히 땅에 착지했다.

나는 괜찮다는 의미로 위쪽에 있는 라라네를 향해 크게 손을 흔들어 주었다.

"갔다 올게."

짧게 말을 남긴 페레스가 또 훌쩍, 발코니 위로 뛰어 올라갔다.

"오, 저렇게 벽을 타고 넘어간 거구나."

안겨 있지 않으니 페레스가 어떻게 움직였는지 한눈에 볼 수 있었다.

"도대체 힘이 얼마나 센 거야."

동시에 페레스가 정말로 초인적인 신체 능력을 지닌 사람이라는 것도.

얼마 지나지 않아 라라네도 무사히 땅을 밟았다.

"후, 후아……."

긴장했던 건지 숨을 몰아쉬는 라라네였지만 이제부터는 빨리 움직여야 한다.

"가자, 라라네. 저쪽이야."

우리 세 사람은 저택의 숲속을 걸어 최대한 정문과 가까운 가장 자리에 도착했다.

그리고 그곳에는 말 두 마리와 함께 우리를 기다리고 있는 사람들이 있었다.

"……길리우, 메이론?"

놀란 라라네의 작은 목소리가 떨렸다.

"마구간에서 제일 순하고 좋은 말로 두 마리 데려왔어."

"가는 길에 얼굴은 보고 가야지, 라라네."

길리우와 메이론이 라라네를 향해 씨익 웃으며 말했다.

"두 사람…… 고, 고마워. 잊지 않을게."

라라네의 말에 쌍둥이는 쑥스러운 듯 볼을 긁더니 어깨를 으쓱했다.

"다시 안 볼 것처럼 왜 그래?"

"맞아, 동부로 놀러 가면 쫓아낼 건 아니지?"

길리우와 메이론의 장난스런 말에 라라네도 겨우 미소를 되찾았다.

"라라네는 혼자 말 탈 수 있지?"

"응, 승마는 어렸을 때부터 쭉 배웠으니까. 걱정하지 마, 티아."

쌍둥이가 미리 준비해 둔 어두운색의 로브를 걸치고 후드를 내려 쓰며 라라네가 대답했다.

"손 줘, 티아."

먼저 말에 타 있던 페레스가 내게 손을 내밀었다.

그리고 그 손을 잡자마자 훌쩍, 내 몸이 들리더니 어느새 페레스의 앞에 안착해 있었다.

"우리도 가고 싶지만, 이런 일에 일행은 적을수록 좋으니까."

말에 잘 오를 수 있도록 길리우가 라라네를 도와주며 말했다.

"조심히 가, 라라네."

메이론은 라라네의 손에 말의 고삐를 쥐어 주었다.

"……고마워."

라라네는 결국 눈물을 흘렸지만, 얼굴에서 미소는 지워지지 않았다.

"가자."

내 말과 함께 페레스가 말을 몰기 시작했다.

말발굽 소리가 크게 나면 안 되기 때문에 속도를 낼 수는 없었다.

"후우."

제일 긴장되고 제일 조급해지는 순간이었다.

나는 흘끔, 아직 조용한 저택을 돌아봤다.

당장이라도 눈치를 챈 비에제나 세랄이 큰 소리를 치며 따라 나올 것 같다.

"괜찮아, 티아."

그런 내 불안감을 알아챘는지.

페레스가 낮고 작은 목소리로 날 달래 주었다.

거리가 너무 가까워서 귓가에 속삭이듯 하는 그 목소리가 그리 편하지만은 않았지만.

덕분에 정신은 차릴 수 있었다.

라라네 앞에서 내가 불안한 모습을 보이면 안 되지.

그렇게 저택 정문 앞에 다다랐을 때.

"아무도 없네."

할아버지가 약속을 지킨 것이다.

롬바르디 기사단과 병사들이 삼엄하게 지키고 있어야 할 정문은 아무도 없이 텅 비워져 있었다.

"문도 조금 열려 있어."

심지어 자물쇠를 채우지 않은 철문이 딱 드나들기 좋을 정도로 열려 있었다.

"혹시……."

롬바르디 기사단과 병사들에게 초소를 비우라고 명령할 수 있는 사람은 단 한 사람.

할아버지뿐이다.

라라네도 그 사실을 잘 알기에, 놀란 눈으로 나를 바라봤다.

"라라네가 행복해지길 바라는 사람은 나뿐만이 아니니까."

사실은 그래서 쌍둥이에게 말을 부탁했다.

미리 움직여서 나 혼자 말을 준비해 놓을 수도 있었지만, 세랄과 비에제 같은 부모를 만난 것은 운이 없는 일이었어도, 롬바르디에 자신을 응원하고 애정 하는 사람들이 있다는 사실을 알아줬으면 했다.

라라네가 롬바르디를 떠나는 날까지 혼자 쓸쓸해하지 않았으면 하는 마음이랄까.

"모두들……."

라라네는 그 뒤로 말이 없었다.

나도 일부러 말을 걸지 않았다.

혼자 생각을 정리할 시간이 필요할 것 같았기 때문이었다.

다행히 저택을 빠져나오고, 목적지인 평야에 도착할 때쯤.

라라네는 말을 몰며 상쾌하게 웃고 있었다.

"라라네 님!"

준비해 둔 마차 근처에서 초조하게 서성이던 아비녹스가 라라네를 보자마자 뛰어왔다.

"아비녹스 님!"

반쯤 말에서 뛰어내린 라라네가 아비녹스의 품에 힘껏 안겼다.

어렵사리 재회한 연인은 그렇게 서로를 꽉 안아 주었다.

"이거 받아."

나는 그런 두 사람에게 다가가 봉투를 하나 내밀었다.

"이건 승선권이야."

"승선권……?"

"두 사람은 이제부터 최대한 빨리, 체사유로 가는 거야. 가서 펠렛 상회의 동부 크루즈 선을 타."

"동부…… 크루즈? 아!"

라라네가 봉투를 열어 승선권을 보더니 눈을 동그랗게 떴다.

크루즈를 타면 동부에 일주일 만에 도착할 수 있으니까.

육로로 도망치는 것보다 훨씬 안전하고 빠르다.

"일단 체사유 항만에 도착하면 아버지가 기다리고 있을 거야. 미리 말해 뒀어."

나는 라라네 앞에 섰다.

그리고 며칠 새 부쩍 마른 몸을 꽉 안아 주었다.

"동부로 가서 행복한 삶을 살아, 라라네. 롬바르디에서의 일은 조금 잊어도 좋아."

"티아……."

"하지만 그렇다고 해서 무리할 필요는 없어. 힘든 일이 있으면, 도움을 청할 일이 있으면 언제든 나한테 편지해. 알겠지?"

"고, 고마워. 정말…… 정말 고마워, 티아."

결국 라라네의 울음보가 터졌다.

나는 손수건을 꺼내 라라네의 눈가를 꾹꾹 눌러 닦아 준 뒤 말했다.

"그리고 결혼식 날짜가 정해지면 펠렛 상회로 사람을 보내. 그 누구도 부럽지 않을 만큼 라라네가 성대한 결혼식을 치를 수 있게 내가 해 줄 테니까."

"펠렛…… 상회로?"

잠시 나와 승선권을 번갈아 보던 라라네의 시선이 흔들렸다.

마치 뭔가를 깨달은 듯.

"혹시……."

조심스레 묻는 라라네를 향해 나는 활짝 웃어 보이며 말했다.

"라라네와 아비녹스 님의 객실은 특별히 크루즈에서 제일 좋은 스위트 룸으로 준비시켜 놨어."

놀라는 것도 잠시.

라라네가 나를 꽉 안으며 울먹였다.

"고마워, 고마워, 티아."

"사촌 언니한테 이 정도야, 뭐. 그리고 아비녹스 님."

조금 날카로운 내 눈매에 아비녹스가 살짝 긴장하며 대답했다.

"네, 피렌티아 님."

"우리 라라네 눈에서 눈물 나게 하기만 해요. 동부로 가는 크루즈고 무역선이고 다 끊어 버릴 거니까."

"거, 걱정하지 마십시오!"

나는 끝까지 경고의 의미를 담아 아비녹스를 노려봐 준 뒤, 라라네의 등을 마차 쪽으로 가볍게 밀었다.

"어서 가. 승선권에 적힌 날짜까지 꼭 도착해야 하니까 시간이 별로 없어."

"감사했습니다, 피렌티아 님, 그리고 황자 전하."

아비녹스가 나와 페레스에게 꾸벅 인사를 한 뒤 먼저 마차에 올랐다.

"그럼, 나 갈게."

라라네는 끝까지 내 소매를 꼭 잡으며 말했다.

"루만가에 도착하면 바로 편지 할게. 그리고 황자 전하."

라라네가 갑자기 페레스를 돌아보고 말했다.

"티아를 잘 부탁드려요."

"라라네! 무슨 말을 하는 거야! 페레스, 너는 또 왜 고개를 끄덕이는 건데!"

대답 대신 묘한 미소를 지은 라라네는 훌쩍 마차에 올라탔다.

무척이나 가벼운 발걸음이었다.

달칵하며 문이 닫히는 소리와 함께 마차 바퀴가 서서히 굴러가기 시작했다.

다그닥, 다그닥.

말발굽 소리가 멀어지면서 마차의 모습도 점점 멀어져 갔다.

그 뒷모습을 지켜보고 있자니, 어느새 어두운 평야에는 나와 페레스 두 사람만 남아 있었다.

후웅.

바람이 크게 불었다.

"티아."

페레스가 나를 불렀다.

"응."

"이게 끝이 아닐 거야. 너를 노릴 수도 있어."

"어쩌면. 알고 있어."

그 정도 각오는 되어 있어.

하지만 또다시 싸늘하게 시들어 돌아오는 라라네를 보는 것보다는 나을 테니까.

이제 마차가 눈으로 보이지 않는 곳까지 멀어졌다는 사실이 묘한 안도감을 주었다.

"황후는 여기서 포기할 사람이 아니지."

애초에 아무런 계획 없이 여기까지 몰아붙일 사람도 아니고.

나는 페레스를 돌아보며 물었다.

"만약의 상황이 벌어지면 날 도와줄 거지, 페레스?"

페레스는 바람에 날리는 내 긴 머리칼을 잡았다.

그리고 그 끝에 조용히 입을 맞췄다.

"내가 죽는 한이 있어도, 얼마든."

과장된 말 같았지만 나는 웃지 못했다.

페레스는 모두 진심인 것을 알고 있으니까.

나는 조금 더 평야에 서서 라라네가 떠난 길을 바라보다 아주 늦은 밤이 되어서야 저택으로 돌아왔다.

"도대체 언제까지 기다려야 하오, 황후!"

요바네스가 황후궁으로 뛰어 들어오며 성마르게 소리쳤다.

"롬바르디가 황도로 들어오는 물자를 모두 끊어 버리는 바람에

민심이 아우성을 치고 있는데! 모두들 나를 욕한단 말이오!"

황제는 조금 억울했다.

자신은 황후가 롬바르디의 팔다리를 묶어 버릴 좋은 방법이 있다고 해서 조금 힘을 보태 준 것뿐인데.

물론 그 덕에 받은 철광은 순조롭게 채굴이 진행 중이었지만, 이미 그런 것 따위 요바네스의 머릿속에서 지워진 지 오래였다.

그런 요바네스 황제의 초조한 마음을 아는지 모르는지.

라비니 황후는 여유롭게 자리에서 일어나며 대답했다.

"내일이면 다 끝납니다, 폐하."

"내일?"

"예, 내일 귀족회의 정기 회의가 있지요. 그때 상정될 안건이 지금쯤 각 가문에 전달되었을 테니, 곧 반응이 올 겁니다."

"무슨 안건이란 말이오?"

요바네스가 호기심에 물었다.

"별것은 아닙니다. 제국이 이렇게 성장할 수 있었던 근간이 된 장자 계승의 법을 조금 더 강화하는 법안일 뿐입니다."

"장자 계승법?"

습관적으로 술을 따르던 요바네스가 깜짝 놀라 행동을 멈췄다.

라비니는 웃으며 황제의 손에서 술병을 받아 들어 본인이 대신 잔에 술을 채웠다.

"장자에게 중죄에 가담한 일이나 혈통과 같은 큰 결격 사유가 없는 한, 가문의 승계권은 장자에게 우선한다는 법이지요."

"음, 그런 법안이라면 확실히 롬바르디 가주를 끌어낼 수 있겠군."

요바네스가 고개를 주억거렸다.

룰락은 무슨 이유에서인지 장자인 비에제에게 가문을 물려주기를 꺼리는 것 같았으니까.

"그 법안이 귀족 회의에서 통과되는 것을 막으려면 롬바르디 가주는 스스로 황도에서 열리는 회의에 참석해야만 할 것입니다. 하지만 금문령을 해제하기 전에는 황도의 성문을 넘을 수 없으니……."

라비니 황후의 미소가 한층 짙어졌다.

"당장 비에제의 여식과 아스타나의 혼담에 동의해 금문령을 풀거나, 아니면 장자법이 통과되는 것을 두 손 놓고 지켜보아야 하겠지요."

황후는 자신이 생각해 낸 묘안이 매우 만족스러웠다.

장자법이 통과되면 비에제가 롬바르디 가문을 계승하게 되므로 아스타나는 전에 없는 아군을 가지게 되는 것이었고.

설사 룰락 롬바르디가 회의에 나타나 장자법을 방해한다고 하더라도 라라네 롬바르디와 아스타나의 결혼은 금전적으로 큰 이득을 가져다줄 것이다.

또한 이 장자법에 영향을 받는 것은 귀족들뿐만이 아니었다.

라비니는 슬쩍, 요바네스 황제를 바라봤다.

귀족 회의에서 통과된 안건은 황제가 주최하는 대회의에 올라오기 마련이다.

그리고 적당한 명분이 없다면 황제는 법안을 통과시켜야 하고 장차 황위 계승도 영향을 받게 될 것이다.

"황후께서 아주 좋은 생각을 해내셨군."

요바네스는 그렇게 말하며 술잔 뒤로 표정을 감췄다.

장자 계승법이 통과되어 황위에까지 영향을 미치게 된다면, 자신은 1황자와 2황자를 저울질하며 이득을 얻어 내기 힘들어진다.

'하지만 롬바르디 가주가 그렇게 두지 않겠지.'

본인의 가문은 둘째 치고서라도 황위까지 한 번에 쓸려 내려가도록 둘 위인이 아니었다.

그러니 이번에는 손녀의 결혼을 허락해야 할 것이고, 그렇게 된다면 요바네스는 자존심을 지킬 수 있다.

'그리고 민심도 하루빨리 달랠 수 있을 것이고.'

요바네스 황제로서는 밑질 것이 없는 장사였다.

오랜만에 황후가 마음에 드는 일을 벌였다고 생각하며, 요바네스는 한껏 여유로워진 마음으로 술잔을 홀짝였다.

펠렛 상회의 사무실.

"허억, 허억! 이, 이것 좀 보십시오!"

베이트가 케이크 배달 상자도 잊고 헐레벌떡 뛰어와 알려 준 것은, 귀족 회의의 새 안건이었다.

장자 계승법.

"큰일이군요."

클레리반이 마른세수를 하며 말했다.

"자칫 잘못하다간 정말로 비에제 님이 가문을……."

바이올렛이 상상만 해도 끔찍하다는 듯 고개를 저으며 중얼거렸다.

그 와중에 나는.

"머리 좀 썼네?"

인정한다.

이번에는 황후가 머리를 좀 굴린 모양이다.
뭔가 노림수가 있다는 것은 알았지만, 이런 법안을 들이밀 줄이야.
하지만 이 상황을 타개할 방법이 없는 것은 아니다.
"자기 딴에는 롬바르디가 절대 벗어날 수 없는 함정을 팠다고 좋아하고 있겠지만."
나에게는 황후를 제대로 물 먹일 수 있는 방법이 남아 있다.

"나한테 이런 방법까지 쓰게 하다니."
나는 외출하기 전 거울 앞에서 옷매무새를 확인했다.
무슨 일이든 서두르는 것은 좋아하지 않는다.
하지만 오늘은 예외다.
당장 내일 오전에 귀족 회의가 열리고 그곳에서 장자 계승법이 부결될지 가결될지가 결정된다.
나에게 주어진 시간은 오늘 하루밖에 없다.
"페레스가 지금 거기에 있어야 할 텐데."
모낙 상단에 찾아가 볼 생각으로 방문을 열었을 때였다.
"어? 페레스?"
페레스가 내 방문을 막 두드리려던 것인지 한쪽 손을 든 채로 문 앞에 서 있었다.
"어디 가?"
페레스가 나에게 물었다.
급하게 왔는지 녀석에게서 바람 냄새가 묻어났다.
"……너 보러."
"그럴 것 같아서 내가 왔어."

"일단 들어와."

나는 들고 있던 손가방을 탁자에 내려놓으며 페레스를 응접실로 데려갔다.

평소라면 차라도 한 잔 내줬겠지만, 오늘은 앉자마자 본론을 꺼냈다.

"너도 소식 들었지, 장자 계승법?"

"황후가 감춰 둔 수가 이거였어."

페레스가 굳은 얼굴로 고개를 끄덕이며 말을 이었다.

"귀족 회의에서 가결되면 귀족들에게는 즉각적으로 발효가 되는 거니까. 그렇게 되면 티아 너는, 롬바르디는……."

페레스는 장자법에 대한 소식을 듣고 내 걱정부터 하고 있는 듯했다.

가주가 되려는 내 목표를 아는 유일한 사람.

물론 황후가 내민 이 법안은 나를 겨냥한 것은 아니다.

기껏해야 할아버지의 손발을 묶으려는 시도였을 거다.

비에제를 다음 대 가주로 지명하든가 아니면 라라네를 아스타나 자식과 엮든가.

둘 중에 하나를 선택하게 하려는 거였겠지.

하지만 황후가 자기도 모르게 직격탄을 날린 것이 하필이면 내 쪽이다.

그러니 페레스가 나를 걱정하는 것도 이해는 가지만.

나는 고개를 가로저으며 말했다.

"일단 귀족 회의에 상정이 됐지만, 가결되면 황위에도 영향을 미칠 거야. 이 법안은 너를 노린 것이기도 해, 페레스."

지금 태평하게 남의 걱정을 할 때가 아니라는 말이었다.
하지만 페레스는 어딘가 조금 무표정한 얼굴로 말했다.
"다행히 폐하의 아들은 나와 아스타나 둘뿐이라."
……둘뿐이라?
"내가 장자이자 독자가 되는 방법도 있으니까."
"아……."
장자이자 독자가 되는 방법.
즉 아스타나를 제거하는 것.
잠시 잊었다.
이전 생에서 페레스가 어떤 방법으로 황태자의 자리에 올라섰는지.
목표를 위해서라면 무슨 일이든 하는 타입이었다, 녀석은.
"하지만 티아 너는 그런 방법을 쓰고 싶지 않을 테니까. 당연히 네가 걱정되는 거야."
페레스가 살짝 흘러내린 내 앞머리를 뒤로 넘겨 주며 말했다.
"일단 '장자'라는 건 여자가 후계가 되는 것을 원천 봉쇄하는 말이니까."
가끔 우리 할아버지처럼 능력이 있는 딸에게 가문을 물려줄까 고려하는 가주가 있더라도 장자 계승법에 의하면 그렇게 할 수가 없다.
여자는 아들이 아니므로 후계 선상에서 완전히 제외된다.
무조건 '첫째 아들'만이 마땅한 후계자인 것이다.
"일단 귀족 회의에 할아버지가 참석할 수 있어야 해."
할아버지가, 롬바르디 가주가 없는 귀족 회의는 앙게나스의 천하다.
기본적으로 다수결이 원칙인 곳이고 할아버지가 없는 귀족회에서 가장 영향력이 큰 것은 아직까진 듀이지 앙게나스 가주였으니까.

아마 지금쯤 내일 있을 투표를 위해 다른 귀족들을 만나며 그들을 설득하고 있을 것이다.

물론 가장 효과적인 방법은 돈이고.

"할아버지의 금문령이 언제 풀릴지 모르는 이 상황에, 평소에 롬바르디를 따르던 가문들도 이제 앙게나스의 눈치를 볼 수밖에 없을 거야."

그러니 할아버지를 귀족 회의에 보내야 한다.

페레스는 내 말을 차분히 듣고 있었다.

나는 녀석의 검은색 머리칼과 그윽한 향이 배어나올 것 같은 얼굴, 그리고 붉은 눈동자를 하나씩 바라봤다.

나에겐 황후를 물 먹일 방법이 있다.

하지만 혼자서는 할 수 없다.

페레스의 도움이 있어야만 가능한 일이니까.

나는 크게 심호흡을 하며, 마치 기다리듯 조용히 나를 바라보고 있는 녀석에게 말했다.

"페레스, 전에 너를 이용하라고 했지."

페레스가 느리게 고개를 끄덕였다.

그러며 검은색 머리칼이 살짝 앞으로 흘러내린 것뿐인데.

갑자기 내 심장이 두방망이질 치기 시작했다.

진짜도 아닌데 왜 이러냐고!

진정해, 심장아!

"우리, 서로를 이용하는 건 어떨까."

"서로를?"

나는 손가방을 열었다.

그리고 내가 페레스에게 주려던 것을 꺼내 녀석에게 건네줬다.

"……이건."

페레스가 살짝 미간을 찌푸렸다.

아, 거절당하는 걸까.

나는 덜컥하는 마음을 부여잡고 아무렇지 않은 듯 말했다.

"다이아몬드야."

"알아."

페레스는 내가 건넨 것은 손가락으로 몇 번 만지작거리더니 내려놨다.

그러고는 품에서 마찬가지로 작은 상자를 꺼내 내게 보여 줬다.

"레드 다이아몬드야."

루비만큼 붉고, 다이아몬드답게 작은 빛에도 반짝이는 레드 다이아몬드.

"아마 우리 같은 생각을 하고 있었던 것 같은데."

페레스가 약간 미소를 머금은 얼굴로 말했다.

"아니, 다른 생각인 건가."

레드 다이아몬드만큼 붉은 눈동자가 내 흔들리는 시선을 응시했다.

"그럼 조금 아쉬울 것 같기는 한데."

페레스가 작은 상자 두 개를 내 앞에 나란히 내려놓으며 말했다.

"네가 선택해, 티아. 네 방식과 내 방식, 어느 쪽으로 갈 건지."

귀족 회의가 열리는 날.

황후는 얼굴이 노랗게 질린 세랄과 비에제가 가져온 소식에 박장대소를 했다.

"뭐라고요? 아하하!"

라비니 황후는 정말로 즐거워 보였다.

"황후마마?"

모든 게 끝이라고 생각했던 세랄과 비에제는 어리둥절하게 라비니만 바라봤다.

"아하하하! 라라네 그 아이가? 그 아이가 도망을 쳤다고?"

이제 눈꼬리에 맺힌 눈물까지 훔치며 웃는 라비니의 모습에 세랄은 더욱 공포에 떨었다.

감히 황자 전하와의 혼담을 뿌리치고 몰래 야반도주를 한 라라네의 소식에 분노가 과해 저런 것이라 생각했기 때문이었다.

"이 사실을 듀이지에게 알렸니, 세랄?"

"귀, 귀족 회의가 시작하기 전에 알렸어요. 하지만 황후마마께는 저희가 직접 말씀드리고 사죄를 드려야 할 것 같아……."

어쩔 수 없이 세랄의 목소리가 떨렸다.

어린 시절부터 라비니의 잔인한 성격을 잘 알고 있는 만큼 두려움이 컸다.

"사, 사람들을 풀어서 행방을 쫓고 있으니 금방 찾을 수 있을 거예요. 물정을 모르는 아이라 멀리 가지는 못했을……."

"그래, 그러렴. 하지만 찾더라도 어딘가에 숨겨 두고 있어야 한다, 세랄."

"예……?"

라비니 황후는 답지 않게 아주 활짝 웃으며 말했다.

"아무래도 하늘이 내 아드님을 도우려는 게 분명하구나."

승리자의 미소가 라비니의 아름다운 얼굴에 번졌다.

"당사자인 라라네가 도망쳤으니 롬바르디 가주는 이제 금문령을 풀 방법이 없지 않니."

"아아……!"

그 말뜻을 깨달은 비에제가 무릎을 쳤다.

"그렇다면 오늘 귀족 회의에서 장자 계승법이 통과될 수 있을 겁니다!"

"맞아요. 응당 그래야 하는 것을 법으로 따로 만들기까지 해야 하는 상황이 우습지만, 어찌할 수 있나요."

라비니가 나른한 목소리로 말했다.

"축하해요, 롬바르디 공. 오늘이 지나면 당당하게 정식 후계자가 될 수 있겠군요."

"아아, 감사합니다! 감사합니다, 황후마마!"

"그리고 세랄, 라라네를 발견하거든 조금 전에 내가 말한 대로 사람들 눈에 띄지 않는 곳에 잘 숨겨 두거라. 이 일이 일단락되고 나면 아스타나와의 혼인을 다시 추진해야 하지 않겠니?"

"예, 황후마마."

세랄도 안도의 한숨을 내쉬며 웃었다.

"장자 계승법이 귀족 회의를 통과하는 것은 이제 시간문제이고, 폐하의 재가까지 받으면 각 지역의 대표 가문들의 동의 또한 이제 허례허식이나 마찬가지다. 법이 허락하는 황위 계승자가 하나뿐이거늘, 저들이 무엇을 어찌할 수 있을까."

라비니 황후는 이런 묘책을 생각해 낸 자신이 스스로도 놀라웠다.

그동안 그녀를 고민하게 하던 것들, 그리고 아스타나의 앞길을 막던 것들이 한 번에 모두 날아가는 방책이 아닐 수 없었다.

"하지만 황후마마, 폐하께서는……."

요바네스의 욕심 많은 성정을 잘 알고 있는 세랄이 조금 염려스럽게 물었다.

"폐하께는…… 적당히 원하는 것을 쥐여 드리면 되겠지."

큰 출혈이 있겠지만, 아스타나가 황태자가 된다면 복구 불가능한 것은 없었다.

"자, 이제 느긋하게 기다리기만 하면……."

라비니가 찻주전자의 뚜껑을 열며 말했을 때였다.

"황후마마!"

황후의 측근 중 하나인 시녀가 사색이 되어 뛰어 들어왔다.

그리고 하필이면 라비니의 손에 들린 다기를 보고 눈을 질끈 감으며 외쳤다.

"로, 롬바르디 가주의 금문령이 풀렸다고 합니다, 황후마마!"

황도의 귀족회 회의장.

듀이지 앙게나스는 미리 짜 놓았던 계획대로 회의를 성공적으로 몰아가고 있었다.

"'장자 계승법'은 그동안 흐트러져 있던 제국의 계승법을 다시 한번 바로 잡는 안건이오."

법안의 정당성부터.

"그렇다면 토의로 정해진 장자의 결격 사유는 다음과 같소. 모친의 혈통이 천한 경우, 반역과 같은 중죄에 가담한 경우, 그리고……."

미리 매수해 놓은 귀족들과 함께 최대한 좁은 의미의 결격 사유를 정하는 일까지.

황후가 시킨 대로 일사천리로 진행되고 있었다.

듀이지 앙게나스는 만족스런 얼굴로 반대편에 앉은 귀족회 의원들을 바라봤다.

원래는 룰락 롬바르디의 꽁지에 찰싹 붙어서 졸졸 쫓아다니던 이들이었다.

하지만 롬바르디 가주에 대한 금문령이 내리고 그의 복귀가 불분명해지자 기세가 완전히 꺾였다.

"흐흐……."

듀이지 앙게나스는 비릿한 웃음을 흘렸다.

저 중에 태세 전환이 빠른 몇 사람은 이미 어제 만나 오늘 찬성표를 던지도록 포섭하는 데까지 성공했다.

물론 돈을 주지는 않았다.

앞으로 앙게나스에게 잘 보이기 위해 저들이 제 발로 찾아왔던 것이었다.

'게다가 라라네 롬바르디까지 야반도주를 했다니. 룰락은 이제 끝이다.'

언제나 룰락 롬바르디에게 눌려서 제대로 기를 못 펴던 아버지, 페르딕 앙게나스를 떠올리며 듀이지 앙게나스는 주먹을 불끈 쥐었다.

"그럼 표결을 시작하시지요, 의장님."

듀이지 앙게나스가 멍하니 의사봉을 쥐고 앉아 있는 귀족회 의장에게 말했다.

"……크흠."

의장도 룰락 롬바르디의 꽁지를 쫓던 자들 중 하나였다.

듀이지는 이번 법안이 정리되고 나면 저 의장의 자리에 자신이 앉을 생각이었다.

"그, 그렇다면……."

듀이지 앙게나스가 노려보는 시선에 불편한 땀을 흘리며 의장이 말하려던 순간이었다.

벌컥-!

굳게 닫혀 있던 회의장의 커다란 문이 양쪽으로 힘껏 열렸다.

"로, 롬바르디 가주……!"

죽을상을 하고 있던 친롬바르디 측 귀족들이 벌떡 자리에서 일어났다.

"여, 여긴 어떻게!"

듀이지 앙게나스도 놀라 의자를 박차며 일어났다.

회의장 안이 순식간에 아수라장이 되었다.

하지만 그 소란을 일으킨 원인, 룰락 롬바르디 가주는 아무 말 없이 성큼성큼 회의장 중심으로 걸어갔다.

그리고 굳은 얼굴로 양쪽을 가득 채운 귀족들을 돌아봤다.

뒷짐을 진 채 한 사람, 한 사람.

흡사 이글거리는 눈으로 바라본 뒤 룰락이 입을 열었다.

"후계를 결정하는 것은 귀족들의 고유한 권리요."

낮고 울림이 큰 목소리가 회의장 곳곳에 퍼졌다.

"건국 초기, 과도한 후계 경쟁을 막기 위해 권유되었던 것이 바로 '장자가 가문을 계승하는 전통'이었소. 하지만!"

룰락이 정확하게 듀이지 앙게나스를 노려보며 말했다.

"가주의 막중한 책임과 의무를 이어 갈 후계자를 가려내고 가문을 물려주는 것은 그 누구도 참견할 수 없는 가주의 권한!"

그리고 듀이지 앙게나스의 주변에 앉아 있는 귀족들을 향해 호통치듯 일갈했다.

"신성한 귀족의 권리를 침해하는 이 법안에 찬성하려는 어리석은 자 그 누구요!"

시퍼런 안광을 빛내며 룰락이 외친 소리가 회의실에 메아리쳐 울렸다.

"크윽……."

그 순간 듀이지 앙게나스는 장자 계승법의 실패를 예감하며 눈을 질끈 감았다.

"흐음……."

요바네스 황제가 턱을 매만지며 나란히 앉은 나와 페레스를 응시했다.

그러더니 조금 미심쩍은 목소리로 물었다.

"그래, 두 사람이 약혼을 하였다고?"

"예, 폐하."

나는 싱긋 웃으며 대답했다.

내 네 번째 손가락에 끼워진 반지가 더 잘 보이도록 일부러 몸을 살짝 틀면서.

투명한 다이아몬드가 밖에서 들어오는 밝은 빛을 받아 반짝거렸다.

"두 사람이 그런 사이인 줄은 미처 몰랐군, 내가."

워낙 이른 아침에 찾아갔기에 요바네스 황제의 얼굴에는 아직 졸음이 가득했다.

그럼에도 불구하고, 나와 페레스를 보는 눈에는 놀라움과 약간의 의심이 흐르고 있었다.

여기서 가만히 뒀다간 있지도 않은 연애 스토리를 줄줄 읊어야 할 것 같은 예감이 문득 내 머리를 스쳤다.

귀찮으니 행동으로 보여 줘야겠다.

나는 슬쩍, 무릎 위에 놓인 페레스의 손을 잡았다.

그러자 내 손안에서 페레스의 손이 작게 움찔하며 녀석의 몸이 눈에 띄게 굳는 게 보였다.

"후후."

웃는 척하며 슬쩍 고개를 틀어 페레스를 째려봤다.

야, 제대로 해라?

그런 내 째림을 받고 정신을 차린 것인지, 내 손 아래에 가만히 깔려 있던 페레스의 손이 움직이더니 오히려 내 손을 잡아 왔다.

언제 망설였냐는 듯 단단히.

크고 거친 손에 내 손이 휩싸이는 감각은 꽤 따듯하고 좋은 기분이었다.

그리고 요바네스의 시선도 나와 페레스가 마주 잡은 손에 꽂히는 것이 느껴졌다.

일부러 나는 보란 듯 페레스와 사랑스레 시선을 한번 맞추며 말했다.

"제가 수줍음이 조금 많아서요, 폐하."

내 말에 페레스의 눈 밑이 작게 꿈틀하는 것이 보였다.

왜? 뭐?

"그래서 황자 전하께도 당분간은 모두에게 비밀로 해 달라 부탁드렸답니다."

"그랬던 특별한 이유가 있나?"

조금 전 '수줍음이 많다'고 내가 설명했음에도 불구하고 요바네스가 집요하게 물었다.

아마 내 속마음을 떠보려고 하는 것이겠지.

하지만 나는 해맑게 웃으며 대답했다.

"아직 마음의 준비가 되지 않아서요."

"마음의 준비?"

"가족들에게 말씀드릴 마음의 준비랄까. 폐하께서도 롬바르디 사람들의 유별난 가족 사랑을 잘 아시지요?"

"그건 그렇지."

이것 봐라.

저 능구렁이 같은 황제도 바로 납득하게 할 만큼 유명한 롬바르디의 혈육 사랑을.

솔직히 비에제도 핏줄을 중요하게 생각하는 할아버지와 롬바르디 특유의 가풍이 아니었다면 진작에 쫓겨나도 백번은 쫓겨났을 거다.

"폐하."

옆에서 묵묵히 나와 황제의 대화를 듣고 있던 페레스가 입을 열었다.

"롬바르디 영애와 제가 알고 지낸 지는 오래되었지만, 관계가 발전한 것은 얼마 되지 않았습니다. 그래서 서로의 마음을 확인하느라 이 자리에 오기까지 시간이 지체된 것을 부디 헤아려 주십시오."

페레스를 바라보는 요바네스의 한쪽 눈썹이 위로 들렸다.

"다 저의 용기가 부족했던 탓입니다."

그렇게 말하며 페레스는 내 손을 더욱 꽉 잡았다.

입가에는 은근한 미소도 지었다.

옳지! 잘한다, 페레스!

키운 보람이 있구나!

"호오. 2황자의 그런 모습은 또 처음이군."

요바네스가 그런 페레스를 보며 신기하다는 듯 말했다.

하긴, 무늬만 부자지간인데 페레스의 이런 모습이 신기하겠지.

나는 얼른 자연스레 끼어들어 말했다.

"롬바르디와 황실의 결합이 제국의 평화에 큰 도움이 될 거라 말씀하셨지요, 폐하."

그리고 요바네스를 향해 활짝 웃어 보였다.

"정말 대단하세요, 폐하."

뭐가? 나도 모른다.

하지만 요바네스가 칭찬에 매우 약한 타입인 건 안다.

"크흠."

아니나 다를까.

요바네스의 입꼬리가 참을 수 없이 꿈틀거렸다.

나는 그때를 놓치지 않고 말했다.

"이제 저희가 약혼하였으니 롬바르디와 황실 간의 불필요한 갈등도 없어지겠지요? 이렇게라도 제국의 평화에 기여할 수 있어 너무나 기뻐요."

"지금 롬바르디 가주의 금문령에 대해 말하는 거라면……."

한껏 풀어져 있던 얼굴을 굳히며 요바네스가 말하려고 했다.

하지만 내가 먼저 가로챘다.

"아니요. 롬바르디의 부재로 인해 고통받는 황도의 시민들과 귀족들에 대해 말씀드린 것인데요."

요바네스가 입을 다물었다.

생각에 빠진 듯했다.

내가 이런 것까지 떠먹여 줘야 하다니.

자, 황제 아저씨.

귀 열고 잘 들어 봐.

"폐하께서 할아버님께 보내신 친서에는 그렇게 적혀 있었지요. '황실과 롬바르디의 혼약에 동의하라'라고."

요바네스의 눈동자가 살짝 흔들리는 게 보인다.

이제 빠져나갈 구멍이 조금 보이나 보다.

할아버지의 초강수 때문에 가장 발을 동동 굴렀던 것은 요바네스였을 것이다.

롬바르디는 여론에서 자유롭지만, 황제는 민심의 눈치를 봐야 하니까.

나는 그런 황제에게 친절하게 탈출구를 가르쳐 주고 있는 것이다.

원하는 것도 어느 정도 얻으면서 가장 중요한 자존심을 챙겨 전장에서 퇴장할 수 있는 방법을.

"물론 제가 여기에 있는 이유도 할아버지께서 저와 황자 전하의 사이를 인정해 주셨기 때문이랍니다."

"……롬바르디 가주가?"

"예, 어찌 되었든 저는 롬바르디이니까요. 가주이신 할아버지의 허락이 가장 먼저 필요했지요."

"그래, 그렇다면 롬바르디 가주가 황실과 롬바르디의 혼담에 동의를 했다는 것이로군?"

"예, 폐하."

서서히 요바네스의 얼굴에 안도감과 기쁨이 퍼져 나가는 게 보인다.

"으하하하하!"

별안간 눈살을 찌푸리게 할 정도로 큰 웃음이 황제에게서 터져 나왔다.

"그래! 싫다는 비에제의 여식과 아스타나보다는 이리 사랑에 빠진 너희가 낫겠지! 암!"

십 년 묵은 체증이 내려간 사람처럼 요바네스는 후련해 보였다.

그러고는 페레스의 어깨를 팡팡 치며 말했다.

"아주 훌륭한 일을 해냈구나, 2황자! 아주 훌륭해!"

몸이 흔들거리는 페레스의 얼굴에 격한 짜증이 스치는 것이 보였다.

좀만 참아, 페레스.

나는 그런 의미로 녀석의 손을 꽉 잡아 주었다.

하지만 한가득 웃음을 짓고 있는 요바네스의 얼굴이 곱게 보이지 않는 것은 나도 마찬가지다.

이로써 할아버지의 금문령을 풀었다.

황후를 물 먹이는 것에도 성공했고.

하지만 요바네스, 당신은 아직 끝난 게 아니거든?

"할아버지, 저 약혼할게요."

한바탕 가신들과 장자 계승법에 대해 회의를 치른 뒤, 쉬고 있던 룰락에게 청천벽력 같은 소리가 떨어졌다.

"그게…… 지금 무슨 소리냐, 티아?"

룰락의 목소리가 떨리기까지 했다.

"잠시만요. 들어와, 페레스."

티아가 집무실 문 쪽을 향해 말했다.

그리고 모습을 드러낸 것은 2황자, 페레스였다.

"너, 너어……!"

룰락은 상대가 황자라는 것도 잊고 손가락질을 했다.

아니, 지금은 황자가 아니라 황제라도 상관없었다.

벌떡!

결국 룰락은 자리를 박차고 일어섰다.

페레스는 그런 룰락의 반응을 예상이라도 했다는 듯 태연하기 그지없는 멀쩡한 얼굴로 티아의 옆에 섰다.

나란히 선 그 모습에 룰락은 또 화가 치밀었지만, 깊게 숨을 내쉬며 겨우 마음을 가라앉혔다.

"무슨 말인지 설명해 보거라, 티아야."

"장자 계승법이요. 막으셔야 하잖아요."

"그것이 너의 약혼과 무슨 관계……."

룰락의 미간에 잡힌 주름이 더욱 깊어졌다.

"티아 너 설마……."

"잠시 황제 폐하의 서신을 보여 주시겠어요? 금문령을 내렸던 거요."

룰락은 마지못해 서랍 안에 대충 던져져 있던 황제의 편지를 꺼내 티아에게 보여 주었다.

"으음, 역시……."

티아는 고개를 끄덕였다.

"이 금문령에 따르면, 할아버지는 롬바르디와 황실의 혼담에만 찬성하시면 돼요. 꼭 라라네와 1황자가 아니어도 되는 거죠."

"그래서 지금 너와 저 녀석이 그 혼약을 대신하겠다는 것이냐?"

룰락이 턱짓으로 페레스를 대충 가리키며 말했다.

어릴 적부터 승냥이처럼 손녀의 곁을 맴도는 것이 영 마음에 들지 않았다.

하지만 황후를 견제하는 데에 쓸모가 있어 살려 두었더니.

감히 내 손녀를!

묵묵히 서 있는 페레스를 노려보는 룰락의 눈에서 불똥이 튀었다.

"네, 할아버지."

하지만 그런 룰락의 애타는 마음은 아는지 모르는지.

어여쁜 손녀는 너무나 차분하게 대답했다.

"티아야……."

"이미 페레스와는 이야기를 끝냈어요. 계약 약혼을 하기로요."

"너를 황족 나부랭이와 맺어 준다니, 그건 내 눈에 흙이 들어가기 전에는 있을 수 없는……."

머리를 짚고 중얼거리던 룰락은 말을 멈췄다.

그리고 고개를 번쩍 들며 물었다.

"계약…… 약혼?"

"네, 할아버지."

티아가 생긋 웃었다.

"페레스도 이번 법안이 통과되면 곤란한 것은 마찬가지니까요."

"……정말이냐?"

룰락은 페레스를 바라보고 확인하듯 물었다.

"티아의 말이 맞습니다."

기다리고 있던 대답이었지만, 룰락의 마음은 편해지지 않았다.

좀처럼 속을 알 수 없는 녀석이다.

하지만 저 무표정한 얼굴 아래 손녀에게 어떤 시커먼 마음을 가지고 있을지는, 보지 않아도 뻔했다.

언제나 맹목적으로 티아에게 따라붙는 저 새빨간 눈만 보더라도 그랬다.

"계약 약혼이라니. 그렇다면 저놈의 생각은 아닐 테고. 티아 네가 생각해 낸 것이겠지."

"……네, 맞아요. 제 생각이에요. 페레스와 저는 약혼을 통해 이번 장자 계승법을 막고 일정 기간이 지난 뒤에는 파혼 절차를 밟을 거예요."

티아가 그렇다면 그런 것이겠지.

이미 손녀가 말을 꺼낸 그 순간부터, 계약 약혼 자체에 대한 룰락의 불안감은 어느 정도 사라져 있었다.

하지만 마음에 걸리는 것이 있었다.

“파혼이라……. 황자에게는 어떨지 모르나, 티아 네게는 꽤 손해가 나는 거래일 게다.”
“알아요.”
“알고 있는데도, 계약 약혼을 해서까지 이 할아비의 금문령을 풀겠다는 것이냐?”
“네, 할아버지.”
티아는 고개를 끄덕였다.
“롬바르디를 위해서니까요.”

덜컹.
마차가 한차례 흔들리며 룰락은 회상에서 깨어났다.
장자 계승법은 부결되었다.
푹신한 마차 좌석에 깊게 몸을 묻으면서도 룰락의 표정은 그리 좋지 못했다.
비록 계약 약혼이라고 하더라도 손녀를 희생해 일궈 낸 승리라는 생각에 어쩐지 마음이 껄끄러웠다.
그러고는 졸지에 손녀의 공식적인 약혼자가 된 2황자가 생각이 나 더욱 기분이 나빠졌다.
“약혼뿐이다, 약혼. 더 욕심을 내기만 해 봐라. 가만두지 않을 테다.”
우리 티아의 짝으로 듀렐리의 핏줄이라니, 가당치도 않다.
대대로 제대로 된 놈이 없었던 듀렐리였다.
2황자 스스로는 꽤 뛰어난 능력을 지녔을지 모르나, 티아가 황실과 엮인다는 것은 할아버지로서 도무지 용납할 수 없다.
“고분고분하게 티아의 말을 잘 듣고, 듬직한 놈으로 내가 따로 찾아서…….”

룰락은 말을 멈췄다.

고분고분하고 듬직한 놈.

왠지 페레스의 모습과 겹쳤기 때문이었다.

그 와중에도 자신을 똑바로 바라보던 손녀의 모습이 룰락의 머릿속을 떠나지 않았다.

“롬바르디를 위해서니까요.”

“녀석……. 언제 그리 자라서는.”

조그만 몸으로 저택을 뛰어다니고, 집무실 소파에 앉아 쿠키와 주스를 마시던 것이 바로 엊그제 같은데.

“그래, 모름지기 롬바르디라면 그 정도 기백은 있어야지.”

룰락은 만족스레 웃음을 흘렸다.

가주인 룰락 자신에 못지않을 것 같은 롬바르디가에 대한 애정이었다.

“그런 마음이라면, 가주 자리를 맡겨도 듬직하겠구만.”

별생각 없이 입 밖으로 낸 말이었다.

하지만 룰락은 멈칫했다.

그리고 곧 수염을 쓰다듬으며 깊은 생각에 잠겼다.

티아에게 가주 자리를 맡겨도 되겠다.

반쯤 농담과 같은 생각이었지만, 머릿속으로 그려 본 그림이 나쁘지만은 않았다.

오히려, 아주 잘 어울렸다.

마치 처음부터 후계로서 성장한 아이처럼.

"피렌티아. 티아라……."

저택으로 돌아가는 마차 안에서 룰락의 생각이 꼬리에 꼬리를 물고 이어졌다.

한 달 뒤.

라라네는 얼굴을 부드럽게 스치는 따듯한 바람에 눈을 떴다.

잠에서 깨어난 그녀를 가장 먼저 반겨 주는 것은 멀리서 들려오는 동부의 민요 소리였다.

그 정다우면서도 흥겨운 노랫가락에 라라네의 얼굴에 미소가 번졌다.

"일어나셨어요, 롬바르디 영애?"

상냥한 목소리는 루만가에서 붙여 준 시녀인 토키아였다.

진한 피부색과 보석같이 빛나는 주홍색 눈동자가 인상적인 다정한 사람으로 라라네가 이곳에 적응하는 데에 많은 도움을 주고 있었다.

라라네는 토키아가 건넨 시원한 물을 마시며 말했다.

"편하게 이름을 불러 주기로 했잖아, 토키아."

"아, 맞다. 죄송해요, 라라네 님."

"후후, 괜찮아. 아직 서로에게 익숙해지는 기간이니까. 그리고, 오늘이지?"

라라네가 기대에 가득 찬 얼굴로 침대에서 일어나며 물었다.

"네, 맞아요. 아! 마침 저기 들어오네요!"

토키아가 활짝 열린 발코니 밖을 가리키며 하는 말에 라라네의 발걸음이 더욱 빨라졌다.

"아아."

라라네는 자기도 모르게 감탄사를 내뱉었다.

저 멀리 푸르른 수평선을 가로질러 커다란 배가 들어오고 있었다.

펠렛 상회의 동부 크루즈 선이었다.

흰 구름만큼이나 하얀 돛과 바다 위를 당당하게 누비는 화려하고 커다란 선체는 보는 사람의 가슴을 절로 뛰게 했다.

"몇 번을 봐도 질리지가 않는 풍경이지요."

어느새 토키아도 곁으로 다가와 함께 그 모습을 감상하고 있었다.

"체사유에 항만이 생기고 펠렛 상회가 루만 영지와 중앙의 가교 역할을 해 주면서 동부에도 많은 변화가 일어나고 있어요."

"펠렛 상회……."

라라네는 사촌인 티아를 떠올렸다.

갇혀 있던 자신을 구출해 주던 날 밤, 티아의 엄청난 비밀도 함께 알게 되었다.

정확하게 설명을 듣지는 못했지만 라라네는 펠렛 상회가 티아의 소유라는 사실을 직감적으로 깨달았다.

하지만 생각보다 놀라지는 않았다.

'왠지 티아라면 그런 비밀 한두 개쯤은 있을 것 같았어.'

언제나 똑 부러지고 씩씩해서 오히려 언니 같았던 사촌 동생을 떠올리며 라라네는 미소를 지었다.

"라라네 님은 그렇게 활짝 웃는 모습이 참 아름다우신 것 같아요."

토키아가 헤 하고 감탄하며 말했다.

"내가…… 그런가?"

라라네는 얼떨떨해하며 자신의 얼굴을 매만졌다.

확실히 루만 가문으로 온 이후에 웃음이 많이 늘었다.

성격도 전보다 훨씬 활발해졌다.

"조금 있으면 배에서 내린 물건들이 성으로 운반될 거예요. 간단히 준비를 하고 구경을 가시겠어요, 라라네 님?"

토키아의 제안에 라라네는 웃으며 고개를 끄덕였다.

잠시 뒤, 라라네는 루만 성에서 가장 큰 홀에 도착했다.

아비녹스의 아버지인 루만 가주의 호출에 의해서였다.

"안녕하십니까, 루만 가주님."

라라네는 조금 긴장한 기색으로 조심스레 인사를 했다.

마침 아비녹스가 영지 시찰을 나간 터라, 루만 가주와 이렇게 단둘이 얼굴을 마주하는 것은 라라네에겐 처음 있는 일이었다.

"오오, 오셨군!"

하지만 인디트 루만 가주는 라라네의 그런 걱정이 무색해질 정도로 밝은 모습으로 맞이해 주었다.

"여기 롬바르디 영애 앞으로 물건이 잔뜩 도착해서 불렀소. 한번 살펴보겠소?"

펠렛 상회의 배가 들어왔으니 티아로부터 온 편지라도 있을까 기대하던 라라네는 눈이 동그래졌다.

루만 가주가 가리키는 곳에는 정말로 많은 물건들이 차곡차곡 쌓여 작은 동산을 이루고 있었기 때문이었다.

“도대체 누가…….”

조심스럽게 다가가 상자들을 살펴보던 라라네는 작은 바구니에 담긴 편지 봉투 두 개를 발견했다.

붉은색 봉투는 티아에게서 온 편지였다.

[라라네에게.

무사히 약혼식을 잘 치렀다니 정말로 기뻐.

펠렛 상회의 이름으로 약혼 축하 선물을 보낼게.

결혼식은 1년 후라고 했지?

꼭 초대해 줘.

가끔 편지 할게.

다시 한번, 약혼을 축하해.

티아가.

추신. 더 필요한 게 있다면 루만 영지의 펠렛 상회 지점에 말해 둬. 얼마든 보내 줄게.]

편지를 다 읽은 라라네는 쌓여 있는 상자들을 찬찬히 훑어보았다.

대부분이 펠렛 상회의 꼬리표를 달고 있는 물건들이라는 것을 알 수 있었다.

“아, 이건…….”

그리고 그것들은 자신이 롬바르디에 있을 때 즐겨 사용하던 상품들이라는 것도 금방 깨달았다.

혹시 향수병이라도 올까 걱정이 되었던 것일까.

언뜻 무심한 것 같지만 세심하게 챙겨 주는 마음이 전해져 왔다.

그리고 두 번째 편지는.

"하, 할아버지……?"

평범한 미색 봉투의 겉면에 '룰락 롬바르디'라는 발신인의 이름이 적혀 있었다.

편지지를 꺼내는 라라네의 손끝이 잘게 떨렸다.

내용은 그리 길지 않았다.

[약혼을 축하한다, 라라네.

너는 항상 롬바르디인 것을 잊지 말거라.

멀리서, 할아버지가.]

"아아……."

라라네가 미소와 함께 눈물을 흘렸다.

그리고 롬바르디의 문양이 찍힌 커다란 상자로 다가갔다.

눈치 빠른 루만가의 하인들이 조심스레 덮개를 열어 주었다.

"이건……."

상자 안에 들어 있는 것은 황금으로 롬바르디 가문의 상징인 세계수가 아름답게 새겨진 흰색 자기 세트였다.

당장 손님을 불러 정찬을 열어도 손색이 없을 만큼 수십 개의 크고 작은 접시와 순은으로 만든 식기 등 모든 것이 완벽하게 갖춰진 것이었다.

조용히 다가와 그것을 확인한 루만 가주가 고개를 끄덕였다.

"예로부터 가주가 정식으로 허락하는 혼인에는 이렇게 가문의 인장이 박힌 자기를 선물하는 것이 제국의 풍습이라고 들었소."

그러고는 어마어마한 개수의 자기 그릇들을 보더니 피식 웃었다.

"역시 롬바르디다운 규모로군."

동시에 어쩔 수 없다는 듯 작게 한숨도 쉬었다.

강렬한 동부의 햇살 아래에서 더욱 번쩍번쩍 빛나는 황금빛 세계수가 루만 가주에게 말하는 듯했다.

'행여나 내 손녀를 홀대하거든 각오하라'고.

라라네는 그렇게 티아와 할아버지의 편지를 품에 끌어안고 한참을 행복한 눈물을 흘렸다.

같은 시각, 롬바르디 저택.

룰락 롬바르디는 롬바르디 상단주 로마시에 딜라드, 그리고 딸인 샤나넷과 함께 회의를 하는 중이었다.

"드디어 때가 됐군."

룰락이 즐겁고 어딘가 심술궂은 미소를 지으며 말했다.

"내가 오늘을 기다리느라 한 달간 목이 빠지는 줄 알았지."

"아버지."

샤나넷은 고개를 절레절레 저으면서도 그런 부친을 말리지는 않았다.

자신도 꽤나 고대하던 날이었기 때문이었다.

"다시 한번 말해 보게, 로마시에."

“예, 가주님.”

로마시에 딜라드가 목을 한번 가다듬고는 손에 들고 있는 서류의 내용을 다시 읊었다.

“조사 결과 내일부터 레드 상단의 철광석이 시장에 풀릴 것이라고 합니다. 지금까지 철광을 채굴하기 위해 레드 상단이 소진한 금액은…….”

로마시에의 보고가 이어질수록 룰락의 미소는 짙어졌다.

“멍청한.”

그동안 룰락 자신이 요바네스를 과대평가해 왔다는 생각을 지울 수 없었다.

“한 가지에 욕심내기 시작하면 다른 것은 보지 못하는 그 버릇을 아직도 고치지 못했다니. 쯧쯧.”

“어릴 적부터 유독 욕심이 많은 분이셨죠.”

샤나넷은 유년 시절의 요바네스 황제를 떠올리자 불쾌해진 기분을 따듯한 차로 달래며 말했다.

“준비는 다 되었느냐, 샤나넷.”

“네, 말씀만 하세요.”

지난 한 달 동안 황실과 롬바르디 사이는 많은 부분 정상화가 되었다.

겉으로 보기에는 그랬다.

롬바르디 상단도 다시 황도에서 장사를 시작했고, 롬바르디 교통도 위탁 상행을 재개했다.

요바네스 황제도 마음을 놓고 있을 터였다.

반면 티아와 2황자가 약혼을 하는 바람에 모든 것이 무산된 앙게나스는 숨죽였다.

그 나서기를 좋아하는 황후마저도 요즘은 연회에 참석하지 않고 조용했으니까.

"다 원래대로 돌아갔다 안심하고 있겠지."

황제는 이미 채굴에 적잖은 돈을 쏟아부었다.

황실의 자산이 아닌, 레드 상단으로 만들어 낸 요바네스 개인의 재산 중 과반에 달하는 돈이었다.

하지만 안정화된 시장 덕에 철광석은 꾸준히 돈을 벌기에 좋은 자원이었으니, 채굴 비용 정도는 금방 복구할 수 있을 거라고 안일하게 생각하고 있을 게 뻔했다.

룰락이 클클 웃음 지었다.

그리고 샤나넷과 로마시에 딜라드에게 명했다.

"철광석을 풀어라."

"네."

"알겠습니다, 가주님."

룰락의 말 한마디로 당장 내일부터 시장에는 어마어마한 물량의 철광석이 풀릴 것이다.

그러면 자연히 철광석의 가치도 하락한다.

"철광석으로는 돈 한 푼 벌지 못하도록 해 주지."

그동안 채굴 비용으로 쏟아부은 돈은 고스란히 요바네스의 손해로 돌아가게 할 생각이었다.

물론 레드 상단에는 엄청난 돈이지만, 롬바르디에는 티도 나지 않는 손해다.

게다가 값싸진 철광석은 롬바르디 광업이 최저가로 부지런히 매입할 계획이니, 다시 시장이 안정화될 때에는 레드 상단의 철광석까지 모두 롬바르디의 소유가 되어 있을 것이다.

룰락은 마지막으로 샤나넷에게 말했다.

“철광석을 쏟아 내는 것이 우리 롬바르디 가문인 것이 꼭 요바네스의 귀에 들어가도록 요란하게 하거라, 샤나넷.”

이 정도면 감히 롬바르디에 대항하려던 황제의 수업료치고는 아주 싼 편이지.

룰락은 황궁이 있는 쪽을 노려봤다.

“아 참, 철광석이 똥값이 됐다면서요?”

“쿨럭!”

내 말에 마침 물을 마시던 클레리반이 한참을 쿨럭거리다 겨우 대답했다.

“쿨럭, 예…… 피렌티아 님.”

“할아버지도 참 징하셔라. 다른 사람 망하게 하려고 내 돈 쓰는 것도 아까워하지 않으시다니.”

“원래 지고는 못 사는 성정이시지 않습니까.”

“그거야 그렇죠.”

나는 어깨를 으쓱했다.

그런 할아버지의 성격을 사실 좋아하거든.

“그런 의미에서, 새로 시작한 동부 크루즈 프로모션은 반응이 어때요?”

"아주 좋습니다."

바이올렛이 매우 흡족한 미소를 지으며 대답했다.

"피렌티아 님의 말씀대로 '사랑의 도피'를 주제로 삼아 시작한 크루즈 판촉 이벤트 덕분에 이미 향후 1년간의 크루즈 객실이 매진되었습니다."

"새로 결혼하는 부부들의 신혼여행지로 동부가 확실히 자리 잡은 듯합니다."

"그 정도면 이제 서부로 여행을 가는 사람은 없겠죠?"

내 질문에 바이올렛이 고개를 끄덕였다.

"서부 여행은 일부 고령의 귀족들 말고는 예약자가 거의 없다시피 하답니다."

"나 같아도 덥고 푹푹 쪄서 할 거라고는 온천밖에 없는 서부보다는 싱그럽고 로맨틱한 동부로 가겠어요. 그쵸?"

조만간 앙게나스가 미루고 미룬 롬바르디 건설의 대금 일도 다가오는데.

라비니 황후는 도대체 어떻게 할 생각인지 몰라.

또 서셔우에서 돈을 빌리려나?

나는 그런 생각들을 하며 저택으로 돌아왔다.

당연히 콧노래도 흥얼거리면서.

그런데 마차에서 내리자마자 아주 흥미로운 광경이 눈에 들어왔다.

체격 좋은 롬바르디의 고용인들이 모두 무언가를 바쁘게 옮겨 나르고 있었다.

테이블과 의자 같은 가구들이었다.

"누가 이사라도 가나?"

내가 그렇게 중얼거림과 동시에 커다란 고함 소리가 현관 쪽에서 터져 나왔다.

“이게 무슨 짓들이야! 감히 내 허락도 없이 짐을 옮기다니! 요한! 요한 집사!”

목에 핏대를 세우고 롬바르디의 집사장인 요한을 찾는 비에제의 모습이 보였다.

아니나 다를까.

이름이 몇 번 더 불리기 전에 모습을 드러낸 요한은 아주 침착한 얼굴로 비에제에게 통보했다.

“오늘부로 비에제 님과 세랄 님의 거처를 본관에서 뒤쪽 별채로 옮기라는 가주님의 지시가 있었습니다.”

“뭐, 뭐야?”

비에제의 얼굴이 하얗게 질렸다.

별채는 롬바르디에 손님이 오면 머무는 공간.

한마디로 비에제와 세랄은 외부인으로 취급한다는 말이었다.

“아, 아버님을 만나겠다! 지금 어디에 계시지!”

“날 만나면 뭔가가 달라질 거라 생각하는 것이냐?”

현관으로 내려온 할아버지가 하인들이 옮기는 짐을 무심하게 바라보며 말했다.

“이참에 용건을 다 끝내는 것도 나쁘지 않겠구나.”

할아버지가 비에제에게 다가가 선고했다.

“오늘부로, 비에제 너에게서 롬바르디로서의 모든 권리를 박탈하겠다. 다달이 지급되던 품위 유지비도 중지한다. 물론 더 이상 롬바르디 부동산 관리소에 출근할 필요도 없다.”

"아, 아버님!"

비에제가 비명을 지르듯 외쳤다.

아니, 비명이었다.

조금 전 자신이 들은 말을 이해할 수 없는 듯 크게 뜬 눈으로 할아버지를 바라봤다.

"궈, 권리를 박탈하시겠다니……."

비에제의 몸이 사시나무 떨리듯 덜덜 떨렸다.

"그러실 수는 없습니다, 아버님. 제게 그러실 수는……."

뭐라고 계속해서 중얼거리던 비에제가 갑자기 할아버지에게 다가갔다.

"아무리 아버님이라고 하셔도 저를 이리 내치실 수는 없는 일입니다!"

적반하장도 유분수지.

비에제는 이제 할아버지에게 화를 내고 있었다.

할아버지도 어이가 없는 듯 한쪽 눈썹이 위로 올라갔다.

"저는 롬바르디입니다! 고귀한 롬바르디의 혈통을 물려받은 저의 권리를 이리 부정하실 수는 없다는 말입니다!"

비에제는 떼를 쓰는 어린애 같았다.

아니, 어린애라면 귀엽기라도 하겠지.

슬슬 할아버지의 인내심도 바닥이 나는 것이 보였다.

고개를 절레절레 젓더니 한마디씩 끊어 또박또박 말했다.

"그동안 네게 수많은 기회를 주었다는 것은 너도 부정할 수 없을 것이다."

"하지만……."

"혈육을 이용해 사익을 얻어 내려는 자는 이 가문에 필요 없다."

아스타나와 라라네의 혼담이 할아버지에게는 넘어서는 안 되는 최후의 선이었던 모양이었다.

확실히 비에제를 대하는 할아버지의 표정이 전과는 달랐다.

"아버님……."

비에제의 얼굴에 공포가 스몄다.

하지만 할아버지는 그런 비에제를 차갑게 바라보다가 몸을 돌렸다.

그때였다.

털썩!

비에제가 할아버지 앞에 무릎을 꿇었다.

"죄송합니다! 죽을죄를 지었습니다, 아버님! 용, 용서를……."

바쁘게 짐을 나르던 하인들도, 소란에 나와서 상황을 지켜보던 행정관들도 깜짝 놀랐다.

평소 오만하기가 짝이 없는 비에제의 저런 모습은 모두에게 처음이었기 때문이었다.

"용서해 주십시오!"

비에제는 정말로 납작 엎드렸다.

당장 그 무엇보다 할아버지의 은혜를 바라는 사람처럼.

목소리에도 절절함이 묻어나는 것 같았다.

하지만 비에제를 내려다보는 할아버지는 조금 눈살을 찌푸렸을 뿐이었다.

비에제가 외치는 절절한 사죄의 말을 조금도 믿지 않는 눈치였다.

"늦었다, 비에제."

그 말을 남긴 할아버지는 뒤도 돌아보지 않고 들어가 버렸다.

아니나 다를까.

할아버지가 사라지자마자, 비에제는 욕지거리를 내뱉으며 자리에서 일어났다.

그리고 할아버지의 집무실이 있는 쪽을 한참 노려보다 바닥에 퉤 침을 뱉고는 별채가 있는 방향으로 성큼성큼 걸어갔다.

뭐 잘한 게 있다고.

성질 고약한 어린애처럼, 걷는 걸음걸음 쾅쾅 소리가 날 것 같다.

"그럼 그렇지. 사죄는 무슨."

비에제 같은 사람은 변하지 않는 법이다.

똑같은 실수를 반복하고, 결국 스스로를 낭떠러지로 몰겠지.

"황후가 어떻게 나올지가 관건이겠네."

사실 황후가 어떻게 나올지도 뻔하다.

조금 전에도 말했다시피.

사람은 변하지 않는 법이니까.

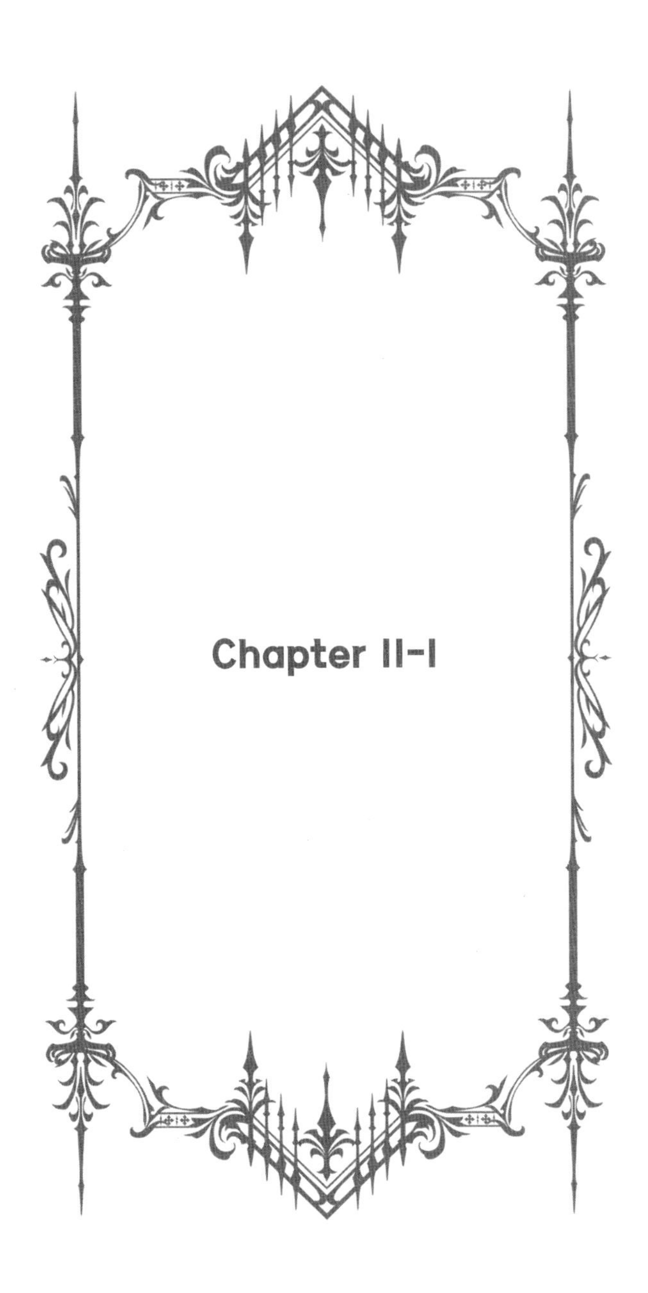

Chapter II-I

Chapter 11-1

"아아악! 페레스! 페레스, 그 천한 것이 내 일을 방해해! 아악!"

쨍그랑!

"죽여 버리겠어! 그놈을, 당장, 죽여 버려! 아아아악!"

와장창!

듀이지 앙게나스는 한 달 전 장자 계승법이 실패로 돌아간 뒤, 미쳐 날뛰던 라비니 황후의 모습을 떠올리며 몸을 부르르 떨었다.

이때까지 라비니는 많은 공포심을 안겨 주었지만, 맹세코 그날만큼 두려웠던 적은 없었다.

눈앞에서 목표물을 놓친 황후는 자기 분을 주체하지 못했다.

방 안의 모든 물건을 깨부순 것도 모자라 나중에는 사람까지 해쳤다.

"찻물이 너무 식었구나. 다시 가져오렴."

"네, 네에, 황후마마……."

황후의 곁에서 수발을 드는 시녀들이 대거 교체된 것도 그 이유였다.

몸에 크고 작은 상처를 입은 시녀들은 모두 퇴직을 원했고, 듀이지 앙게나스는 그들을 입막음하기 위해 적잖은 보상금을 풀어야 했다.

게다가 새로 시녀들을 구하는 것도 큰일이었다.

아무도 황후의 곁에서 일하고 싶어 하지 않았기 때문이었다.

결국 돈이 궁한 이들로만 자리를 채워 넣다 보니 자연히 시녀들의 급은 떨어지고, 황후는 그들이 마음에 들지 않는다며 더욱 예민하게 굴었다.

"황도에 흥미로운 소식은 없니, 듀이지?"

지금은 저렇게 웃고 있지만 아름다운 라비니의 얼굴 위로 그날의 악마 같던 모습이 자꾸 겹쳐, 듀이지는 시선을 피해 버렸다.

"딱히 마마께서 흥미를 가지실 만한 일은 없습니다, 하하."

어색한 웃음이 따라붙었다.

"흐음, 그러니."

라비니의 푸른 눈동자가 듀이지 앙게나스를 파고들 듯 응시했다.

그러고는 언제 그랬냐는 듯, 생긋 웃었다.

"우리 황자께서는 요즘 무얼 하고 계시는지 몰라. 이 어미에게 자주 얼굴을 보여 주시지도 않아 얼마나 속이 상한지."

아스타나는 한 달 전부터 황후궁에는 얼씬도 하지 않고 있었다.

"어머니가 미쳤다는 소문이 궁에 파다합니다! 나는 황위를 이을 몸인데 미친 사람 곁에 갔다가 다치기라도 하면 어떻게 합니까? 안부는 숙부가 대신 전하세요!"

황후궁에 들러 안부 인사를 해야 하는 귀찮은 일을 피하기 위해 둘러대는 말이었다.

모친에게 할 말로는 매정하기 그지없었지만 듀이지 앙게나스는 놀라지 않았다.

'아스타나는 라비니의 자식이니까, 닮는 게 당연하지.'

그런 자식을 둔 것이 라비니의 업보라면 또 업보였다.

"황자 전하께서는 워낙 바쁘시지 않습니까."

듀이지는 속마음을 숨기고 어쩔 수 없다는 듯 말했다.

그리고 아스타나에게 최근 있었던 일을 아무 생각 없이 불쑥 전했다.

"전하께서 사냥 실력이 날이 갈수록 늘고 계십니다. 얼마 전 가을 사냥 대회에서 2등이라는 쾌거의 성적을 거두셨지 뭡니까."

말을 입 밖에 꺼낸 순간, 듀이지는 아차 싶었다.

아니나 다를까, 라비니 황후가 눈을 가늘게 뜨고 물었다.

"2등? 그럼 1등은 누구였지?"

"그, 그건……."

"어서 말해 보거라, 듀이지."

듀이지 앙게나스는 혀를 씹었다.

왜 이 말을 꺼내서는!

하지만 황후의 매서운 눈초리에 계속 침묵을 할 수도 없는 일이었다.

결국 눈을 질끈 감고 입을 열었다.

"2, 2황자입니다."

까드득.

이와 이가 갈리는 섬뜩한 소리가 울렸다.

'2황자'라는 말 한마디에 라비니는 아예 다른 사람이 되어 버렸다.

온화하게 웃던 모습은 어디로 가고, 분노에 눈빛이 변해 버렸다.

달칵.

"황후마마, 말씀하신 대로 뜨거운 물을 가져왔습니다."

시기 나쁘게도 어린 시녀가 찻주전자를 조심히 받쳐 들고 돌아왔다.

"이런."

듀이지 앙게나스는 혀를 찼다.

운도 나쁘지.

하필이면 지금 들어오다니.

차오른 분노를 풀어낼 곳만 찾고 있던 황후에게 어수룩한 시녀는 좋은 먹잇감이었다.

황후는 쟁반에 놓인 다기 주전자를 들어 시녀의 발치에 내던져 버렸다.

쨍그랑-!

"꺄악!"

발과 발목을 뒤덮는 뜨거운 물에 시녀가 비명을 질렀다.

"화, 황후마마……."

"네가 지금 날 해코지하려고 들어?"

"그, 그게 무슨 말씀이신지……. 저는 그저 명령대로……."

"이렇게 펄펄 끓는 물을 나에게 마시라고 가져온 그 속내를 내가 모를 줄 알아!"

"흑! 저, 저는 그런 게 정말로 아니라……."

고통과 두려움에 덜덜 떨던 시녀는 도움을 청하는 눈길로 듀이지를 봤지만 돌아오는 것은 혀를 끌끌 차는 소리와 외면뿐이었다.

얼굴이 더욱 새하얗게 질린 시녀는 납작 엎드렸다.

"사, 살려 주세요, 황후마마!"

애처로운 목소리였지만 황후는 눈도 하나 깜짝하지 않았다.

"시녀장, 이 아이를 끌고 가라!"

결국 황후의 심복인 시녀장이 덩치 큰 하인들을 데리고 들어와 어린 시녀를 끌고 나가게 한 뒤에야 황후의 안색이 조금 개운해졌다.

라비니는 찻물이 조금 튄 드레스 자락을 손으로 툭툭 쳐 내며 말했다.

"도저히 안 되겠다. 듀이지, 저 시녀의 자리는 앙게나스의 사람으로 채워라."

"……예?"

"귀족이라고는 하지만 평민이나 다름없는 집안 출신들이니 배운 것이 없어 저러는 것 아니겠니. 앙게나스의 사람이라면 옆에 두고 쓸 만하겠지."

지금 앙게나스에 시녀로 들어와 일을 할 만한 나이대의 여식은 듀이지의 딸들뿐이었다.

듀이지는 웃는 얼굴을 잃지 않으면서도 대답을 피하려 재빠르게 머리를 굴렸다.

대화의 주제를 바꿀 만한 것을 떠올리기 위해서였다.

그때 품에 넣어 온 서신 한 통이 듀이지의 머리에 퍼뜩 떠올랐다.

"세, 세랄이 황후마마께 이 편지를 전해 달라고 부탁해 왔습니다."

본인은 지금 황궁에 들어갈 상황이 되지 못한다면서 앙게나스 저택으로 대신 보내온 서신이었다.

"세랄이?"

라비니가 관심을 보이자 듀이지는 얼른 봉투를 내밀었다.

"저런……."

세랄이 정성 들여 써 내려갔을 내용을 한번 쭉 읽어 내리던 라비니는 안타깝다는 듯 중얼거렸다.

"세랄과 비에제 롬바르디가 상황이 곤란해졌다는구나. 혼담을 추진한 일로 롬바르디 가주의 눈 밖에 난 모양이야."

하지만 그게 전부였다.

라비니는 세랄의 편지를 귀찮은 쓰레기를 치우듯 옆으로 툭 던져 내려놓았다.

더 이상 롬바르디에 대한 말도 하지 않았다.

조용히 생각에 잠겨 있는 모습이었지만 세랄에 대한 고민이 아닌 것 같았다.

"……누님?"

듀이지 앙게나스는 이상해 조심스레 물었다.

"세랄을…… 도와야 하지 않겠습니까?"

라비니는 크고 아름다운 눈을 두어 번 깜박이더니 대답했다.

"어째서 내가 세랄을 도와야 하지?"

"그, 그거야……."

세랄은 그동안 라비니 황후에게 충성을 바쳐 왔다.

아들인 벨레삭을 아스타나의 배동으로 들였고, 황후가 여는 사교 모임에 필요한 궂은일은 도맡아 했다.

그뿐만이 아니었다.

사촌 언니인 라비니가 시키는 대로 비에제를 앙게나스에 유리하게 움직여 왔다.

덕분에 부동산과 광산 등, 롬바르디의 크고 작은 사업들이 라비니에게 도움을 주었다.

하지만 세랄이 곤경에 처한 지금, 황후는 그 모든 것을 잊은 듯했다.

"듀이지."

라비니가 빙그레 웃으며 말했다.

"이미 모든 자격을 박탈당하고 별채로 쫓겨났다잖니. 세랄은 더 이상 날 위해 해 줄 수 있는 일이 없단다."

듀이지의 팔에 오싹 소름이 돋았다.

이 순간에도 라비니의 관심사는 오로지 '세랄이 자신을 위해 해 줄 수 있는 일'뿐이었다.

"그나저나 세랄의 남편이 밀려났으니 하루라도 빨리 롬바르디 가주가 마음에 둔 후계를 알아내야겠다. 아무래도 갤러한이겠지?"

라비니 황후가 집념으로 가득 찬 눈을 빛내며 중얼거렸다.

세랄의 편지는 불어온 바람에 날려 바닥에 나뒹굴고 있었다.

"아가씨, 편지가 왔어요."

로릴이 한 뭉치의 편지 꾸러미를 내게 건네며 말했다.

나는 읽고 있던 책으로 얼굴을 더욱 파묻으며 대답했다.

"으윽, 귀찮아. 어차피 다 연회 초대장이겠지, 뭐."

"아니…… 라고 말씀드리고 싶지만 맞는 것 같아요."

"책상 위에 올려놔, 로릴. 나중에 시간이 되면 못 간다고 한 번에 답장을…… 잠깐."

내가 지금 뭘 본 거지.

반쯤 누워 있던 소파에서 몸을 벌떡 일으켜 로릴에게 다가갔다.

"그거……."

수많은 편지 봉투들 사이에서 유독 눈에 띄는 게 한 장 섞여 있었다.

"로릴…… 도대체 뭘 가져온 거야……."

"죄송해요, 아가씨! 제가 뭘 가져온 거죠!"

내가 얼굴을 찌푸리자 로릴이 일단 사과를 했다.

"후우……."

나는 한숨을 쉰 후에 엄지와 검지로 작은 집게를 만들어 꾸러미 속 한 봉투의 끄트머리를 집어 올렸다.

눈에 익은 보라색 편지 봉투였다.

"황후잖아."

진하고 선명한 보라색.

라비니 황후의 초대장이 맞다.

별채로 갈 게 나한테 잘못 온 건 아닐까 마지막 희망을 걸어 보았지만, 봉투의 뒷면에는 화려한 필체로 분명히 적혀 있었다.

'피렌티아 롬바르디'라고.

"귀찮게 진짜."

사냥은 귀족 남성이라면 누구나 나이를 막론하고 즐기는 여가 생활이었다.

덕분에 좋은 사냥터가 포함된 땅은 그 가치가 배로 뛰기도 했다.

막 초가을로 접어드는 요즘은 여우 사냥 시즌이었다.

제국 전역에는 여우 사냥이 잘되는 장소로 유명한 사냥터가 몇 군데 있었는데, 중서부 지역의 바라포트 가문의 영지도 그중 하나였다.

그리고 그 바라포트 영지에서는 지금 사냥 대회 뒤풀이가 3일째 계속되고 있었다.

바라포트 가문의 별장 앞, 커다랗고 너른 들판 곳곳에 모닥불이 피어오르고 나무를 거칠게 깎아 만든 테이블과 의자 수백 개가 놓였다.

여가와 취미로 사냥을 하는 귀족들이 아닌, 생계를 위해 사냥을 하는 사냥꾼들이 밤에 쉬는 모습을 흉내 낸, 일종의 연회 장식이었다.

그 때문에 섬세한 유리잔 대신 투박한 나무 잔에 도수가 높은 술이 차오르고 맨손과 포크 하나면 먹을 수 있는 큼직한 통구이 요리가 서빙되었다.

이제 막 해가 지고 뒤풀이 3일째의 밤이 달아오르고 있었다.

그리고 가장 중앙에 있는 커다란 테이블에서 큰 소리가 터져 나왔다.

"이겨라! 이겨라!"

"황자 전하! 조금만 더 힘내십시오!"

1황자 아스타나와 바라포트가의 차남이 팔씨름을 하고 있었다.

머리보다는 몸 쓰기를 좋아하고 한 덩치 하는 바라포트가의 차남과 키도 몸집도 작은 편인 아스타나는 잘 어울리지 않는 상대였다.

하지만 그 차이가 무색하게도, 바라포트가의 차남은 얼굴이 시뻘게질 정도로 용을 쓰고 있었다.

"이익, 우와아아압!"

아니, 용을 쓰는 척을 하고 있었다.

"우와, 황자 전하 이겨라!"

"이겨라, 이겨라!"

어차피 주변에서 목에 핏대를 세우며 응원을 하는 이들도 다 알고 있는 사실이었다.

그 우스운 한 편의 극 같은 모습을 멀리서 지켜보고 있던 페레스는 입꼬리를 비뚤게 올리며 비웃었다.

"열심히들 사는군."

"저게 저치들이 살아남는 방법 아닙니까."

리그니테도 쯧쯧 혀를 차며 말했다.

애초에 앙게나스의 봉신 가문인 바라포트 가문에서 주최하는 사냥 대회이니, 1황자를 미는 귀족들만 득실거리는 판이었다.

"근데 저 1황자 전하는 진심으로 보이는걸?"

"설마 모르는 건가?"

얼마 전 리그니테와 페레스에 합류한 아카데미 동기생 스틸리와 테드로였다.

"알 게 뭐야, 저런 멍청이."

리그니테는 신랄하게 말했지만, 다른 두 사람은 아니었다.
심각하게 아스타나를 보던 스틸리가 먼저 나직한 목소리로 말했다.
“‘모른다’에 1실버.”
그러자 테드로가 너는 뭘 모른다는 듯, 손가락 하나를 까딱이며 고개를 저었다.
“나는 ‘알지만 자존심 때문에 모른 척하는 거다’에, 2실버.”
“오, 그럴싸한데? 그럼 나도 그걸로 바꿀래.”
“뭐야? 그럼 내기가 성립이 안 되잖아!”
그렇게 두 사람이 옥신각신하는 동안 팔씨름은 끝을 보이고 있었다.
조금 버티는 것 같던 바라포트가 차남의 팔이 결국 조금씩 뒤로 기울기 시작한 것이다.
“오오!”
“황자님! 조금만 더!”
주변의 응원 소리도 함께 격해졌다.
그리고 결국.
털썩!
바라포트가의 차남이 힘없이 옆으로 쓰러지며 손등이 바닥에 닿았다.
“와아!”
“역시 황자님!”
분하다는 듯 테이블을 치는 바라포트 가문 차남과 환호하는 젊은 귀족들 사이에서 아스타나는 주먹을 불끈 쥐어 보였다.
완전히 승리에 도취된 모습이었다.
“……꼴값을 떠는군.”

페레스는 역한 속을 그런 말로 달래며 한 걸음씩, 아스타나에게 다가갔다.

"으하하하! 내 힘이 이 정도라고! 하하, 봤나? 봤……."

크게 웃어젖히던 아스타나가 걸어오는 페레스를 보고 말을 멈췄다.

그리고 얼굴을 팍 찌푸렸다.

속마음을 숨길 생각이 조금도 없는 모습이었다.

"뭐냐, 넌?"

아스타나가 먼저 페레스를 위아래로 훑어보며 물었다.

"……팔씨름이 재밌어 보여서."

페레스가 주변의 귀족들을 쭉 돌아보며 대답했다.

"나도 껴 볼까 하는데."

동시에 사위가 조용해졌다.

다들 말없이 눈짓을 주고받으며 눈치를 보자 어색한 기류가 흘렀다.

"너, 넌……."

아스타나가 말을 더듬었다.

"넌 저 녀석을 먼저 이겨야 내게 도전할 자격이 주어지는 거다! 그런 것도 모르다니!"

아스타나가 급한 대로 바라포트 가문 차남을 손가락질하며 말했다.

페레스의 붉은 눈동자가 느릿하게 그쪽을 향했다.

움찔.

조금 전까지 아스타나의 비위를 맞춰 주며 능청스레 연기를 하던 바라포트가의 차남은 페레스와 눈도 제대로 마주치지 못했다.

2황자에 대해서 들은 소문도 워낙 많았고 일단 1황자에게 줄을 선 바라포트 가문이기에 두려움은 더했다.

잠시 아무 말 없던 페레스는 고개를 가볍게 저었다.

"아니지. 나는 이미 사냥 대회에서 널 이겼으니, 팔씨름 정도는 바로 도전할 자격이 되는 것 아닌가?"

페레스의 어딘가 선연한 목소리가 들판에 낮게 울렸다.

이제 귀족들은 모두 아스타나만 바라보고 있었다.

페레스의 말이 맞았다.

며칠 전 있던 사냥 대회에서 페레스는 아스타나를 이겼다.

그것도 아주 월등한 차이로.

아스타나는 눈 밑을 몇 번 파들거리더니 외쳤다.

"흥! 그게 네 녀석의 실력인지 네 녀석 부관들의 실력인지 내가 알게 뭐냐!"

페레스의 부관이라 함은 함께 사냥 대회에 보조로 참여했던 리그니테, 테드로, 그리고 스틸리를 지칭하는 말이었다.

"그러는 넌 다섯 명의 부관을 데리고 참여했지. 그런데 여우를 그것밖에 잡지 못한 건, 네가 엉망인 건가 아니면 네 부관들이 엉망인 건가?"

"이, 이 천한 것이! 1황자에 대한 예를 갖춰라, 이 천한 것아!"

결국 또 부들거리며 '천한 것'을 운운하는 아스타나였다.

페레스는 짜증이 났다.

겨우 저런 게 내 상대라니.

그 어미인 황후는 조금 싸워 볼 맛이 났지만, 아스타나는 아니다.

남아 있던 승부욕의 불씨조차 꺼 버리는 형편없는 경쟁자였다.

저벅.

페레스가 한 걸음 다가섰다.

그리고 아래로 내리깔아 보며 말했다.

"내가 너와 반 정도는 같은 피를 나눴다는 걸, 네가 고마워해야 하는 거다, 아스타나."

"으윽."

아스타나는 페레스의 기운에 눌려 목소리도 제대로 내지 못했다.

그런 한심한 꼴의 아스타나를 향해 피식 비웃어 준 페레스가 말했다.

"분한가?"

"나, 나는 램브루 제국의…… 저, 적자이자 장자……."

"쉿."

페레스가 검지를 들어 자신의 입술에 가져다 댔다.

아스타나가 더 헛소리를 했다간, 정말 이 자리에서 죽여 버리고 싶어질지도 모르니.

다행히 아스타나는 페레스의 말을 잘 들었다.

흡족한 미소를 띤 페레스는 더욱 나직한 목소리로 말했다.

"정말 네가 그렇게 잘났다면, 나를 이기고 싶다면 다음 달 롬바르디 영지에서 열리는 사냥 대회에 출전해라."

아스타나의 푸른 눈동자가 흔들렸다.

아둔한 그 머리가 맹렬하게 돌아가는 모습이 페레스의 붉은 눈동자에 비쳤다.

롬바르디 영지에서 매년 한가을에 열리는 사냥 대회는 제국에서 손꼽히는 규모였다.

그래서 그만큼 참가하는 사람도 많았고 우승했을 때의 명예도 컸다.

그리고 가장 중요한 건 다른 곳과는 비교할 수 없을 만큼 광활한 사냥터가 배경이라는 것이다.

다른 말로 설명하자면, 조작을 하기가 쉬웠다.

아스타나를 도울 사람들이 각자 이름으로 사냥 대회에 참가해 자신이 잡은 사냥감을 아스타나의 것으로 바꿔치기하기 딱 안성맞춤이라는 것이다.

그것을 잘 알고 있는 아스타나의 눈동자에 비릿한 희망의 빛이 돌았다.

그 모습을 찬찬히 내려다보며 페레스는 일부러 아무것도 모르는 사람처럼 덧붙였다.

"혼자 참가해야 하는 그 대회에서라면 너와 나의 실력을 제대로 겨뤄 볼 수 있겠지."

"그, 그래! 그럴 거다! 황궁에 돌아가자마자 대회에 참가서를 낼 테니, 너나 도망가지 마라!"

아스타나가 금방 의기양양해져서 외쳤다.

비겁한 꾀를 낼 구멍이 생기니 금방 으스대는 꼴에 페레스는 기분이 더러워졌다.

가끔 티아가 하는 '바보 옮는다'라는 말이 무엇인지 이제 잘 알 수 있을 것 같았다.

고개를 절레절레 저으며 돌아가는 페레스의 등 뒤에 대고 아스타나가 계속해서 외쳤다.

"사냥 대회에서 그 콧대를 아주 납작하게 해 주마! 으하하!"

"하하하!"

"와하하하!"

마치 돌림 노래처럼 다른 귀족들도 일제히 웃음을 터뜨렸다.

성으로 돌아가는 페레스의 뒤를 따라 걷던 스틸리가 곁으로 다가가 작은 소리로 속삭였다.

"저기, 전하."

"뭐지, 스틸리."

"저 사람이 정말 전하와 이복형제가 맞아?"

"……."

페레스는 조용히 미간을 찌푸렸다.

스틸리는 아스타나를 다시 흘끔 돌아보고는 말했다.

"저거, 타고 있는 말을 바늘로 찔러서 낙마 사고로 위장해 죽여도 아무도 이상하게 생각 안 할 것 같은데?"

"맞아, 다들 멍청이가 멍청이 짓 하다 죽었다고 할 거야. 완전 자연스러운 자연사, 어때?"

"아니면 제 발등에 자기가 독화살을 쏴서 죽는 것도 좋을 것 같은데."

"와, 야, 그거 좋다!"

스틸리와 테드로가 킬킬거리며 그럴싸한 사고사 시나리오를 읊어 댔다.

불편한 페레스의 심기를 읽은 리그니테가 두 사람의 등을 툭 칠 때까지.

결국 페레스가 묵는 방으로 돌아올 때까지 아무런 대화도 오고 가지 않았다.

그리고 마침내 방 안에 네 사람만 남았을 때, 페레스가 입을 열었다.

"지금 당장 아스타나를 해치우는 거야 어려운 일이 아니다. 하지만 문제는 그대로 남아 있겠지.”

문제는 즉, 황후를 말했다.

진짜 복수의 대상은 언제나 황후였다.

“함께 엮어 끌어내려야 해.”

페레스가 거친 손길로 망토의 묶인 끈을 풀어내며 말했다.

“그리고 그리 쉽게 보내 줄 수는 없지.”

털썩.

대충 벗어 던진 망토가 화려한 의자 위에 무겁게 내려앉았다.

“그 일의 준비는 다 끝났나?”

페레스가 리그니테에게 물었다.

“응, 라모나가 서셔우에서 황도로 돌아오고 있으니, 도착하면 즉시 시작할 생각이야.”

“차질 없이 신중하게 진행해.”

“알겠어. 너는 걱정하지 말고, 롬바르디 영애의 약혼자 연기나 충실하게 잘하라고.”

우뚝.

긴 다리를 그림처럼 꼬던 페레스의 움직임이 멈췄다.

붉은 눈이 리그니테를 째려봤지만, 이미 그 정도 시선에는 면역이 된 리그니테는 빙글빙글 웃을 뿐이었다.

“오, 롬바르디 영애라면 그…….”

“우리도 한번 뵙고 싶은데, 한 번을 안 보여 주시고. 전하, 너무하…….”

“시끄러워.”

페레스가 짜증 섞인 말투로 책상 위에 놓여 있던 책을 한 권 집어

들며 말했다.

툭.

그때 책 위에 놓여 있던 봉투가 하나 떨어졌다.

그것을 집어 든 페레스는 테드로에게 물었다.

"이 편지, 언제 도착했지?"

"오늘 아침……? 전하가 검술 수련하고 있을 때 도착했었어."

"그런데 왜 나에게 말하지 않았지?"

페레스는 테드로에게 화를 내고 있었다.

"아, 아니 나는……. 전하가 언제부터 편지에 그렇게 신경을 썼다고……."

억울해하는 테드로의 어깨를 리그니테가 툭 쳤다.

"저 편지 색깔 보이지? 저거 잘 기억해 둬. 저건 특별한 거니까."

동기들이 뭐라고 대화를 나누든 말든, 페레스는 서둘러 편지를 뜯었다.

내용을 읽어 내리는 눈동자가 바쁘게 움직였다.

그리고.

"허업!"

스틸리와 테드로가 기겁하며 입을 틀어막았다.

"지, 지금 전하가……."

"웃는 거야?"

편지를 한 줄씩 읽어 가는 페레스의 얼굴에 조용히 미소가 피어오르고 있었다.

편지지의 연한 분홍색만큼이나 따듯하고 또 애틋한 미소였다.

"그것 봐. 내 말 맞지?"

그동안 자신이 한 말을 믿지 않던 두 사람이 드디어 페레스의 다른 단면을 알게 되어, 리그니테는 속이 다 시원했다.

이제 거짓말쟁이로 몰리는 일은 없을 거다.

"말도 안 돼……."

스틸리는 충격이 큰 듯 머리를 부여잡기까지 했다.

그때 페레스가 앉아 있던 자리에서 벌떡 일어났다.

그리고 망토를 다시 걸쳤다.

"어디 가?"

리그니테가 물었다.

"황도."

"지금?"

"응."

망토를 다 묶은 페레스는 검까지 챙겼다.

"자, 잠깐만, 전하!"

"우리한테도 준비할 시간을 줘야지!"

그제야 정신을 차린 세 사람이 페레스를 따라가기 위해 허둥지둥 움직이기 시작했다.

그러던 리그니테는 울상을 지으며 페레스에게 말했다.

"아니, 지금 출발하면 밤새 말을 몰겠다는 말이야?!"

"응."

"갑자기 왜! 내일 새벽에 가자! 하다못해 동이 트면 가자고!"

하지만 페레스는 단호하게 고개를 저었다.

"안 돼."

짧게 대답한 페레스는 먼저 말이 있는 마구간으로 발걸음을 옮기기 시작했다.

답답한 리그니테는 그 등 뒤에 대고 외쳤다.

"왜! 왜, 안 되는데!"

그러자 페레스가 계단을 반쯤 뛰어 내려가며 대답했다.

"티아가 부르니까."

"나한테 제대로 환심을 사 보시겠다?"

나는 눈앞에 떡하니 대령된 황궁 마차를 보면서 중얼거렸다.

정말 싫지만 어거지로 참석하기로 한 황후의 만찬 시간에 딱 맞춰서 롬바르디 저택 앞에 도착한 것이었다.

다른 사람들이라면 황송해할 만큼 매우 고급 마차이기는 했지만, 내 마차가 더 좋은 건데.

"안녕하십니까, 롬바르디 영애. 황후궁에서 모시러 왔습니다."

황후궁의 시종까지 달려 온, 제대로 된 대접이었다.

"아니, 강요인가?"

참석하지 않을 생각은 꿈에도 하지 말라는?

어느 쪽이든 기분이 별로인 건 마찬가지였다.

"……예?"

"아니에요, 아무것도."

내가 활짝 웃자, 시종의 얼굴이 조금 붉어졌다.

"발판이 필요할 것 같아요."

내가 아무것도 놓여 있지 않은 마차 앞을 가리키자 황후궁 시종이 화들짝 놀라며 대답했다.

"앗! 죄, 죄송합니다! 금방 발판을 대령하겠습니다!"

허둥지둥, 시종이 발판을 꺼내는 사이 나는 본관 건물 옆쪽으로 고개를 돌렸다.

조금 전부터 강한 시선이 느껴지던 쪽이었다.

"뭘 또 저렇게 살벌하게 보시나."

나를 죽일 듯이 노려보고 있는 것은 세랄이었다.

평소에는 잘 몰랐는데, 저렇게 째려보는 얼굴이 라비니 황후와 똑 닮았다.

누가 사촌 아니랄까 봐.

내가 자기를 보고 있다는 것을 느꼈을 텐데.

세랄은 내 시선을 피해 숨거나 하지 않았다.

오히려 눈에 불길이 더 일었다.

저러는 이유는 물어보지 않아도 뻔했다.

자기는 별채로 밀려난 마당에 내가 황후의 만찬에 가는 것 같으니 질투가 나는 거겠지.

세랄도 알 거다.

결국 다 내 의지와는 상관없는, 황후의 뜻이라는 걸.

단지, 황후를 미워하기보다 나를 미워하기가 더 쉬우니 그쪽을 택했을 뿐이다.

하지만 세랄의 심정이 어떻든 자꾸 저렇게 나를 째려보면.

"더 놀려 주고 싶어지는데."

그때, 시종이 발판을 내 앞에 내려놓았다.

"고맙습니다."

내가 인사하자 시종은 쑥스러운 웃음을 지었다.

나는 사뿐사뿐 발판을 밟고 마차에 올라탔다.

그리고 창문을 열었다.

여전히 나를 쏘아보고 있는 세랄의 모습이 보였다.

이런 상황에서 일반적인 귀족들이라면 세랄을 한번 같이 노려봐 주고, '흥!' 하고 코웃음을 치며 창문을 닫을 것이다.

그게 일반적인 반응이다.

하지만 나는 세랄을 바라보며 손을 들었다.

그리고 살랑살랑.

흔들며 살포시 웃어 주었다.

그러자 세랄이 눈을 부릅뜨고 드레스 자락을 쥔 손까지 부들부들 떠는 모습이 보였다.

입이 움직이는 것을 봐서는 나를 향해 뭐라고 욕을 한 바가지 쏟아붓는 것 같기도 한데.

어차피 멀어서 말소리는 들리지 않는다.

자기 입만 아플 뿐이지.

그렇게 마차가 출발하고 창밖으로 세랄의 모습이 더 보이지 않을 때까지, 나는 방긋 웃으며 손을 흔들어 주었다.

롬바르디를 떠나서 황궁에 들어오는 사이 해가 완전히 졌다.

하지만 환하게 불이 밝혀진 황궁의 모습을 멍하니 내다보고 있는데 문득 조금 눈에 익은 길이 들어왔다.

"어, 페레스 처음 봤던 곳이네."

아버지가 황후의 사주를 받은 기사들에게 갑자기 마차 검문을 당했던 곳.

나를 태운 마차는 마침 그 길을 지나고 있었다.

어두워서 잘 보이지는 않지만, 저 숲속 너머로 페레스의 까만 뒤통수가 슥 지나갔었다.

그리고 마차가 선 틈을 타 몰래 빠져나와 페레스를 만났다.

살기 위해서 풀을 뜯어 먹고 있던 작고 비쩍 마른 어린 페레스.

"시간 참 빠르다."

먹지 못해서 나이에 비해 터무니없이 작았던 녀석이 그렇게 커서는.

다른 것은 몰라도, 라라네를 탈출시킬 때 많이 놀랐다.

나를 한쪽 팔로 안고 맨손으로 한참 위에 있는 발코니까지 뛰어올라가는 신체 능력이라니.

조금 뿌듯한 마음도 들었다.

육아를 하느라 고생한 건 케이틀린과 카일러스이지만.

내가 키운 것은 아니어도, 내가 키운 것 같았달까.

특히 내가 무서워하지 않도록 단단하게 안아 주던 그 팔이…….

두근.

그날 밤을 떠올리자 심장이 크게 뛰었다.

동시에 마음 한구석이 조금 불편해졌다.

"크흠."

나는 헛기침을 하면서 까만 숲속에서 눈을 뗐다.

다행히 마차는 벌써 황후궁 앞에 다다르고 있었다.

"후하."

정신을 가다듬기 위해 심호흡을 했다.
지금은 페레스 생각을 잠시 넣어 둬야 한다.
왜냐하면.
달칵.
마차가 멈춰 서고 문이 열렸다.
그리고 내가 내려서기가 무섭게 화려한 드레스를 입은 황후가 다가왔다.
“오느라 수고 많았어요, 롬바르디 영애.”
황후가 이렇게 직접 황후궁 앞에 나와서 마중하다니.
흔치 않은 대접이었다.
그리고 입꼬리가 살짝 말려 올라간 황후의 얼굴 역시 그런 자신의 대접을 기꺼워하라는 듯했다.
“만찬에 초대해 주셔서 감사합니다, 황후마마.”
하지만 나는 담백한 인사만 했을 뿐이었다.
‘마차까지 보내 주시다니 몸 둘 바를 모르겠어요. 덕분에 얼마나 편하게 왔는지…….’
일반적으로 따라붙는 공치사는 덧붙이지 않았다.
황후의 눈초리가 싸늘해지는 것이 보였다.
하지만 그 정도로 굴하지 않는다.
싸늘하게 노려봐서 어쩔 건데.
나는 웃는 얼굴 그대로 황후를 피하는 것 없이 마주 섰다.
헉 소리가 날 정도로 아름답게 꾸민 황후였다.
평소보다 훨씬 신경 쓴 티가 났다.
더 비싼 드레스와 더 비싼 보석으로 온몸을 휘감았다.

오죽하면 황후가 움직일 때마다 차르륵 차르륵 하며 보석들끼리 부딪치는 소리가 들릴 정도였다.

그리고 황후의 푸른 눈동자가 나를 위에서 아래로 쭉 훑는 것이 느껴졌다.

내가 입은 옷이나 액세서리 중에 하나를 트집 잡으려고 하는 것이다.

황후가 사교계에서 기선 제압을 하기 위해 자주 사용하는 방법이라고 이미 들어 알고 있었다.

"……."

하지만 황후의 침묵은 본의 아니게 길어졌다.

트집 잡으려야 잡을 게 없으니까.

지금 내 모습은 머리부터 발끝까지 완벽하다.

물론 나는 황후처럼 티가 나게 보석을 주렁주렁 달고 있지 않았다.

화려하지만 품위 있게 황금과 붉은색을 주제로 최고급 상품만을 사용해서 만든 드레스를 입었다.

황후도 안목이 높기 때문에 바로 알아차렸을 것이다.

내 드레스에 보이는 이 빛나는 것들이, 그냥 반짝이는 안료가 아니라 장인이 하나하나 섬세하게 박아 넣은 작은 보석들이라는 사실을.

아마 황후가 입고 있는 드레스보다 비쌀 거다.

더 예쁘고 더 아름다운 디자인인 것은 두말할 것도 없고.

간단하게 하고 있는 귀걸이는 펠렛 상회 다이아몬드 공방의 크로일리 할아버지가 오로지 나를 위해서 만든 특별품이었다.

머리칼을 따라 길게 늘어뜨린 서클렛은 그 수제자가 만든 것으로 백금과 다이아몬드를 하나하나 섬세하게 이은 것이다.

나를 바라보는 황후의 긴 속눈썹이 파르르 떨렸다.

본인도 느꼈을 것이다.

아름답기는 하지만 뭔가를 주렁주렁 매달고 있는 자신의 모습이 우습게 보인다는 걸.

그동안 긁어모은 화려한 보석과 장신구들로 내 기를 꺾으려고 했던 것 같은데.

롬바르디를 돈으로 이기려 하면 안 돼요.

아주 못 쓰는 거야 그거.

"황후마마?"

나는 생긋 웃으며 황후를 불렀다.

아무것도 모르는 순진한 얼굴로.

"그래요. 롬바르디 영애가 내 만찬에 온 적이 있던가요?"

황후는 사교계의 경험이 많은 사람답게 순식간에 표정 관리를 하며 물었다.

"아주 어렸을 적에 아버지를 따라서 온 적이 있었습니다, 황후마마."

"아아, 그래요. 그때 그리도 어렸던 롬바르디 영애가 이렇게 자라 2황자와 약혼을 한 사이가 되다니."

황후가 아주 기쁜 얼굴을 지어 보이며 말했다.

"2황자와 롬바르디 영애의 약혼 소식을 들었을 때 얼마나 기뻤던지."

너무 기뻐서 황후궁의 물건이란 물건은 다 깨부쉈냐.

장자 계승법이 무산되었던 날 황후의 반응은 베이트에게 부탁해서 특별히 책으로 만들어 보관 중이다.

심심할 때마다 읽어 보면 얼마나 기분이 좋아지는지 모른다.

"오늘은 다른 손님은 부르지 않고 오로지 롬바르디 영애만을 위한 자리를 마련했답니다. 이제 곧 한 가족이 될 사이가 아니겠어요, 우리는?"

황후가 호호 웃으며 말했다.

내가 이럴 줄 알았다.

황후의 만찬에 초대받아 온 것도 귀찮은데, 황후와 단둘이 마주 보고 앉아 길고 긴 코스가 이어지는 식사라니.

절대 사양이다.

이럴 줄 알고 내가 준비했지.

나는 대답 대신 주변을 한번 쓱 둘러봤다.

"아, 저기 오네요."

서쪽에 있는 황후궁의 정반대 편, 동쪽의 커다란 대로를 가로질러 다가오는 한 무리의 사람들이 보였다.

사냥터에 가 있다고 해서 시간에 맞춰 올 수 없을지도 모르겠다고 생각했더니.

나는 활짝 웃으며 다가오는 무리 가장 앞에 선 사람을 불렀다.

"페레스 님."

황궁에 도착해서 옷도 갈아입고 준비를 마치고 온 것인지, 페레스는 평소처럼 후광이 비치는 미모를 자랑하며 내게 걸어왔다.

그리고 가장 먼저 한 행동은.

"티아."

나직한 목소리와 함께 내 손등에 입을 맞추는 것이었다.

엄연히 황실의 어른인 황후고 뭐고 싹 다 무시한 처사였다.

하지만 페레스는 나만 바라봤다.

"롬바르디 영애."

황후가 나를 부르기 전까지는.

"2황자를…… 영애가 부른 것인가요?"

"예, 황후마마께서 저를 만찬에 초대해 주셨기에 혹시 함께 자리를 하실 수 있을지 서신을 보냈어요."

"그건 실례가 되는……."

"함께 정다운 식사를 하는 것 괜찮으시지요, 황후마마? 이제 곧 한 식구가 될 건데요."

황후가 더 이상 말을 하지 못하도록 입을 틀어막아 버렸다.

조금 전 자신이 한 말도 있고, 이런 문제로 나에게 화를 냈다간 만찬이 시작하기도 전에 자리를 파하게 되기 때문에 황후는 기계적으로 입꼬리를 끌어 올렸다.

"그래요. 손님은 많을수록 좋지요. 함께 자리하지요, 2황자."

그렇게 말한 황후가 말끝에 나를 살짝 째려보았다.

왜, 뭐. 이제 곧 한 식구라며?

정말 따분한 자리였다.

페레스를 부른 게 신의 한 수였다는 생각이 들 정도로 황후는 집요하게 내 호감을 사려 했다.

그리고 대화가 이어질수록 오늘 나를 이 자리에 부른 황후의 목적이 점점 또렷해졌다.

"듣자 하니 체사유가 중부와 남부를 잇는 중요한 상업 도시로 성장하고 있다지요? 요즘 갤러한 롬바르디 공은 어디에 머무나요, 롬바르디 영애?"

이런 식으로 질문이 모두 아버지를 향하는데 모르려야 모를 수가 없다.

“보통 체사유에 머무세요. 아버지에겐 체사유가 두 번째 아이라고 해도 과언이 아닐 정도로 애정이 넘치시니까요.”

“어머, 그렇군요. 그러니 체사유가 그렇게 하루가 다르게 성장하고 있는 것이겠지만.”

황후가 나보다 더 체사유에 관심이 많은 것 같다.

빨리 이 자리를 파하고 싶은 마음에 별 의미 없는 척 말을 흘렸다.

“중부와 남부를 잇기도 하지만 요즘 체사유를 가장 번성하게 하는 것은 동부와의 선상 무역이지요.”

달그락.

아니나 다를까.

조용히 스테이크를 썰고 있던 황후의 나이프가 어긋난 소리를 냈다.

동시에 테이블의 분위기가 살짝 싸늘해졌다.

좋아! 이대로 만찬을 끝내는 거야!

하지만 하얀 냅킨으로 입가를 닦은 황후는 전혀 예상치도 못한 쪽으로 나를 공격했다.

“그런데 2황자와 롬바르디 영애는 조금 의외로군요.”

와인을 마시던 페레스도 흐름이 이상하다는 것을 깨달았는지 잔을 내려놓았다.

“함께 폐하의 앞으로 달려갈 정도로 서로에 대한 애정이 깊다고 들었는데. 지금 두 사람의 모습에서는 그런 점이 전혀 느껴지지 않아요.”

그냥 하는 말이 아니었다.

미소 지은 황후의 얼굴은 어딘가 묘한 확신을 가지고 있었다.

나와 페레스의 사이를 의심하는 게 분명했다.

이상할 정도로 밤에도 그 빛을 잃지 않는 푸른 눈동자가 나와 페레스를 날카롭게 바라봤다.

"그건……."

내가 뭐라고 반격하려 했을 때였다.

스르륵.

내 왼편에 앉아 있던 페레스가 갑자기 내 손을 잡았다.

내 손 위에 자신의 손을 올려놓는 정도의 가벼운 스킨십이 아니었다.

손가락 사이사이를 파고들어 깍지를 끼는 조금 진한 것이었다.

그리고 말리기도 전에 내 왼손을 천천히 끌어당겼다.

"페, 페레스……."

페레스의 붉은 눈동자가 나를 태울 듯이 주시했다.

그리고 녀석의 입이 약혼반지를 낀 내 손가락에 짙게 입을 맞췄다.

워낙 가까운 거리라 살결에서 느껴지는 뜨거운 체온에 내가 살짝 움찔하자, 페레스의 눈가에 웃음기가 스치는 것도 적나라하게 보였다.

"2황자!"

황후가 무례하다는 듯 외쳤다.

그러나 페레스는 느긋하게 대답할 뿐이었다.

"이렇게 한번 손을 대면 도저히 뗄 수가 없어 참고 있었는데. 그것이 황후마마의 눈에는 그리 보였나 보군요."

페레스의 엄지가 내 손가락 사이 여린 살을 비밀스럽게 문질렀다.

그리고 황후에게 보란 듯 슬쩍 웃었다.

"그럼 이만 자리를 파하고 방해받지 않는 곳으로 가도 되겠습니까, 황후마마?"

와. 놀랐다.

순간적으로 숨이 턱하고 막힐 만큼 페레스의 얼굴이 유혹적으로 보였다.

미인계가 바로 이런 거구나 싶었다.

야, 진짜 너 위험한 애구나.

심장이 두근거리고 얼굴이 붉어진 것이 느껴졌다.

하지만 페레스는 지금 약혼자 연기에 열중한 것뿐이다.

그렇게 생각하려고 노력하며 스스로를 진정했다.

마음이 조금 가라앉으니 비로소 주변의 상황이 다시 또렷이 보이기 시작했다.

황후도 페레스의 다소 뻔뻔한 태도에 적잖이 놀란 듯했다.

황후의 평정심이 깨진 지금.

이왕 얼굴이 붉어진 것, 페레스를 보며 부끄러운 척 입을 가렸다.

"어머, 황자님도……."

그러면서 자연스레 손을 빼내려고 했는데.

페레스 녀석이 놔주질 않는다.

손을 빼내려 그 안에서 꼼지락거려 봤지만, 큰 손은 꿈쩍도 하지 않았다.

나는 황후에게 보이지 않도록 페레스에게 가까이 기대는 척 고개를 틀고 녀석을 노려봤다.

야, 이거 안 놔?

그러자 페레스가 조용히 황후를 향해 눈짓을 했다.

"하하하……."

웃으면서 황후를 흘끔 확인하니 여전히 나와 페레스를 지켜보고 있는 것이 보였다.

뭐, 어쩔 수 없지.

다른 사람에게 꼭 잡혀 있는 손이 영 어색했지만 황후가 약간이나마 의심을 하고 있다면 이 자리에서 끝내야 한다.

나는 살짝 기대었던 페레스의 어깨를 다른 쪽 손으로 톡톡 털어 주며 녀석이 사랑스러워 미치겠다는 듯 바라봤다.

나와 페레스가 시간이 지나도 손을 놓지 않자 황후가 페레스에게 불쾌하다는 듯 말했다.

"무례하군요, 2황자."

"죄송합니다, 황후마마. 하지만 보시다시피 제 약혼자가 너무나 사랑스러운 사람이라, 한번 손을 대면 쉬이 놓을 수가 없습니다."

옆에서 지켜보는 나까지 열불이 날 것 같은 페레스의 능글맞은 대답이었다.

게다가 녀석이 덧붙였다.

"물론 황후마마께서는 너그러운 마음으로 이해해 주시겠지요?"

페레스가 저렇게까지 하면 황후도 할 말이 없다.

여기서 '애정 행각 따위 못 봐 주겠으니 당장 그 손을 놔라!'라고 말하면 황후의 꼴만 우스워진다.

그것을 잘 아는 라비니 황후는 서늘하게 웃으며 대답을 넘길 수밖에 없었다.

결국 페레스는 디저트가 나올 때까지도 내 손을 잡고 있었다.

손에 땀 차는데.

놓고 싶어서 페레스를 흘긋흘긋 바라봐도 나를 마주 보며 생긋 웃기만 할 뿐이니 이제 나도 반쯤 포기하고 있을 때였다.

달그락.

접시가 놓이는 작은 소음과 함께 시종이 내 앞에 내려놓은 것은 어딘가 익숙한 모양의 딸기 케이크였다.

이거…….

"롬바르디 영애가 평소 즐겨 찾는 디저트 점의 것으로 준비했답니다. '카라멜 에비뉴'였던가요, 그곳의 이름이?"

나와 황후는 웃는 얼굴로 서로를 마주 봤다.

지금 황후는 카라멜 에비뉴의 케이크로 나에게 말하고 있었다.

'나 너에 대해서 이만큼 조사했고 알고 있다'라고.

웬만한 사람이라면 등 뒤로 식은땀이 한 줄기 흐를 만한 대목이었다.

나는 하얀 생크림이 발린 케이크를 내려다봤다.

황후가 완전히 허풍을 떠는 것은 아닐 것이다.

딸기가 올라간 생크림 케이크는 실제로 내가 자주 사 간 디저트 중 하나였으니까.

하지만 동시에 황후의 정보력에 대한 한계도 느낄 수 있었다.

내가 이 케이크를 자주 산 것은 로릴을 위해서였다.

로릴이 가장 좋아하는 게 이것이었으니까.

로릴의 아기인 메릴린도 이 달콤한 생크림을 조금 찍어서 입에 묻혀 주면 입맛을 짭짭 다시며 맛있게 먹었다.

만약 황후의 정보력이 정말 뛰어났다면 내가 좋아하는 건 이게 아니라 캐러멜이 흩뿌려진 초콜릿 케이크가 내 앞에 놓였을 텐데.

만약 이 자리가 내가 주최하는 만찬이었다면 황후의 앞에는 케이크가 아니라 최상급 꿀이 뿌려진 과일이 놓였을 것이다.

"감사합니다, 황후마마."

나는 방긋 웃으며 포크를 들고 케이크를 맛있게 먹었다.

마치 내가 제일 좋아하는 종류가 맞는 것처럼.

황후가 만족스레 웃는 것이 보였다.

그리고 내 앞에 또 다른 것이 놓였다.

"황후마마, 이건……."

"내가 롬바르디 영애에게 주는 약혼 선물이랍니다."

황후는 나와 페레스의 사이를 의심하는 것과는 별개로 나의 환심을 사려고 작정한 것 같았다.

나를 통해 아버지에게 어떻게든 다리를 놓아 보려는 생각이겠지.

더 이상 서셔우에서 돈을 빌리기도 뭐할 테니 앙게나스가 새 빨대를 꽂을 숙주를 찾고 있는 것이다.

그리고 지금 대륙에서 가장 많은 돈을 벌어들이고 있는 것은 겉으로 드러난 것만 보자면 우리 아버지일 것이고 말이다.

"감사합니다, 황후마마."

검은색 상자를 열어 보자 그 안에는 한 쌍의 에메랄드 귀걸이가 들어 있었다.

디자인이 고풍스러운 것이 한눈에 보기에도 오래된 귀중품으로 보였다.

앙게나스의 돈이 씨가 말라 간다지만 황후는 개별적으로 운용할 수 있는 돈이 있다.

하지만 내가 알기로 그중 대부분도 다 앙게나스의 사업에 투자되고 있다고 들었는데.

이 정도면 황후로서는 꽤 인심을 쓴 것이다.

황후가 미소 지으며 내 의문을 풀어 주었다.

"황실에서 대대로 내려오는 보석이랍니다."

그럼 그렇지.

황실의 보고에서 가져온 물건인 듯했다.

"곧 황실의 일원이 될 롬바르디 영애이니 미리 황실의 보물 중 하나를 간직해 보는 것도 좋을 것 같아 내가 신경을 좀 썼답니다."

"황송합니다, 황후마마."

이건 나중에 페레스에게 돌려줘야겠다.

아무리 나라도 아무런 연고가 없는 황실의 가보를 가지고 있는 것은 조금 꺼림칙했다.

"그나저나 롬바르디 영애와 2황자의 약혼 기간이나 결혼식 등 논의할 것이 많은데. 갤러한 롬바르디 공은 언제쯤 체사유에서 돌아올 예정이지요?"

본능적으로 알아챌 수 있었다.

이 질문이 황후가 오늘 만찬을 열고 온갖 공치사와 보석으로 내 기분을 좋게 한 이유라는 것을.

나는 귀걸이 상자를 도로 닫고 황후를 바라봤다.

"황후마마, 부디 제 뜻을 곡해하지 마시고 들어 주세요."

그리고 정말 조심스러운 것처럼 표정을 만들어 내며 말했다.

"아버지께서는 지금 체사유 이외의 일에 신경을 쓸 여유가 없으세요. 체력적으로도, 시간적으로도, 그리고 무엇보다 금전적으로

도요."

황후의 눈빛이 날카로워졌다.

내가 그 비대한 자존심을 건드린 것이다.

하지만 의외로 페레스에게 했던 것처럼 내 말을 끊거나 무례하다고 호통을 치지는 않았다.

나는 슬쩍 옆에 조용히 앉아 있는 페레스를 바라봤다.

너 그동안 바쁘다 했더니, 아주 황후의 자금줄을 바짝 말려 놨구나?

"하지만 어쩌면 황후마마께 도움이 될 수 있을 만한 곳을 제가 알고 있어요."

"……그게 어디죠?"

"펠렛 상회예요."

"펠렛…… 상회?"

황후는 전혀 의외의 이름이 내 입에서 나오자 꽤 놀란 것 같았다.

그도 그럴 것이 펠렛 상회는 친롬바르디, 친페레스 성향을 띠고 있으니까.

게다가 앙게나스와는 트리바 목재 사업 때 크게 부딪친 적도 있었다.

"요즘 펠렛 상회는 현금이 지나치게 많아 장기적으로 투자할 곳을 찾고 있습니다. 가끔 펠렛 상회의 일을 돕는 저도 알고 있는 일이니 그리 큰 비밀도 아니지요."

'현금이 많다'라는 말에 황후의 눈이 번쩍 빛났다.

그러면서도 의뭉스레 물었다.

"글쎄요. 과연 펠렛 상회가 내 이야기를 들어 줄지."

"제 스승님이기는 하지만 클레리반 펠렛 님은 돈과 사업에 대한 것이라면 과거의 일은 충분히 잊고 넘어갈 수 있는 분이니까요."

이미 황후는 내 말에 반쯤 넘어온 것 같았다.

그리고 한번 언질을 넣어 볼까 고민하는 것 같았다.

나는 옆자리에서 뚫어지게 바라보는 페레스의 시선을 느끼며 황후에게 제안했다.

"제가 한번 스승님께 의사를 여쭈어볼까요, 황후마마?"

"오랜만이에요, 케이틀린, 카일러스! 잘 지냈어요?"

황후와의 만찬이 끝난 후, 나는 페레스와 포이락궁으로 왔다.

"피렌티아 님."

케이틀린은 롬바르디 장학회가 열릴 때마다 저택에 오갔기 때문에 가끔 봤지만, 카일러스는 할아버지 생신 때 헤링가의 사람들과 함께 잠시 대화를 나눈 것이 마지막이었다.

그렇게 잠시 이야기를 나누고 있는데, 페레스가 두 사람에게 말했다.

"초콜릿이 들어 있는 디저트와 따듯한 차를 가져와."

"예, 황자 전하."

케이틀린과 카일러스가 잠시 페레스의 눈치를 보더니 밖으로 나갔다.

"티아."

"응?"

"이제 앉아서 쉬어."

"아……."

이상한 일이었다.

페레스가 그렇게 말하자마자 피로가 몰려왔다.

황후와의 만찬에 나도 모르게 긴장을 했던 모양이었다.

나는 소파에 털썩 소리가 나도록 앉았다.

"고마워, 페레스."

그리고 그 상태 그대로 옆으로 쓰러지듯 휙 소파 위에 길게 누워 버렸다.

"티아!"

답답한지 살짝 찡그리며 목의 단추를 풀고 있던 페레스가 깜짝 놀라 달려왔다.

눈은 커다래지고, 얼굴도 잔뜩 굳어 있다.

"하하하! 너 얼굴 좀 봐, 페레스!"

"하아. 티아……."

"장난이야, 장난! 내가 겨우 이런 일에 쓰러질 줄 알았어? 너 날 너무 연약하게 보는 거 아니야, 페레스?"

내가 크게 웃음을 터뜨리자 페레스는 두 손으로 마른세수를 한번 하더니 내가 누운 소파 아래 바닥에 엉덩이를 대고 앉아 버렸다.

잠시간 우리 사이에는 아무런 대화도 없었다.

하지만 그렇다고 해서 어색하지는 않았다.

오히려 그런 시간이 편했다.

페레스는 '그래도 되는' 편안한 몇 안 되는 사람 중에 하나니까.

잠시 뒤, 조금 잠긴 목소리로 페레스가 내게 물었다.

"그래도 괜찮겠어?"

"뭐가?"

"황후가 펠렛 상회에서 돈을 빌리는 일."

"아아, 그거."

나는 크게 기지개를 켜며 대답했다.

"걱정하지 마. 정말 돈을 빌려줄 생각은 없어. 그랬다간 네 계획이 어그러질 테니까."

페레스는 나에게 말해 준 적 없는 자신의 계획을 내가 알고 있는 것에 놀라지 않았다.

오히려 그게 당연하다는 듯한 반응에 가까웠다.

"펠렛 상회는 황후가 롬바르디에 빚진 건설 대금의 채권을 살 거야. 앙게나스는 롬바르디가 아니라 펠렛 상회에 빚을 지게 되는 거지. 당장 상환할 필요는 없다고 하면서."

"채권이라."

"그러면 네가 움직일 때 내가 힘을 보탤 수 있을 거야, 페레스."

마침내 페레스가 내 쪽으로 고개를 돌렸다.

그런데 생각보다 거리가 가까웠다.

소파에 누워 있는 내 얼굴과 페레스의 얼굴 간의 거리가.

"크흠."

나는 일부러 헛기침을 하면서 아무렇지 않은 척 페레스의 어깨를 토닥였다.

"그리고 너 말이야, 그렇게 무리할 필요 없어."

"무리?"

"아까 황후 앞에서…… 내 손 잡았던 거. 자기가 의심해 봤자 뭐라고 할 건데? 안 그래?"

나는 킬킬거리며 웃었지만, 페레스는 아니었다.

깊이 가라앉은 얼굴로 나를 내려다볼 뿐이었다.

"좀 같이 웃어 주지."

내가 투덜거렸지만 이번에도 페레스는 반응하지 않았다.

"후우."

나는 짧게 한숨을 쉬고 웃음기를 거둔 다음 말했다.

"페레스, 너도 아직 잊지 않았지? 우리는 그냥 계약 약혼한 사이라는 거."

페레스와 나는 그 이상의 관계가 될 수 없다.

아니, 되어서는 안 된다.

아직 아무런 대답이 없는 페레스의 붉은 눈동자는 나만을 담고 있었다.

욱신.

가슴 언저리가 시큰하게 아팠다.

"페레스."

녀석은 내게 몇 번이고 마음을 전했다.

하지만 나는 그 마음에 동조해 줄 수 없다.

나는 그 선을 넘으면 안 된다.

이렇게 얼굴만 보고 있더라도 알 수 있는 페레스의 감정에, 완전한 해피엔딩으로 보답할 수 없으니까.

왜냐면.

"티아."

페레스가 내 이름을 부르며 다가왔다.

그 움직임에 따라 내 얼굴 위에 페레스의 그늘이 지는 것이 느껴졌다.

맞다, 나 지금 누워 있었지.

조금 허망하게, 내 위로 반쯤 몸을 겹치는 페레스를 가만히 올려다봤다.

"티아."

더욱 가까이서 들리는 페레스의 목소리가 마치 초콜릿 같았다.

깊고, 달고, 또 어딘가 어두웠다.

빈틈없이 눈을 맞춘 채, 페레스의 손이 서서히 움직였다.

피하려면 피하라는 듯이.

커다란 손바닥은 내 쇄골 아래, 심장이 있는 평평한 곳을 따듯하게 덮었다.

그 순간 깨달았다.

내 심장이 무척이나 빠르게 두근거리고 있다는 것을.

얇은 살결 아래에 가슴뼈를 두드리는 그 고동을 느끼며 페레스가 짙게 미소를 지었다.

그리고 나직이 말했다.

"무리는 네가 하고 있는 것 같은데."

그 목소리와 함께 내 심장이 더욱 빠르게 박동하기 시작했다.

그러자 페레스는 더욱 귓가로 다가와 속삭였다.

"참지 않아도 돼, 티아."

"내가 원하는 건……."

페레스는 나란히 놓인 두 개의 반지 상자 쪽으로 다가가는 티아의 손끝에 집중했다.

마치 그녀가 하얀 손끝에 자신의 심장을 쥐고 있는 것 같았다.

'네가 하고 싶은 대로 해'라며 허풍을 떨었지만 사실 페레스는 호흡을 하는 것조차 잊고 있었다.

제발.

불행인지 다행인지.

그녀의 고민은 길지 않았다.

티아는 본인이 준비한 투명한 다이아몬드 반지를 골랐다.

후우-.

페레스는 속으로 긴 숨을 삼키듯 내뱉었다.

티아가 어떤 선택을 할지 이미 짐작하고 있었지만 그와는 상관없이 실망감이 밀려들었다.

"내가 어떤 선택을 할지 넌 이미 알고 있잖아, 페레스."

티아는 그렇게 말하며 스스로 반지를 끼려고 했다.

"잠깐."

페레스는 그녀의 손에서 다이아몬드 반지를 받아 들었다.

그리고 서서히 여린 손가락에 그것을 끼워 넣었다.

무엇보다 견고하고 아름다운 다이아몬드는 고귀한 손에서 더욱 빛났다.

"잘 어울려, 티아."

페레스의 말에 선명한 녹색 눈동자가 그를 바라봤다.

"이건 내가 잠시 맡아 두고 있을게. 모든 게 준비될 때까지."

두근두근.

감미로운 노랫소리 같은 박동이 들려왔다.

페레스 자신의 것이 아니었다.

이리도 선명히 들려오는 심장 소리는 티아의 것이었다.

지금 이 순간, 오러로 인해 인간의 한계를 뛰어넘은 자신의 신체가 드물게 마음에 들었다.

두근두근.

따듯하고 포근한 소리였다.

그가 가까이 다가감에 따라 조금씩 더 빨라지는 그 소리가 페레스의 몸을 더욱 뜨겁게 했다.

티아의 심장이 자신에게 반응한다는 사실이 그저 기뻐, 머릿속을 하얗게 태우는 것 같았다.

페레스는 조심스레 다가갔다.

티아를 대할 때는 언제나 그랬다.

목숨보다 소중한 존재를 행여 다치게 할까.

숨 쉬는 것조차 신중해졌다.

마침내 숨결이 섞일 만큼 두 사람의 거리가 가까워졌다.

그녀가 스륵 눈을 감는 것이 보였다.

이제 페레스의 체중을 온전히 버티게 된 소파 바닥을 짚은 손에 푸른 핏줄이 돋았다.

그리고 막 입술이 겹쳐질 찰나.

똑똑.

"황자 전하, 아카데미의 동기분들이 찾아오셨…… 죄, 죄송합니다!"

소파 위, 몸이 반쯤 포개진 두 사람을 발견한 케이틀린이 소스라치게 놀라며 돌아섰다.

"무례하다, 케이틀린."

얼굴을 딱딱하게 굳힌 페레스는 천천히 몸을 일으켰다.
그가 케이틀린에게 화를 내는 것은 처음 있는 일이었다.
하지만 케이틀린도 그것을 서운하게 생각하지 않았다.
오히려 사색이 된 얼굴로 몇 번이고 사죄할 뿐이었다.
"죄송합니다, 제 불찰이었습니다."
"괜찮아요, 케이틀린."
어느새 누워 있던 자리에서 일어난 티아였다.
언제 그런 일이 있었냐는 듯, 그녀에게선 조금 전의 열기는 찾아볼 수 없었다.
툭, 툭.
옷매무새를 살피는 간단한 손짓 몇 번에 모두 없던 일이 되었다.
"나 갈게."
그 말만 남긴 티아는 페레스에게 뒷모습만 보인 채 응접실을 나가 버렸다.
그리고 문밖에서 기다리고 있던 페레스의 아카데미 동기들과 마주쳤다.
"아……!"
"안녕하십니까, 롬바르디 영애!"
리그니테와 테드로, 스틸리가 그녀를 알아보고 얼른 인사를 올렸다.
그리고 그들과 웃으며 대화를 나누던 한 사람.
붉은 머리칼을 하나로 질끈 묶은 여인, 라모나가 놀란 얼굴로 티아를 바라봤다.
그녀가 선객이었을 거라곤 생각도 못 했던 것인지, 라모나의 푸른 눈이 동그래져 있었다.

"오랜만이네요, 라모나 양."

"아, 안녕하세요, 롬바르디 영애. 저를 기억해 주시다니……."

티아는 자세한 대답 대신 희미하게 미소 지었다.

"티아, 잠시만……!"

뒤를 쫓아 나오던 페레스가 동기들을 발견했다.

하지만 페레스에게 그것은 중요하지 않았다.

"내가 데려다줄게."

그러나 티아는 고개를 가로저었다.

"손님들이 기다리고 계시잖아, 페레스. 나중에 봐."

웃는 얼굴이지만 단호하게 거절한 티아가 카일러스를 돌아보며 말했다.

"내 마차를 불러 주겠어요, 카일러스?"

"예, 피렌티아 님."

"안녕, 페레스."

마지막으로 페레스에게 작게 손을 흔든 그녀는 멀어져 갔다.

모퉁이를 돌아 모습이 보이지 않을 때까지 페레스의 시선은 그 뒷모습에서 떨어지지 않았지만.

티아는 그를 돌아보지 않았다.

황궁에 다녀온 다음 날.

나는 로릴과 함께 점심 식사를 한 뒤, 소화를 핑계로 밖으로 나와 저택 주변을 걸었다.
사박사박.
길 위에 낙엽이 떨어져 걸음마다 소리가 났다.
고용인들이 시간 날 때마다 부지런히 길을 쓸었지만 떨어져 쌓이는 낙엽을 막을 수는 없었다.
그렇게 생각 없이 걷다 보니 도착한 곳은 라라네의 온실이었다.
"주인이 없으니 여기도 이렇게 변하는구나."
언제나 다채로운 색의 꽃으로 가득해 생기가 넘쳤던 온실은 이제 텅 비어 있었다.
라라네가 유독 아끼던 몇은 내 방으로 옮겼고 나머지는 그대로 시들어 버렸다.
온실의 유리 너머로 텅 빈 화분이 몇 개 눈에 들어왔지만 슬프지는 않았다.
라라네는 아비녹스와 함께 즐겁게 지내고 있으니까.
그렇게 온실을 스쳐 지나 걷는데 길 반대쪽에 익숙한 모습이 보였다.
벨레삭이었다.
비에제와 세랄이 별채로 쫓겨나면서 벨레삭도 바깥출입이 부쩍 줄어들었다.
자의는 아니었다.
아스타나가 더 이상 벨레삭을 부르지 않게 된 것이다.
"이쪽에는 온실밖에 없는데."
그래도 라라네에게만큼은 동생 노릇을 하던 벨레삭이었다.
어쩌면 라라네가 그리워 이 길을 걷고 있는 것일지도 모른다.

그래 봤자 라라네에게 한 짓이 더욱 괘씸해질 뿐이지만.

"야! 너!"

그때 애꿎은 낙엽을 발로 차며 화풀이를 하던 벨레삭이 날 발견했다.

그러고는 다가와 흉흉한 얼굴로 다짜고짜 물었다.

"너지?"

"뭐가? 질문을 하려면 제대로 할래, 벨레삭?"

"잘난 척하지 마!"

벨레삭이 씩씩거렸다.

"네가 누나를 빼돌렸잖아!"

"빼돌려?"

"방에 갇혀 있던 사람을 빼내서 멀리로 보낸 게 빼돌린 것이 아니면 뭐야!"

당당하게 나에게 따지는 꼴이 우습다.

"그럼 너희는 라라네를 왜 가둬 두고 있었던 건데?"

벨레삭은 대답하지 못했다.

할 말이 없겠지.

멀쩡한 사람을 가둬 두고 죄수처럼 돌아가며 방문 앞을 지키고 있었던 게 사실이니까.

"누나는 1황자 전하와 결혼을 약속할 몸이었어. 그런 사람을 그 딴 촌뜨기와 야반도주를 시켜?"

"그게 라라네를 위한 일이었어?"

"황실과 결혼할 기회를 차 버리고 이상한 놈과 눈이 맞아 도망친 여자가 되는 일보다는 나았어!"

"황실과 결혼할 기회?"

나는 어이가 없어서 웃었다.

"아스타나 같은 놈이랑 결혼을 하는 게 기회였다고?"

멍청해도 정도가 있지.

"그렇게 좋은 기회라면 그 결혼 네가 하지 그래, 벨레삭?"

비슷한 종족끼리라 백년해로할 거다, 아마.

"그리고 말은 똑바로 해. 너는 지금 내가 라라네의 명예를 망가뜨렸다고 화를 내는 게 아니잖아. 라라네를 희생시켜서 너와 네 잘난 부모가 덕을 볼 기회를 놓친 게 분할 뿐이지."

"그러는 넌 그 천한 놈과 붙어먹은 대가로 황후마마의 만찬에 불려 다니니 재미가 좋은가 보지?"

붙어먹다니.

말투가 인성만큼 저렴하다.

나는 피식 소리가 나도록 비웃으며 물었다.

"벌써 알고 있는 걸 보니 네 어머니가 꽤 부러워했나 보구나?"

"뭐야?"

벨레삭이 금방이라도 나를 한 대 칠 것처럼 다가왔다.

하지만 녀석은 금방 멈춰 서야 했다.

저 멀리에 롬바르디 기사단의 기사 몇이 벨레삭을 지켜보고 있었기 때문이었다.

얼굴이 눈에 익었다.

쌍둥이들과 평소 친분이 깊은 이들이었다.

훈련이 끝나고 휴식을 취하러 가던 길이었는지 모두들 흙과 땀으로 범벅되어 있었지만, 여차하면 끼어들 생각인지 벨레삭이 쏘아

보는 데도 그 자리에 꿈쩍 않고 서 있었다.

"정신 차려, 벨레삭. 너도 네 아버지처럼 가문에서 쫓겨나고 싶지 않으면."

벨레삭은 내 말에 분노하면서도 기사들의 눈치를 보며 쉬이 움직이지 못했다.

"그리고 말이야 너, 화를 내야 할 대상이 잘못됐어."

나는 벨레삭의 바로 옆을 스쳐 지나가며 말했다.

"네가 라라네를 더 이상 볼 수 없는 이유는 내가 아니라, 아스타나 같은 망나니에게 딸을 팔아넘기려고 했던 네 아둔한 부모야."

나는 벨레삭을 등 뒤에 두고 다시 걸었다.

의외로 놈은 조용했다.

평소 성격대로라면 제 분에 못 이겨 욕이라도 지껄일 법한데 말이지.

"아, 속 시원해."

산책을 하는 길에 벨레삭을 만나다니 오늘 일진이 사납구나 싶었는데.

오히려 꽉 막힌 것 같았던 속이 한결 시원해졌다.

"라라네한테 선물이라도 보내 줘야겠어."

그렇게 중얼거리며 저택의 현관 앞을 지날 때였다.

막 마차에 올라타려는 익숙한 뒷모습이 보였다.

곱게 틀어 올린 갈색 머리칼과 구김 하나 없이 각 잡힌 단정한 차림새.

케이틀린이었다.

"젠장."

아직 케이틀린의 얼굴을 다시 볼 마음의 준비가 안 됐다.

나는 그대로 조용히 돌아서서 도망치려고 했다.

하지만.

"피렌티아 님?"

우리 케이틀린은 눈도 좋지.

나는 어쩔 수 없이 방긋 웃으며 케이틀린에게 인사했다.

"안녕하세요, 케이틀린. 저택에는 어쩐 일이에요?"

"다음 주에 있을 롬바르디 장학회 때문에 가주님께 상의드릴 일이 있어 다녀가는 길입니다."

"장학회요? 아직 장학회가 열릴 시기가 아니……."

머릿속에 떠오르는 기억에 말을 멈췄다.

이전 생에서도 한 번, 이렇게 때 이른 장학회가 열렸을 때가 있었다.

'그 일' 때문이구나.

나는 잠시 케이틀린을 바라보다가 말했다.

"그래요. 그럼 조심히 돌아……."

"어제는 죄송했습니다, 피렌티아 님."

케이틀린은 머리를 숙이며 나에게 진심으로 사죄했다.

"앞으로는 그런 일이 없도록 주의, 또 주의하겠습니다."

하지만 나는 고개를 저었다.

그리고 웃으며 대답했다.

"아니에요, 케이틀린. 앞으로는 그런 일이 없을 테니 너무 신경 쓰지 않아도 돼요."

"……예?"

케이틀린은 내 말이 이해가 가지 않는 듯 잠시 머뭇거렸다.

그러고는 살짝 고개를 끄덕였다.

궁금하더라도 선을 넘는 질문을 하지 않는 것이 너무나 케이틀린다운 반응이었다.

"그럼 조심히 돌아가요, 케이틀린."

나는 인사를 한 뒤 별관 쪽으로 발걸음을 옮기려 했다.

"저어, 피렌티아 님."

무척이나 망설이는 얼굴로 케이틀린이 부르기 전까지는.

"혹시 장학회가 열리는 다음 주에 선약이 있으십니까?"

"아뇨, 저택에 있을 예정이에요."

"그렇다면……."

역시 케이틀린은 망설이고 있었다.

하지만 이내 마음을 굳힌 것인지, 굳은 얼굴로 말했다.

"그날 잠시 시간을 내주시겠습니까? 소개해 드리고 싶은 사람이 있습니다."

케이틀린이 나에게 소개해 주고 싶은 사람.

누구일지 짐작은 갔다.

이번에는 내가 잠시 망설였다.

하지만 내가 할 대답도 정해져 있었다.

"그래요, 케이틀린."

나는 미소 지으며 고개를 끄덕였다.

달이 커다랗게 뜬 늦은 시간.

이상하게 잠이 오지 않는 밤이었다.

나는 침실에 앉아 작은 불을 켜고 책을 읽고 있었다.
하지만 책의 내용은 눈에 잘 들어오지 않았다.
책장을 펼친 지가 오래되었지만 아직 같은 페이지에 머물러 있을 뿐이었다.
“이런 기분으로 책은 무슨.”
나는 책을 덮어 휙 옆으로 던져 놓았다.
지금 내 기분이 바닥을 기고 있는 이유는 너무나 잘 안다.
“왜 자꾸 그런 표정을 짓는 거야.”
이럴 때는 내가 언뜻 무표정한 그 얼굴에서 녀석의 감정을 잘 읽어 낸다는 사실이 원망스럽다.
케이틀린이 들어오기 전, 마치 키스를 할 듯이 가까워졌을 때.
페레스의 얼굴에선 이어질 상황에 대한 설렘보단 다른 감정이 앞서 있었다.
불안감.
녀석은 내가 코앞에 누워 있는데도 마치 나를 놓칠 것처럼 불안해하고 있었다.

“내가 데려다줄게.”
“손님들이 기다리고 계시잖아, 페레스. 나중에 봐.”

그리고 내가 거절하며 돌아섰을 때.
페레스는 두려워했다.
모른 척하려야 모른 척할 수가 없을 만큼.
“후우.”

한숨이 무거워졌다.

짜증도 함께였다.

“왜 이렇게 두근거리는 거야.”

페레스만 떠올리면 함께 반응하는 심장에 화가 날 정도였다.

그때였다.

똑똑.

낮은 노크 소리가 조용한 집 안을 울렸다.

자신이 누구인지 알리는 말은 없었다.

하지만 문밖에 서 있을 사람이 누구인지는 바로 알 수 있었다.

두근두근.

조금 가라앉는 듯했던 가슴이 다시 크게 뛰었다.

문을 열었다.

“안녕, 페레스.”

복도의 불빛에 기다란 그림자를 그려 내며 서 있는 것은 페레스였다.

“……괜찮아?”

페레스는 문 앞에서 들어오지 않고 바로 내 얼굴을 살피며 물었다.

그 짧은 시선에 마음이 또 이상해진다.

“밤이라 추운데, 들어와서 이야기해.”

그렇게 말하자 페레스는 얼른 안으로 들어서며 문을 닫았다.

나는 밤에 말을 달렸을 녀석을 생각해서 한 말이었는데.

페레스는 아마 내가 춥다는 의미로 받아들인 듯했다.

나는 페레스와 나란히 앉아 차를 준비했다.

언제나 녀석이 찾아오면 그랬던 것처럼.

찻잔과 주전자를 준비하는 달그락거리는 소음 사이에 페레스가 말했다.

"갑자기 찾아와서 미안해, 티아."

"미안해할 것까지야."

나는 일부러 밝게 웃었다.

하지만 미소는 오래가지 못했다.

"케이틀린이, 네 안색이 좋지 않다고 해서."

정말 눈썰미도 좋은 우리 케이틀린.

오늘 낮에 마주치고 난 뒤, 황궁으로 돌아가 바로 페레스에게 알린 모양이었다.

"그래? 난 괜찮은데. 케이틀린이 왜 그런 말을 했을까."

하지만 그 말을 하는 순간 내 손에서 묵직한 찻주전자가 미끄러져 내렸다.

"앗!"

위험한 것은 아니었다.

다만 찻잔이 넘어지면서 뜨거운 물이 자칫 내 드레스로 흐를 뻔했을 뿐.

하지만 그런 일은 일어나지 않았다.

녀석의 손이 넘어지던 찻잔을 그대로 감싸 잡았기 때문이었다.

물론 뜨거운 찻물은 페레스의 손으로 다 흘러넘친 뒤였다.

"페레스!"

밤공기가 쌀쌀해 평소보다 더 뜨겁게 데운 물이었다.

"너 진짜-!"

그대로 내버려 뒀더라도 내가 다치는 일은 없었을 것이다.

잠옷 위에 도톰한 로브를 입고 있으니 옷자락을 조금 적시고 말았을 것이다.

그런데 왜.

나는 얼른 페레스의 손에서 찻잔을 빼내고 수건을 가져와 물을 닦아 냈다.

그리고 페레스에게 소리쳤다.

"왜 이렇게 무모하게 굴어! 그러다 정말 크게 다치면 어쩌려고!"

"네가 다치는 것보단 나아."

"페레스, 너……."

말문이 막혔다.

아무리 검을 다뤄 굳은살이 많은 손이라고 하더라도 분명히 아픔은 느낄 텐데.

페레스의 얼굴에선 그런 고통의 기색은 찾아볼 수 없었다.

녀석의 눈은 오로지 나만 보고 있었다.

지금도 내가 자신에게 얼마나 화가 난 것인지, 신중한 눈으로 살피고 있는 것을 알 수 있었다.

나는 고개를 조금 숙여 페레스가 내 얼굴을 보지 못하도록 한 뒤 손을 더욱 꼼꼼하게 닦아 냈다.

그사이 피부가 더욱 붉어졌다.

"아플 것 같은데."

"별로."

페레스는 그렇게 대답하며 내 로브 자락을 바라봤다.

그곳까지 뜨거운 물이 튀지 않았는지 확인하는 것이었다.

울컥했다.

"너 이거 한동안 엄청 쓰라릴 거야."

"괜찮아."

"물집이 잡힐지도 몰라."

"괜찮아."

"흉이 질지도 모른다니까."

"……괜찮아, 티아."

"괜찮기는 뭐가 괜찮아!"

결국 큰 소리를 내 버렸다.

페레스의 붉은 눈동자가 나를 빤히 바라보는 것이 느껴졌다.

"페레스, 너는 왜…… 너 왜 자꾸……!"

말이 잘 나오지 않았다.

온갖 감정과 생각이 가슴 속에서 잔뜩 뭉쳐 버린 것 같았다.

잘못하다간 이상한 말이 튀어나올 것 같아서 입을 꾹 다물고 앉아 있었다.

내 손이 페레스의 손을 꽉 잡고 있다는 자각도 없이.

그때 페레스가 다치지 않은 손으로 흘러내린 내 머리칼을 쓸었다.

다정하고 또 어딘가 먹먹해지는 손길이었다.

"좋아해, 티아."

페레스가 말했다.

"나에겐 네가 가장 소중해. 그러니까, 울지 마."

그제야 깨달았다.

내가 울고 있다는 사실을.

투둑.

눈물 한 방울이 오른쪽 뺨을 타고 흘러내리는 것이 느껴졌다.

페레스는 어딘가 고통스런 눈으로 나를 보다가 손가락으로 조심스레 내 눈물을 훔쳤다.

"울지 마."

하지만 페레스의 말은 아무런 소용이 없었다.

눈물방울은 자꾸만 흘러내렸으니까.

"페레스."

"응?"

"왜……? 왜 날 좋아해?"

페레스의 미간에 주름이 생겼다.

그리고 대답했다.

"넌 나한테 세상을 줬어."

커다란 손이 내 오른쪽 뺨을 다정하게 감싸는 것이 느껴졌다.

"살아야 한다고 말해 줬잖아."

페레스의 눈이 미소 지었다.

어쩐지 그 모습 위에 어린 녀석의 모습이 겹쳤다.

입가에 파란 풀물을 들인 채로 나를 바라보던 그 작은 모습이.

"그래서 그날부터 나는."

페레스가 내 이마에 입을 맞췄다.

그리고 조심스레 자신의 이마를 비벼 왔다.

"나는 널 위해 살았어, 티아."

내 코끝에 페레스의 코가 톡 하고 걸렸다.

"널 사랑하지 않을 수가 없어."

"날…… 사랑해?"

묻는 내 목소리가 물기에 젖어 떨리고 있었다.

"처음 만난 그 순간부터."

녀석의 목소리에 웃음기가 배어났다.

"넌 내 세상이었……."

나는 페레스의 입술에 내 입술을 겹쳤다.

흘러내린 눈물에 그 사이로 짠맛이 스며들었지만 상관없었다.

녀석의 셔츠를 잡고 있는 힘껏 가까이 끌어당기며 입술을 가져다 댔다.

훅 끼치는 페레스의 향기와 함께 숨이 새어 나오는 내 입술과 셔츠를 잡은 손끝이 잘게 떨리고 있음을 알 수 있었다.

그리고 페레스의 커다란 손이 내 손을 덮었다.

덜덜 떨리는 그 손을 잡아 주었다.

"하아."

달리기를 한 것처럼 두근거리는 심장에 결국 작은 숨이 내 입에서 터져 나왔다.

그리고 그것이 신호라도 된 듯, 페레스가 움직이기 시작했다.

수건 안에 싸여 있던 손이 어느새 자유로이 풀려나 내 목과 머리칼 사이를 파고들었다.

단단한 손가락이 턱의 선과 귓불을 매만졌다.

그럴 때마다 내 안에서 불꽃이 튀는 것 같았다.

페레스의 입술이 내 입술 사이를 성급하게 파고들 때마다.

"흣!"

혀끝이 닿을 때마다.

타닥 하고 부싯돌을 치는 것처럼.

나는 어느새 페레스의 목에 팔을 감고 있었다.

우리의 몸이 한 치의 틈도 없이 닿아 있었다.

"티아."

페레스가 낮은 목소리로 날 부르는 숨에 불꽃이 자꾸만 커졌다.

허리를 타고 내려간 손이 나를 거세게 잡았다가도 금방 힘을 풀어 버리고 마는.

마치 내가 깨질까 두려워하는 듯한 그 주저함마저도.

내 숨이 차오르면 입술을 떼며 물러났다가도 또다시 성마르게 찾아오는 그 갈증까지도.

모두 나에게 온전히 전해져 왔다.

"하아, 하아……."

내가 힘들어하자 페레스가 입술을 뗐다.

그러면서도 거친 손가락은 연신 내 입술을 문질렀다.

살짝 눈을 뜨니 홀린 듯 나만을 바라보는 붉은 눈동자와 마주쳤다.

그 안에는 오로지 나밖에 없었다.

달아오른 내 모습을 태워 버릴 듯 주시하는 강렬한 시선뿐이었다.

그런데 한순간, 녀석의 눈동자가 흔들렸다.

"페레스?"

"……왜?"

낮고 거칠어진 목소리로 페레스가 내게 물었다.

"왜, 슬퍼하고 있어."

그리고 어느새 새로 흘러내린 내 눈물을 바라봤다.

우는 건 난데.

어쩌면 페레스가 더욱 괴로워하는 것 같았다.

나는 페레스가 내게 해 주었던 것처럼, 다정하게 녀석의 볼을 쓸며 말했다.
“나는 가주가 될 거야, 페레스.”
“알아.”
“그리고 넌 황위에 올라야 해.”
“……그렇겠지.”
“그렇게 우리의 끝이 보이는데, 내가 어떻게 슬퍼하지 않을 수가 있겠어.”
내 심장이 이렇게 떨리는데.
너와 함께하고 싶다고 말하는데.
그럴 수 없다는 걸 알면서도, 네가 나를 위해 모든 것을 포기해 주었으면 좋겠다.
그렇게 이기적인 욕심을 쏟아 내고 싶은데.
나는 페레스의 입술에 다시 한번 입을 맞췄다.
조금 전과는 다른.
조심스러운 입맞춤이었다.
“티아.”
녀석도 그것을 느꼈는지, 내 눈을 바라봤다.
“제국법은 둘째가 황제가 되는 것을 막지 않아. 선례가 없는 것일 뿐, 여자가 가주가 되는 것도 막지 않지.”
나는 최대한 담담한 목소리로 말했다.
“하지만 가주는, 황후가 될 수 없어.”
더 정확히 말하자면 황후가 되는 순간, 그 여성은 모든 상속 권리를 잃는다.
오롯이 황실의 존재로서 흡수되듯이.

출신 가문의 이름 따위는 미들 네임으로의 자취밖에 남기지 못하는 것이다.

나는 페레스의 이마에 내 것을 가져다 대며 말했다.

“난 몇 번이고 가문을 택할 거야, 페레스. 롬바르디를 선택할 거야.”

녀석에게 거짓말을 하고 싶지 않았다.

페레스의 긴 속눈썹이 파르르 떨리는 것이 보였다.

“미안해.”

진심을 담아 말했다.

“하지만…….”

“그만.”

페레스가 마찬가지로 내게 입을 맞추며 말했다.

“더 이상 슬퍼하지 마, 티아.”

따듯한 손이 나를 소중하게 보듬듯 다가왔다.

“그런 것 때문이라면 슬퍼하지 않아도 돼.”

“그게…… 무슨 말이야?”

페레스가 나를 가만히 바라봤다.

“나에게 너와 함께할 수 없는 세상은 의미가 없어.”

페레스의 목소리가 나직했다.

“그래서 세상을 바꿀 생각이야. 그러니까 넌 걱정하지 않아도 돼, 티아.”

그렇게 말한 녀석은 내 목과 흘러내린 머리칼에 얼굴을 비벼 왔다.

“슬퍼하지 마.”

붉은 장미 같은 향기가 날 삼킬 듯이 다가왔다.

“네가 슬퍼하면, 누가 심장을 칼로 가르는 것 같아.”

페레스가 나를 꽉 껴안으며 말했다.
"그러니까 슬퍼하지 마, 티아."
그래서 나는 녀석의 붉은 눈동자가 잔인한 빛을 띠는 것을 보지 못했다.

롬바르디 장학회의 날.
장학회 날이면 언제나 그렇듯 저택이 시끌벅적했다.
창밖으로 내다보니 예정되었던 것보다 이른 시기에 열렸음에도 더 많은 사람들이 도착하고 있었다.
창턱에 몸을 기대고 그 모습을 잠시 내려다보고 있는데 노크 소리가 들렸다.
"들어와요."
내 허락과 함께 조용히 문이 열렸다.
"피렌티아 님."
"어서 와요, 케이틀린."
먼저 방 안으로 들어온 케이틀린이 비켜서며 그 뒤에 서 있던 사람이 보였다.
나는 그녀를 보면서도 반가이 인사를 해 주었다.
"롬바르디 저택에 온 걸 환영해요, 라모나 양."
붉은 머리칼과 푸른 눈동자가 아름다운 라모나는 긴장한 기색이 역력했다.
"아니, 이제 제대로 불러 줘야겠죠."

다가가 악수를 위해 한 손을 내밀며 생긋 웃었다.

"환영해요, 라모나 브라운 영애."

많은 사람들이 모인 야외 연회장은 한 가지 화두로 시끌벅적했다.

"너무 아름답지 않습니까?"

"마치 살아 있는 것 같군요!"

연신 감탄사를 쏟아 내는 사람들은 모두 푸른 잔디밭의 중앙을 바라보고 있었다.

그곳에는 막 가지를 뻗어 자라나는 작은 나무를 굽어보는 여성의 모습을 조각한 커다란 목상이 놓여 있었다.

"알페오 쟌의 명성은 익히 들어 알고 있었지만, 이 정도일 줄이야!"

"저 여인이 누군지는 모르겠지만 나무에 대한 애정이 가득 담겨 있는 것 같지 않나요?"

"그런데 어째서 다 자란 나무가 아닌 저렇게 작은 나무일까요?"

사람들이 조각상에 대한 대화를 나누는 것에 열중인 그때.

황실 관청에서부터 롬바르디 장학생 출신의 하급 관료 하나를 태우고 롬바르디로 들어온 마부 하나가 저택 안으로 들어섰다.

허름한 차림에 거칠게 수염을 기른 얼굴.

제국 어디서나 흔히 볼 수 있는 마부에게서 특이한 점이라곤 오른손 소매가 헐렁하게 늘어져 있다는 것뿐이었다.

흘끔.

밖에서 화려한 옷을 입고 떠드는 사람들을 무심한 눈으로 바라본 그는 주저 없이 계단을 올랐다.

그리고 자연스러운 걸음으로 한 문 앞에 다다랐다.

롬바르디 가주의 집무실이었다.

완전무장을 한 롬바르디의 기사들이 한시도 빠짐없이 지키는 문 앞은 어쩐 이유에서인지 텅 비어 있었다.

"후우."

낮은 한숨을 뱉어 낸 마부는 조심스레 문을 두드렸다.

"들어오게."

집무실의 주인, 룰락 롬바르디의 목소리가 들려왔다.

쓰고 있던 모자를 얼른 벗어 가슴께에 품은 마부는 집무실에 들어서자마자 깊이 허리를 숙이며 머리를 조아렸다.

"허허."

그 모습을 보고 있던 룰락이 허허하고 웃음을 흘렸다.

"평민으로 살더니 정말 평민이라도 된 것인가?"

"죄, 죄송합니다."

마부가 멋쩍은 듯 웃었다.

룰락 롬바르디는 자리에서 일어나 마부의 어깨를 두드리며 말했다.

"오랜만이구먼, 길라드 브라운. 아니지, 가문을 승계하였으니 이제 브라운 가주라고 제대로 불러 주어야겠지."

이제는 아무도 불러 주지 않는 이름에 길라드 브라운은 쓰게 웃었다.

"시간을 내주셔서 감사합니다, 롬바르디 가주님."

"앉게나."

룰락은 미리 준비되어 있던 차를 친히 내주었다.

그리고 길라드 브라운을 찬찬히 바라보며 말했다.

"고생이 많았겠구먼."

"……살아 있다는 것만으로 천운이 따랐다 여기고 있습니다."

길라드 브라운의 시선이 잘려 나가 이제는 없는 오른손이 있던 자리에 머물렀다.

룰락도 그 모습을 지켜보다 물었다.

"앙게나스겠군. 몹쓸 짓을 했어, 아주."

앙게나스가 브라운 가문의 땅을 모조리 빼앗은 것이 40여 년 전.

그 뒤로 앙게나스는 브라운 가문의 씨를 말렸다.

졸지에 영지에서 쫓겨나 근처 영지에서 의탁하고 있던 당시 브라운 가주, 즉 길라드 브라운의 아버지를 살해한 것이다.

그 배후가 명확히 밝혀진 적은 없지만 그 뒤에 앙게나스가 있음을 모르는 자는 없었다.

"차라리 죽음이 인도적이었을 거야."

룰락이 혀를 쯧쯧 차며 말했다.

거친 말이었음에도, 길라드 브라운은 화를 내지 않았다.

지난 세월 동안, 차라리 그날 밤 함께 죽는 것이 덜 치욕스러웠으리라 생각한 밤이 적지 않았으니까.

"검을 드는 자의 오른손을 앗아 가다니."

앙게나스가 보낸 살수들은 젊은 브라운 가주와 그 첫째 아들, 그리고 가문을 승계할 수 있는 성인 남자들만을 죽였다.

당시 어렵사리 살아남았던 당시 브라운 가주의 남동생은 두 다리가 잘렸다.

그리고 길라드를 포함한 남아들은 오른손을 잃어야 했다.
그들은 생존자이자 침묵할 수밖에 없는 목격자였다.
"그래도 살아남았지 않나."
룰락이 길라드 브라운에게 말했다.
"살아남은 자만이 복수의 칼날을 더욱 날카롭게 벼릴 수 있는 법이지."
그 말에 브라운 가주의 어깨가 움찔했다.
아직 용건을 꺼내지 않았음에도 룰락이 모든 것을 알고 있다는 것에 놀란 것이다.
룰락의 깊은 갈색 눈이 묘한 웃음기를 담았다.
"자네가 직접 말해 보게. 오늘 나를 보자고 한 이유가 무엇인지."
그리고 딱딱하게 긴장한 길라드 브라운의 얼굴을 보며 덧붙였다.
"앙게나스에 대한 걱정은 하지 말게. 요즘 그치들은 제 꼬리에 붙은 불을 끄느라 정신이 없거든. 이렇게 장학회까지 열었으니 오늘 자네가 나를 찾아온 것이 새어 나갈 걱정은 하지 말고."
"감사…… 합니다."
길라드 브라운이 깊이 머리를 숙였다.
그리고 그 상태로 간절히 말했다.
"브라운 가문을 도와주십시오, 어르신."
"어떻게 말인가?"
"……앙게나스에게 빼앗긴 땅을 돌려받을 수 있을 길은 찾았으나, 그 전에 이름을 되찾아야 합니다."
앙게나스는 결국 10년 전, 브라운 가문을 귀족 명부에서 지워 내는 것에 성공했다.

엄밀히 말하자면 이제 브라운 가문은 더 이상 귀족이 아니게 된 것이다.

"그러니 귀족회에서 이름을 되찾는 것을 도와 달라?"

"……염치없지만 그러합니다."

룰락은 천천히 흰 수염을 쓰다듬었다.

"그럼 롬바르디가 얻는 것은 무엇인가?"

"복권에 성공한 브라운 가문은 롬바르디의 영원한 우방이 될 것입니다."

"하하하!"

룰락이 너털웃음을 터뜨렸다.

"그런 공수표가 또 어디에 있나. 이제 귀족 명부에서도 찾아볼 수 없는 브라운 가문이 우방이라니."

순간 룰락의 눈빛이 날카로워졌다.

"게다가 2황자의 사람이 된 자네들을 내가 무엇을 믿고."

헉.

길라드 브라운은 헛숨을 집어삼켰다.

"그것은……."

"그 늑대 같은 놈이 그러던가? 귀족회에서는 제가 힘을 쓸 수 없으니 롬바르디에 가서 공수표라도 날리며 사정을 해 보라고?"

"……죄송합니다."

길라드 브라운은 말을 잇지 못했다.

룰락의 말대로였기 때문이었다.

롬바르디의 가주에게 서신을 보내는 것은 2황자의 생각이었고, 과거 롬바르디와 브라운 가문의 친분을 이용하려 한 것도 맞았다.

"흐음."

얼굴을 붉히며 일견 죄책감을 느끼는 듯한 브라운 가주의 모습을 가만히 지켜보던 룰락의 입술이 조용히 비틀렸다.

"운이 좋은 줄 알게."

"예……?"

길라드 브라운의 눈이 크게 뜨였다.

"다행히 내가 요즘 앙게나스가 하는 꼴이 영 마음에 들지 않아 말이지."

"어르신, 그렇다면……."

룰락은 잠시 대답을 하지 않았다.

그리고 종을 울렸다.

집사 요한이 집무실로 들어왔다.

룰락이 그를 바라보며 말했다.

"티아를 데려오게."

"알고…… 계셨습니까?"

라모나 브라운의 목소리가 떨렸다.

"네."

"언제부터, 아니 어떻게……."

나는 대답 대신 그냥 웃어 주었다.

"라모나."

케이틀린이 다가와 라모나의 어깨를 가만히 짚어 주었다.

혼란스러워하는 라모나를 달래 주는 것처럼 보이는 행동이었지만, 그게 아니다.

지금 케이틀린은 라모나에게 더 이상 캐묻듯 질문하지 말라고 하는 것이다.

"죄송합니다, 피렌티아 님."

라모나 대신 자신이 사과하는 것만 봐도 알 수 있잖아.

"아니에요, 케이틀린. 그리고……."

나는 나란히 선 라모나와 케이틀린을 바라보며 말했다.

"두 사람 많이 닮았는걸요."

단정하고 수수한 외모를 가진 케이틀린과 큰 키에 붉은 머리칼과 푸른 눈, 그리고 화려한 외모를 가진 라모나는 많이 다르다.

하지만 선한 눈매와 올곧은 분위기가 매우 닮아 있었다.

이전 생에서 케이틀린은 브라운 가문을 도와 달라고 할아버지에게 부탁했다.

하지만 할아버지는 거절했고 결국 케이틀린은 완전히 페레스의 사람이 되기를 선택했다.

롬바르디에 대한 애정과 충성심이 높은 케이틀린에게는 매우 어렵고 고통스러운 결정이었을 것이다.

하지만 결국 케이틀린은 가문을 선택했다.

라모나가 페레스의 공식적인 연인이 되고 브라운 가문은 성공적으로 복권되며 앙게나스 대신 서부의 대표 가문이 되었다.

"그렇다면 지금 브라운 가주님은 할아버지를 만나고 계시겠네요."

내 말에 라모나가 다시 한번 흠칫 놀랐다.

"어떻게 알았냐고 또 물어봐도 가르쳐 주지는 않을 거예요."

"아……."

라모나가 조용히 얼굴을 붉혔다.

자신과 가문의 비밀에 대해서 다 알고 있으면서도 반쯤 놀리듯 어떻게 알았는지 말해 주지 않는 나에게 화가 날 법도 한데.

라모나는 그런 기색이 없었다.

그 호수같이 푸른 눈에는 나를 향한 호기심이 한층 더 깊어졌을 뿐이었다.

"일단 우리 앉을까요?"

나는 두 사람을 응접실로 안내했다.

"그런데 케이틀린, 나 뭐 한 가지만 물어봐도 될까요?"

"예, 말씀하십시오."

"라모나 브라운 영애를 왜 나에게 소개해 주고 싶어 한 거죠?"

사실 가장 이해가 가지 않는 부분이었다.

나보다는 할아버지에게 데려가 한 번이라도 눈도장을 찍는 편이 라모나에게도 좋았다.

내 질문에 케이틀린이 잠시 생각하더니 대답했다.

"피렌티아 님께선 중요한 분이시니까요."

"중요한 사람이요?"

케이틀린이 고개를 끄덕였다.

"현재 램브루 제국에서 롬바르디 가주님을 제외하고 가장 큰 힘을 가지고 계신 분이시지요."

아, 맞다.

케이틀린은 페레스의 시녀였지.

물론 페레스가 케이틀린에게 나에 대해서 미주알고주알 말했을

리는 없다.
하지만 오래전부터 페레스를 바로 옆에서 보필해 온 케이틀린이다.
그러니 자연스레 알게 되는 것들이 많을 수밖에 없다.
아마 나에 대해서도 이런저런 짐작을 할 수 있을 만큼 알고 있는 것들이 있겠지.
놀란 눈으로 나와 케이틀린을 번갈아 보는 라모나의 반응을 봤을 때, 아마 케이틀린은 조카에게도 자세한 설명을 하지 않은 듯했다.
황실의 시녀로서 업무 중에 알게 된 것들에 대해 철저히 함구하는 의무를 다한 것이다.
역시 케이틀린이야.
나는 묘하게 뿌듯한 감정을 느끼며 고개를 끄덕였다.
"그래서요?"
"그런 피렌티아 님의 모습에서 라모나가 많은 것을 배울 수 있을 것이라고 생각합니다."
나는 라모나를 바라봤다.
라모나가 페레스를 좋아한다는 사실은 이미 알고 있다.
그렇게 한눈에 보이는데 모를 수가 없지.
그런데 그런 라모나가 나에게서 배울 수 있을 거라고?
"잠시 손을 좀 볼 수 있을까요?"
나는 라모나에게 말했다.
잠시 머뭇거리던 라모나가 내게 손을 내밀었다.
"검을 놓지 않았군요."
라모나는 브라운 가문의 사람이다.
그리고 페레스와 함께 아카데미에서 검술을 배웠다.

그러나 그것도 벌써 몇 년 전의 이야기.

모낙 상단의 직원으로서 이곳저곳으로 옮겨 다니며 바쁜 삶을 살았을 텐데도 라모나의 손에는 아직 굳은살이 그대로 남아 있었다.

케이틀린도 검술을 수련했지만 황궁에 들어와 시녀가 되며 검을 놓은 것과는 조금 다른 행보였다.

"단 하루도 수련을 거르지 않습니다."

라모나가 고개를 저으며 대답했다.

"저는 브라운 가주의 딸이니까요."

명료하게 대답하는 라모나의 모습에서 알 수 있었다.

케이틀린이 한 말의 의미를.

어쩐지 웃음이 나올 것 같았다.

그때였다.

똑똑.

낮은 노크 소리와 함께 집사 요한이 들어왔다.

그리고 정중히 인사를 하며 말했다.

"가주님께서 피렌티아 아가씨를 부르십니다."

롬바르디 가주의 집무실.

"가서 티아를 데려오게."

룰락의 말에 길라드 브라운의 얼굴에 의아함이 스쳤다.

딸인 샤나넷도 아닌, 손녀를 부르는 것이 이해가 가지 않았기 때문이었다.

그런 의문이 얼굴에 그대로 나타난 것을 보고 룰락이 물었다.

"갑자기 내가 손녀를 부르니 이상한가?"

"그런 것은 아니고……."

"기다려 보게. 곧 내가 왜 그 아이를 불렀는지 알게 될 터이니."

룰락이 즐겁다는 듯 웃었다.

잠시 뒤, 작은 노크 소리와 함께 한 여성이 들어왔다.

길게 굽이치는 갈색 머리칼과 커다란 녹색 눈이 인상적인 여인이었다.

그리고 눈이 마주친 순간.

길라드 브라운은 조금 전 롬바르디 가주가 한 말의 의미를 알 수 있었다.

자기도 모르게 흠칫하고 시선을 피할 만큼 강렬한 눈빛이었다.

마치 롬바르디 가주를 대하는 듯한 위압감이었다.

그리고 놀라움은 그것이 끝이 아니었다.

"어허허, 티아 왔느냐?"

조금 전까지 맹수와 같은 기세를 내뿜던 룰락이 영락없는 팔불출이 되었다.

이분이 정말 롬바르디 가주님이 맞나?

두 눈에서 애정이 뚝뚝 떨어지는 것 같은 그 모습에 길라드 브라운의 입이 다물릴 줄을 몰랐다.

"어서 앉거라."

손녀가 다리라도 아플까.

룰락은 얼른 푹신한 소파를 가리키며 말했다.

그리고 자리에 앉기 전, 그녀가 길라드 브라운을 바라보고 미소 지으며 인사했다.

"안녕하세요, 브라운 가주님. 이렇게 뵙네요."

"아, 안녕하십니까, 롬바르디 영애."

아직 자신의 소개를 하기도 전이었기에, 길라드 브라운이 조금 당황하며 얼결에 마주 인사했다.

스스로도 이상한 일이었다.

분명히 아직 젊디젊은 영애인데.

대하기가 무척이나 어려웠다.

"브라운 가문에 대한 일은 티아 너도 어느 정도 알고 있으리라 생각한다. 그리고 오늘 브라운 가주는 롬바르디에 도움을 청했지."

"가주님께서 좋은 선택을 하셨네요."

룰락의 말에 티아는 차분히 말했다.

놀라는 기색은 없었다.

룰락은 그 모습에 조용히 웃음을 삼켰다.

그리고 툭 던지듯 말했다.

"브라운 가문의 일을 티아 너에게 일임하겠다."

"어르신?"

브라운 가주가 놀라 할아버지를 불렀다.

하지만 나는 그쪽을 돌아보지 않았다.

미안하지만 내게 중요한 건 브라운 가주의 기분이 아니었으니까.

할아버지는 나를 빤히 바라보고 있었다.

한 가문의 운명.

갑자기 던져진 어마어마한 과제에 내가 어떻게 반응하는지 관찰

하는 것이다.

"네, 알겠어요."

나는 담담하게 대답했다.

그러자 할아버지의 눈썹이 작게 움직였다.

내가 당황하지 않으니 오히려 할아버지가 놀란 것이다.

할아버지도 참 날 어떻게 보시고.

"크흠."

나는 말아 쥔 손으로 입을 가리고 작게 헛기침을 했다.

안 그러면 웃음이 터져 나올 것 같았으니까.

할아버지가 나에게 브라운 가문이라는 과제를 던져 준 이유는 두 번 생각해 보지 않아도 알 수 있다.

내 시험이 시작된 것이다.

가주가 될 만한 자질을 갖추었는지 증명해 내어야 하는 시험이.

나는 아직도 벙쪄 있는 브라운 가주를 바라봤다.

한때는 미래를 촉망받는 검사였지만 오른손이 잘리고 줄곧 평민으로 살아왔다.

그래서 약간 굽은 어깨와 자신 없이 흔들리는 시선 등 어느 관점에서도 귀족다운 면은 찾아볼 수가 없다.

저대로 다시 귀족 사회에 소개했다가는 호시탐탐 흥밋거리만 기다리는 귀족들에게 금세 뜯어 먹혀 뼈만 남기 딱 좋다.

브라운 가문이 성공적으로 복권하고 다시 서부의 대표 가문이 되기까지 가장 중요한 것은 여론이다.

특권 의식에 가득 찬 귀족들에게 한번 평민이 되었던 가문을 다시 귀족 사회의 일원으로 받아들이게 하는 것은 생각보다도 더 어려울 것이다.

하지만.

"브라운 가주님."

"……말씀하십시오, 롬바르디 영애."

선한 눈에 불안감이 가득하다.

아직 나를 믿지 못하는 것이다.

기분이 상하지는 않았다.

당연한 일이니까.

"할아버지께서 브라운 가문의 일을 제게 일임하신 이상, 저는 최선을 다해서 가주님을 도울 거예요. 하지만 한 가지는 꼭 명심하셔야 합니다."

나는 브라운 가주에게 미소를 지어 주며 말했다.

"앞으론 항상 고개를 당당히 드세요. 어깨도 펴시고요. 이제는 브라운 가문의 이름에 어울리는 가주가 되시는 겁니다."

라모나와 비슷한 푸른색 눈동자가 잠시 흔들렸다.

그러나 침묵은 길지 않았다.

잠시 뒤, 길라드 브라운이 대답했다.

"도와주어 고맙소, 롬바르디 영애."

아직 어색하긴 하지만 조금 전과는 사뭇 다른 눈빛과 차분한 목소리였다.

아주 마음에 들어.

나는 마주 웃으며 대답했다.

"별말씀을요, 브라운 가주님."

황후궁에 라비니 황후와 클레리반, 그리고 듀이지 앙게나스 가주가 한자리에 둘러앉았다.

“여기에 가문의 인장을 찍으시면 됩니다.”

클레리반이 테이블에 놓인 종이의 한쪽 구석을 가리키며 말했다.

피렌티아의 말이 정말이었다.

펠렛 상회에 연통을 넣은 뒤 일사천리로 일이 진행되어 오늘은 정식 계약서를 쓰는 날이었다.

롬바르디에 대한 빚은 이제 사라졌고 펠렛 상회가 채권을 가져갔다.

이자도 거의 없다시피 하고 서부 구석에 있는 정말 손톱만 한 땅을 담보로 잡았을 뿐이었다.

게다가 전해 들었던 것과는 달리 클레리반 펠렛이란 자도 퍽 마음에 들었다.

아름다운 용모는 물론이고, 상인답지 않게 예법을 칼같이 지키는 점이 특히나 그랬다.

“내가 그동안 펠렛 상회주를 오해했나 보군요.”

라비니 황후가 만족스레 웃으며 말했다.

펠렛 상회는 꼼짝없이 롬바르디의 편인 줄로만 알았다.

그런데 오늘 가져온 계약서를 보고 라비니 황후는 확신했다.

펠렛 상회는 앙게나스에도 다리를 놓고 싶어 한다고.

“오해라면…….”

“펠렛 상회가 롬바르디와 아주 긴밀한 관계라 앙게나스와는 거래를 하지 않을 거란 생각이었지요."

라비니는 일부러 직설적으로 대답했다.

황후가 그렇게 말하면 대부분 당황하기 마련이었으니까.

"또 일전에 트리바 목재 일도 있었고."

일부러 과거의 이야기까지 꺼냈다.

"그것이…… 펠렛 상회가 여기까지 오는 데 롬바르디의 도움을 많이 받은 것은 사실입니다만, 그렇다고 언제까지 롬바르디에 붙잡혀 있을 수는 없지요. 또한 트리바 나무의 일은 제 뜻과는 많이 달랐습니다."

역시.

클레리반의 말에 황후는 속으로 회심의 미소를 지었다.

"모두 지난 일이니 신경 쓰지는 않겠어요."

"감사합니다, 황후마마."

라비니는 고개를 끄덕이며 앙게나스 가문의 인장을 꺼내 들었다.

"그럼 계약의 마무리를……."

"아, 잠시."

그런데 클레리반이 별안간 황후를 막았다.

"앙게나스 가주님께서 찍어 주셔야 합니다."

황후의 얼굴이 싸늘하게 굳었다.

하지만 클레리반은 물러서지 않았다.

"송구합니다, 황후마마. 하지만 인장은 가주가 찍었을 때만 효력을 가지는 것이라."

"……그래요."

황후는 싸늘한 표정으로 앙게나스 가문의 인장을 듀이지에게 넘겼다.
"네가 하렴."
"크흠."
듀이지 앙게나스는 조금 민망해하면서도 웃는 얼굴로 인장을 받아 들었다.
"여기에 찍으면 되는 건가?"
"네, 그렇습니다, 앙게나스 가주님."
듀이지는 유독 인장을 꾹꾹 눌러 찍었다.
앙게나스의 문양이 또렷하고 반듯하게 나온 것이 보기 좋아 슬쩍 웃기도 했다.
"그럼 이제 다 되었습니다."
클레리반이 자신의 몫의 계약서를 챙기고 황후를 향해 깊이 허리를 숙여 인사했다.
"또 뵙는 날을 기다리고 있겠습니다, 황후마마."
그러고는 듀이지 앙게나스를 돌아보며 말했다.
"제가 황궁이 초행이라, 괜찮으시다면 나가는 길을 알려 주시지 않겠습니까?"
클레리반의 부탁에 듀이지는 조금 놀랐지만 흔쾌히 고개를 끄덕였다.
그가 제법 마음에 들었기 때문이었다.
"마침 나도 나가는 길이니, 동행하지."
여전히 싸늘한 얼굴의 황후를 두고 두 사람은 복도를 걸었다.
그러다 반쯤 왔을 때.
들고 나온 계약서를 잠깐 꺼내 보던 클레리반이 깜짝 놀라며 말했다.
“이런!”
“왜? 무슨 일인가?”
“제 불찰로 계약서에 날짜를 잘못 적었지 뭡니까. 여기 보시면 계약일이 작년으로 잘못 기입이 되어 있습니다.”
“그렇기는 하지만. 그게 중요한가?”
“예, 이러면 제국법상 효력이 없는 계약이 됩니다. 제 임의대로 날짜를 고칠 수도 없는 일이고…….”
“저런, 저런…….”
혀를 쯧쯧 차던 듀이지 앙게나스는 걸어온 길을 가리키며 말했다.
“그럼 지금이라도 돌아가서 황후마마께 이야기를…….”
“아뇨, 그럴 필요는 없습니다.”
클레리반이 손을 저으며 말했다.
“황후마마를 귀찮게 하는 일 없이 내일 제가 새 계약서를 가지고 앙게나스 저택으로 찾아뵙겠습니다.”
“하, 하지만.”
듀이지 앙게나스는 곤란한 기색을 보였다.
“황후마마 없는 자리에서 계약을 하기엔…….”
하지만 클레리반은 어깨를 으쓱하며 말했다.
“사실 황후마마가 있고 없고는 중요한 사안이 아닙니다.”
“중요한 사안이 아니라니?”
“오늘도 예의상 황궁에 온 것일 뿐, 펠렛 상회가 계약을 하는 것은 앙게나스 가문이지 황후마마가 아니니까요.”
“그런…….”

듀이지는 말꼬리를 늘이면서도 내심 고개를 끄덕였다.

그렇지.

앙게나스 가주는 누님이 아니라, 바로 나지.

그런 그에게 클레리반이 툭 던지듯 말했다.

"제국법상 황후마마는 앙게나스 가문에 아무런 권리가 없으시지요."

순간 듀이지 앙게나스의 눈에 아주 잠깐이지만 이채가 스쳤다.

그러고는 껄껄 웃음을 터뜨리며 고개를 끄덕였다.

"그래, 그래. 그럼 내일 저택으로 찾아오시게. 다시 계약서를 작성하지."

"예, 제 실수 때문에 가주님을 귀찮게 해 드려 정말 면목이 없습니다."

그렇게 말하며 고개를 숙인 클레리반의 입가에는 조용한 미소가 피어 있었다.

나는 브라운 가주와 함께 할아버지의 집무실에서 나왔다.

그런 우리를 기다리고 있던 사람들이 있었다.

바로 케이틀린과 라모나였다.

"아버지!"

라모나가 얼른 다가와 브라운 가주를 꽉 껴안았다.

"라모나."

브라운 가주는 하나밖에 남지 않은 손으로 그런 딸의 등을 가만가만히 쓸어 주었다.

"오랜만의 재회인가 보네요."

내 말에 손수건으로 눈물을 훔치던 케이틀린이 대답했다.

"마지막으로 만났던 것이 라모나가 아카데미에 들어가기 전이었으니……."

오랜 시간 헤어져 있었구나.

브라운 가문을 학살했던 전전대 앙게나스 가주만큼이나 잔인한 성격의 라비니이니 현명한 선택이었다.

브라운 가문의 가주가 평민으로 신분을 바꾸고 버젓이 황도에서 마차를 몰고, 그 딸이 마찬가지로 신분을 바꿔 아카데미에서 페레스의 측근이 되었다는 것을 황후가 알았다면.

오늘의 이 재회는 이루어지지 않았을 것이라고 확신할 수 있었다.

"어느새 이리 다 자랐구나. 내 마차에 손님으로 태워도 못 알아봤겠어."

브라운 가주가 쓴웃음을 지으며 농담처럼 말했다.

"왜 이리 얼굴이 상하셨어요."

"난 괜찮다."

어느새 부녀의 눈에 눈물이 글썽거리고 있었다.

서로를 마주 보면서 웃는 선한 얼굴이 꼭 닮은 보기 좋은 부녀였다.

나는 브라운 가문의 사람들에게서 한 걸음 물러나 할아버지의 집사인 요한을 불렀다.

"예, 아가씨."

"할아버지와 제 손님들이에요. 저택에 묵을 곳을 마련하세요. 손님들이 마음 편히 쉴 수 있게 고용인들의 시선이 닿지 않는 곳으로요."

"예, 그리하겠습니다."

내가 더 구구절절 설명하지 않아도 요한은 내 지시를 모두 알아들었다.

저택을 총괄하는 집사로서 아마 나보다도 이 롬바르디 저택을 더 잘 알고 있는 요한은 또한 신속했다.

브라운 가문의 세 사람을 위한 공간이 눈 깜짝할 사이에 준비된 것이다.

거대한 본관 건물 제일 꼭대기 층에 위치한 공간은 세 식구가 머물기에 손색이 없는 훌륭한 곳이었다.

“죄송한 말씀이지만 브라운 가주님께서는 오늘부터 바깥출입을 자제하고 이곳에 머물러 주셔야 합니다.”

내 말에 브라운 가주가 눈을 동그랗게 떴다.

“브라운 가문의 성공적인 신분 복구를 위해서는 때가 될 때까지 비밀을 유지하는 것이 가장 중요합니다. 게다가.”

나는 담담한 눈으로, 하지만 솔직하게 브라운 가주의 모습을 바라보며 말했다.

“브라운 가주님께서는 이대로 귀족들 앞에 나서기엔 무리가 있으시니 준비도 필요하겠지요.”

“그, 그렇습니…… 아니, 그렇소.”

브라운 가주가 습관적으로 내게 존대를 하려다 황급히 말을 바꿨다.

민망한 듯이 자신이 입고 있는 허름한 옷을 손으로 쓸어 보기도 했다.

솔직히 말해 지금의 브라운 가주는 평민이나 다름없었다.

처음보다는 조금 나아졌다고 해도 여전히 구부정한 자세나 말투까지.

40여 년 전, 브라운 가주가 아직 어린아이였을 때 그 사달이 났다.

귀족으로 산 시간보다 평민으로 살아온 시간이 더 기니 어쩔 수 없는 일이었다.

"믿을 수 있을 만한 사람들로 추려서 선생을 붙여 드릴 겁니다. 당분간은 고생스러우실 거예요. 그리고 케이틀린."

"예, 피렌티아 님."

"며칠 동안은 여기 있으면서 브라운 가주님과 영애에게 이것저것 가르쳐 주세요."

마침 돈 주고도 고용할 수 없는 케이틀린이란 훌륭한 선생님이 같이 있을 테니 또 다행이라면 다행인 일이었다.

"페레스에게는 내가 말해 둘게요."

페레스의 이름이 나오니 라모나가 작게 움찔하는 것이 보였다.

하지만 나는 그것을 못 본 척 인사를 하고 밖으로 나왔다.

방 밖에는 여기까지 안내를 한 집사 요한이 아직 기다리고 있었다.

"필요한 것이 많을 테니 입이 무거운 사람으로 하나 붙여 주세요."

"예, 아가씨."

그때 방 안에서 작은 웃음소리가 새어 나왔다.

행복한 가족의 소리였다.

나는 요한에게 덧붙였다.

"먹을 것부터 입을 것까지, 부족한 것이 없도록 신경 써 주세요."

오랫동안 고생한 사람들이다.

저곳에서라면 적어도 며칠 동안은 그동안 못한 이야기를 나눌 수 있겠지.

정체를 들킬지도 모른다는 걱정 없이.

어느 순간 누군가가 내 목숨을 노린다는 걱정도 없이 말이다.

"그리하겠습니다, 피렌티아 아가씨."

왠지 나를 따듯한 눈으로 바라보는 요한을 뒤로하고 나는 걸음을 옮겼다.

할아버지의 시험이 시작된 이상, 낭비할 시간은 없었다.

다음 날 앙게나스 저택.

"한번 확인해 보십시오."

클레리반이 새로 가져온 계약서를 듀이지 앙게나스에게 내밀었다.

"그럼 잠깐 보겠네."

앙게나스 가주는 보관하고 있던 계약서와 클레리반이 새로 가져온 계약서를 테이블 위에 나란히 내려놓았다.

그러고는 한 장씩 넘겨 가며 꼼꼼히 읽어 본 뒤, 만족스레 고개를 주억거렸다.

계약서를 다시 쓰자는 클레리반 펠렛의 말에 일단 덜컥 알겠다고 한 뒤 내심 후회했다.

혹시 무슨 꿍꿍이가 있는 것은 아닌가 얼마나 조마조마했는지 모른다.

하지만 우려와는 달리 새 계약서는 이전 것과 토씨 하나도 다르지 않았다.

듀이지 앙게나스는 슬쩍 클레리반의 눈치를 보았다.

"크흠."

어쨌든 자신이 펠렛 상회주를 의심했다는 것이 들통 났기 때문이었다.

"다 확인하셨습니까?"

화를 낼 것이란 생각과는 다르게 클레리반은 의자 등받이에 편안히 몸을 기댄 채로 여유롭게 웃고 있었다.

그 얼굴에서 불쾌함은 엿볼 수 없었다.

오히려 계약서 가장 마지막 부분에 큰 글자로 써 있는 조항을 손가락으로 짚어 설명했다.

"여기 이 부분이 가장 중요합니다. '앙게나스가 이자와 원금을 갚지 못하는 상황이 되면 펠렛 상회의 소유주는 담보인 헨포렉 영지의 주인이 된다.' 확인하셨습니까?"

"확인하였네."

"이 아래의 조항도 읽어 보십시오."

클레리반은 '이자와 원금을 갚지 못하는 상황'에 대한 자세한 설명이 나열된 부분을 가리키며 말했다.

"참 철저한 사람이구만."

앙게나스 가주가 허허 웃으며 말했다.

"하나 지금 잠시 사정이 어려운 것일 뿐, 담보로 잡은 앙게나스의 땅이 넘어가는 일은 없을 걸세."

"……그렇겠지요."

클레리반이 아주 잠깐의 공백 이후 앙게나스 가주를 따라 웃으며 대답했다.

"자, 그럼 인장을 찍으면 되는 것인가?"

"예, 그렇습니다."

그 이후의 과정도 수월했다.

이전 황후궁에서와 마찬가지로 앙게나스 가주의 인장을 꾹 눌러 찍는 게 전부였다.

"좋구만."

듀이지 앙게나스는 가주로서 뭔가 큰일을 해낸 것 같아 뿌듯했다.

실로 오랜만에 느끼는 보람이었다.

그러다 문득 계약서에서 조금 독특한 것을 보고 클레리반에게 물었다.

"그러고 보니 계약자가 '클레리반 펠렛'이 아니라 '펠렛 상회 소유주'로 되어 있군?"

앙게나스 가주의 질문에 계약서를 챙겨 넣던 클레리반의 손이 잠시 멈칫했다.

"……예, 맞습니다."

하지만 아직도 자신이 찍은 앙게나스의 인장만 보고 있던 듀이지 앙게나스는 그것을 눈치채지 못했다.

"이를테면 가주님의 인장과 마찬가지이지요. 제게는 펠렛 상회가 제 가문과도 같으니 말입니다."

"호오. 하긴 그편이 더 믿음직스럽기도 하지."

"좋게 봐 주시어 감사합니다."

클레리반은 일부러 앙게나스 가주와 시답잖은 대화를 이어 갔다.

"어려운 때에 앙게나스에 도움이 되었다면 좋겠습니다."

"도움이 되었다 뿐인가! 하하!"

그리고 슬쩍, 앙게나스 가주 앞에 놓여 있는 전 계약서를 들어 올려 벽난로 앞으로 다가갔다.

"필요하시다면 더 자금을 융통해 드릴 수도 있으니 말씀만 하십시오."

"저, 정말인가?"

"예, 원래 사업이라는 것이 그런 것 아니겠습니까. 빚도 자산이라는 말이 있지요. 아, 그럼 이건 태우겠습니다?"

벽난로 앞에 선 클레리반이 이전 계약서 뭉치를 불 근처에 가져가 물었다.

"응? 아아, 그렇게 하게. 그런데 그 자금이라는 것이 어느 정도……."

이미 돈을 더 빌려줄 수 있다는 말에 귀가 솔깃해진 앙게나스 가주는 손을 휘휘 저었다.

그와 동시에 전 계약서가 빨간 벽난로 불 속으로 떨어졌다.

클레리반은 듀이지 앙게나스의 말을 한 귀로 흘렸다.

대신 금방 하얀 재가 되어 가는 종이를 차갑게 식은 눈으로 내려다보았다.

황후 앞에서 작성한 계약서와 오늘 새로 만든 계약서의 차이는 단 한 가지.

클레리반 펠렛 개인의 인장 대신 펠렛 상회 소유주의 것이 찍혔다는 점뿐이었다.

하지만 눈치가 빠른 황후 앞에선 몇 번이고 조심해야 했다.

행여 클레리반 자신이 펠렛 상회의 실소유주가 아닐 수도 있다는 의심을 시작하면 곤란했다.

이럴 때는 듀이지 앙게나스가 황후의 반의반에도 못 미치는 인물이라는 사실이 얼마나 다행인지.

"그러니까 내가 묻고 싶은 것은…… 혹 가문이 아닌 나 개인에게도 돈을 빌려줄 수 있는 것인가?"

클레리반은 돈에 대한 욕심에 얼굴이 붉게 달아오른 앙게나스 가주를 보며 활짝 미소를 지어 주었다.

이제 막 아침 해가 빼꼼히 얼굴을 내미는 시간.

나는 문간에 삐딱하게 기대어 서며 물었다.

"그러니까 페레스, 지금 네가 여기에 온 이유가 뭐라고?"

나도 모르게 반쯤 바람이 빠진 웃음소리가 말에 섞여 들었다.

"케이틀린을 위해서."

녀석은 표정 하나 변하지 않고 잘도 대답했다.

"브라운 가문의 일로 케이틀린이 저택에 더 머물러야 한다고 티아 네가 편지를 보냈잖아."

"더 제대로 설명해 봐."

"평소 개인적인 휴가도 내지 않는 케이틀린이 갑자기 황궁에서 며칠씩 모습을 보이지 않는다면 황후는 의심할 거야."

"그래서?"

"그래서 내가 약혼자인 티아 너와 시간을 보내기 위해 롬바르디 저택에 머물고 있다면, 내 시녀인 케이틀린이 궁을 비워도 의심받을 일은 없겠지."

이 녀석 은근히 뻔뻔한 데가 있단 말야.

나는 팔짱을 끼고 눈을 가늘게 뜨며 물었다.

"정말? 너의 사리사욕을 챙기기 위한 이유는 단 하나도 없이 정말 그게 전부야?"

"……."

페레스는 내 질문에 미소를 지으며 입을 꾹 다물었다.

내게 거짓말을 할 수는 없고 대답을 피하고는 싶을 때 녀석이 자주 써먹는 방법이었다.

"……일단 들어와."

내가 못 살아 정말.

나는 가로막고 서 있던 문 앞에서 자리를 비켜 주었다.

그러자 녀석은 내가 마음을 바꿀세라 얼른 성큼성큼 걸어 집 안으로 들어왔다.

퍽 즐거운지 무뚝뚝한 입가는 미소로 느슨하게 풀어진 지 오래였다.

"그래도 케이틀린이 좋아하겠어. 너에 대해서 걱정하고 있었거든."

나는 응접실 소파 등받이에 몸을 옆으로 기대어 앉으며 말했다.

사실 아직 잠옷만 입은 채였다.

이 상태로 절대 다른 손님을 들이는 일은 없었겠지만.

뭐, 페레스니까.

아침 온도가 쌀쌀해 무릎을 안아 몸을 웅크렸다.

그것뿐이었다.

그런데 어느새 내 어깨 위에 페레스가 입고 있던 로브가 소리 없이 내려앉았다.

"내가 말했잖아. 케이틀린을 위해서 왔다고."

페레스는 그렇게 반쯤 능청을 떨었다.

그러고는 자연스레 내 바로 옆자리에 나를 마주 보고 앉았다.

페레스의 무릎과 내 발끝이 닿을 만큼 가까운 거리였다.

'아, 이런.'

순간 나는 깨달았다.
우리가 얼마 전 그날 밤과 같은 모양으로 앉아 있다는 것을.
나는 왠지 초조한 마음에 입 안의 살을 깨물었다.
그런데 그런 내 움직임이 녀석의 주의를 끈 듯했다.
붉은 시선이 내 입술로 끌리듯 따라붙는 것이 보였다.
자극하려는 의도는 절대로 아니었는데.
한쪽 팔로 머리를 괴고 눈을 곱게 접으며 나를 바라보던 얼굴에선 어느새 여유로운 미소가 사라져 있었다.
그리고 녀석이 내게로 손을 뻗어 왔다.
흠칫.
나도 모르게 몸이 놀라 살짝 떨렸다.
하지만 페레스의 손은 내 어깨에 걸쳐진 자신의 로브를 더 꼼꼼하게 여며 주었을 뿐이었다.
아, 쪽팔려.
순식간에 로브가 필요 없을 정도로 얼굴이 확확해지는 것이 느껴졌다.
그런데 녀석의 표정이 심상치 않았다.
붓끝처럼 매끈한 눈꼬리가 살짝 올라간 것이 뭔가 굉장히 내게 불만이 있는 얼굴이었다.
"내가 싫어?"
아니나 다를까.
페레스의 목소리에 불퉁한 기색이 잔뜩 서려 있었다.
"……아니, 그런 건 아니고."
녀석에 대한 내 마음을 부인하는 의미 없는 짓은 하지 않는다.

지금도 이렇게 떨리는걸.

나는 로브를 더욱 꼭 여미는 척, 심장이 쾅쾅 뛰는 쇄골 아래를 손으로 슬쩍 문질렀다.

그래 봤자 달라지는 것은 없었지만.

“그럼 내가 좋아?”

페레스가 내 쪽으로 조금 더 다가오며 물었다.

쿵, 쿵, 쿵.

장미향을 닮은 페레스의 향기에 숨이 얕게 가빠졌다.

원래 내 계획은 이게 아니었다.

조금 전 방에 녀석을 들일 때만 하더라도 나는 페레스를 전처럼 대할 생각이었다.

그날 밤의 일은 마치 없었던 것처럼 그렇게 아무렇지 않게.

페레스는 내게 걱정하지 말라고 했지만 그럴 수는 없었다.

나도 녀석이 좋다.

하지만 선택의 순간이 온다면 나는 주저하지 않고 롬바르디를 택할 것이다.

나를 향한 페레스의 마음이 얼마나 깊고 맹목적인지 알면서도.

나는 그 마음에 온전히 다 보답하지 못할 것을 알면서도, 페레스의 말만 듣고 마치 아무런 문제가 없는 것처럼 행동할 수는 없었다.

그것은 옳은 일이 아니었다.

그런데.

페레스의 몸이 조금 더 내 쪽으로 기울어졌다.

동시에 크고 따듯한 손이 내 벗은 발등과 발목을 감싸듯 쥐는 것이 느껴졌다.

"티아."

페레스가 속삭이듯 나를 불렀다.

붉은 눈은 오로지 나만 보고 있었다.

그리고 그 모습에 울컥하고 치미는 것이 있었다.

"페레스, 너 진짜……"

왜 그렇게 예쁜 건데!

도대체 뭘 믿고!

뒤의 말은 입 밖으로 내지 않고 삼켰지만, 페레스는 마치 그런 내 마음속 소리가 들린다는 듯 눈으로 웃었다.

결국 우리 입술이 포개졌다.

녀석의 큰 몸이 완전히 나를 감싸듯 안고 길게 키스가 이어졌다.

"으음."

전해 오는 향기에, 체온에, 그리고 스치듯 들리는 숨결 소리에.

내가 지금 어디에 있는지조차 모두 잊었다.

그리고 어느 순간 정신을 차렸을 때, 나는 페레스의 무릎에 앉아 있었다.

"흣, 아, 안 돼! 잠깐!"

나는 자석처럼 붙어 떨어지지 않으려는 내 입술을 어렵사리 떼어 내고 녀석의 것을 황급히 내 손으로 막았다.

정신 차리자, 정신!

"후으, 후……."

아직 열기가 조금도 가시지 않은 녀석의 눈을 보면서 몇 번이고 아찔한 유혹이 나를 덮쳤지만 나는 이겨 냈다.

맹세코 지금까지의 생을 통틀어 가장 힘든 일이었다.

"우, 우리 이러면 안 돼."

"……왜?"

내 손가락 아래에서 페레스가 느리게 물었다.

그 은밀한 촉감에 손이 불에 덴 듯 화끈거려, 나는 아예 자리에서 벌떡 일어나 소파에서 멀리 떨어졌다.

"왜냐면, 왜냐면……."

젠장.

딱히 그럴싸한 이유가 생각나지 않았다.

나는 어쩔 수 없이 단호하게 외쳤다.

"어쨌든 안 돼!"

"……알겠어."

갑자기 혼자 남겨진 페레스는 조금 전까지 나를 안고 있던 손을 아쉽게 매만졌다.

그리고 눈을 아래로 슬쩍 내리까는 것이, 분명 삐졌다 지금.

"윽."

순간 녀석을 달래 줘야 한다는 충동이 강하게 들었지만 나는 주먹을 꽉 쥐고 참아 냈다.

정신 차려!

쟤는 자기 미모를 십분 이용할 줄 아는 애라고!

아니나 다를까.

페레스가 새초롬한 눈으로 나를 흘끗 확인하듯 바라보는 것이 보였다.

나는 일단 창문을 열어 찬 공기를 가득히 들이마셨다.

잘했어, 잘 참았어!

"흠흠."

나는 목을 한번 가다듬고 말했다.

"집사에게 말해서 적당한 손님방을 내주도록 할게."

"여기와 가까운 방으로 부탁할게."

가까워서 도대체 뭘 하려고!

"티아."

뚜벅뚜벅.

내가 벌떡 일어서며 벗어던진 자신의 로브를 들고 페레스가 다가왔다.

어느새 평소의 그 여유를 되찾은 모습이었다.

그리고 다시 그것을 내 어깨 위로 둘러 주며 말했다.

"그러다 감기 걸려. 조심해야지."

지금 이 방에서 제일 위험한 건 바로 너거든!

내가 그렇게 말하려 했을 때였다.

페레스의 시선이 굳게 닫혀 있는 문 쪽으로 향했다.

녀석의 미간에 주름이 잡혔다.

"페레스?"

"……위험하진 않은 것 같은데."

페레스가 영문을 알 수 없는 말을 중얼거렸다.

그때 아주 조용히 내 방문이 스르륵 열렸다.

달그락, 달그락.

식기들이 부딪치는 것 같은 작은 소음이 가장 먼저 들려왔다.

"티아가 깨지 않게 조용히."

음식이 담긴 작은 수레를 밀고 들어오는 고용인을 향해 손가락 하나를 입에 가져다 대는 것은 아버지였다.

아버지는 분명히 다음 달까지 체사유에 있겠다고 했는데?

"분명히 티아가 깜짝 놀라겠지."

아버지가 즐겁게 웃었다.

그리고 깨금발까지 들어 내 침실로 향하다가 창가에 멍하니 서 있는 나를 발견했다.

"으응? 티아, 일어나 있었……."

그리고 내 옆에 서 있는 페레스까지도.

"왜 이 시간에 두 사람이 같이 있는 거니?"

분명히 질문인데, 질문이 아니었다.

아버지의 저런 얼굴은 처음 본다.

언제나 방긋방긋 미소 짓는 우리 아버지가 저렇게 무서운 얼굴을 하다니.

"아, 아빠 그게……."

내가 설명하려고 했지만 아버지의 날카로운 눈초리는 내가 아니라 페레스를 향했다.

"설명해 보시지요, 2황자 전하."

아버지를 따라 옆을 바라본 나는 또 한 번 처음 보는 광경을 마주했다.

"롬바르디 공……."

그것은 당황한 페레스가 진땀을 흘리고 있는 모습이었다.

"자네는 그만 나가 보게."

아버지가 옆에 멀뚱히 서 있는 하인에게 일렀다.

"예, 예에……."

이 자리가 꽤 불편했는지 하인은 뒤도 돌아보지 않고 얼른 방에서 나가 버렸다.

달칵하고 문이 닫히자 아버지의 매서운 시선이 다시 페레스에게로 향했다.

그러자 페레스의 어깨가 작게 움찔하는 것이 보였다.

아버지도 아버지이지만, 페레스의 이런 모습을 보는 것도 처음이다.

"오랜만에 뵙습니다, 롬바르디 공."

페레스가 먼저 아버지에게 인사했다.

"예, 실로 그렇습니다."

하지만 아버지는 미소 짓지 않았다.

언제나, 누구에게나 버릇처럼 보여 주는 상냥한 미소가 싹 가셔 있었다.

"오랜만에 뵈었더니 황자 전하께서 제 딸아이의 약혼자가 되어 계시는군요."

"그건……."

페레스의 얼굴에 당혹감이 더욱 짙어졌다.

허리를 꼿꼿이 세우고 잔뜩 긴장한 페레스가 진지하게 대답했다.

"그 일에는 얽힌 사정이 있습니다. 다 설명 드리기는 어렵지만……."

"계약 약혼이라지요."

아버지가 페레스의 말허리를 싹둑 자르며 말했다.

"티아에게 들어 알고 있습니다."

그러고는 내 쪽을 바라보는 아버지의 얼굴에 익숙하고도 다정한 미소가 걸렸다.

"어려서부터 단 한 번도 속 썩이는 일 없이 잘 자라 준 우리 티아가 그런 결정을 했다니. 다 무슨 이유가 있었겠거니 했지요."

그런데 다시 페레스를 돌아보는 아버지의 눈빛은 싸늘하게 변해 있었다.

"그런데 그 상대가 2황자 전하라."

아버지의 낮은 목소리가 긴 말꼬리를 만들었다.

"계약 약혼일 뿐이라지만 황자 전하께서는……."

아버지가 어딘가 날카로운 시선으로 페레스를 하나하나 뜯어보듯 바라봤다.

뭔가 말로 형용할 수 없는 불신이 가득 담긴 눈이었다.

그런데 그런 아버지 앞에서 페레스는 말도 한마디 제대로 하지 못하고 있었다.

에휴.

결국 작게 한숨을 쉬며 내가 나섰다.

"아빠."

"응, 티아야."

아버지가 언제 페레스를 노려봤냐는 듯 싱긋 웃으며 대답했다.

"저랑 페레스, 계약 약혼 맞아요. 그러니까 걱정하실 것 없어요."

"걱정이라니. 아빠는 걱정하지 않는단다. 우리 티아가 어련히 알아서 다 잘할까."

아버지의 손이 내 머리를 쓱쓱 쓰다듬었다.

그래서 이제 끝난 줄 알았는데.

아버지가 또 휙 하고 페레스를 반쯤 노려본다.

"그렇지만 2황자님을 뵈니 어쩔 수 없이 다시 떠오르는군요. 금쪽같은 딸아이의 약혼 소식을, 미리 언질도 없이, 서신으로, 그것도 온 제국이 다 알고 나서야 듣게 된 그때의 그 심정이 말입니다."

다분히 죄책감을 불러일으키는 것이 목적인 아버지의 말에 페레스는 대답하지 못했다.

누군가에게 명치를 세게 얻어맞기라도 한 것처럼 안색이 영 좋지 못했다.

꿀 먹은 벙어리가 되어서 가만히 서 있는 페레스에게 아버지가 다가갔다.

그러고는 녀석의 어깨에 손을 올리더니 물었다.

"그래서, 이 이른 아침에 2황자 전하께서 제 딸아이의 방에 있는 이유가 무엇이라고 하셨지요?"

"……며칠간 롬바르디 저택에서 머물 방을 내줄 수 있냐 롬바르디 영애께 묻고 있었습니다."

"아하."

가만히 페레스의 말에 귀 기울이던 아버지가 그제야 천천히 미소를 지었다.

"그것이라면 제가 도와드리지요."

"직접 그러실 필요는……."

"아닙니다. 저와 함께 지금 가시지요. 집사도 지금쯤 일어나 있을 겁니다."

결국 페레스는 아버지가 이끄는 대로 걸음을 옮길 수밖에 없었다.

미련 가득한 얼굴로 나를 한번 돌아본 페레스가 천천히 문 쪽으로 움직이기 시작했다.

어깨는 축 처져서 가기 싫은 기색이 역력한 뒷모습이었다.

하지만 아버지는 단호했다.

문밖으로 페레스의 등을 밀어낸 아버지는 어느새 다시 웃는 얼굴로 돌아와 내게 말했다.

"아빠가 준비해 온 것으로 아침 식사를 하거라, 티아. 우리는 점심때 다시 보자."

덜컥 하고 문이 닫히고 어느새 나는 혼자 남아 있었다.

"페레스, 괜찮을까."

아버지가 왠지 화가 난 것같이 보였는데.

하지만 그때 비스듬히 열린 음식 덮개 사이로 따끈따끈한 팬케이크의 냄새가 뭉근히 올라왔다.

꼬르륵.

"뭐, 알아서 하겠지."

설마 페레스 같은 사람이 우리 아버지 같은 사람에게 괴롭힘이라도 당하겠어?

이 저택에서 페레스를 제대로 괴롭힐 수 있는 사람은 할아버지 정도밖에 없을 텐데?

아버지도 잠깐 저러다 마시겠지.

나는 그렇게 가볍게 생각하며 포크를 들었다.

페레스가 그대로 저택 본관으로 끌려가 졸지에 할아버지, 아버지와 함께 매우 불편한 아침 식사를 하게 되었으리라고는 꿈에도 생각하지 못한 채로.

오후의 햇살이 가득한 시간.

황후 라비니가 오랜만에 티타임을 열었다.

장자 계승법 통과가 실패된 이후로 한동안 조용한 삶을 살았던 황후였기에 라비니의 측근들은 모두 자리를 채웠다.

그중 단연 눈에 띄는 것은 서셔우 가주였다.

겉모습이나 과거 기사 단장이었다는 경력을 따져 보면 티타임과는 전혀 인연이 없을 것 같은 그였으나, 황후의 바로 옆자리에 앉아 찻잔을 들어 올리는 모습은 희고 섬세한 자기와 퍽 어울렸다.

수많은 손님들이 보는 앞에서 황후는 찬톤 서셔우와 보란 듯 정답게 대화를 나누며 친분을 과시했다.

"그동안 내가 몸이 좋지 않아 서셔우 가주에게 격조했지요. 너무 서운하게 생각하지 않았으면 좋겠어요."

"그런 걱정은 하지 않으셔도 됩니다, 황후마마."

서셔우 가주의 정중한 대답에 라비니 황후의 미소가 더욱 짙어졌다.

"햇살이 참 좋은데, 우리 잠시 걸을까요?"

황후가 갑작스레 제안했다.

"……그러시죠."

서셔우 가주는 잠깐의 공백 뒤, 고개를 끄덕였다.

함께 자리에서 일어나는 두 사람에게 티타임에 참석한 인사들의 시선이 꽂혔다.

"후원을 짧게 산책하도록 하죠."

"모시겠습니다."

기사 출신답게 정중한 예법으로 서셔우 가주가 황후를 에스코트하기 시작했다.

호기심 어린 눈빛들이 그 뒤를 따랐지만 황후는 마치 그것을 즐기기라도 하듯 더욱 비밀스런 미소를 지으며 다과가 차려진 자리를 벗어났다.

얼마 지나지 않아 두 사람은 호젓한 후원을 여유롭게 걷고 있었다.

주변에 아무도 없다는 것을 확인한 황후가 입을 열었다.

"올해도 서셔우의 농사는 풍년이었다지요."

여전히 아름다운 눈동자는 산책을 즐기는 듯 저 멀리 어딘가에 머물고 있는 채였다.

"앙게나스의 많은 제국민들이 서셔우산 곡식에 의지하고 있답니다."

라비니 황후는 붉은 입술로 부드러운 호선을 그리며 말했다.

"아주 고맙게 생각하고 있어요."

빈말은 아니었다.

서셔우산 곡식이 싼값으로 공급된 덕분에 앙게나스의 평민 사망률이 급격히 줄었다.

원래 농사를 짓기에 적합하지 않은 토양 때문에 앙게나스는 평작보다 흉년이 드는 때가 더 많았다.

그런 해면 명목상으로나마 구휼을 위해 큰돈을 풀어야 했기에, 서셔우의 값싼 곡식은 현재의 앙게나스에게 생명의 은인이나 마찬가지였다.

특히 요즘처럼 앙게나스의 자본이 가뭄이 든 땅처럼 바짝 말라버린 때에는 더더욱.

"앞으로도 서셔우 가주에게 기대가 크답니다."

"……그 기대에 부응하기 위해 더 노력하겠습니다, 황후마마."

"그래요. 그런데……."

돌연 걸음을 멈춰 선 황후가 말꼬리를 흐렸다.

"내가 요즘 고민이 하나 있답니다, 서셔우 가주."

언뜻 매우 곤란한 표정이었다.

그러나 황후의 푸른 눈은 그의 반응을 면밀히 주시하고 있음을 찬톤 서셔우는 느낄 수 있었다.

"어떤 고민이 있으십니까."

"다름이 아니라……."

황후가 찬톤을 똑바로 바라보며 대답했다.

"그동안 앙게나스가 서셔우 가문에게서 돈을 빌리며 담보로 잡은 땅의 크기가 제법 되더군요."

당연한 말이었다.

그리 길지 않은 시간 동안 앙게나스 가문은 서셔우에게서 천문학적인 금액을 빌렸다.

한마디로 무리한 서부 개발 사업과 장자 계승법의 실패를 서셔우의 돈으로 메꿔 보려고 했던 것이다.

그 결과, 앙게나스 가문의 영지 중 절반 이상이 빚의 담보가 되어 있었다.

다시 말해 앙게나스의 절반 이상이 서셔우의 손아귀 안에 들어온 것이다.

"그렇습니다, 황후마마."

그러나 서셔우 가주는 속내를 내비치지 않는 얼굴로 묵묵히 고개를 끄덕였다.

"그러다 보니 내가 문득 걱정이 들지 뭡니까. 서셔우가 그럴 일은 없겠지만 정말 우리 앙게나스의 영지를 욕심내는 것이라면 어쩌나 하고 말이지요."

생긋 웃는 황후의 눈꼬리가 날카로웠다.

"물론 나는 서셔우 가주의 말을 믿습니다. '서셔우는 앙게나스의 땅에 관심이 없다'던 가주의 말을요."

서셔우 가주는 대답 대신 입을 더욱 굳게 다물었다.

그런 반응을 빤히 바라보던 황후가 말을 이었다.

"앞으로도 이어질 앙게나스와 서셔우의 동맹을 위해서, 그리고 더 나아가 내가 서셔우 가문을 더욱 믿고 신뢰할 수 있게 하기 위해서, 우리가 서로에 대한 믿음과 신뢰를 더욱 공고히 다질 필요가 있다는 판단이 들어요."

믿음과 신뢰라.

그 말에 무심했던 찬톤 서셔우의 눈빛이 매서워졌지만, 찰나에 일어난 일이라 황후는 그것을 알아차리지 못했다.

"물론, 내가 서셔우 가주를 믿지 못하는 것은 아니랍니다."

그러나 황후의 새파란 눈동자는 정반대의 말을 하고 있었다.

무언가가 황후로 하여금 서셔우를 의심하게 했다.

그것이 단순히 '돌아보니 서셔우에게 너무 많은 땅을 담보로 잡혔더라' 하는 깨달음에서 온 것인지.

아니면 그 이상의 무언가가 있는지 알 수 없었다.

"제가 무엇을 하면 되겠습니까."

찬톤 서셔우가 낮은 목소리로 물었다.

"끔찍했어."

내 옆에 털썩 주저앉은 페레스가 마른세수를 하며 말했다.
무척이나 지친 목소리였다.
아버지와 점심 식사를 한 뒤, 별관 쪽의 연무장 근처에서 페레스를 다시 만났다.
"그래서…… 아버지와, 할아버지와 아침 식사를 했다고?"
아침에 내 방에서 페레스를 데리고 나간 아버지가 그대로 녀석을 할아버지가 아침 식사를 하고 있던 본관 식당으로 데려갔었던 모양이었다.
단지 몇 시간 안 본 것뿐인데, 페레스는 그 잠깐 동안 무척이나 피곤한 얼굴이 되어 있었다.
"그게 아침 식사였나? 체감상 수십 시간은 가뿐히 된 것 같은데."
"겨우 네 시간 전이었거든?"
"아……."
페레스가 머리카락이 휘날리도록 불어오는 가을바람에 파스스 흩날릴 것 같은 얼굴로 멍하니 대답했다.
"이제 그만 정신 차려, 페레스. 아, 저기 오네."
나는 페레스의 등허리를 팡 하고 한 번 쳐 준 후에 자리에서 일어났다.
저 멀리 기다리고 있던 사람들이 다가오는 것이 보였기 때문이었다.
"티아!"
"티아야!"
나를 발견하고 흙먼지를 일으키며 부리나케 달려온 사람은 길리우와 메이론이었다.
롬바르디 기사단이 지난 몇 개월간 합숙 훈련을 하면서 꽤 오랫동안 쌍둥이를 만나지 못했다.

말이 합숙 훈련이지 실제로는 극기 훈련에 가깝다더니.

그 몇 달 사이에 두 사람의 분위기가 어딘가 많이 달라져 있었다.

"오랜만이야!"

"보고 싶었어!"

특유의 짓궂은 웃음은 전혀 변함이 없었지만.

"두 사람 각자 십인조장이 되었다면서? 축하해."

샤나넷을 통해서 미리 전해 들은 소식이었다.

"롬바르디 기사단 역사상 두 사람처럼 진급이 빠른 사람들은 손에 꼽는다던데."

내 말에 쌍둥이의 어깨가 으쓱거렸다.

"그럼, 그럼! 우리가 누군데!"

"혹시나 해서 하는 말인데, 우리가 롬바르디라고 해서 편의를 봐주는 건 절대 없어."

"맞아, 단장 그 고약한 인간. 으으."

롬바르디 기사단장에 대해 말하며 쌍둥이가 몸을 부르르 떨었다.

그때, 다른 한 사람이 쌍둥이의 뒤쪽에서 다가왔다.

"안녕하세요, 롬바르디 영애."

"역시 검술 수련복도 잘 어울리네요, 브라운 영애."

풍성하고 색이 선명한 붉은 머리를 높이 올려 묶은 라모나가 내 칭찬에 조금 쑥스러운 듯 웃었다.

"감사합니다, 영애. 그런데 오늘은 어째서 이런 차림으로 저를 부르셨는지……."

라모나가 조금 혼란스러운 얼굴로 쌍둥이와 페레스를 바라보며 말꼬리를 흐렸다.
"우리는 저쪽이랑 볼일이 있거든."
"잊지는 않았겠지, 2황자 전하?"
쌍둥이가 자신만만하게 건 도발에 페레스가 훌쩍 자리에서 일어났다.
조금 전까지 파리한 안색으로 앉아 있던 사람은 어디로 가고.
옆에 놓여 있던 검을 쥐고 일어선 페레스는 자신보다 키가 조금 작은 쌍둥이를 살짝 내려다보며 한쪽 입꼬리를 말아 올렸다.
"혼자? 아니면 그냥 둘이서 한 번에 덤비는 게 시간도 단축되고 좋을 것 같군."
"뭐, 뭐야?"
"우리도 예전의 우리가 아니거든!"
이번에는 페레스의 도발에 쌍둥이가 버럭 했다.
세 사람은 금방이라도 검을 맞부딪치기 시작할 것처럼 으르렁거리기 시작했다.
"잠깐."
하지만 나는 그사이에 끼어들며 말했다.
"두 사람과 페레스의 대결 구도가 되면 안 돼."
내 말에 길리우가 의기양양하게 웃었다.
"그럼, 그럼. 나 혼자서도 충분……."
"아니, 브라운 영애까지 한 번에 뭉쳐서 셋이서 페레스를 상대하는 거야."
"티, 티아……."
쌍둥이가 망연자실한 얼굴로 나를 바라봤지만, 그런 것에 흔들릴 때가 아니었다.

지금 내가 확인하고 싶은 것은 따로 있었으니까.

"칫."

메이론은 조용히 혀를 찼다.

눈앞에 검을 들고 서 있는 페레스의 존재가 마치 벽처럼 느껴졌기 때문이었다.

"젠장."

그것은 동생인 길리우도 마찬가지인지 조금 떨어진 곳에서 낮게 중얼거리는 소리가 들려왔다.

메이론은 길리우에게서 시선을 떼어, 라모나 브라운을 바라봤다.

그 유명한 브라운 가문의 사람이라는 설명은 이미 티아에게서 들어 알고 있다.

지금이야 '제국 검법'이라고 불리지만, 그 원형이 브라운 가문의 '브라운 검법'인 것은 제국에서 검을 배우는 사람이라면 누구나 아는 사실이었다.

그리고 브라운 가문이 오로지 제국의 번영을 위해 가문의 비기였던 검법을 공개했었다는 것도.

롬바르디의 기사이지만 동시에 제국의 기사이기도 한 메이론에게 브라운 가문의 사람과 이렇게 검의 합을 맞춰 볼 수 있다는 것은 앞으로 누구에게나 자랑할 수 있는 명예로운 일이기도 했다.

"와라."

그때 페레스가 낮게 읊조리듯 말했다.

아주 작은 목소리였지만 길리우와 메이론, 그리고 라모나는 망설임 없이 페레스를 향해 튀어 나갔다.

“하앗!”

길리우가 첫 번째 공격을 시작했다.

페레스의 옆을 파고드는, 무척이나 날카롭고 빠른 검이었다.

챙-!

그러나 길리우의 검격은 페레스에게 너무나 쉽게 막혀 버렸다.

하지만 메이론은 그 틈을 노렸다.

발을 크게 내디디며 검을 크게 횡으로 그었다.

옆으로 들어온 길리우의 검을 막느라 텅 비어 버린 페레스의 앞쪽을 노리는 공격이었다.

그륵!

검날끼리 부딪치며 갈리는 소리가 강하게 들려왔다.

메이론이 눈을 크게 치떴을 때는 이미 길리우와 메이론, 그리고 페레스의 검이 엉켜 있었다.

페레스가 뒤로 물러서며 몸을 트는 것만으로 각자 다른 방향에서 날아오던 두 개의 검을 한 번에 막은 것이다.

“크윽!”

순식간에 검을 잡은 손이 꺾여 버린 길리우의 입에서 고통스런 신음이 터져 나왔다.

그때였다.

후웅-!

등골을 섬뜩하게 하는 파공음과 함께 무거운 검이 뚝 떨어져 내렸다.

"흡!"

페레스가 쌍둥이의 검을 묶어 두었던 결박을 풀며 몸을 뒤로 크게 젖혔다.

날카로운 검 끝을 아슬아슬하게 비껴간 자리에 붉은 머리칼이 크게 출렁였다.

흉포하게 그어 내린 검을 회수한 라모나가 검을 고쳐 잡았다.

그리고 페레스를 향해 검을 길게 찔러 넣기 시작했다.

휫, 휫!

마치 화살이 날아가는 듯한 소리가 라모나의 검에서 울렸다.

'저건!'

길리우와 메이론은 동시에 깨달았다.

라모나가 펼치고 있는 검술이 제국 검법의 검식 중 하나라는 것을.

쌍둥이도 검을 고쳐 잡고 공격에 합류했다.

훽! 휘익!

동시에 세 개의 검이 페레스를 노리고 날아들었다.

결국 메이론의 검 끝이 페레스의 팔뚝을 얄게 긁었다.

핏!

작은 소음과 함께 붉은 피가 튀었다.

길리우의 검도 페레스의 다리를 노리고 찔러 들었다.

그 검날이 당장이라도 살을 가를 듯이 파고드는 순간, 페레스의 몸이 한차례 크게 흔들렸다.

'기회다!'

쌍둥이는 동시에 생각했다.

그리고 마지막으로 검을 더욱 강하게 찔러 넣기 위해 자연스레 몸의 중심을 움직였다.

하지만 그 순간, 페레스의 몸이 자리에서 푹 꺼지기라도 한 듯 사라졌다.

"헉!"

갑자기 시야에서 사라진 페레스의 모습을 따라 몸을 뒤늦게 틀어 보았지만 이미 늦었다.

페레스는 길리우와 메이론이 만들었던 검격의 포위망을 이미 벗어난 뒤였다.

"크윽!"

두 사람은 페레스를 따라잡기 위해 젖 먹던 힘까지 짜내 무리하게 몸을 돌렸지만 이미 중심이 흐트러진 몸에서 제대로 된 힘이 나올 리 없었다.

결국 비틀거리는 몸을 가까스로 바로 잡으며 패배감을 맛봤다.

공격하는 자들을 일부러 한쪽으로 몰아넣은 뒤, 어찌할 수도 없이 사라지듯 빠져나가 버리다니.

완전히 페레스의 수에 놀아난 꼴이었다.

고개를 드는 쌍둥이는 이미 페레스가 저 멀리에서 자신들을 의기양양하게 보고 있으리라 확신했다.

그런데.

"괴, 굉장해!"

메이론이 자기도 모르게 외쳤다.

페레스는 원했던 만큼 몸을 빼내지 못한 채로 멈춰 서 있었다.

"브, 브라운 영애……!"

라모나의 검이 땅에 박혀 있었다.

페레스의 로브 자락을 단단히 문 채로.

그쯤이야 페레스가 한번 힘을 줘서 찢어 내면 그만이었지만, 결투 상황에서 그 정도의 틈은 어마어마한 차이를 만들어 낸다.

때로는 삶과 죽음까지도.

라모나가 만들어 낸 그 잠깐의 틈을 타 누군가가 새로운 검을 찔러 넣었다면, 페레스는 이미 전투 불능 상태가 되었을 것이다.

"……졌습니다."

하지만 항복 선언은 라모나에게서 흘러나왔다.

그녀의 목 앞에 페레스의 검 끝이 놓여 있었기 때문이었다.

몸을 뺄 수 없다는 순간적인 판단을 마친 페레스가 사용할 검을 잃은 라모나를 먼저 처치하기로 마음먹었기 때문이었다.

"진짜 전투 상황이었다면 라모나 네 희생 덕분에 저 두 사람은 제대로 된 일격을 날릴 수 있는 기회를 얻었을 거다. 수고했다."

페레스가 짧게 말하며 라모나의 얼굴 앞에서 검을 거둬들였다.

대련이 끝나자 쌍둥이는 환호하며 라모나에게 달려갔다.

"대단해! 도대체 어떻게 한 거야!"

"맞아! 분명히 우리보다도 늦게 검을 뻗기 시작했는데!"

"어떻게 벌써 몸을 틀 수 있었어? 우리보다 순간적으로 두 배는 빠르게 움직이는 것 같았어!"

"분명히 우리랑 같은 제국 검법을 펼치고 있는데!"

"완전히 달랐다고!"

그때 새로운 목소리가 쌍둥이를 가로막았다.

"두 사람 다 조금 뒤로 물러설래? 브라운 영애가 놀랐잖아."

티아였다.

그 말대로 조금 전까지 위협적인 검을 서슴없이 휘두르던 라모나는 어느새 쑥스러운 듯 얼굴을 붉히고 있었다.

"하지만! 이건 티아가 잘 몰라서 그래! 분명히 똑같은 제국 검법을 운용하고 있는데, 이 사람만 달랐다고!"

"우리보다 근육도 적고, 힘도 약한데! 당연히 느려야 정상인데!"

"그래? 그렇게 다르게 느껴졌어?"

티아가 은근한 목소리로 물었다.

"당연하지! 저런 움직임은 경력이 많은 선배들한테서도, 아니 우리 단장한테서도 한 번도 보지 못했어!"

메이론이 잔뜩 흥분해 대답했다.

"순간적으로 저 사람 혼자서만 제국 검법이 아니라 다른 검법을 사용한다는 착각이 들었을 정도야!"

"제국 검법이 아닌 다른 검법이라……."

쌍둥이의 격한 소감을 들은 티아가 고개를 끄덕였다.

그리고 라모나를 바라보며 아주 달콤한 미소를 지었다.

"역시 그런 거구나. 이거 잘만 쓰면 아주 유용하겠어."

뜻 모를 말을 중얼거리면서.

우리는 연무장에서 벗어나 내 집으로 돌아왔다.

쌍둥이에 페레스, 그리고 라모나까지.

오랜만에 응접실이 손님으로 꽉 찬 느낌이었다.

"검술 대련을 해 달라는 내 부탁이 부담스러웠을 텐데. 고마워요, 브라운 영애."

라모나에게 따듯한 차를 따라 주며 말했다.

"아닙니다, 롬바르디 영애. 저희 가문을 도와주기 위해 힘써 주고 계시는데, 제가 할 수 있는 것이라면 무엇이든 해야지요."

"그런데 있잖아."

"뭐 하나만 물어봐도 돼?"

메이론과 길리우가 라모나를 향해 눈을 반짝이며 말을 걸었다.

"예. 말씀하세요, 롬바르디 공자."

"브라운 영애 정도면, 아카데미에서 어느 정도 실력인 거야?"

공부를 하기 위해 아카데미를 선택한 크레니와는 다르게 쌍둥이는 롬바르디를 벗어나 교육을 받은 적이 없다.

어렸을 때부터 시작된 검술 수업도 롬바르디의 기사들이 도맡아 해 왔으니까.

적잖이 호기심이 동한 모양이었다.

"저는 그리 재능이 뛰어난 편은 아니었습니다. 아카데미 입학시험도 겨우 통과했는걸요."

라모나가 조심스레 대답했다.

하지만 옆에서 차를 마시며 대화를 듣고 있던 페레스가 툭 던지듯 말했다.

"처음에는 그랬지."

"그게 무슨 뜻이야, 황자 전하?"

"라모나는 검술부를 차석으로 졸업했다."

쌍둥이의 두 눈이 크게 뜨였다.

"라모나는 재학 기간 내내 나보다 연무장에 일찍 나와 연습을 시작하는 유일한 사람이었지."

시험을 겨우 통과할 정도의 실력으로 입학해 차석으로 졸업하다니.

라모나가 얼마나 노력하는 사람인지 알 수 있는 대목이었다.

"저는 운이 좋았습니다. 살아남기 위해서 도피처로 선택한 아카데미에서 많은 것들을 얻었으니까요."

조용조용한 목소리가 담담하게 말했다.

"언제나 든든하게 곁을 지켜 주는 동기들도, 그리고 제가 이루고 싶은 꿈도."

그렇게 말하는 라모나의 시선이 아주 잠시, 페레스에게 가닿는 것이 보였다.

"살아남기 위해서 입학을 했다니……."

"고생이 많았구나."

"하지만 조금 전에 브라운 영애의 검은 무척 강했어."

"맞아. 마음도, 검을 다루는 능력도 강한 사람인 거야, 브라운 영애는."

쌍둥이가 라모나를 향해 말했다.

"혹시 우리가 도움이 될 수 있는 일이 있다면 말해."

"라모나 영애는 우리가 인정한 몇 안 되는 검사 중 하나이니까."

그 말에 라모나의 얼굴이 다시 붉어졌다.

검을 잡았을 때와 안 잡았을 때가 저렇게 다를 수도 있구나.

"이미 롬바르디 가문에는 평생 갚아도 부족할 은혜를 받고 있다고 생각합니다."

라모나가 그렇게 말하며 나를 바라봤다.

깊은 호수 같은 선한 눈이었다.

"부디 제가 이 은혜를 갚을 수 있는 날이 오기를 바랄 뿐입니다."
"브라운 영애……."
"진짜 멋진 사람이구나……."
쌍둥이가 깊게 감명받은 듯이 고개를 크게 끄덕였다.
"그런데 조금 전에는 정말 어떻게 한 거야? 갑자기 몸이 빨라진 것 말이야."
"아카데미에서 배운 거야?"
"아, 그것은……."
라모나가 작게 미소 지었다.
"따로 배운 것이 아니에요. 브라운 검법입니다."
"으응? 그게 브라운 검법이라고?"
길리우가 깜짝 놀랐다.
"하지만 브라운 검법에는 그런 부분이 없는데?"
메이론도 고개를 갸웃했다.
"두 사람이 알고 있는 것은 '제국 검법'이지 '브라운 검법'이 아니야."
해답은 페레스에게서 나왔다.
"두 가지가…… 달라?"
메이론이 충격받은 듯 물었다.
"브라운 검법은 기초를 오랫동안 다져야 하는 검법입니다. 그래서 모두가 배울 수 있도록 약간의 개량이 필요했어요. 제국의 사람이라면 누구나 검법을 익혀 국력을 증진시키는 것이 목적이었으니까요."
"아아, 그래서……."
"또한 가문이 와해되고 난 뒤, 여기저기로 흩어진 브라운 가문의 사람들은 가문이 복권되는 날을 기다리면서 브라운 검법을 연구하고 발전시켜 왔습니다. 제 부친처럼 오른손이 없어졌지만 다시 처음부터 왼손의 수련을 시작한 분들도 계세요."

그들의 삶도 라모나 부녀의 삶과 그리 다르지 않았을 것이다.

모든 것을 잃고 하루하루 생존을 위한 투쟁을 하면서도 가문이 다시 일어날 날을 위해 준비했다.

언젠가 때가 오면 더욱 발전한 그 검법이 가문의 힘이 되어 주리라 생각하면서.

"와……."

"대단해……."

쌍둥이가 연신 감탄했다.

두 눈이 연신 반짝이는 것이 아무래도 브라운 가문의 이야기에 감명받은 것 같았다.

"나도 더 정신 차리고 수련해야겠어."

"내일부턴 나도 롬바르디 가문의 검법을 열심히 연구해 볼 거야."

좋은 자극도 받은 것 같고.

"이봐, 브라운 영애. 나중에 그 개량된 검식을 한 번 더 보여 주지 않을래?"

"그래, 우리가 맛있는 거 살게."

쌍둥이의 제안에 라모나가 작게 웃음을 터뜨렸다.

그리고 대답했다.

"원하신다면 보완된 부분을 가르쳐 드릴까요?"

"뭐어?!"

길리우와 메이론이 뒤로 넘어갈 듯 깜짝 놀라며 손사래를 쳤다.

"아니야, 아니야! 그런 걸 우리한테 가르쳐 주면 어떻게 해!"

하지만 라모나는 오히려 태연했다.

"브라운 가문의 사람이라면 아주 어릴 때부터 검을 잡습니다. 여자, 남자 가릴 것 없지요. 그리고 수업의 첫날, 가장 먼저 배우는 말이 있습니다."

라모나가 한 글자씩 또박또박 말했다.

"검은 지키기 위해, 그리고 함께 강해지기 위해 잡는 것이다."

정말 브라운 가문다운 신조다.

"그래서 오래전 브라운 가문의 가주님은 브라운 검법을 모두에게 공개하셨습니다. 그리고 저도 그 말을 지키는 것에 거리낌은 없습니다. 아마 브라운 가문의 사람이라면 누구나 그렇게 생각할 거예요."

라모나는 진심으로 쌍둥이에게 진짜 브라운 검법을 가르쳐 주겠다 제안한 것이었다.

"브라운 영애."

나는 라모나를 불렀다.

"그 말, 진심인가요?"

"예."

라모나가 짧게 고개를 끄덕였다.

"어제 아버지께서 그렇게 말씀하셨어요. 가문이 복권되면, 개량된 브라운 검법을 공개하시겠다고요. 위축되었던 가문의 긍지를 드높일 수 있는 좋은 방법이라고 생각합니다."

그렇다면 계획이 한층 더 수월해진다.

내 계획의 마지막 퍼즐 조각이 맞춰지는 느낌이었다.

"역시 40여 년 전까지 대대로 황실 기사단장을 가업처럼 이어 온 브라운 가문다운 훌륭한 결정이네요."

나는 라모나를 향해 웃어 주며 말했다.

그 뒤로 어색함이 조금 가셨는지, 라모나는 전보다 더 밝게 웃었다.

짓궂은 쌍둥이의 말에도 곧잘 받아치며 대화가 끊이지 않고 이어졌다.

"그런데 황자 전하께서 차를 드시는 것은 처음 봤어요. 차를 싫어하시는 줄 알았는데."

"풀을 우린 물을 별로 좋아하는 편은 아니지만, 티아가 만들어 준 차는 가끔 마신다."

라모나의 말에 페레스가 무심하게 대답했다.

"아……."

라모나가 흐리게 웃었다.

하지만 페레스는 그 모습을 보지 못했다.

붉은 눈동자는 그쪽이 아니라 나를 바라보고 있었다.

핏방울처럼 새빨갛고 동그란 붉은색이었다.

"잠깐 얘기 좀 해, 페레스."

내가 그렇게 말하며 자리에서 일어나자 페레스가 조용히 뒤를 따라오는 것이 느껴졌다.

우리가 향한 곳은 내 서재였다.

"문 닫아."

내가 페레스를 향해 말했다.

녀석이 묵묵히 문을 닫았다.

"여기 앉아."

나는 책상 앞에 놓인 의자를 가리켰다.

이번에도 내 말대로 페레스는 순순히 의자에 앉았다.

"옷 벗어."

또 내가 말하는 대로 무심코 셔츠의 단추를 풀려고 하던 녀석의 손이 멈칫했다.

그리고 동그래진 눈으로 서 있는 나를 올려다봤다.

"옷 벗으라고."

"……티아?"

페레스의 눈동자가 마구 흔들렸다.

긴 속눈썹도 파르르 떨렸다.

나는 그런 녀석을 재촉했다.

"밖에 사람들이 기다리잖아. 시간 없으니까 빨리 벗어."

"밖에…… 사람들이 있는데……."

페레스가 작게 미간을 찌푸리며 뭐라고 작은 목소리로 중얼거렸다.

하지만 이내 멈췄던 손가락을 놀려 단추를 풀어내기 시작했다.

그 손끝이 살짝 떨리는 것 같기도 했다.

스르륵.

셔츠가 살에서 미끄러지는 소리가 선명하게 들렸다.

"후우."

페레스가 내쉬는 짧은 숨소리와 함께 녀석의 단단한 가슴팍이 크게 오르내렸다.

페레스와 내 시선이 마주쳤다.

나는 그 붉은 눈을 들여다보며 조용히 책상 서랍을 열었다.

그 안에는 깨끗한 붕대와 약병이 들어 있었다.

미리 준비해 두길 잘했지.

"에스티라가 만들어 준 약이야."

약이 든 동그랗고 작은 함을 페레스에게 건네며 말했다.

"발라."

조금 전 쌍둥이와 대련을 하며 팔뚝에 입은 상처가 아무런 치료도 없이 방치되고 있었다.

이럴 줄 알았다고, 내가.

페레스는 내가 주는 약병을 받아 들고 나를 올려다보며 멀뚱멀뚱 앉아 있을 뿐이었다.

"안 바를 거야?"

"약을…… 주려던 거였어?"

"그럼, 뭐 초콜릿이라도 줄까 봐?"

"하아……."

페레스가 별안간 한숨을 크게 터뜨렸다.

왜, 뭐, 너 왜 한숨 쉬는 건데?

뭔가 반쯤 체념한 듯한 눈으로 나와 약병을 번갈아 보던 페레스가 피식 웃으며 허탈한 웃음을 지었다.

나는 그런 페레스의 손에서 약병을 다시 빼앗아 들고 뚜껑을 열며 말했다.

"그렇게 큰 상처가 아니라고 해도, 분명히 검에 베인 거야. 약을 잘 발라야지."

끈적한 연고를 덜어 상처 부위에 꼼꼼히 발라 주었다.

"어차피……."

"어차피 흉터가 많아서 한두 개 늘어나도 상관없다고 생각하지 말고.”

반쯤 열렸던 페레스의 입이 다시 꾹 닫혔다.

“그리고 아까 그 한숨은 뭔데?”

내 질문에 페레스가 잠시 침묵했다.

그리고 조용히 대답했다.

“……아니, 이것도 좋아.”

여전히 의미를 잘 알 수 없는 말이었지만 굳이 캐물어야 한다는 생각은 들지 않았다.

하지만 무척 길고 깊었던 한숨이 신경 쓰였다.

나는 약을 바른 상처 위에 붕대를 감으며 말했다.

“치료 잘 받으면 초콜릿 줄 테니까.”

내 말에 페레스가 푸스스 웃으며 대답했다.

“……응.”

자정이 훌쩍 넘은 깜깜한 새벽.

베이트는 이리저리 널려 있는 종이를 하나씩 집어 읽고 있었다.

언뜻 중구난방인 듯한 종이 쪼가리들이었지만 베이트의 시선을 거치며 하나씩 분류되어 쌓여 갔다.

그 지루한 작업은 몇 시간 동안 반복되었다.

하지만 베이트의 얼굴에 피곤한 기색은 없었다.

다만 시간이 지남에 따라 베이트의 미간에 주름이 생겼다.

“으음…….”

한참 동안 종이 한 장을 들고 노려보고 있던 베이트가 다른 꾸러미에서 또 다른 종이를 꺼내 들었다.

"이상한데."

낮게 중얼거린 베이트는 미간을 문질렀다.

뭔가 아귀가 맞지 않았다.

정보원들이 보내오는 정보는 불분명하고 혼란스러웠다.

그러나 그것들을 진짜와 가짜로 분류하고 또 언뜻 무관해 보이는 것들을 연결해 내는 것이 베이트의 능력이었다.

그리고 그는 그 일을 매우 잘했다.

하지만 오늘 같은 날도 있었다.

희뿌연 안개가 깔린 것처럼 길이 잘 보이지 않는 경우가.

안개 너머에 뭔가가 있다는 것은 알지만 그것이 무엇인지 정확하게 짚이지 않았다.

"이럴 때는 잠깐 쉬어야 하지."

베이트는 그렇게 혼잣말을 하며 자리에서 일어났다.

그리고 창가로 다가가 창문을 열었다.

차가운 새벽 공기가 훅 밀려들자 지쳤던 머리가 조금 깨어나는 것 같았다.

"벌써 해가 뜨는군."

아주 조금씩 밝아 오는 하늘을 멍하니 보던 베이트는 담배에 불을 붙였다.

하지만 빨간 담뱃불이 긴 재를 만들도록 가만히 서 있었다.

시선은 하늘에 고정한 채로 눈만 간간이 깜박였다.

생각과 생각이 꼬리를 물었다.

무관한 듯 보였던 정보들의 연결된 선이 드러났다.

안개가 걷히고 있었던 것이다.

그리고 보이기 시작한 길을 따라가 보던 베이트의 손에서 담배가 뚝 떨어졌다.

"……젠장!"

헐레벌떡 책상으로 뛰어 돌아간 베이트는 미친 듯이 서류 꾸러미를 뒤졌다.

"찬톤 서셔우……!"

뒷머리를 쿡쿡 쑤시는 것처럼 마음에 걸리던 것은 바로 서셔우 가주였다.

황후궁에서 있었던 티타임 이후, 서셔우 가주의 행방이 묘연했다.

아침의 싱그러운 공기와 함께 나와 페레스가 도착한 곳은 롬바르디 외곽에 위치한 커다란 마구간이었다.

전에 쌍둥이와 로릴과 함께 온 적이 있는 바로 그곳이었다.

나와 페레스가 도착하자 오가던 귀족들, 그리고 마구간에서 일하는 고용인들 할 것 없이 많은 눈들이 따라붙었다.

"소문은 제대로 나겠네."

약혼 발표는 했지만 아직 이렇다 할 구체적인 혼담이 오가지 않는 우리를 의아하게 보는 사람들이 있다는 소문이 있어 일부러 짬을 내 나들이를 나온 길이었다.

"일단 사람 많은 길로 좀 걸을까?"

우리는 먼저 주변의 산책로를 한가로이 걸었다.

그리고 마구간에서 운영하는 레스토랑에서 밥을 먹고 디저트까지 챙겨 먹었다.

사람들은 나와 페레스를 멀리서 바라보며 수군거릴 뿐 가까이 다가와 말을 걸거나 하지 않았다.

마치 내가 연예인이라도 된 기분이었다.

"티아."

그때 페레스가 돌연 손을 뻗어 왔다.

녀석의 손가락이 친근하게 입가를 스쳤다.

"뭐, 뭐야."

솔직히 놀랐다.

심장이 콩닥거렸다.

하지만 페레스는 여상스레 어깨를 으쓱하며 대답했다.

"입에 쿠키 조각이 묻어서."

"그럼 그냥 말로 하면 되잖……!"

내 목소리가 올라가자 페레스가 자신의 입술에 손가락을 슬쩍 가져다 대며 주변을 향해 눈짓했다.

그리고 나직한 목소리로 말했다.

"관객이 있는데, 이왕이면 제대로 보여 줘야지."

하지만 녀석의 입꼬리가 은근히 올라가 있다.

이 상황을 즐기고 있는 것이다.

나는 페레스를 한번 째려봐 주고 자리에서 일어났다.

"이제 보여 줄 만큼 충분히 보여 줬으니까 말이나 타러 가자."

페레스는 또 군말 없이 순순히 나를 따라 마구간으로 향했다.

"오셨습니까, 피렌티아 아가씨. 블랑크는 저쪽에 준비해 놓았습니다."

롬바르디의 말을 돌보는 고용인이 다가와 공손하게 알렸다.

나는 이미 마사 밖으로 나와 나를 기다리는 하얀 말에게 천천히 다가갔다.

"안녕, 블랑크. 오랜만이야."

아버지가 생일에 선물해 주었던 망아지는 이제 훌쩍 자라 어엿한 말이 되었다.

말을 달리는 취미가 없는 주인을 둔 덕에 우리는 겨우 계절에 한 번 얼굴을 볼까 했지만.

블랑크는 마치 내가 주인인 것을 아는 것처럼 커다랗고 순한 눈을 깜박이며 대답하는 듯 가볍게 푸르르거렸다.

"아주 좋은 말이네."

페레스가 곁으로 다가와 블랑크를 찬찬히 살펴보며 말했다.

"이렇게 훌륭한 말을 두고 제대로 달려 주지도 않다니."

"그래서 배우려고 왔으니까."

찬찬히 승마를 배울 시간이 있어야지.

페레스에게 반쯤 쏘아붙이기는 했지만 나만 바라보는 또록또록한 블랑크의 눈을 보니 조금 미안해지기도 한다.

"일단 평야로 조금 나가 볼까."

페레스가 그렇게 말하면서 내게 손을 내밀었다.

아무리 순한 블랑크라고 하더라도 나 혼자서 말을 모는 것에는 무리가 있어 페레스의 말에 함께 올라타야 했다.

블랑크는 따로 고삐를 쥐지 않아도 우리의 뒤를 타박타박 잘도 따라왔다.

페레스의 말은 아주 커다란 군마였기 때문에 그 위에서 내려다보는 초원은 평소와 다른 맛이 있었다.

오랜만에 느끼는 한적함이었다.

나는 바람에 흩날리는 머리칼을 한 손으로 그러쥐며 말했다.

"페레스, 준비는 잘되어 가고 있어?"

등 뒤에선 답이 없었다.

하지만 무언의 긍정이라는 것을 알 수 있었다.

"브라운 가문을 귀족 사회에 다시 등장시키는 것은 내 일이지만, 그 뒤는 네 몫인 거 잘 알고 있지?"

이전 생에서는 더 험난한 일들을 헤치고 원하는 것들을 이루어냈던 페레스다.

내가 확인하지 않아도 어련히 알아서 잘하고 있을까.

하지만 브라운 가문의 일은 녀석에게 너무나 중요한 일이었다.

"타이밍이 중요해. 모든 것이 네가 계획한 대로 흘러가야 할 거야."

나는 그렇게 말하며 뒤돌았다.

그리고 나를 바라보고 있던 붉은 눈동자와 아주 가까이서 마주쳐버렸다.

"어째서?"

페레스가 나직하게 물었다.

"어째서 내가 황태자가 되는 것이 티아 네게 그렇게 중요한 일인 거야?"

따져 묻는 것이 아니었다.

페레스는 순수하게 궁금한 듯했다.

"잊었어? 황궁의 숲속에서 너를 찾아낸 건 나야."

나는 피식 웃으며 페레스의 볼에 손을 가져다 댔다.

"그래, 맞아."

페레스도 나를 보며 희미하게 미소 지었다.

그리고 천천히 고개를 숙여 내 이마에 조심스레 입을 맞췄다.

그 온기에 나도 모르게 눈을 감았다.

아, 이러다 또 큰일 나겠어.

나는 얼른 몸을 반쯤 뒤로 빼며 말했다.

"이제 블랑크와 친해질 차례야."

그렇게 말에서 내리려고 했을 때였다.

"잠깐."

페레스가 내 허리를 강하게 감싸며 말했다.

"페레스?"

뭔가 이상하다.

내 눈에는 아무것도 보이지 않는 텅 빈 초원을 노려보는 페레스의 얼굴이 심상치 않았다.

"마구간으로 돌아가야 해."

그렇게 말한 페레스가 자신이 탄 말의 고삐를 강하게 잡아당겨 방향을 틀었다.

그 순간이었다.

오싹하고 등을 따라 소름이 끼친 것은.

이게 사람들이 말하는 마나의 기운이라는 것일까.

가끔 페레스가 검을 들 때면 느꼈던 것과 비슷한 느낌이 점점 강해지고 있었다.

페레스가 바라봤던 바로 그 방향이었다.
"젠장!"
페레스가 말의 허리를 강하게 박찼다.
"으앗!"
얼마나 말이 급하게 속도를 높이는지, 내 몸이 크게 휘청거렸다.
찰싹!
페레스는 달려 나가면서도 블랑크의 엉덩이를 세게 때렸다.
깜짝 놀란 블랑크가 속력을 높여서 혼자 달아나게끔.
어차피 이 근방은 모두 말들을 위한 초원이었으니, 나중에라도 블랑크는 무리 없이 찾을 수 있을 것이다.
지금 이 위기를 벗어나서 살아남을 수 있다면.
순식간에 그런 두려움이 들 정도로 엄청난 기운이었다.
"괜찮아."
페레스가 내 허리를 안은 팔에 꽉 힘을 주며 말했다.
"강한 사람이야?"
나는 페레스에게 물었다.
녀석이 이렇게 긴장한 모습은 처음 봤기 때문이었다.
"상대할 수 있어."
"혼자라면 말이지?"
내 질문에 페레스는 대답하지 않았다.
이를 악물고 말의 속력을 높이려고 할 뿐이었다.
두두둑, 두두둑!
무섭게 달리는 말의 소리가 점점 가까워지고 있었다.
두 사람이 한 말에 탄 데다가 이제 겨우 속력을 올리려는 우리는 너무나 쉽게 따라잡힐 수밖에 없었다.
살짝 솟은 능선 너머로 그들이 보이기 시작했다.
오싹.
다시 한번 소름이 돋았다.
"네 사람이야. 다들 검은 복면을 쓰고 있어."
나는 앞만 보고 말을 몰고 있는 페레스에게 말했다.
최대한 침착하게 말했지만, 결국 그 끝이 조금 떨리고 말았다.
채앵-!
그때 가장 앞서서 달리고 있던 사람이 검을 뽑았다.
동시에 그 적의도 더욱 노골적이게 되었다.
그 순간이었다.
살짝 움찔한 페레스가 처음으로 뒤를 돌아봤다.
그리고 조용히 미간을 찌푸렸다.
페레스는 그 뒤로 몇 초간, 가장 선두에 선 암살자를 노려봤다.
아드득.
페레스가 이를 악무는 소리까지 들렸다.
"페레스?"
"티아, 몸을 최대한 웅크려."
페레스가 내게 말했다.
"내 품에 몸을 숨긴다고 생각하고."
갑자기 페레스의 목소리가 이상하도록 차분해졌다.
마치 뭔가 결정을 내린 사람처럼.
나는 일단 페레스가 시킨 대로 몸을 최대한 작게 만들었다.
그사이 암살자들은 더욱 가까이 다가와 있었다.

그런데 잠시간, 그쪽과 우리의 거리가 더 이상 좁혀 들지 않았다.

따라잡지 못하는 건가?

그건 아닌 것 같았다.

아주 잠시였지만, 마치 그것은 페레스에게 검을 뽑을 시간을 주는 것 같다는 생각이 들었다.

챙!

다행히 페레스도 바로 검을 뽑아 들었다.

그러자마자 또다시 거리가 좁혀 들기 시작했다.

두구둑! 두구둑!

말이 거칠게 땅을 박차는 소리가 더욱 커다랗게 들려왔다.

이제 그들은 바로 지척으로 다가와 있었다.

후웅-!

진동하는 소음과 함께, 페레스의 검에 오러가 솟아났다.

"하앗!"

짧은 기합 소리와 함께 페레스와 선두에 선 사람의 검이 거칠게 부딪쳤다.

캉!

커다란 소리에 나도 모르게 눈을 질끈 감았다.

그리고 생각했다.

왜 검이 잘려 나가지 않았지?

오러를 입힌 페레스의 검 앞에서 일반적인 검은 그대로 잘려 나가야 맞다.

고개를 들고 감았던 눈을 뜨자, 그 이유를 알 수 있었다.

후웅-.

암살자의 검에도 푸른 오러가 솟아 있었다.

"미친."

암살자 주제에 오러를 다룬다니.

딱 봐도 뒤에 따라오고 있는 셋은 선두의 사람에 비해 훨씬 모자란 것이 보인다.

그들에게선 그런 엄청난 기운이 느껴지지 않았으니까.

캉! 카앙!

페레스와 암살자의 검이 몇 번 더 충돌했다.

뭔가 잘못됐다.

지금 저 암살자가 페레스만큼의 실력자라고?

하지만 동시에 뭔가 이상하다는 느낌을 지울 수가 없었다.

암살자가 휘두르는 검들이 마치 페레스에게 경고를 보내고 있는 것 같았기 때문이었다.

그때 페레스가 내게 말했다.

"지금이야, 숙여."

나는 재빨리 몸을 웅크렸다.

부욱!

소름 끼치는 소리가 들렸다.

동시에 내 뺨에 뜨거운 무언가가 몇 방울 튀었다.

진한 피 냄새가 훅 끼쳤다.

"크윽."

악문 잇새로 페레스가 짧게 신음을 흘렸다.

베였어?

나는 더듬더듬 손을 움직였다.

페레스의 등에 가까워질수록, 내 손에 축축한 것이 닿았다.

"피?"

믿을 수가 없어 중얼거렸다.

손끝으로 느껴질 만큼 울컥울컥 솟는 이게 피라니.

챙! 카앙!

검의 충돌은 계속 이어졌다.

그러나 갈수록 페레스의 공세는 점점 약해지고 있었다.

하지만 그때 페레스의 검 끝이 암살자의 틈을 파고들어 다리를 베는 것에 성공했다.

"윽!"

낮고 짧은 신음이 암살자에게서 터져 나왔다.

그리고 기적처럼 저 멀리에 롬바르디의 기사들이 보였다.

"피렌티아 아가씨!"

"피렌티아 님!"

나와 페레스를 발견한 그들은 미친 듯이 말을 몰아 달려왔다.

그러자 암살자들이 말의 고삐를 틀었다.

다그닥, 다그닥!

바로 옆에서 들렸던 그들의 말발굽 소리가 조금씩 멀어져 가고 있었다.

그런데 이상한 것이 보였다.

맨 마지막으로 말 머리의 방향을 틀던 암살자 하나가 품에서 무언가를 꺼냈다.

그것은 단검이었다.

묘하게 날에서 검푸른 색이 도는.

그리고 암살자가 그것을 그대로 페레스의 허벅지에 내리꽂았다.
"큭!"
그 뒤 암살자는 마치 자신의 임무를 다했다는 듯 미련 없이 돌아섰다.
그 찰나의 순간, 나는 고민했다.
무언가에 찔렸을 때는 날붙이를 함부로 뽑아내면 안 된다.
하지만 본능이 말하고 있었다.
빨리 그 단검을 빼내라고.
나는 손을 뻗어 그것을 뽑아냈다.
지나치게 서두르는 바람에 손가락 끝이 살짝 베이는 선뜩한 느낌이 들었다.
그러나 나는 그 단검을 놓치지 않으려 손잡이를 더욱 꽉 쥐었다.
증거가 될 수도 있으니까.
"피렌티아 님! 황자 전하!"
롬바르디의 기사들과 합류한 순간, 잊고 있던 숨이 한꺼번에 터져 나왔다.
"헉! 허억!"
"괜찮으십니까!"
말에서 내린 기사들이 서둘러 우리에게 달려왔다.
난 여전히 숨을 몰아쉬면서 대답했다.
"나, 난 괜찮은데……."
그때 나를 꽉 안고 있던 페레스의 몸이 순식간에 기울었다.
"페레스!"
페레스는 이미 정신을 잃은 상태였다.

피를 흘려서 하얗게 질린 얼굴이 힘없이 옆으로 쓰러져 내렸다.
다행히 롬바르디의 기사가 페레스를 받아 드는 것을 보며 말했다.
"얼른 지혈부터 해야……!"
말을 더 할 수 없었다.
갑자기 세상이 어두워지는 것 같더니 시야가 확 좁아졌다.
"피렌티아 아가씨!"
페레스처럼 내 몸도 중심을 잃고 휘청였다.
아직 의식을 잃어선 안 돼.
어떻게든 흐릿한 눈을 떠 단검을 쥐고 있던 손을 확인했다.
검을 뽑으며 베인 손가락이 검게 변색되어 있었다.
나는 그 검을 기사의 손에 쥐여 주며 한 글자씩 쥐어짜 내듯 말했다.
"검에, 검에…… 검푸른 색, 독이……."
그게 내가 할 수 있는 말의 전부였다.
"아가씨! 아가씨!"
기사가 큰 소리로 외치는 소리마저 점점 멀어졌다.
잠에 빠지듯이 가물거리는 의식 속에서 기억이 잔상처럼 펼쳐졌다.
페레스의 오러와 대등하게 맞서던 암살자의 푸른 오러가.

"비켜, 비켜!"
기사의 품에 안겨서 들어오는 피렌티아의 모습을 본 베이트가 입을 틀어막았다.
그렇게 하지 않으면 비명을 지를 것 같았기 때문이었다.

"일단 아가씨를 침대로 눕히시오!"

어느새 달려온 클레리반이 롬바르디의 기사에게 말했다.

"피렌티아 님, 제 목소리가 들리십니까? 티아 님!"

클레리반의 간절한 목소리에도 굳게 닫힌 눈은 전혀 미동이 없었다.

"어서! 어서 에스티라 박사를 모셔 오시게!"

놀라서 따라 들어온 별관의 집사가 하인에게 명령했다.

하지만 그 아수라장에서도 베이트는 입을 틀어막고 선 채로 숨조차 쉴 수 없었다.

'모두 내 잘못이다.'

방심했다.

최근 정보망을 북부로 더욱 확장시키며 정신이 없었다.

그래서 며칠 동안 황후의 동태에 소홀한 대가가 바로 이것이었다.

"황자 전하는 어디 계시지?"

"급한 대로 옆방으로 모셨습니다. 그런데 피를 많이 흘리셔서……."

"젠장!"

클레리반이 소리 질렀다.

언제나 냉철하기 그지없는 그의 손이 덜덜 떨리고 있었다.

공포에 잠식당한 눈은 침대에 누워 있는 피렌티아를 담았다.

당장 숨이 멎어도 이상하지 않을 만큼 파리한 안색이 숨통을 조이는 듯했다.

"에스티라 박사는 어디 있는 거야!"

의원을 기다리는 시간이 억겁과 같았다.

그때 누군가가 놀라 중얼거렸다.

"개, 갤러한 님……."

잔뜩 굳어 있던 클레리반의 어깨가 크게 움찔했다.

천천히 고개를 들자, 문간에 못 박힌 듯 서 있는 갤러한의 모습이 눈에 들어왔다.

눈도 깜박거리지 못하고 정신을 잃은 딸아이를 보는 그는 절망 그 자체였다.

"죄송합니다."

클레리반은 그렇게 말하며 고개를 툭 떨궜다.

피렌티아 님을 제대로 보필하지 못했다.

그렇기에 갤러한의 얼굴을 볼 면목이 없었다.

부녀 사이가 얼마나 가까운지, 그리고 갤러한의 딸에 대한 애정이 얼마나 깊은지 알기에.

사람들은 갤러한이 그대로 쓰러져 정신을 놓아 버려도 이상하지 않을 것이라 생각했다.

그런데.

달칵.

갤러한이 방 안으로 들어와 곧바로 문을 닫았다.

"집사."

차분한 목소리였다.

"에스티라 박사를 불렀나?"

"예, 갤러한 님."

"그렇다면 자네는 나가서 당장 이 일에 대해 아는 이들을 함구시키게."

"……예?"

"특히 아버님 귀에 들어가서는 안 되네."

"아, 알겠습니다."

집사가 방에서 뛰쳐나가고, 갤러한은 조용히 침대 곁으로 걸어갔다.

잠시 클레리반과 눈이 마주쳤지만, 차갑게 식은 녹색 눈동자는 다시 피렌티아만을 담을 뿐이었다.

다행히 얼마 지나지 않아 에스티라가 다급하게 방으로 뛰어 들어왔다.

"피, 피렌티아 님……!"

의식이 없는 피렌티아의 모습에 놀란 것도 잠시.

에스티라는 곧바로 그녀의 상태를 파악하기 시작했다.

그리고 까맣게 변색된 손가락의 상처를 찾아냈다.

"이것 때문인 것 같은데……."

그때 뒤로 물러나 있던 기사가 단검을 건넸다.

"기절하시기 전, 아가씨께서 독에 대한 이야기를 하셨습니다."

"……독?"

침묵을 지키던 갤러한이 처음으로 반응했다.

클레리반과 베이트도 몇 걸음 다가섰다.

신중한 얼굴로 단검을 받아 든 에스티라는 왕진 가방을 열어 이것저것을 시험해 보더니 말했다.

"티티 거미의 독을 쓴 것 같습니다."

"그건 맹독 아닙니까?"

베이트가 떨리는 목소리로 물었다.

"예, 하지만 다행히 해독제를 가지고 있습니다."

"치료할 수 있다는 겁니까?"

"예, 한동안 고생은 하시겠지만 괜찮아지실 겁니다."

에스티라의 대답에 갤러한이 작게 비틀거렸다.

나아질 수 있다는 말에 긴장이 조금 풀린 것이다.

"아마 황자 전하께서도 같은 독에 당하셨을 테니, 가서 해독제를 가져오겠습니다."

그렇게 말한 에스티라가 들어올 때와 마찬가지로 다시 뛰어나갔다.

"티아……."

마치 가까이 가기 두려운 사람처럼 침대에서 멀찍이 떨어져 있던 갤러한이 비척비척 걸어 딸아이에게로 다가갔다.

그리고 덜덜 떨리는 손을 뻗어 피렌티아의 이마를 가만히 쓸었다.

그 애타는 광경 앞에서 방 안에 남아 있던 사람들은 모두 침묵을 지킬 수밖에 없었다.

지이익.

서셔우 가주가 입고 있던 바지를 거칠게 찢어 냈다.

그러자 드러난 갈라진 살의 틈에서 울컥울컥 붉은 피가 흘러나오고 있었다.

아무래도 2황자의 검이 뼈를 그은 것인지 일반적인 자상과는 차원이 다른 통증이 그를 괴롭혔다.

하지만 의원조차 부를 수 없는 비밀스런 상처였기에 찬톤 서셔우는 그 위에 독한 술을 들이부었다.

"크윽!"

살이 타들어 가는 화끈한 통증에 잇새로 고통스런 신음이 흘러나왔다.

찬톤 서셔우는 독주를 입 안에도 쏟아부었다.

오러로 몸을 보호할 줄 모르는 기사라면 그대로 다리가 잘려 나갔을 것이다.

입가로 흘러내린 술을 소매로 대충 닦아 내는 그의 곁으로 복면을 쓴 암살자가 다가갔다.

"어째서 죽이지 않은 겁니까."

쇠를 긁는 듯 거슬리는 탁한 목소리였다.

찬톤 서셔우는 그를 무시하고 붕대를 꺼내 허벅지에 감았다.

그러자 발끈한 암살자는 한 발짝 더 다가서며 빈정거렸다.

"분명히 틈이 있었습니다. 막상 황자를 죽이려니 겁이 난 겁니까, 아니면 그 틈조차 보지 못할 만큼 검에 대한 감각이 떨어진 겁……."

그러나 암살자는 말을 끝맺지 못했다.

후웅.

어느새 푸른 오러를 입힌 검의 끝이 제 목젖 앞에 놓였기 때문이었다.

"너."

찬톤 서셔우가 암살자를 노려봤다.

"어째서 독을 사용했지?"

"……."

엉망으로 흘러내린 머리칼 사이로 보이는 서늘한 눈에 암살자는 피부를 따갑게 할 정도의 살의를 느꼈다.

"틈이 있었다고 했나?"

찬톤 서셔우는 다시 한번 입 안에 술을 들이부으며 거친 목소리로 물었다.

"말해 봐라. 언제 틈이 있었다는 거지?"

"부, 분명히 황자가 그 계집을 지키려고 했을 때……."

"하."

서셔우 가주가 어이가 없다는 듯 헛웃음을 흘렸다.

동시에 신경질적으로 앞머리를 쓸어 넘기자 손에 묻었던 빨간 피가 얼굴을 온통 엉망으로 만들었다.

"그사이에 검을 밀어 넣었다면 내 손이 날아갔을 거다."

찬톤이 암살자를 다시 노려보며 으르렁거리듯 말했다.

"2황자의 성취가 어느 정도인지 감도 오지 않는 모양이군?"

엉망진창이 된 것은 오러에 베인 허벅다리뿐만이 아니었다.

"나는 아직도 뼈가 저릿한데 말이야."

2황자와 몇 번이고 검을 부딪쳤던 오른손을 쥐었다 폈다 하며 찬톤 서셔우가 중얼거렸다.

그러고는 다시 붕대를 단단히 감으며 말했다.

"황후마마께 전해라. 나 찬톤 서셔우는 약속한 바를 지켰다고."

그 빌어먹을 약속을.

찬톤은 아드득 이를 갈았다.

묘하게 촉이 좋은 여자였다, 라비니 황후는.

그 덕에 자신은 지금 이 모양 이 꼴이 난 것이고.

비겁하게 얼굴을 가렸던 복면이 바닥에 나뒹굴고 있었다.

그것을 바라보니 다시 치밀어 오르는 욕지기를, 찬톤 서셔우는 술을 삼켜 억눌렀다.

"황후마마의 명은 분명히 2황자를 죽이라는 것이었으니 실패를……."

후욱.

갑작스런 바람이 암살자의 복면을 벗겨 버릴 듯 강하게 불었다.

"크……."

그것은 바람이 아니었다.

사방이 막힌 실내에서 그런 강한 바람이 불 리가 없었다.

그것은 서셔우 가주의 마나가 폭발하듯 암살자를 덮친 것이었다.

엄청난 위압감이 암살자의 가슴뼈를 으스러뜨릴 듯 강하게 옥죄었다.

"죽여 버리기 전에 꺼져라."

찬톤 서셔우가 살기를 내뿜으며 말했다.

"으, 으윽……."

암살자는 결국 비틀거리며 도망쳤다.

그 역겨운 뒷모습을 보던 찬톤 서셔우는 마나를 거둬들였다.

"후우."

무거운 한숨이 흘렀다.

그리고 문득 고개를 들었을 때, 침실 구석에 놓인 거울에 비친 자신이 보였다.

퍼억-!

서셔우 가주의 검이 검집째 거울로 날아가 박혔다.

힘을 쓴 덕에 피가 다시 다리를 타고 흘러내렸지만.

찬톤 서셔우는 한동안 깨진 거울 속 자신의 모습만 노려보며 어두운 방 안에 앉아 있었다.

조용한 침실 안.

"허억!"

죽은 듯 누워 있던 페레스가 크게 숨을 집어삼키며 눈을 번쩍 떴다.

롬바르디의 상징인 세계수가 새겨진 천장.

자신이 누워 있는 곳이 롬바르디 저택이라는 사실을 깨달은 페레스는 그대로 몸을 일으켰다.

"윽!"

다시 검에 베이는 듯 고통이 작렬했지만 겨우 그런 것이 페레스를 멈출 수는 없었다.

머릿속에는 오로지 그녀뿐이었다.

"티아……!"

쿵.

제대로 몸을 일으키지도 못한 채 움직이느라 페레스의 몸이 침대 밖으로 굴러떨어졌다.

몸을 마음대로 가눌 수조차 없었다.

하지만 페레스는 계속해서 움직였다.

짐승처럼 네발로 기어서라도 티아를 찾아야 했다.

"화, 황자 전하!"

그때 문이 열리고 바닥을 기고 있는 페레스를 발견한 젊은 남자가 놀라 뛰어왔다.

의원인지 몸에서 약초 향이 물씬 풍기는 자였다.

"아직 움직이시면 안 됩니다! 상처가 다시 벌어지기라도 하면, 아아!"

겨우 봉합해 놨던 등의 상처가 다시 벌어진 듯 붕대 사이로 이미 붉은 피가 스며 나오고 있었다.

"티아는…… 어딨지."

페레스가 쥐어짜듯 물었다.

"아가씨께선 옆방에……. 전하, 이러지 마시고 다시 누우십…… 윽!"

에스티라의 제자이자 동료인 올리어는 자신의 멱살을 쥐는 강한 손아귀에 말을 멈췄다.

"나를…… 날 티아가 있는 곳으로 안내해라."

그 절박한 모습에 올리어는 작게 한숨을 쉬었다.

"제게 기대십시오."

올리어가 페레스를 부축하며 말했다.

"아직 진통제를 드리지 않아 힘드실 텐데……."

그 증거로 페레스의 온몸이 식은땀으로 젖어 들어갔다.

하지만 페레스는 이를 악물고 올리어가 말한 옆방으로 걸음을 옮길 뿐이었다.

달칵.

마침내 문이 열리고 페레스는 침대에 누워 있는 티아를 발견했다.

순간 등의 자상과는 비교도 할 수 없는 강한 통증이 심장을 옥죄었다.

"……티아."

그녀는 대답이 없었다.

오로지 숨을 따라 작게 오르내리는 가슴팍만 페레스를 위로할 뿐이었다.

“작은 상처로 독이 유입되셨을 뿐 다른 외상은 없으십니다.”

페레스가 다시 기절할까 걱정이 된 올리어가 얼른 설명했다.

비틀비틀, 페레스는 침대 옆으로 겨우 다가가 의자에 털썩 주저앉았다.

이미 흉터가 가득한 등에 감긴 붕대는 온통 붉은색으로 물든 뒤였다.

제국의 황자라고 하기엔 너무나 지치고 고된 뒷모습이었다.

“금방…… 금방 깨어나실 테니 너무 걱정 마십시오.”

올리어의 말에도 페레스는 티아에게서 시선을 떼지 못했다.

언제나 활기가 넘치던 그 모습이 없다.

달리는 말 위에서 두려움에 떨던 티아의 그 몸이 아직도 선명했다.

“미안해.”

페레스가 고개를 떨구며 말했다.

떨리는 손끝이 티아의 살결에 겨우 닿았다.

“미안해, 티아.”

툭.

작은 소음과 함께 페레스의 눈에서 눈물이 떨어졌다.

“너까지 휘말리게 해서 미안해.”

이 시궁창에.

황후와 나, 둘 중 하나가 죽어야 끝나는 이 지옥도에.

무겁게 떨어진 눈물방울이 침대 시트 위에 까맣게 스며들었다.

"으음."

몸이 무거웠다.

하지만 나는 안간힘을 써서 눈꺼풀을 들어 올렸다.

보이기 시작한 광경은 다행히 내 집 침실이었다.

그리고 내 왼손을 꽉 잡고 있는 커다란 손이 느껴졌다.

"……페레스."

온몸에 붕대를 칭칭 감은 채로 내 침대에 엎드려 자고 있는 것은 페레스였다.

"정신이 드셨어요?"

"아, 에스티라."

나는 오랜만에 본 에스티라가 반가워 웃으려고 했지만 그것조차 마음대로 되지 않았다.

마치 며칠 밤을 새워 일을 한 뒤처럼 너무나 피곤했다.

"몸이 많이 무거우시죠? 티티 독이 해독되며 나타나는 증상이에요."

내 마음을 읽은 것처럼 에스티라가 말해 주었다.

"얘는…… 페레스는 왜 여기 있는 거야."

나보다 더 심각한 환자 주제에.

"황자 전하께선 몇 시간 전 깨어나신 뒤로 줄곧 여기 계셨어요. 아무리 방에 누워 계시라고 해도 말을 들으셔야죠."

에스티라가 쓰게 웃으며 설명했다.

"페레스는…… 괜찮은 거야?"

"출혈은 컸지만 다행히 검이 급소를 건드리지는 않았어요. 오러 사용자의 회복력은 일반인과는 비교할 수조차 없으니 전하께선 금방 쾌차하실 거예요. 어쩌면 피렌티아 님보다도 빨리 회복하실지도요."

"……나는 그냥 손가락 좀 베인 것뿐인데도?"

"전하께선 여러모로 인간의 한계를 뛰어넘으신 분이니까요."

하긴.

나 같은 사람은 존재조차 느낄 수 없는 마나를 자기 수족처럼 다루는 사람이다.

가끔은 페레스가 얼마나 대단한 녀석인지 잊는단 말이지.

나는 기절한 듯 자고 있는 페레스에게서 시선을 떼 천장을 올려다봤다.

생각을 정리하기 위해서였다.

"배후는 분명히 황후일 테고."

가장 선두에서 우리를 공격했던 그 실력자가 누구인지가 가장 중요하다.

짚이는 구석은 있었다.

"서셔우 가주."

현재 황도 근처에 있는 검을 다루는 사람 중, 페레스와 각축을 벌일 만한 실력자는 그 사람뿐이다.

바로 공격해 오지 않고 묘하게 시간을 주었던 행동 등을 생각해 봤을 때도 찬톤 서셔우가 맞았다.

"그리고 그 뒤의 떨거지들은 황후가 보낸 감시조겠지."

서셔우 가주가 제대로 일을 처리하나 안 하나를 지켜보기 위한.

그리고 독을 사용해 확실한 마무리를 하기 위한.

그때 에스티라가 다가와 물 묻힌 천으로 내 얼굴을 닦아 주며 말했다.

"피렌티아 님의 말대로 평소에 여러 가지 독의 해독제를 만들어 두었던 것이 천만다행이었어요."

"고마워, 에스티라."

"이런 일을…… 예상하고 계셨던 거죠?"

슬픈 목소리의 에스티라에게 나는 대답 대신 미소를 지어 주었다.

황후가 독을 사용하길 좋아하는 사람이라 혹시 몰라 대비를 해 두었던 것이었는데.

"……앞으로 더 희귀하고 강한 독의 해독제도 만들어 둘게요. 제가 해 드릴 수 있는 일은 그것뿐이니까요."

에스티라가 작게 한숨을 쉬며 말했다.

그때 침실의 문이 조심스레 열렸다.

"아빠."

"……티아."

아버지는 일어나 있는 나를 보고 조금 놀란 듯했다.

그리고 아버지의 시선이 내 손을 잡고 잠들어 있는 페레스를 조용히 담았다.

"우리 잠시 이야기를 나눌까, 티아?"

아버지가 힘없이 웃으며 내게 물었다.

에스티라가 페레스를 데리고 나갔다.

평소라면 이미 아버지가 들어오는 기척까지 읽고 눈을 떴을 텐데.

확실히 몸 상태가 말이 아닌지 몇 번 흔들어 깨운 후에야 움직일 수 있었던 페레스였다.

문이 닫힐 때까지 나를 돌아보는 녀석에게 나는 웃으며 손을 흔들어 주었다.

"몸은 좀 어떠니."

침실에 둘만 남겨진 뒤 아버지가 물은 첫마디였다.

"괜찮아요. 피곤하긴 하지만."

아버지는 조금 전까지 페레스가 엎드려 있던 자리에 앉았다.

그리고 훅 불면 금방이라도 꺼질 것 같은 목소리로 말했다.

"아빠는 네가 잘못되는 줄 알았어."

"아빠……."

"티아 네가 쓰러져 있는 모습에 정말이지 심장이 멎는 줄 알았다."

아버지가 초조하게 얼굴을 쓸어내렸다.

"저 이제 괜찮아요. 에스티라도 조금만 쉬면 금방 나을 거래요."

"……글쎄. 아빠는 잘 모르겠다, 티아. 네가 정말 괜찮을지 난 모르겠어."

바로 알 수 있었다.

아버지는 더 이상 이번 일에 대해 말하고 있지 않았다.

"죄송해요, 아빠."

내가 할 수 있는 말이라곤 이것뿐이었다.

아버지는 그런 내 얼굴을 가만히 들여다보더니 말했다.

"네가 이렇게까지 할 필요는 없다, 티아."

아버지는 괴로워하고 있었다.

"가문 때문에 약혼을 하고, 또 그 일 때문에 오늘 이런 사고에도……."

아버지는 오늘 일이 정확히 어떤 이유에서 일어난 일인지 이미 알고 있었다.

"일단 오늘 일이 아버님의 귀에 들어가지 않도록 조처는 취해 놓았다. 하지만 오래가지는 않을 거야. 롬바르디의 땅에 황후가 보낸 암살자가 침입한 일이니."

아버지의 목소리도 낮게 가라앉았다.

"하지만 감히 롬바르디의 영토에서 이런 일을 벌일 만큼 황후는 절박해지고 있는 거란다. 이번 시도가 실패했으니 또 다른 일을 벌이겠지. 점점 더 극악해질 거야. 아들을 황제로 만들기 위해선 무슨 짓이든 할 테니."

라비니 황후가 어떤 사람인지도 아버지는 정확하게 파악하고 있었다.

"티아야."

아버지의 선한 눈이 걱정으로 물들었다.

"체사유로 가자."

"……네?"

"체사유는 하루가 다르게 발전하고 있단다. 항만도 이제 자리를 잡았고 아직도 많은 발전 가능성을 가진 곳이지. 티아 너도 아주 마음에 들어 할 거야."

"지금 롬바르디를 떠나자는 말씀이세요?"

내 물음에 아버지는 씁쓸하게 웃었다.

"롬바르디는 위대한 가문이지."

아버지가 천장을 아름답게 장식하고 있는 세계수를 올려다보며 말했다.

"하지만 그 위대함은 가문을 이루는 구성원들을 잠식하곤 한단다. 가족은 유대를 잃고, 부부는 사랑을 모르지."

아버지의 녹색 눈동자가 다시 나를 담았다.

"아빠는 티아 네가 행복한 삶을 살았으면 좋겠어. 이 세계수의 성장을 위해 희생되는 거름이 아니라, 너만의 뿌리를 내리는."

"아빠……."

"함께 체사유로 가자, 티아야."

아버지의 이런 모습은 처음이었다.

두려워하고 있었다.

"아빠는 너까지 잃곤 살 수 없어."

아버지의 얼굴을 보면서 나는 회귀 후 처음으로 내 결정을 망설였다.

나에게 위험한 일이 있을까 두려워하는 아버지의 손을 잡고 싶었다.

그리고 안전하고 평화로운 곳에서 정착해 살아갈까.

그런 충동이 일었다.

하지만 아버지가 눈에 담았던 천장의 세계수를 올려다보고 잠시 잊고 있던 기억을 떠올렸다.

이전 생에서 황실 병사들의 손에 폐쇄되던 저택의 철문이.

그 앞에서 너무나 무기력하던 나의 모습이.

가문을 지키지 못했던 반쪽짜리의 분노가.

나는 세계수에서 눈을 떼고 아버지를 바라봤다.

그리고 말했다.

"아빠, 난 롬바르디의 가주가 될 거예요."

나와 닮은 아버지의 녹색 눈동자가 크게 흔들렸다.
"할아버지의 뒤를 이을 생각이고요."
"티아야, 그건……."
"샤나넷 고모는 가주직을 이을 생각이 없다고 몇 번이나 완고하게 말씀하셨죠. 쌍둥이들의 삶을 위한 선택이니까요. 지금 아빠가 저를 위하는 것처럼요."
살짝 열렸던 아버지의 입이 도로 닫혔다.
"그렇다고 아빠가 롬바르디를 이어받을 수는 없잖아요. 아빠에게는 체사유가 있으니까."
아버지는 부정하지 않았다.
롬바르디와는 달리 이제 막 걸음마를 시작한 어린아이와 같은 체사유다.
아버지는 그런 체사유를 돌보고 성장시키는 것만으로도 눈코 뜰 새 없이 바빴다.
"그렇다면 남은 것은 비에제 백부님인데."
그 꼴은 내가 못 보지.
"미안해요, 아빠. 나는 롬바르디의 가주가 될 거예요."
나는 다시 한번 더 또박또박 말했다.
아버지는 놀라지 않았다.
"티아 너라면 그런 마음을 먹었을 거라 어렴풋이 생각은 했지만……."
아버지는 한참 동안 슬픈 눈으로 나를 바라봤다.
그리고 어느 순간 힘없이 웃었다.
그 어떤 말로도 내 의지를 꺾을 수 없음을 깨달은 듯했다.
"그래, 우리 딸이 그런 꿈을 가지고 있었구나."

아버지가 낮은 목소리로 중얼거렸다.

그리고 나를 바라보며 말했다.

“너라면 훌륭한 가주가 될 수 있을 거다, 티아. 우리 딸이라면 그 누구보다 이 롬바르디를 잘 이끌어 갈 수 있을 거야.”

두근.

아버지의 말에 심장이 뛰었다.

누군가가 나에게 그런 말을 해 준 것은 처음이었다.

롬바르디를 잘 이끌어 갈 수 있을 거야.

그 말이 세상 그 어떤 말보다 내 귀에 달콤하게 들렸다.

저 밑바닥에서부터 우러나오는 미소를 참을 수가 없었다.

“고마워요, 아빠.”

나는 아버지를 향해 활짝 웃으며 말했다.

“날 믿어 줘서 고마워요.”

아버지가 누워 있는 나의 머리를 쓱쓱 쓰다듬어 주었다.

어렸을 때와 똑같은, 다정하고도 따듯한 손길이었다.

롬바르디 가주 집무실의 옆방.

대회의실에 오랜만에 사람이 가득 찼다.

롬바르디의 가신들이 모두 모이는 회의가 열린 것이다.

여러 사람들이 모여 앉아 있었지만, 회의실 안은 조용했다.

기다란 탁자에 둘러앉아 자신을 바라보는 가신들을 향해 룰락이 입을 열었다.

"모두들 바쁜 와중에 와 주어서 고맙네."

룰락은 익숙한 얼굴들을 하나씩 천천히 주시했다.

젊은이부터 주름이 가득한 노인까지.

이들이 바로 롬바르디를 롬바르디로 만들어 주는 사람들이었다.

룰락이 울림이 큰 목소리로 말했다.

"오늘은 가주 후계에 대한 솔직한 이야기를 듣고 싶어, 자네들을 이 자리에 불렀네."

후계라는 말에 가신들이 한차례 술렁였다.

"가주님, 그런 말씀은 아직……."

"이르다고 말할 텐가?"

룰락이 웃으며 되물었다.

"나도 이제 쉴 날이 되지 않았나. 하루하루가 다르다는 게 이런 말인가 싶다네."

가신들이 침통한 얼굴을 했다.

특히나 젊은 축에 속하는 이들은 더욱더 그랬다.

그들이 아는 가주는 룰락이 유일했다.

룰락이 아닌 다른 사람이 가주의 자리에 앉는다는 것이 쉬이 상상이 가지 않았다.

좌중에 묘한 침묵이 흘렀다.

"이 사람들아, 내가 언제 지금 당장 물러난다고 하였나? 다들 어째서 그리 죽을상들이야?"

룰락이 껄껄 웃으며 말했다.

"자자, 그러니 편히들 말해 보게. 내가 누구를 믿고 이 가문을 넘겨주어야 할지 말이야."

또 다른 정적이 내려앉았다.
모두들 생각에 빠진 것이다.
그때 헤링가의 가주가 가장 먼저 침묵을 깼다.
"샤나넷 님이 어떠실까 합니다."
그에 고개를 끄덕이며 동조하는 이들이 있었다.
"그동안 가주 대리로서 이런저런 일들을 직접 돌봐 오지 않으셨습니까. 이미 그 능력이 입증된 것이나 마찬가지이니 가장 안전한 선택이 될 것이란 생각입니다."
"흐음. 다른 이들도 그리 생각하는가?"
룰락의 질문에 이번에는 토지를 관리하는 그리닉가의 가주가 대답했다.
"샤나넷 님과 함께 일을 해 본 경험이 있습니다. 사실 그때마다 따로 손발을 맞춰 볼 시간이 필요 없을 정도로 안정감을 느꼈습니다. 마치 가주님과 함께 일을 할 때처럼 말이지요."
"맞습니다. 또한 샤나넷 님의 위기관리 능력은 다른 사람과 비교할 바가 되지 않습니다."
광산업의 톨타 가주가 동의하고 나섰다.
그때, 롬바르디 은행을 맡고 있는 브레이 가문의 가주가 입을 열었다.
"저는 갤러한 님이 어떠실까 합니다."
"호오."
또 다른 이름의 등장에 룰락이 눈썹을 들어 올렸다.
"그 이유는 무엇인가?"
"갤러한 님은 이미 한 영지를 다스리고 발전시켜 본 경험이 있으신 분이기 때문입니다, 가주님."

"하긴. 체사유가 단기간에 많은 발전을 이루기는 하였지."

"예. 돈을 다루는 것을 업으로 삼는 저조차도 깜짝 놀랄 만큼, 갤러한 님은 상업과 금융에 대한 이해도가 매우 높습니다."

평소 남에 대한 평가에 인색한 브레이 가주의 말이라 더욱 무게가 실리고 있었다.

"그런 점에서는 갤러한 님도 매우 훌륭한 면이 있지요."

"맞습니다. 또한 체사유가 롬바르디의 영지로 편입된다면 상업적으로 엄청난 동반 상승효과를 노려볼 수 있지 않겠습니까? 어떻습니까, 딜라드 가주?"

모두의 시선이 롬바르디 상단주인 로마시에 딜라드에게로 쏠렸다.

룰락도 마찬가지였다.

"저는……."

로마시에 딜라드가 차분한 목소리로 대답했다.

"저는 샤나넷 님도, 갤러한 님도 좋은 후계 후보가 될 수는 있지만 최선의 선택이 되지는 않을 것이라 생각합니다."

"그게 무슨 말이오?"

옆자리에 앉은 톨타 가주가 깜짝 놀라 물었다.

"그렇다면 샤나넷 님과 갤러한 님 말고 다른 선택지가 있다는 말이오? 아니, 딜라드 가주 당신 설마……."

비에제 님을 말하는 거요?

톨타 가주가 마지막 말은 차마 입 밖으로 내지 못한 채 눈을 동그랗게 뜨고 물었다.

"아닙니다. 저는 피렌티아 님을 염두에 두고 한 말이었습니다."

이번에는 그 반향이 더욱 큰 발언이었다.

"피렌티아?"

"피렌티아 님이면 갤러한 님의 따님 아니시오?"

"아직 어린 아가씨를 어째서……."

샤나넷과 갤러한을 지지했던 가주들 사이에서 여러 가지 말들이 쏟아져 나왔다.

하지만 로마시에 딜라드는 태연하기만 했다.

"어렸을 적부터 총명하셨던 분입니다. 성년이 되고 나서는 롬바르디의 여러 사업들을 성공적으로 이끄셨지요. 또한 롬바르디의 역사상 한 대를 건너뛰는 후계가 없었던 것도 아닙니다."

"그건 그렇긴 하지만……."

그때 의외의 인물이 논의에 끼어들었다.

"저도 가주님의 말씀에 가장 먼저 피렌티아 님을 떠올렸습니다."

교통과 택배의 클랑 데본 가주였다.

"조금 전 샤나넷 님과 함께 일을 하면 안정감이 느껴진다고 하셨지 않습니까."

클랑 데본이 그 말을 했던 그리닉 가주를 바라보며 말했다.

"피렌티아 님과 함께 일을 하면…… 무적이 되는 느낌입니다."

"무, 무적?"

"예. 거칠 것이 없는, 피렌티아 님을 믿고 따르면 무서울 것이 없는 그런 느낌 말입니다."

"허, 그것참……."

그때 헤링가의 가주가 반대 의견을 냈다.

"하지만 딜라드 가주, 총명하시긴 하지만 아직 피렌티아 님은 어린 분이 아니오? 게다가 최근에 2황자와 약혼까지 하셨는데. 그런 분이 후계가 될 수 있겠소?"

이것 또한 타당한 말이었다.

다시금 모두의 시선이 로마시에 딜라드에게 쏠렸다.

그러자 로마시에 딜라드는 은근하게 미소를 지으며 고개를 절레절레 저었다.

"어디까지나 약혼일 뿐이오. 아직 본격적으로 혼담이 오간 것도 아니지. 또한 나이를 말씀하셨는데."

로마시에 딜라드가 헤링 가주를 똑바로 바라보며 말했다.

"어리다고 롬바르디가 아닌 것은 아니지. 안 그렇소?"

한마디로 후계가 될 자격은 충분하다는 말이었다.

정신없는 설전이 오가고, 회의실은 다시 조용해졌다.

그러나 이번에는 룰락마저도 입을 닫고 고민에 빠져 있었다.

샤나넷과 갤러한의 이름이 거론될 것은 알았지만 손녀인 피렌티아의 언급은 룰락도 예상치 못한 것이었다.

수염을 문지르던 룰락은 조용히 로마시에 딜라드를 바라봤다.

언제나 가신들 중 룰락의 의중을 가장 잘 파악하고 움직일 줄 아는 로마시에였다.

'과연 이번에도 그런 것인가? 아니면…….'

로마시에는 룰락이 젊을 적, 가주 후보가 되기 전 가장 먼저 그를 지지했던 사람들 중 하나였다.

그 뒤로 룰락과 로마시에 딜라드는 어찌 보면 함께 성장해 온 사이나 마찬가지였다.

그런 그가 피렌티아를 지지하고 나섰다.

그것은 룰락에게 큰 의미가 있는 일이었다.

동시에 한 가지 궁금한 것도 생겼다.

'로마시에는 티아에게서 무엇을 본 것인가.'

타당한 이유 없이 이렇게 공개적인 자리에서 피렌티아를 지지하고 나섰을 리 없다.

로마시에 딜라드는 확신하고 있었다.

티아가 갤러한과 샤나넷을 제치고 다음 대 롬바르디 가주의 자리에 어울리는 사람이라고.

'분명히 뭔가가 있을 터인데.'

룰락의 궁금증이 무럭무럭 자라나고 있었다.

"전하, 아직은 환궁하기에 이르다니까!"

리그니테가 속상해하며 외쳤다.

페레스가 큰일을 당했다는 소식에 테드로와 스틸리까지 데리고 롬바르디 저택으로 달려왔다.

그러나 도착하자마자 발견한 것은 아직 거동도 자유롭지 않으면서 황궁으로 돌아가겠다고 고집을 부리는 페레스였다.

"황후가 전하를 죽이려고 했던 걸 만천하에 다 알릴 것도 아니잖아. 그럼 황궁에선 제대로 된 의원의 치료를 받지 못한다는 건데, 이 몸으로 도대체 어떻게 하겠다는 거야!"

화가 난 스틸리가 말했지만 페레스는 아랑곳하지 않았다.

"내 검을 챙겨라, 테드로."

"이번만큼은 나도 저 둘과 같은 생각이야. 아직은 롬바르디에서 몸을 추슬러야 해."

"맞아. 제대로 걷지도 못하면서!"

리그니테가 한숨을 푹 쉬었다.

페레스의 이런 약한 모습은 세 사람에게 큰 충격으로 다가왔다.

전에도 암살 습격을 받는 일이 종종 있었지만 페레스가 이렇게 큰 부상을 당한 것은 처음 있는 일이었기 때문이다.

"게다가 독에 당했다며! 롬바르디의 의원이 그렇게 실력이 좋다니까 하루만이라도 더 치료를 받고 가자, 전하!"

하지만 페레스는 고개를 가로저을 뿐이었다.

결국 리그니테가 버럭 언성을 높였다.

"그럼 이유라도 좀 알자! 갑자기 황궁으로 돌아가겠다는 이유가 뭐야? 처음 롬바르디 저택에 올 때는 우리도 다 떼어 놓고 여기서 살림이라도 차릴 것처럼 굴더니!"

"티아 때문이야."

침대에 걸터앉아 있던 페레스가 기둥을 잡고 억지로 일어나며 대답했다.

"티아를 내 싸움에 휘말리게 할 수 없어."

아, 이번에는 롬바르디의 아가씨도 함께 있었다고 했지.

그제야 삼인방은 페레스의 갑작스런 태도 변화를 이해할 수 있었다.

페레스에게 롬바르디 영애는 아무래도 무척이나 소중한 사람인 모양이니까.

"내 생각이 짧았다. 황후를 처리하는 것이 먼저였어야 했어."

페레스의 붉은 눈동자에 살기가 스몄다.

서셔우 가주를 암살자로 보낸 것도 모자라 그 뒤에 꼬리를 붙여 독까지 사용하다니.

그렇게도 죽이고 싶다면 이쪽도 똑같은 마음으로 덤벼 주는 것이 예의.

하지만 그 추악한 싸움에 티아를 끌어들이고 싶지 않았다.

"이제라도 깨달아 다행일지도 모르지."

계약 약혼으로나마 티아를 옆에 두었다 기뻐할 때가 아니었다.

자신의 이기적인 행동이 그녀를 위험하게 만들고 있었음에도, 티아에게 취한 아둔한 자신은 스스로의 행동이 얼마나 무책임한지 자각하지 못하고 있었던 것이다.

"후우."

페레스는 한숨으로 통증을 삭이며 리그니테에게 물었다.

"황제 폐하는 어디에 계시지?"

"……황도 북부 주택 구역 애인의 집에."

"최근에 시작한 관계인가?"

"뭐, 그렇지."

"그럼 파혼 이야기를 들어도 기분은 좋은 상태일 테니 다행이군."

"파, 파혼?!"

삼인방이 놀라 동시에 물었다.

"파혼이라니. 전하, 다시 생각해 봐."

"지금 괜히 롬바르디 영애와 파혼을 했다가 황제 폐하의 눈 밖에 나기라도 하면 골치 아파진다고!"

"당장 사냥 대회가 다가오고 있는데, 그것만 끝나고 이야기해 보는 건 어때?"

앞으로 남아 있는 계획에서 롬바르디의 역할이 얼마나 중요한지 누구보다 잘 알고 있는 페레스였다.

하지만 그 어떤 것도 티아의 안전보다 중요할 수는 없었다.

그러나 대답은 페레스가 아닌 전혀 엉뚱한 곳에서 들려왔다.

“파혼 같은 소리 하고 있네.”

깜짝 놀란 삼인방이 얼른 뒤를 돌아봤다.

열려 있는 문간에 팔짱을 끼고 삐딱하게 기대어 선 티아가 있었다.

“해독하느라 피곤해 죽겠는 몸을 이끌고 병문안까지 와 줬더니, 뭐? 파아혼?”

눈을 가늘게 뜬 그녀가 페레스를 향해 성큼성큼 걸어갔다.

그 박력에 기가 죽은 삼인방은 바다가 갈라지듯 주춤주춤 물러나 자기도 모르게 길을 터 주었다.

“지금 그런 꼴로 어딜 가겠다고 하는 거야, 페레스?”

“궁으로 돌아갈 생각이야.”

“왜?”

“더 이상…….”

“더 이상 널 위험하게 할 수 없어, 뭐 그런 헛소리를 하는 건 아니지?”

티아가 한쪽 눈썹을 위로 올리며 물었다.

“설마 방금 내가 들은 그 ‘파혼’이란 말도 그런 어처구니없는 맥락에서 튀어나온 말은 아니지? 아닐 거야. 그치, 페레스?”

“…….”

페레스는 대답 없이 입술만 꾹 다물었다.

“내가 단검을 빨리 빼낸다고 빼냈는데 말이지, 혹시 독이 그사이에 머리까지 퍼졌던 건가? 그렇지 않고서야 내가 아는 페레스가 이렇게 멍청한 소리를 할 리가 없는데?"

쉴 새 없이 쏟아지는 폭언에 스틸리는 슬쩍 리그니테에게 눈짓을 보냈다.

'이거 말려야 하는 거 아니야?'

하지만 리그니테는 고개를 작게 가로 저었다.

'됐고, 롬바르디 영애가 하는 대로 가만히 있어.'

그런 눈빛을 쏘아 보내면서.

"페레스, 너에게 방금 한 그 말을 취소할 기회를 주겠어."

티아가 생긋 웃으며 말했다.

"에스티라가 약을 독한 걸로 써서 잠시 헛소리가 튀어나왔다고 하면 용서해 줄게."

하지만 페레스도 물러서지 않았다.

깊은 눈으로 그녀를 빤히 바라볼 뿐이었다.

"그렇다 이거지."

티아가 낮은 목소리로 중얼거렸다.

그리고 손가락 하나를 들어 페레스의 어깨를 찌르듯, 툭 밀며 말했다.

"앉아."

겨우 그것뿐인데.

몸이 성치 않은 페레스는 통증에 눈살을 찌푸리며 다시 침대에 털썩 걸터앉아야 했다.

그러곤 티아는 고개를 휙 돌려 삼인방을 노려보며 말했다.

"다 나가."

달칵.

페레스의 동기 셋이 서로의 등을 밀치며 우르르 빠져나가고 문이 닫혔다.

"후우."

나는 끓어오르는 빡침을 깊은 한숨으로 승화시키려고 노력하며 페레스를 바라봤다.

하루 사이에 녀석의 눈 밑에 다크서클이 생기고 볼은 홀쭉해졌다.

이건 이거대로 퇴폐미가 빛을 발했지만 나는 영 마음에 들지 않았다.

"페레스."

내가 나직하게 녀석을 부르자 붉은 눈동자가 순순히 나를 올려다본다.

"계약 약혼도 엄연한 계약이야. 그런데 누구 마음대로 파혼을 하겠다는 거야?"

잠시 침묵하던 페레스는 일견 무표정한 얼굴로 말했다.

"티아 네가 잘못될까 봐 무서워."

자못 담백하게 한 말이었지만 그게 녀석의 진심임을 잘 알고 있다.

"지금 나와 파혼했다간 너의 입장이 엄청 곤란해질 텐데? 세워놓은 계획들도 모두 휴지 조각이 될 거야."

"알아."

페레스가 담담하게 대답했다.

"하지만 네가 다치는 것보단 나아."

"그러니까 정말로 오로지 내가 잘못될까 봐 걱정이 돼서?"

페레스는 고개를 끄덕였다.

나는 작게 한숨을 쉬었다.

그리고 앉아 있는 페레스의 얼굴에 가까이 다가가 녀석의 눈을 똑바로 쳐다보며 물었다.

"너, 내가 우스워?"

나도 모르게 굉장히 음산한 목소리가 흘러나왔다.

아픈 사람이니 멱살은 잡지 않겠지만, 말 그대로 화가 머리끝까지 났다.

"왜 네 마음대로 날, 고작 황후가 무서워서 숨는 사람으로 만들어?"

정보를 입수한 베이트가 바로 움직여 주었기 때문에, 그 너른 초원에서 롬바르디의 기사들이 나와 페레스를 찾았기 때문에 겨우 살 수 있었다.

운이 나빴다면 나와 페레스는 그 초원에서 아무도 모르게 죽었을 것이다.

솔직히 말하자면 무서웠다.

독 때문에 정신을 잃어 갈 때, 내가 다시 눈을 뜰 수 있을까 두려웠다.

하지만 그렇다고 해서 변하는 건 없다.

"우리가 처음 황궁 숲속에서 만났던 날. 나는 너한테 말했어. '내가 널 도와주겠다'라고."

"……기억해."

"그러면 대답해 봐, 페레스. 만약 너라면 겨우 이런 이유로 내 손을 놓을 거야?"

내 질문에 붉은색 눈동자가 작게 흔들렸다.

"……아니."

"나도 마찬가지야."

나는 녀석의 흐트러진 셔츠를 똑바로 해 주고, 머리를 뒤로 쓸어 넘겨 주며 말했다.

"그러니까 네 마음대로 날 겨우 황후가 무서워 약속을 어기는 사람으로 만들지 마."

이번 일로 누군가가 내 목숨을 노린다는 것이 어떤 것인지, 그동안 페레스가 어떤 마음으로 살아왔을지 조금이나마 알게 되었다.

내 마음은 오히려 더 확고해졌다.

"이 진흙탕에 너 혼자 두고 나만 빠져나갈 생각은 조금도 없으니까."

페레스의 미간이 찌푸려졌다.

녀석이 천천히 손을 뻗어 내 허리를 안았다.

단단한 이마가 내 배에 닿았다.

나를 세게 안지도 못하는 그 행동에서 미안함, 고마움, 그리고 애정.

그런 것들이 온통 뒤섞인 마음이 전해졌다.

엉망으로 구겨진 셔츠를 입은 넓은 등이 무척이나 외로워 보여, 나는 있는 힘껏 꽉 끌어안아 주었다.

"좀 안아야겠으니까, 아파도 참아."

내 말에 페레스가 낮게 웃는 진동이 온몸으로 전해졌다.

지난번 말 위에서 내가 녀석을 이렇게 안았을 때, 나는 울컥울컥 흐르는 피를 고스란히 내 손끝으로 느껴야 했다.

나는 살짝 눈을 떠 지금 내 손에는 아무것도 묻어나지 않는다는 것을 확인했다.

나는 마음에 차오르는 안도감만큼 녀석을 더욱 세게 끌어안았다.

그러자 페레스가 답지 않게 반쯤 투정하듯 말했다.

“네가 잘못되면, 모두 없애 버릴 거야.”

“무슨 농담을 그렇게 살벌하게 해.”

나는 웃으며 페레스의 머리를 엉망으로 헝클어트렸다.

하지만 녀석은 대답하지 않고 내 몸을 더욱 가까이 끌어안으며 어리광을 부리듯 얼굴을 비볐다.

막 머리단장을 마치던 라비니 황후에게 황궁의 시녀 하나가 달려와 알렸다.

“갤러한 롬바르디 공이 황궁에 방문했습니다.”

“아직 내 준비가 다 끝나지 않았으니 기다리라고 하렴.”

라비니가 거울을 보며 여유롭게 말했다.

“참 무례한 자로군. 내가 보낸 서신에는 답장을 제대로 하지 않고 무작정 황궁으로 찾아오다니.”

갤러한 롬바르디가 체사유에서 롬바르디 저택으로 돌아왔다는 소식은 라비니 황후도 들어 알고 있었다.

바로 황후궁으로 초대하는 서신을 보냈지만 아직 이렇다 할 답장이 없어 다시 사람을 보내려던 차였다.

“하필 그 아이가 거기에 휩쓸리다니.”

피렌티아가 마침 페레스와 함께 있었던 것은 우연히 일어난 사고였다.

아직 롬바르디 가주도 아무 말이 없는 것으로 보아 비밀 유지가 되고 있는 것 같았지만, 아비인 갤러한은 알고 있을지도 모른다.

"갤러한은 소심한 자이니 적당히 다독여 주면 되겠지."

그렇게 여유롭게 중얼거리는 라비니에게 시녀가 조심스레 말했다.

"저어, 갤러한 롬바르디 공은 황후궁이 아니라 황제궁에 들었습니다, 황후마마."

"지금…… 뭐라고 했지?"

"개, 갤러한 롬바르디 공은 지금 황제궁 후원에 들어 식사를……."

라비니 황후가 앉아 있던 자리에서 벌떡 일어났다.

안 좋은 예감이 등허리를 타고 흘렀다.

"드레스, 드레스를 가져와라, 당장!"

허겁지겁 드레스를 챙겨 입고 황제궁으로 향하는 라비니는 기시감에 몸을 떨었다.

전에도 이런 일이 있었다.

갑자기 황제궁을 찾은 룰락이 2황자의 후견인이 되고 많은 일들이 뒤틀리기 시작했던 날이.

아니나 다를까.

황제궁의 후원에 가까워지자 커다란 웃음소리가 들려왔다.

"하하! 갤러한 자네가 이렇게 입바른 소리를 잘하는 친구인 줄은 몰랐군!"

"체사유의 번영이 모두 폐하의 덕분이라는 것이 어떻게 입바른 소리가 되겠습니까, 하하하!"

이것마저 그날과 똑같다.

데면데면하던 건 언제고, 평생 친형제처럼 살아온 사람들처럼.

갤러한과 요바네스 황제는 정답게 이야기를 나누고 있었다.

라비니 황후는 아드득 이를 갈았다.

갤러한은 룰락이 아니다.

모퉁이 뒤에 서서 몇 번을 그렇게 스스로 다독인 뒤, 라비니는 활짝 웃는 얼굴로 후원에 들어섰다.

"폐하, 여기 계셨습니까. 반가운 손님이 왔다는 소식에 한걸음에 달려왔답니다."

"오, 황후가 오셨군."

요바네스 황제가 조금 웃음이 식은 얼굴로 말했다.

황후의 등장이 그리 반갑지 않은 것이다.

갤러한이 앉아 있던 자리에서 일어났다.

"오랜만이군요. 반가워요, 갤러한 공."

황후는 웃는 얼굴로 한 손을 내밀었다.

갤러한에게서 예의를 갖춘 인사를 받기 위해서였다.

하지만 갤러한은 그 손을 잡지 않았다.

미소 띤 얼굴과는 전혀 다른, 싸늘하게 식은 눈으로 라비니 황후의 하얀 손등을 잠시 바라보다가 웃으며 말했을 뿐이었다.

"예. 오랜만에 뵙습니다, 황후마마."

모욕이었다.

마땅히 황후에게 취할 예를 갖추지 않은 것이다.

하지만 갤러한은 여전히 웃는 얼굴로 가만히 서 있었다.

어디 화를 낼 테면 내 보라는 태도였다.

라비니 황후의 긴 속눈썹이 분노로 파르르 떨렸으나, 황제는 황후의 편이 아니었다.

요바네스가 갤러한의 어깨를 정답게 툭툭 두드리며 말했다.

"갤러한, 자네 바빠서 이제 일어나 봐야 한다고 하지 않았나?"

갤러한은 대답하기 전에 몰래 숨을 한번 골랐다.

그리고 어쩔 수 없다는 듯 웃으며 준비해 온 말을 흘렸다.

"예, 체사유와 롬바르디 양쪽의 일을 모두 신경 써야 하니 매일 매일 하루가 부족할 지경입니다."

예상대로 그 말에 요바네스가 반응했다.

"체사유는 그렇다지만, 롬바르디까지 신경 써야 하나?"

"저도 이제 롬바르디의 가신들에게 얼굴도장을 찍어야 하지 않겠습니까?"

갤러한이 한 말의 의미는 분명했다.

요바네스는 깜짝 놀라며 되물었다.

"으음? 롬바르디 가주가 후계에 대한 결정을 내렸던가?"

"아직 공식적으로 공표한 것은 아무것도 없습니다."

갤러한은 고개를 저었다.

내부에서 논의가 끝나고 모든 것이 완벽하게 결정되기 전까지 롬바르디는 후계에 대한 발표를 하지 않는다.

그러나 황후와 황제는 그것을 잘 모르고, 갤러한은 그 틈을 이용하려는 생각이었다.

티아가 후계로서 자리를 잡을 때까지 잠시나마 자신이 방패막이가 되어 주려는 생각이었다.

"하지만 제가 아니면 마땅한 후계가 없는 것도 사실이지요."

갤러한의 말에 요바네스는 고개를 끄덕였다.

"하긴 그렇지. 비에제는 가문에서 쫓겨나다시피 했다고 하니."

그렇게 말하는 요바네스의 시선이 흘긋, 라비니 황후를 향했다.

황후가 장남인 비에제를 지지했던 것은 모두가 아는 공공연한 일이었기 때문이었다.

"그럼 저는 이만 가 보겠습니다, 황제 폐하."

갤러한이 요바네스에게 공손히 인사했다.

그리고 돌아서서 황후 앞에 섰다.

"보내 주신 서신은 잘 받았습니다, 황후마마."

"그랬습니까. 답장이 오지 않아 서신이 애먼 곳으로 간 것은 아닌지 걱정했답니다."

라비니 황후가 잔뜩 굳은 얼굴에 억지로 미소를 띠며 말했다.

"말씀드렸다시피 제가 근래 들어 너무나 바쁩니다. 하지만 황후마마의 서신에는 꼭 답할 수 있도록 하겠으니 앞으로는 제게 궁금한 것이 있으시면 저를 부르십시오."

"그게 무슨……."

"제 딸아이는 가만두시고 말입니다."

갤러한이 조용히 입꼬리를 말아 올리며 덧붙였다.

롬바르디 초원에서 있었던 일에 대한 경고였다.

할 말을 마친 갤러한은 라비니 황후에게 가볍게 묵례를 한 뒤 그녀를 스쳐 지나갔다.

"아, 갤러한, 나도 궁 밖에 나갈 일이 있으니 함께 가지!"

요바네스 황제도 그 뒤를 따라 가 버렸다.

황제궁 후원에 혼자 남겨진 라비니 황후는 한동안 그 자리에서 움직이지 못했다.

가을의 막바지.

롬바르디 가문이 주최하는 사냥 대회가 다가왔다.

포이락궁에 머물고 있는 페레스의 동기생 삼인방도 사냥 대회에 대한 기대감에 잔뜩 들떠 있었다.

"이번 롬바르디의 사냥 대회는 다른 곳과 비교도 할 수 없을 정도로 크고 성대하다던데!"

"그럼 저번에 만난 그 롬바르디 영애도 보게 되는 건가?"

"와, 그 영애는 정말……. 전하보다 무서운 사람은 내가 처음 봤다니까."

테드로가 던진 질문에 스틸리는 몸을 부르르 떨었다.

싸늘한 얼굴로 '다 나가'라고 명령하던 모습이 떠올랐기 때문이었다.

"하긴 그 정도 되는 사람이니 우리 전하를 무슨 온순한 늑대 개 부리듯이……."

"크흠."

테드로가 스틸리의 옆구리를 툭툭 쳤다.

하필이면 바로 옆에서 페레스가 직접 날카롭게 간 검의 날을 확인하고 있는 중이었다.

하지만 분명히 '늑대 개'라는 말을 들었을 텐데도 페레스는 크게 개의치 않는 모습이었다.

여전히 차분한 시선은 검날에만 집중되어 있었다.

그런 모습은 오히려 페레스가 기분이 좋을 때 보이는 행동이라는 것을 알기에, 스틸리는 안심하며 페레스의 흥미를 끌 만한 화두를 던졌다.

"전하의 모자란 이복형 말이야. 이번 사냥 대회에 자기 심복들을 열 명 넘게 참가시켰다던데?"

"뭐? 열 명?"

리그니테가 놀라 되물었다.

"어엉. 그래서 가는 연회마다 떠벌리고 다니나 봐. 이번 롬바르디 사냥 대회에서 자기가 우리 전하를 꺾고 우승할 거라고. 그 말에 대해서 어떻게 생각해, 전하?"

스틸리가 짓궂은 미소를 지으며 페레스에게 물었다.

그러자 페레스는 무표정한 얼굴로 대답했다.

"이번 사냥 대회가 끝날 쯤이면 누가 우승했는지는 아무도 궁금해하지 않을 텐데, 그게 무슨 상관이지."

"아아, 하긴."

아카데미 삼인방이 서로 눈짓을 교환하며 킬킬거렸다.

스릉, 철컥.

검을 검집에 꽂아 넣은 페레스는 자리에서 일어나며 말했다.

"가자."

페레스가 가장 선두에 서고 그 뒤를 삼인방이 따랐다.

목적지는 이번 롬바르디 가문의 사냥 대회가 열리는 곳.

몬스터가 자주 출몰하는 지역인 '광인의 숲'이었다.

롬바르디 저택의 별채.

이제 비에제 부부와 벨레삭의 새 보금자리가 된 그곳은 유독 저택의 다른 곳보다 고요했다.

"어디 한번 보자, 벨레삭."

새로 맞춘 벨레삭의 사냥복 단추를 끝까지 단정하게 채워 준 세랄은 거울 앞에 아들을 세웠다.

"그래, 아주 멋지구나."

갈색 머리와 갈색 눈.

외모는 아버지인 비에제를 닮았지만 벨레삭의 내면만큼은 자신을 빼닮았다고 세랄은 생각했다.

"벨레삭."

"네, 어머니."

"넌 강한 사내다. 그렇지?"

벨레삭은 대답하지 않았다.

세랄이 하는 말의 의미를 알았기 때문이었다.

'너는 네 아버지처럼 약한 인간이 아니야. 그렇지?'

세랄은 그렇게 말하고 있었다.

장자로 태어났지만 할아버지의 눈 밖에 나 결국 롬바르디의 이름을 빼앗길 위기에까지 놓인 아버지.

그럼에도 불구하고 싸워 볼 생각도 없이 자기 연민에 빠져 매일 술에 취해 살고 있는 아버지.

벨레삭은 그 한심한 모습을 떠올리자 속이 뒤틀리는 것 같았다.
미간을 찌푸리는 벨레삭의 어깨를 세랄이 조용히 쓰다듬었다.
"그래, 넌 내 아들이야."
그렇게 말한 세랄은 돌아서서 서랍을 열었다.
그 안에서 나온 것은 나무로 조각된 상자였다.
딸깍.
작은 소음과 함께 세랄의 손안에서 상자가 열렸다.
"이건……."
모습을 드러낸 것은 검은 천 위에 놓인 날카로운 단검이었다.
"선물이란다, 벨레삭."
아스타나를 따라 어릴 적부터 사냥을 다녔기 때문에 사냥용 단검이라면 벨레삭도 많이 가지고 있었다.
하지만 세랄이 건네준 단검은 그런 벨레삭도 한눈에 알아볼 수 있을 정도로 고가의 물건이었다.
세랄은 조심스러운 손길로 단검을 꺼내 벨레삭에게 건넸다.
"받거라."
벨레삭은 유독 시퍼렇게 선 날에 꿀꺽 침을 삼키며 단검을 받아 들었다.
"내가 왜 네게 단검을 선물하는지 그 의미를 알겠니?"
"……."
벨레삭은 대답하지 않았다.
복잡한 눈으로 단검을 내려다볼 뿐이었다.
"이번 사냥 대회는 그동안 네가 경험해 본 것들과는 매우 다르다, 벨레삭. 초입이라고는 하지만 광인의 숲은 무척이나 위험한 곳이야."

벨레삭이 눈살을 찌푸렸다.

매년 열리는 롬바르디 사냥 대회는 원래 기껏해야 여우나 사슴을 잡는 행사였다.

갑자기 이런 위험천만한 것으로 바뀐 것이 영 께름칙했다.

그 순간, 세랄이 벨레삭의 팔을 강하게 잡았다.

가느다란 손가락에서 나온 것이라고는 쉬이 상상할 수 없을 만큼 억센 손길이었다.

"어머니?"

영문을 몰라 눈을 동그랗게 뜬 벨레삭에게 세랄이 말했다.

"위험한 만큼 네게 기회가 찾아올 수도 있다는 말이다. 알겠니, 벨레삭?"

낮게 속삭이는 목소리는 너무나 낯선 것이었다.

광인의 숲에 산다는 몬스터들의 눈이 저럴까.

세랄의 눈동자가 기이할 만큼 번뜩였다.

"아스타나 전하께 위험이 닥치면 네가 나서거라."

"하지만……."

"하지만이 아니다!"

세랄이 언성을 높였다.

"정신 차리거라, 벨레삭! 지금은 겁을 낼 때가 아니야!"

벨레삭의 팔을 움켜잡은 세랄의 손끝이 살을 아프게 파고들었다.

"롬바르디에서 열리는 큰 행사이니 이번만큼은 1황자 전하도 너를 곁에서 물리치지 못하실 거다. 그분의 측근 자리를 되찾을 마지막 기회란 말이다!"

세랄은 절박했다.

마음 같아선 자신이 직접 움직이고 싶었지만, 비에제와 세랄은 이번 사냥 대회에 참석을 허락받지 못했다.

더 이상 롬바르디의 일원이 아닌 이상 사냥 대회와 그 전야제에 참석하려면 초대장이 필요했다.

물론 비에제와 세랄 부부에게는 초대장이 배달되지 않았다.

"명심하거라, 벨레삭. 아스타나 전하의 곁에서 떨어지면 안 된다."

세랄이 다시 한번 당부했다.

"이 단검을 항시 품고 있다가, 그분에게 위험한 일이 생기면 주저 없이 사용하거라."

"……네."

처음 보는 어머니의 모습 앞에서 벨레삭은 고개를 끄덕일 수밖에 없었다.

나는 부드러운 장갑을 끼며 창밖을 내려다봤다.

별장 주변의 평야가 끝나는 지점부터 시작되는 빼곡하고 울창한 숲.

그리고 그 위를 무겁게 덮은 짙은 안개.

롬바르디 저택 주변과는 매우 다른 풍경이었다.

"조금 으스스하네요."

로릴이 다가와 내 어깨에 도톰한 털 망토를 둘러 주며 말했다.

로릴의 감상대로였다.

롬바르디 영지 동북부에 위치한 이 별장은 몬스터가 서식하는 광인의 숲 초입에 위치했다.
"사시사철 뿌연 안개가 껴 있는 광인의 숲은 그 안에 들어선 사람들을 미치게 한다고 하잖아."
놀리듯 장난스런 내 말에 로릴이 말만 들어도 무섭다는 듯 걱정 가득한 눈으로 나무가 빼곡한 숲을 바라봤다.
"갑자기 왜 사냥 대회 장소를 이곳으로 옮기신 거예요?"
로릴의 질문에 나는 생긋 웃으며 대답했다.
"그냥. 재밌을 것 같잖아?"
이번 사냥 대회는 내가 할아버지로부터 전권을 위임받아 준비했다.
브라운 가문을 성공적으로 복귀시키는 데에 꼭 필요한 일이라는 이유였다.
잠시 나를 묘한 눈으로 바라보던 할아버지는 별다른 말 없이 '그리하거라' 하고 허락해 주셨고.
"내 준비는 다 끝났으니까, 로릴은 이제 메릴린과 플린트 경에게 가 봐."
"네, 아가씨. 또 필요한 것 있으면 부르세요!"
로릴이 씩씩하게 인사를 하고 방을 나갔다.
그리고 얼마 지나지 않아, 방문이 다시 한번 열렸다.
익숙한 세 얼굴이 안으로 들어왔다.
"준비는 다 끝났죠?"
나는 클레리반을 바라보며 물었다.
"예, 당장 사냥 대회가 시작되어도 지장이 없도록 준비를 끝냈습니다."
"전야제는요?"

이번에는 바이올렛이 대답했다.

"전야제 연회 준비도 모두 끝났습니다."

"연회장 안팎으로 신경 써야 할 공간이 넓어서 고생했을 텐데."

"아닙니다. 베이트 님이 잘 도와주셔서 별 무리 없이 끝냈습니다."

하지만 며칠 밤을 새운 바이올렛의 노고를 알았기에, 나는 그 어깨를 짧게 토닥여 주었다.

"우리 건물주님도 참 취향이 독특하셔요."

베이트가 조금 전까지 내가 서 있던 창가에서 밖을 내다보며 말했다.

"롬바르디의 이름으로 열린 사냥 대회에서 누가 누가 몬스터를 많이 죽이나 대결하게 하다니. 거기에다 증거로 사체의 일부분을 수집해 오란 규칙까지, 정말 너무한 것 아닙니까?"

하지만 그렇게 말하는 사람치고, 베이트의 얼굴에는 재밌어 죽겠다는 표정이 가득했다.

"롬바르디의 사냥 대회라는 사실만으로 덥석 참가를 신청했다가 지금 땅을 치고 후회하는 귀족들이 대부분일 겁니다."

"그래요? 나는 다들 새로운 사냥 대회를 반길 거라고 생각했는데."

"일반적인 귀족들이라면 저 음침한 숲속에서 몬스터와 마주치는 것만으로 다리의 힘이 풀려 주저앉을 겁니다. 아마 대회가 시작되면 기권하는 자들이 태반일걸요?"

"하지만 1등 상금을 꽤 두둑하게 걸어 놨는데."

쫄리면 빠지시든가.

"초대한 사람들은 다 도착했어요?"

내 질문에 바이올렛이 답했다.

“네, 초대장을 받은 귀족들과 롬바르디의 가신들까지 모두 빠짐 없이 방을 배정받았습니다.”

그렇게 바이올렛과 대화를 나누고 있는데 클레리반이 가까이 다가왔다.

“피렌티아 님.”

그런데 그 표정이 조금 걱정스러워하는 듯 보였다.

“피렌티아 님께선 준비가 다 되신 겁니까?”

“나는…….”

클레리반이 의미하는 바를 안다.

사냥 대회가 시작되면 더 이상 흐름을 멈출 길이 없다.

이제부터는 모든 일이 숨 가쁘게 흘러갈 것이니까.

“난 준비된 지 오래예요.”

지금까지 참느라 얼마나 고생이었는데.

크게 돌고 돌아온 길이 이제 조금씩 그 끝을 보이고 있었다.

그 화려한 엔딩만을 보면서 달려온 나는 창밖에서 불어오는 차가운 바람을 한껏 들이켜 기대감과 흥분으로 달아오른 몸을 식혔다.

그때, 저 멀리 천천히 다가오는 커다란 행렬이 보였다.

이제 움직일 때가 됐다.

“자, 그럼 이제 나가 볼까요?”

내 말에 방 안에 자유로이 흩어져 있던 세 사람이 동시에 몸을 일으켰다.

계단을 따라 아래로 내려갔다.

클레리반과 바이올렛, 그리고 베이트는 사람들의 시선을 능숙하게 피해 한 명씩 사라졌다.

그리고 1층에 다다르자, 나는 어느새 혼자가 되어 있었다.
현관 근처는 이미 많은 사람들로 북적이고 있었다.
"아, 롬바르디 영애가 오셨다."
"이봐, 길을 비켜 드려."
내가 다가가자 인파는 자연스레 둘로 갈라졌다.
나는 그들에게 고맙다는 뜻으로 살짝 눈인사를 하며 걸어 나갔다.
별장 현관문 앞에 도착하자 먼저 도착해 있는 익숙한 뒷모습이 보였다.
"할아버지."
"오오, 티아 왔구나."
저 멀리 다가오는 행렬을 무표정한 얼굴로 지켜보고 있던 할아버지가 언제 그랬냐는 듯 활짝 웃으며 나를 반겼다.
"티아야, 아빠도 여기 있어."
아버지가 할아버지 옆에서 쏙 얼굴을 내밀며 말했다.
그 곁에는 긴장한 얼굴의 로렐스도 함께였다.
당연한 말이지만, 비에제의 모습은 보이지 않았다.
"자, 앞으로 가자."
할아버지와 아버지, 그리고 로렐스와 나.
롬바르디의 네 사람은 마차가 멈출 곳, 많은 인파가 몰려 있는 그 가장 앞에 섰다.
"오셨어요."
샤나넷이 우리를 돌아보며 말했다.
"오랜만이구나, 티아."

상냥한 미소는 변함이 없었다.

"쌍둥이들은 어디에 있어요?"

"저쪽에 있단다."

샤나넷이 가리키는 곳에는 빛나는 갑옷을 갖춰 입고 멋지게 사열해 있는 롬바르디 기사단이 보였다.

그리고 기사단의 단장과 부단장 바로 뒤에서 나를 향해 씨익 웃고 있는 길리우와 메이론이 보였다.

나는 두 사람에게만 보일 정도로 작게 손을 흔들어 주고 다시 앞을 바라봤다.

어느새 화려한 마차가 우리 앞에 멈춰 서고 있었다.

마찬가지로 정복을 차려입은 황실 기사단이 마차 주변을 경호하듯 둘러싸며 자리를 잡았다.

대기하고 있던 시종이 얼른 마차 앞에 발판을 대었고, 달칵하는 작은 소음과 함께 마차의 문이 열렸다.

"황제 폐하를 뵙습니다."

롬바르디 별장의 현관 앞에 서 있던 많은 사람들이 일제히 머리를 숙이며 인사했다.

"하하하!"

그 모습이 퍽 만족스러운 듯, 요바네스 황제가 큰 웃음을 터뜨리며 마차에서 내려섰다.

그 뒤를 따라 황후도 땅을 밟았다.

도톰한 벨벳으로 만들어진 짙은 푸른색 드레스를 입고 고운 흰색 털로 만든 짧은 숄을 걸친, 언제나처럼 아름다운 모습이었다.

그리고 그 뒤에 멈춰 선 두 대의 마차에서 아스타나와 페레스도 차례로 내렸다.

그렇게 황가의 네 사람이 나란히 우리 쪽으로 걸어왔다.

“먼 길 오시느라 수고 많으셨습니다.”

할아버지가 먼저 말했다.

“초대해 주어서 고맙습니다, 롬바르디 가주.”

요바네스 황제도 너털웃음을 지으며 할아버지에게 대답했다.

롬바르디와 듀렐리 황실이 얼굴을 마주하고 섰다.

사냥 대회에 모인 수백의 사람들의 시선이 일제히 이곳으로 집중되는 순간이었다.

롬바르디의 별장으로 향하는 길.

요바네스 황제와 라비니 황후가 함께 탄 마차 안에는 어색한 정적이 흘렀다.

웬만한 자리가 아니고서야 한자리에 있는 경우가 드문 두 사람은 한마디 말도 나누지 않았다.

특히나 창밖만 바라보는 요바네스의 얼굴은 볼만했다.

당장 이 마차 밖으로 나갈 수 있다면 금괴를 몇 개라도 내줄 수 있을 것 같았다.

“크흠.”

결국 요바네스가 불편한 헛기침을 했다.

그가 황후를 이토록 껄끄러워하는 이유는 최근 시작된 황태자 임명 압박에 있었다.

물론 그 문제에 대해서 황후가 직접 말을 보태는 경우는 여태껏 없었다.

하지만 대회의에서 요바네스에게 황태자 임명을 재촉하는 이들의 뒤에 앙게나스와 황후가 있음을 모를 리 없다.

아니나 다를까.

"폐하."

황후가 사근사근한 목소리로 요바네스를 불렀다.

"근래에 대회의에서 황태자 임명에 대한 건의가 있었다고 들었습니다."

역시나로군.

요바네스가 내심 불편하게 입가를 어그러뜨렸다.

"아직 폐하께서 건재하시기는 하오나 혹시 모를 불상사를 걱정하는 귀족들의 마음도 이해해 주셔야지요."

혹시 모를 불상사.

그 말에 요바네스의 침묵이 깨어졌다.

"그들이 걱정하는 게 황제인 나요, 아니면 앙게나스의 미래요?"

"물론 폐하와 램브루 제국의 안녕이 아니겠습니까."

"아주 나를 바보로 아는군."

황제는 이제 불편한 심기를 숨기지 않았다.

차갑게 노려보는 그 눈에 물러날 만도 하지만, 오늘따라 라비니 황후는 조금 더 세게 밀어붙였다.

"제가 한 말씀 올리겠습니다, 폐하."

라비니의 말에 요바네스는 어디 한번 해 보라는 듯 콧방귀를 뀌었다.

요바네스 황제는 황후를 곁눈으로 흘깃 바라보았다.

언뜻 다정한 듯, 진심으로 충언하는 듯하지만 그 안에는 오로지 자기 자신과 가문에 대한 욕심밖에 없었다.

처음 만났던 날부터 언제나 그랬다.

라비니는 제국의 황후가 아닌, '앙게나스의 라비니'일 뿐이었다.

"지금 전하께서는 언젠가 해야 할 일을 미루고 계신 것뿐입니다."

"알고 있소."

"그렇다면 어찌하여 이리 시일을 지체하십니까? 설마 2황자를 황태자로 삼으실 생각은 아니시지요?"

라비니가 뾰족한 창으로 푹 찌르듯 던진 질문에 요바네스 황제의 미간에 주름이 생겼다.

"그 어미의 천한 피가 이 램브루 제국의 황위를 잇는 핏줄이 될 수는 없는 일이 아닙니까."

라비니의 목소리는 차분했다.

딱히 재촉하는 말투도 아니었다.

다른 건 몰라도 혈통에 대한 의견만큼은 요바네스 황제가 자신과 뜻을 같이한다는 것을 잘 알고 있었기 때문이었다.

"크흠."

요바네스에게서 다시금 헛기침 소리가 흘러나왔다.

아스타나는 부족하다.

하지만 요바네스는 단 한 번도 페레스에게 황위를 물려주겠다는 생각을 한 적이 없었다.

그 붉은 눈과 검은 머리칼이 선황을 떠오르게 했다.

지금도 눈을 감으면 바로 어제 일처럼 선명하게 떠오르는 그날의 일을.

"너도 나처럼 네 아들의 손에 죽게 될 거다, 요바네스."

핏발이 선 눈으로 저주하며 비웃던 그 모습은 아직도 요바네스를 괴롭혔다.

"나중에."

황제는 감았던 눈을 뜨며 말했다.

"이 이야기는 나중에 하지요, 황후."

때마침 마차가 멈춰 섰다.

훌쩍 열리는 문에 기다렸다는 듯 마차 밖으로 나가 버리는 요바네스였다.

"하하하!"

언제 언짢았냐는 듯 큰 소리로 웃는 황제의 뒷모습을 차갑게 노려보던 라비니 황후는 그 뒤를 따라 마차에서 내려섰다.

환한 미소를 짓는 것은 라비니도 마찬가지였다.

모두가 공손히 머리를 조아리는 가운데 할아버지만 요바네스 황제와 덤덤히 얼굴을 마주하고 있었다.

그러나 그것을 무엄하다 여기는 사람은 아무도 없었다.

롬바르디의 가주는 그런 자리였으니까.

"자자, 모두들 고개를 들라."

무슨 좋은 일이라도 있었던 것인지, 요바네스가 연신 싱글벙글한 미소를 잃지 않으며 말했다.

나는 살짝 숙였던 고개를 들며 그런 요바네스 황제의 얼굴을 더욱 자세히 살폈다.

분명 웃는 얼굴이기는 하지만 뭔가 어색하다.

마치 억지로 웃고 있는 사람처럼.

그리고 나를 바라보는 시선을 느끼고 고개를 돌렸다.

페레스였다.

모두가 바라보는 공식 석상인 만큼 페레스는 나와 눈이 마주치자 작게 묵례를 해 보였다.

나도 마찬가지로 고개를 까딱이고는 할아버지와 요바네스 황제의 대화에 귀를 기울였다.

"그런데 광인의 숲에서 열리는 사냥 대회라니. 롬바르디 가주께서 색다른 시도를 하셨습니다?"

"이번 사냥 대회는 제가 아니라 제 손녀인 피렌티아가 준비한 것입니다."

"호오, 그래요?"

요바네스의 호기심 어린 시선이 나에게 꽂혔다.

"부족한 실력이나마 최선을 다했습니다, 폐하."

나는 살짝 치맛자락을 잡고 무릎을 굽혔다 펴며 수줍은 듯 말했다.

그리고 옆에 대기 중이던 롬바르디의 고용인들에게 눈짓을 했다.

내가 보낸 사인에 시종들이 두 개의 보호구를 두 황자들에게 전했다.

붉은색은 페레스, 그리고 노란색은 아스타나를 위한 것이었다.

"저것이 무엇이지?"

요바네스 황제가 내게 물었다.

"이번 사냥 대회의 참가자들을 위해 준비한 보호구입니다. 두 황자 전하분들 말고도 다른 참가자들도 저것과 똑같은 보호구를 착용하게 될 겁니다."

"색이 조금 밝은 것 같은데. 사냥복으로는 적합하지 않은 것 아닌가?"

"물론 그렇습니다. 하지만 광인의 숲은 유독 안개가 짙게 끼기로 유명하기에 참가자분들의 안전을 위하여 모색한 방안입니다. 실종되시기라도 하면…… 어두운 숲속에서 찾아야 할 테니까요."

나는 그렇게 말하며 은근히 아스타나를 바라봤다.

잔뜩 겁먹은 한심한 놈이 크게 움찔하는 것이 보였다.

쫄기는.

오히려 요바네스 황제는 위험하다는 내 말에 더욱 흥미를 가지는 것 같았다.

"그 말을 들으니 더욱 궁금해지는군. 왜 굳이 광인의 숲에서 사냥 대회를 여는 것이지?"

"봄이 되면 몬스터들이 광인의 숲과 가까운 인가를 덮치는 일들이 종종 있습니다, 폐하."

나는 모두가 들을 수 있도록 또렷한 목소리로 말했다.

"그러니 모두가 모여 사냥 대회를 즐기는 김에, 제국민들에게 도움이 될 수 있지 않을까 하여 추진하였습니다."

"아주 좋은 생각이다!"

요바네스 황제가 큰 소리로 외쳤다.

그러고는 수염이 난 턱을 문지르더니 말했다.

"그런 좋은 취지라면 내가 빠질 수 없지. 나도 참가하겠다."
아니, 이게 웬 떡이야!
순간 잘못 들었나 할 정도로 기특한 요바네스의 발언이었다.
원래는 황제가 제 발로 숲으로 들어가도록 유도를 했었어야 했는데.
나는 슬쩍 페레스를 바라봤다.
네가 원하던 게 이거 맞지?
페레스도 뜻밖의 횡재에 꽤 즐거운 듯 눈이 살짝 가늘어져 있었다.
나는 다시 요바네스 황제를 바라보면서 말했다.
"하지만 폐하, 위험하실 수 있으니 사냥이 어느 정도 진행된 이후인 대회 마지막 날 참가해 보시는 것은 어떻겠습니까? 폐하를 위한 보호구도 제가 준비해 보겠습니다."
"허허허!"
내 말에 황제가 다시 큰 웃음을 터뜨렸다.
"그래, 내 걱정을 해 주는 것은 피렌티아 너밖에 없구나!"
빈말로라도 황제가 사냥 대회에 참석하는 것을 말리지 않았던 주변 황실 기사단의 안색이 순간 굳었다.
"그렇게 하자꾸나!"
요바네스 황제가 내 어깨를 툭툭 두드리며 말했다.
얼마나 배려가 없는 손길인지.
두꺼운 손이 무겁게 툭툭 내려앉자 어깨가 아파 왔지만 나는 웃음을 잃지 않으며 말했다.
"그밖에도 사냥에 참가하지 않는 분들을 위한 즐길 거리도 많이 준비해 놓았으니, 롬바르디 별장에 머무시는 동안 부디 즐거운 시간이 되셨으면 합니다."

특히 라비니 황후 당신 말이야.

"그럼 이제 안으로 들어가시지요."

할아버지가 나와 황제 사이에 끼어들며 말했다.

"그럽시다, 롬바르디 가주."

할아버지와 황제가 가장 앞서 걷기 시작하자 인파가 갈라지면서 별장 건물 현관까지 길이 생겨났다.

그 뒤로 황후와 샤나넷을 비롯한 사람들이 따라 걷기 시작했다.

어느새 내 옆에는 페레스가 다가와 있었다.

"안녕, 페레스."

"안녕, 티아."

짧게 인사를 나눈 뒤에 우리는 앞을 바라봤다.

페레스는 황제의, 나는 황후의 뒷모습을 눈에 담았다.

어떤 일이 다가오는지도 모르고, 화려하게 치장된 저택과 주변 풍경을 보며 들떠 하는 모습이 들어왔다.

그래, 즐길 수 있을 때 즐겨 두라고.

얼마 가지 못할 테니까.

이렇게 뒤에서 그들이 저택을 향해 걸어가는 모습을 보고 있자니, 마치 몰이사냥을 하는 기분이었다.

나와 페레스는 지금 사냥감을 덫이 있는 곳으로 몰아넣는 중이었고 말이다.

전야제 연회가 시작되었다.

일반적으로 사냥 대회와 함께 열리는 투박한 연회와는 달랐다.
롬바르디의 이름을 걸고 나 피렌티아 롬바르디가 주최하는 연회가 그럴 수는 없지.
저택 주변의 너른 평야를 이용해 야외에서 밤에 열리는 전야제이니만큼 전원적인 분위기를 살리고, 그 대신 밝고 아름다운 불빛을 곳곳에 달았다.
덕분에 전야제가 준비된 공간은 낮에 열리는 연회보다도 화려하게 느껴졌다.
또한 제공되는 음식과 음료는 오로지 최고급의 것으로만 준비했다.
"다 순조롭게 돌아가고 있는 것 같은데."
나는 연회의 전경이 보이는 곳에 자리를 잡고 주변을 둘러봤다.
황제와 할아버지를 비롯한 최고위 귀족들은 이미 다른 곳으로 자리를 옮긴 뒤였다.
"어디 어디, 숨었나."
내가 이렇게 목을 빼고 찾는 대상은 하나였다.
"아, 찾았다."
저 멀리 아스타나가 붙었다.
그리고 어디 있다가 나타났는지 껌딱지처럼 붙어 있는 벨레삭도.
나는 옆에 술을 들고 지나가던 고용인을 하나 불러 세웠다.
"이 와인 대신 캘로가주를 들고 1황자 전하 쪽에 술이 끊기지 않도록 신경 써 줘."
캘로가주는 베이트가 미리 알아 온 아스타나가 제일 좋아하는 독주였다.
"예, 아가씨."

내 말에 공손히 대답한 하인이 은쟁반에 캘로가주를 준비해 아스타나 쪽으로 걸어갔다.

매우 귀찮은 얼굴로 벨레삭이 하는 말을 듣고 있던 아스타나의 얼굴에 화색이 돌았다.

캘로가주를 발견한 것이다.

"옳지, 옳지……."

나는 조금 긴장된 마음으로 아스타나를 지켜봤다.

마셔라, 마셔라, 마셔라.

그리고 너무나도 쉽게, 조금의 고민도 없이 아스타나는 캘로가주가 담긴 잔을 들었다.

"어라, 저것 봐라?"

한 잔 맛을 본 아스타나가 아예 고용인에게서 쟁반을 빼앗아 드는 것이 보였다.

이번에는 숨길 수 없이 내 입꼬리가 위를 향했다.

"술이 들어간다, 쭉쭉쭉."

본격적으로 술을 마시기 시작하는 아스타나를 흐뭇한 눈으로 보고 있을 때였다.

아스타나가 자리를 옮길 때마다 그 뒤를 따라다니는 사람 네 명이 보였다.

황실 기사단의 기사들이었다.

그 외에도 야외 연회장 곳곳에 완전 무장을 한 채로 경계를 서고 있는 다른 기사들이 보였다.

"역시."

나는 그들을 보며 살짝 입맛을 다셨다.

오늘 내가 노리는 사냥감은 황후와 저 황실 기사들이기 때문이었다.

저들을 아스타나 옆에 붙여 놓기 위해 나도 롬바르디의 기사들을 연회장 곳곳에 배치했다.

그러자 저들도 지지 않겠다는 듯 연회장 주변을 지키고 아스타나를 따라다니며 경호하기 시작한 것이다.

"내 예상이 맞았네."

황실 기사단과 롬바르디 기사단은 일종의 라이벌이었다.

일반 귀족 가문들 중에 황실 기사단과 규모가 맞먹는 곳이 없거니와 황실 기사단의 역량이 갈수록 줄어들고 있었기 때문이었다.

혹자들은 그것을 두고 황실 기사단이 훈련하는 '제국 검법'이 원인이라고 말하기도 했다.

검법 자체에 문제가 있으니 기사들의 경지에 한계가 생긴다는 것이었다.

하지만 또 많은 이들은 황실 기사단의 역량 부족이 모두 브라운 가문이 축출당했을 때부터 시작되었다 숙덕거리기도 했다.

대대로 황실 기사단장을 역임하던 브라운 가문의 부재가 원인이라고 보는 것이다.

이유야 어쨌든.

황실 기사단이 전에 없던 위기를 맞이했다는 말은 모두가 동의하는 사실이었다.

"그러니 모두들 절실한 상태지."

검을 든 자가 강해지고 싶어 하는 것은 너무나 당연한 일.

나는 아스타나 곁을 지키고 있는 황실 기사들을 바라보면서 웃었다.

"티아."

"왔어?"

돌아보지 않아도 내 뒤에 다가온 것이 페레스임을 알 수 있었다.

"옷 잘 어울리네."

나는 페레스가 입은 붉은 옷을 보면서 말했다.

"당연히. 네가 골라 준 거잖아."

"그건 그렇지."

나는 페레스의 옷에 붙은 작은 티끌을 떼어 주면서 웃었다.

"오늘 연회를 위해서 입은 옷도 붉은색, 내일부터 입을 보호구도 붉은색."

내가 흥얼거리듯 말하자 페레스가 눈을 살짝 접으며 미소 지었다.

"그나저나 일이 굉장히 잘 풀리는 것 같지 않아?"

마치 운명이 우리 편인 것같이 말이야.

"폐하께서는 갑자기 사냥 대회에 참가한다고 나서 주시질 않나, 그리고 아스타나는……."

나와 페레스는 멀리에 있는 아스타나를 동시에 바라봤다.

워낙에 독주인 캘로가주라, 눈이 살짝 풀린 아스타나의 앞에는 이미 텅 빈 술잔이 몇 개나 놓여 있었다.

"역시 너는 네가 원하는 것들을 이룰 운명인 거야, 페레스."

복수도, 그리고 황위에 오르는 것도.

마찬가지로 가벼운 말로 맞받아칠 줄 알았던 페레스는 말이 없었다.

시선을 돌리자 녀석은 나를 묘한 눈으로 바라보고 있었다.

"왜 날 그렇게 봐?"

"티아 넌 가끔 이상할 때가 있어."

"이상하다고?"

"뭐랄까. 가끔 미래를 알고 있는 사람 같은 말을 해."

쓸데없이 촉은 좋아서는.

"……그런가."

나는 슬쩍 녀석의 시선을 피하며 말꼬리를 흐렸다.

"그리고 한 가지 틀렸어."

페레스가 말했다.

"내가 아니라 네 덕분이야. 티아 네 덕분에 내가 지금 여기에 있는 거야."

녀석의 붉은 눈동자가 나를 담았다.

그리고 천천히 다가와 내 볼에 입을 맞췄다.

애정이 듬뿍 담긴 표현이었다.

우리에게 주변의 시선이 집중되는 것이 느껴졌지만 페레스는 마치 그런 것 따위는 모르는 사람처럼 나만 바라봤다.

"피하지 않네."

"사람들이 보고 있으니까."

"정말 그 이유 때문이야?"

페레스의 목소리에 약간의 웃음기가 물들었다.

"……마음대로 생각해."

내가 조금 새침하게 대답하자 페레스는 이제 낮게 웃기까지 했다.

그때 내 시야 안으로 라모나의 모습이 들어왔다.

"왔네요."

나는 반 발짝 뒤로 물러서며 말했다.

페레스도 고개를 돌려 라모나를 바라봤다.

"기사복이 아주 잘 어울린다, 라모나."

"감사합니다, 황자 전하."

라모나가 조금 쑥스럽게 웃으며 대답했다.

그리고 나를 바라보며 말했다.

"이렇게 좋은 기사복은 처음 입어 봐요. 감사합니다, 롬바르디 영애."

"별말씀을요. 그리고 편하게 불러도 된다니까요? 나이 차이도 얼마 안 나는데."

"아니요."

라모나는 고개를 가로저으며 말했다.

"제가 어찌 롬바르디 영애께 그렇게 할 수 있겠습니까."

아무래도 라모나는 나에게 적잖은 부채감을 가진 듯했다.

뭐, 어쩔 수 없지.

말 놓기 싫다는 사람에게 억지로 말 놓게 하는 것도 실례가 되는 일이다.

나는 작게 한숨을 쉬고 페레스에게 말했다.

"너 이제 가, 페레스. 네가 내 옆에 있으면……."

아스타나가 날 피해 다닐 거란 말이야.

반쯤 삼킨 내 말뜻을 알아들은 페레스가 고개를 짧게 끄덕였다.

그리고 내 손을 잡아 손등에 입을 맞췄다.

"필요하면 불러. 근처에 있을게."

"알겠어. 어서 가서 일 봐."

난 멀어지는 페레스를 향해 손을 흔들흔들하며 라모나를 슬쩍 확인했다.

하지만 라모나는 긴장된 얼굴로 자신이 입고 있는 기사복의 매무새를 점검할 뿐, 페레스의 행동에 큰 신경을 쓰지 않고 있었다.

"준비되었나요, 라모나 님?"

"네, 롬바르디 영애."

라모나가 내 질문에 빠릿하게 대답했다.

"검은 잘 갈아 놓았길 바라요."

내가 반쯤 농담처럼 말하자 라모나도 살짝 웃었다.

"아, 브라운 가주께서 도착하셨나 보네요."

나는 무언가 소식을 들은 사람들이 하나둘 연회장의 한쪽으로 발걸음을 재촉하는 움직임을 보고 말했다.

"우리도 얼른 가요."

나는 먼저 앞장서면서 말했다.

"좋은 구경을 놓칠 수는 없잖아요?"

당황한 황후의 얼굴을 꼭 보고 싶단 말이지.

제일 앞줄에서 볼 거야.

나와 라모나는 사람들이 모여 있는 곳으로 반쯤 뛰듯 걸어갔다.

"아, 좀!"

아스타나가 벨레삭을 바라보며 짜증스레 외쳤다.

이미 얼굴이 술기운으로 불콰하게 달아올라 있는 모습이었다.

"너희 다 꺼져!"

아스타나가 벨레삭을 비롯한 자신의 곁에 모인 귀족가 자제들을 바라보며 언성을 높였다.

'성가신 놈들.'

남들에게는 나름 '1황자의 측근'이라고 불리는 이들이었지만 아스타나에게 있어 그들은 귀찮게 귓가를 날아다니는 벌레 같은 존재, 그 이상도 그 이하도 아니었다.

하지만 아무리 짜증을 내도 우물쭈물할 뿐, 물러설 생각이 없는 그들을 보면서 아스타나는 결국 독주를 한 모금 더 삼켰다.

술기운이 뭉근하게 올라오자 그래도 머리를 가득 채웠던 짜증이 조금 가시는 것 같았다.

"기생충 같은 것들……."

아스타나가 소매로 입가에 묻은 술을 대충 훔치며 중얼거렸다.

내가 황제가 되면 뭐라도 얻어 보려 설치는 것들.

그 중얼거림이 들리지 않았을 리 없는데도 누구 하나 불쾌해하는 이가 없었다.

아스타나의 홀대에 익숙해져 있는 탓이었다.

"안 그래도 짜증 나는데 붙지 말고 떨어져!"

아스타나가 벨레삭의 어깨를 툭 밀어내며 말했다.

그리고 흐릿하게 초점이 풀린 눈이 먼 곳에 보이는 검은 숲에 닿았다.

밤이 되자 한층 더 짙은 안개가 낀 광인의 숲은 바람에 으스스한 소리를 내고 있었다.

꿀꺽.

아스타나가 긴장감에 침을 삼켰다.

이런 사냥 대회인 줄은 꿈에도 몰랐다.

진작에 알았다면 페레스에게 허세를 부리지도 않았을 거다.

"벨레삭, 너는 이번 롬바르디의 사냥 대회가 이런 것이라 미리 언질을 줬었어야지!"

옆에 멀뚱히 있던 벨레삭에게 아스타나가 역정을 냈다.

"저, 저도 잘 몰랐습니다."

"쓸모없기는."

하필 황제 폐하까지 오셨다.

또한 일개 사냥 대회라고는 상상할 수 없을 만큼 많은 사람들이 왔다.

여기서 지면 망신도 이런 망신이 없었다.

게다가 이미 귀족들 사이에서 1황자와 2황자, 둘 중 누가 이길 것인지 내기가 오간다는 말도 들었다.

"이건 정말 불공평해!"

아스타나가 볼멘소리를 했다.

"그 천한 놈은 오러를 다루는 소드 마스터라고! 그런데 나와 대결이라니."

이미 아스타나의 머릿속에서 자신이 먼저 시비를 걸었다는 사실은 깔끔하게 지워져 있었다.

"술이나 더 가져와!"

아스타나가 벨레삭에게 외쳤다.

"예, 전하."

벨레삭이 그렇게 대답하며 하인들을 채근하기 위해 막 돌아섰을 때였다.

"뭐야, 무슨 일이 있나?"

아스타나의 측근들 중 하나가 고개를 갸웃하며 말했다.

아스타나도 흐릿하게 초점이 풀린 눈을 들어 인파가 몰린 곳을 바라봤다.

"뭔데 저리 소란이야?"

아스타나의 눈에 들어온 것은 몇몇 귀족들이 두 손으로 입을 가리며 크게 놀라는 모습이었다.

"누구입니까, 소개해 줄 사람이."

요바네스 황제가 룰락에게 물었다.

호기심이 잔뜩 어린 얼굴이었다.

여느 연회 때처럼 뒷방에서 대화를 나누던 요바네스에게 룰락이 제안했다.

'소개해 줄 사람이 있으니 잠시 밖으로 나가자'라고.

그렇다면 안으로 부르라는 말에도 룰락은 '사람이 조금 많다'며 두루뭉술한 대답을 내놓을 뿐이었다.

룰락의 안내로 연회장 중심 쪽으로 걸어가며 요바네스 황제의 궁금증은 점점 높아져만 갔다.

그리고 룰락이 마침내 걸음을 멈춘 곳은 연회가 열리는 야외 공간의 한 중심이었다.

이미 많은 귀부인들이 자리를 잡고 와인을 마시며 이야기를 나누고 있는 장소이기도 했다.

"폐하?"

라비니 황후도 의아해하며 다가왔다.

"어찌 다시 나오셨습니까?"

"롬바르디 가주가 소개해 줄 사람이 있다고 하여서……."

"아, 저기 옵니다."

룰락이 퍽 반가운 듯 활짝 웃으며 말했다.

자연히 요바네스 황제의 시선도 그쪽으로 향했다.

"저들은……."

요바네스는 눈을 가늘게 떴다.

이쪽으로 다가오고 있는 것은 한 무리의 남성들이었다.

눈에 익은 얼굴들은 아니었다.

그러나 말로 형용할 수 없는 느낌이 요바네스의 등골을 타고 내렸다.

가장 선두에 선 중년 남성의 얼굴이 묘하게 눈에 익었다.

당당하게 걸어오는 모습이 인상적이기도 했다.

그리고 그들이 점점 가까워짐에 따라, 한 가지 공통점이 눈에 들어왔다.

"모두 오른손이 없군."

요바네스 황제가 저도 모르게 중얼거렸다.

그 순간 알 수 있었다, 그들의 정체를.

"……브라운 가문의 사람들이로군."

"폐하께 인사 올립니다. 브라운 가문의 가주 길라드 브라운입니다."

마침내 다가와 앞에 선 길라드 브라운을 바라보는 요바네스 황제의 눈이 가늘어졌다.

그리고 만면에 가득하던 웃음이 사라졌다.

"흐음."

꼬리가 긴, 그 의미를 알 수 없는 소리에 브라운 가주의 얼굴이 굳었다.

브라운 가문이 돌아왔음을 두 손 들고 반겨 줄 것이라 생각하지는 않았지만, 이리 무심할 줄도 몰랐다.

브라운 가문에게 생긴 일의 책임은 황실에도 있으므로 어느 정도 동요하는 모습이라도 보일 것이라 예상했건만.

"그래, 얼굴이 기억나는 것 같기도 하고."

요바네스 황제의 반응은 그게 다였다.

당황한 길라드 브라운은 저도 모르게 습관적으로 움츠러들었다.

그리고 그 순간, 피렌티아가 했던 말이 떠올랐다.

"앞으론 항상 고개를 당당히 드세요. 어깨도 펴시고요. 이제는 브라운 가문의 이름에 어울리는 가주가 되시는 겁니다."

브라운 가문의 이름에 어울리는 가주.

그 말이 브라운 가주의 떨궜던 고개를 들게 했다.

그러자 비로소 보였다.

무심한 황제의 얼굴 뒤, 하얗게 질린 라비니 황후의 모습이.

"이게 대체……."

누가 목을 조르고 있기라도 한 것 같은 목소리가 라비니 황후에게서 흘러나왔다.

전대 브라운 가주의 아들인 길라드 브라운의 행적을 놓친 것이 10년 전이었다.

그러나 마지막으로 추적했을 때, 길라드 브라운은 오랜 지병으로 쇠약해져 있었고, 슬하에 아들은 없이 딸만 있었다.

그래서 큰 위협이 되지 않을 것이라 생각하고 더 이상 쫓지 않았건만.

'지금까지 롬바르디에 숨어 있었던 것인가.'

라비니 황후의 매서운 눈빛이 여유로운 얼굴을 하고 있는 룰락 롬바르디에 가닿았다.

가만히 당할 수만은 없다.

이 상황을 막아 보기 위해 무엇이든 해야 한다.

라비니 황후는 공격을 택했다.

"이자가 브라운 가주임을 확신하십니까, 폐하?"

"으음, 너무 오래전의 일이라."

"그저 생김새가 닮았다는 것만으로는 아무것도 입증이 되지 않습니다."

현재 브라운 가문의 물건은 아무것도 남아 있지 않다.

앙게나스가 모든 것을 불태웠기 때문이었다.

한밤중에 습격을 당하고 모든 것이 불타 버린 브라운 가문에게 신원을 증명할 만한 것이 있을 리 없다는 생각이었다.

"브라운 가주, 그것을 보여 드리게."

그러자 룰락은 기다렸다는 듯 길라드 브라운에게 말했다.

"이것을 봐 주십시오, 폐하."

브라운 가주가 보드라운 천에 고이 싼 무언가를 품에서 꺼내 요바네스 황제에게 건넸다.

"이건……."

"제 부친이 생전 선황 폐하께 받았던 반지입니다."

황금으로 만들어진 두꺼운 반지에는 선명한 황실 문양이 조각되어 있었다.

반지의 안쪽에는 전대 브라운 가주의 이름도 함께 각인된 물건이었다.

"황실 기사단장으로 역임한 지 10년이 되었을 때, 선황 폐하께서 하사하셨던 물건이라고 들었습니다."

요바네스 황제의 호위를 서고 있던 황실 기사 몇의 얼굴이 눈에 띄게 침울해졌다.

평생을 황실을 위해 바쳤지만 결국 선황에게 배신당한 브라운 가주의 이야기를 모르는 황실 기사는 없었기 때문이었다.

"이제 의심이 좀 풀리셨습니까, 황후?"

룰락 롬바르디가 라비니에게 부드럽게 물었다.

황후는 어쩔 수 없이 고개를 끄덕였지만 시선만큼은 요바네스가 들고 있는 반지에서 떼지 않았다.

당장이라도 그것을 빼앗아 없애 버리고 싶은 마음이 고스란히 보이는 얼굴이었다.

그때, 브라운 가주가 서서히 황제 앞에 무릎을 꿇었다.

그 뒤에 선 열 명 남짓의 브라운 가문 사람들도 모두 그를 따랐다.

"저희 브라운 가문은 그동안 정체 모를 괴한들에게 쫓기며 살았습니다, 폐하. 결국 살아남기 위해 뿔뿔이 흩어져 이름을 바꾸고, 행적을 감추며 살아남았습니다."

길라드 브라운이 자못 담담한 목소리로 말했다.

"하지만 롬바르디 가주님의 도움으로 용기를 내 보기로 하였습니다. 그리고 이리 폐하 앞에 브라운 가주로서 무릎 꿇을 수 있음에 이제 신은 죽어도 여한이 없습니다."

그 절절한 말에 귀족들이 고개를 가로젓고 입을 가렸다.

황실 기사들도 얼굴이 영 좋지 못했다.

"비록 오른손은 도둑질당했지만, 충심만큼은 빼앗기지 않고 지켜 왔나이다."

이제 귀족들도 브라운 가문 남자들의 텅 빈 오른손 소매를 보게 된 순간이었다.

"허억!"

"세상에……."

"잔인하기도 하지……."

여러 반응들이 동시다발적으로 터져 나왔다.

그리고 그들 모두 황후를 곁눈질하고 있었다.

브라운 가문에게 저런 끔찍한 짓을 할 사람은 앙게나스밖에 없음을 모두 알고 있는 것이다.

"브라운 가문과 롬바르디 가문은 예로부터 인연이 깊지요."

룰락 롬바르디가 팽팽하게 당겨진 분위기를 조금 느슨하게 풀며 말했다.

"많은 일을 겪은 이들입니다. 이제 이들의 고생을 폐하께서 끝내주십시오. 더 이상 두려움에 쫓기지 않아도 되도록 말입니다."

"어떻게 끝내란 말입니까?"

요바네스 황제가 눈살을 찌푸리며 물었다.

영 귀찮다는 얼굴이었다.

"브라운 가문의 이름을 다시 귀족 명부에 올리도록 도와주시면 되는 일이 아니겠습니까. '불의의 사고'로 가문이 사라진 것뿐, 그

후손들은 이렇게 버젓이 명맥을 이어 가고 있으니. 그렇게 도와주시는 것이 응당한 일이라고 생각됩니다."

그런데 격한 반응이 라비니 황후에게서 터져 나왔다.

"안 될 말입니다, 폐하!"

드레스 자락을 움켜쥐고 성큼성큼 걸어 다가온 라비니 황후는 브라운 가주를 내려다보며 말했다.

"이유가 어찌 되었든, 한 번 귀족 명부에서 사라진 가문입니다. 다시 말해 이들은 현재 평민일 뿐이란 말씀입니다."

자신을 올려다보는 길라드 브라운을 보는 라비니의 눈에 경멸이 깃들었다.

"다시 귀족이 되는 것이 그렇게도 쉬워서야 되겠습니까. 형평성에 어긋나게 되는 일이고, 또한 귀족회에 대한 신뢰의 문제입니다."

"신뢰?"

룰락이 헛웃음을 흘렸다.

"지금 신뢰라 하였소, 황후?"

공식 석상에선 예의상으로나마 붙여 주던 존대도 이미 사라져 버린 지 오래였다.

"그렇습니다, 롬바르디 가주."

"허, 이것 참! 신뢰를 들먹이다니. 아무래도 황후께선 전대에 무슨 일이 있었는지, 브라운 가문이 어떻게 이 지경이 되었는지 정확한 사유를 모르는 것이 분명하군!"

알았다면 저렇게 쉽게 '신뢰'라는 말을 꺼내지는 않았을 테다.

라비니 황후의 몸이 크게 움찔했다.

그러면서도 이렇다 할 반박은 하지 못했다.

룰락의 말이 맞았기 때문이었다.

라비니도 앙게나스가 브라운 가문의 모든 것을 빼앗고 가문의 생존자들을 정리했다는 것만 알고 있을 뿐.

정확히 어떤 방법으로 그 일이 일어났는지는 몰랐다.

증거를 남기지 않기 위해, 연관된 모든 기록들을 없애 버렸기 때문이었다.

그것이 앙게나스의 기록이라고 할지라도.

"하지만 나는 알고 있지."

룰락이 의미심장하게 웃으며 말했다.

"이럴 때는 나이가 많다는 것이 참으로 유용하단 말이오. 직접 눈으로 보고 들은 기억들이 선명하게 남아 있으니."

표정과는 다르게 웃음기가 전혀 없는 차가운 눈이 라비니 황후를 깔아 봤다.

원래 룰락은 이리 나설 생각이 없었다.

모든 것을 손녀인 티아에게 일임한 만큼 뒤로 물러나 지켜보기만 할 생각이었다.

하지만 며칠 전, 황후가 보낸 암살자들이 롬바르디의 영토에서 티아를 해할 뻔했다는 소식을 접했다.

그리고 모든 것이 변했다.

룰락은 요바네스 황제를 바라보며 말했다.

"브라운 가주와 브라운 가문 사람들의 신원은, 저 룰락 롬바르디가 보증하겠습니다."

쉬이 넘길 수 있는 말이 아니었다.

룰락은 브라운 가문의 뒤에 롬바르디가 있음을 공표한 것이나 마찬가지였다.

혹여 브라운 가문이 하는 행동에 대한 책임도 같이 지겠다는 말이었다.

또한 브라운 가문을 건드리면 롬바르디를 건드린 것이라는 말도 되었다.

'감히 내 손녀를 건드려?'

룰락이 라비니 앙게나스를 노려봤다.

스스로도 앙게나스의 거슬리는 꼴을 참 오래도 참아 왔다 싶었다.

이렇게 눈에 거슬리면 그저 눈앞에서 치워 버리면 간단한 것을.

티아를 건드린 것을 아주 후회하게 해 주마.

룰락이 라비니 황후를 향해 잔인하게 웃어 보였다.

전야제가 더욱 시끌벅적해졌다.

모두들 조금 전 벌어졌던 브라운 가문과 앙게나스 가문의 일에 대해서 한마디씩 얹기 바빴다.

황후는 결국 연회를 떠났다.

별장에 준비된 방으로 올라가는 길에 라비니 황후가 비틀거렸다는 말이 금세 소문이 되어 내 귀에도 들어왔다.

"큭, 젠장!"

아스타나는 원래 앉아 있던 자리로 돌아와 술을 들이켰다.

"술을 더 가져와라, 벨레삭!"

옆에 서 있는 벨레삭에게 큰 목소리로 역정을 내기도 했다.

황후가 이 자리에 있었다면 말리기라도 했을 텐데.

"전하, 이제 그만하심이……."

"시끄럽다! 어서 술을 가져와!"

경호 중인 황실 기사들이 말리려는 시늉을 몇 번 했지만 술에 진창 취한 아스타나는 막무가내였다.

이제 얼추 때가 됐구나.

"나 따라와요, 브라운 영애."

나는 라모나와 함께 캘로가주를 가져가려는 시종의 앞을 가로막으며 아스타나에게 다가섰다.

"이제 그만하시죠, 1황자 전하."

"뭐야?"

"더 이상 술을 드리지 않겠습니다."

술에 취해서 개가 된 놈에게 술을 주지 않겠다고 하면 어떻게 반응할까.

"네가 지금 감히 내 명령을 거역하겠다는 것이냐!"

당연히 왈왈 짖는다.

당장이라도 나를 물어뜯을 것처럼 왈왈.

"고작 캘로가주를 사는 돈이 아까워서냐? 롬바르디의 손님 대접이 겨우 이 정도라니 한심하군!"

나는 술을 더 내놓으라 발악하는 아스타나에게 차분한 목소리로 말했다.

"돈이라면 황자 전하가 빠져서 세상을 하직하고도 남을 만큼 있지만 전하를 위한 일입니다. 황후마마를 생각하셔야지요."

그래, 너 마마보이지?

내 예상을 빗나가지 않고 아스타나의 눈빛이 대번에 흉흉해졌다.
"뭐라고?"
"조금 전의 일로 황후마마께서 걱정이 많으실 텐데, 1황자 전하께서 술에 취해서 좋지 않은 모습을 귀족들에게 보이면 또 얼마나 상심이 크시겠어요."
술 취한 사람이 제일 싫어하는 말이 '너 취했어'다.
아니나 다를까.
아스타나가 발작하듯 소리쳤다.
"난 취하지 않았다! 게다가 어미도 없는 네가 내 모친의 마음을 어찌 안다는 거냐!"
잠시 머리가 멍해졌다.
내가 일부러 술을 먹이고 신경을 살살 긁고 있었지만.
야, 너 대단하구나.
바로 패드립이라니.
"왜 갑자기 꿀 먹은 벙어리가 된 거지? 저세상에 가 있는 네 천한 어미가 보고 싶기라도 한 모양이지?"
내가 더 건드릴 필요도 없이 아스타나 놈이 바로 선을 넘어 버렸다.
그것은 눈을 동그랗게 뜨고 입을 떡 벌린 채 아무 말도 하지 못하고 있는 황실 기사들과 롬바르디 기사들을 보면 알 수 있었다.
다만 양쪽의 다른 점은, 롬바르디 기사들은 허리에 찬 검에 손을 가져다 대고 있다는 것 정도?
"후……."
나는 짖어 대는 아스타나의 머리채를 휘어잡고 싶은 충동을 억누르며 손에 끼고 있던 장갑을 조용히 벗었다.

그리고 그것을 바로 아스타나의 얼굴 위에 냅다 던져 버렸다.

철썩!

꽤 찰진 소리가 울렸다.

장갑을 상대방에게 던진다는 게 어떤 의미인지, 모르는 사람은 없었다.

"로, 롬바르디 영애!"

놀란 황실 기사 중 하나가 나를 말리듯 불렀다.

하지만 나는 아랑곳하지 않고 아스타나를 노려보며 말했다.

"황자 전하께 결투를 신청합니다."

아스타나가 술에 취해 초점이 흐린 눈으로 상황을 이해해 보려 안간힘을 쓰는 것이 보였다.

"결투……?"

"네. 하지만 황자 전하께서는 취하셨고, 저는 검을 잡는 사람이 아니니 각자 대리인을 세워 결판을 내도록 하죠."

그리고 나는 아직 어안이 벙벙한 황실 기사들을 똑바로 가리키며 말했다.

"제 호위 기사와 황실 기사님이라면 딱 적당하겠네요."

"결투라니요, 롬바르디 영애."

결국 황실 기사 하나가 나를 말리려는 듯 나섰다.

"아니, 그거 좋은 생각이군."

하지만 비릿한 웃음을 짓는 아스타나에게 금방 막혀 버렸다.

놈은 내 옆에 선 라모나를 위아래로 훑어봤다.

술에 취해서도 나름 머리를 굴려 가며 웃는 아스타나의 얼굴은 비열함 그 자체였다.

"지는 사람이 상대방에게 사과를 하는 겁니다. 빼는 것 없이 진심을 담아서."

"그래, 좋다."

내 말에 아스타나는 오래 생각하지 않고 고개를 끄덕였다.

"슬로언 경, 네가 내 대리인이 되어 결투를 해라."

아스타나가 호위 넷 중 가장 연륜이 있어 보이는 기사를 부르며 말했다.

"예? 하지만, 전하……."

슬로언이라 불린 기사는 나와 라모나를 번갈아 보면서 진땀을 흘렸다.

"명예를 걸고 벌이는 결투는 대리인들의 실력이 비슷해야 합니다."

딱히 악의가 담긴 말은 아니었다.

아마 슬로언이란 저 기사는 꽤 높은 직함을 달고 있는 사람일 것이다.

그러니 이제 이십 대 초반으로 보이는 여기사를 상대로 황자의 명예를 놓고 결투를 벌이기가 껄끄럽기도 하겠지.

나는 슬쩍 라모나를 바라봤다.

라모나는 답지 않게 무표정한 얼굴이 되어 정면만 바라보고 있었다.

무척이나 화가 난 듯했다.

나는 그런 라모나에게 슬쩍 물었다.

"어때요? 저렇게들 말하는데."

라모나는 굳은 얼굴로 아스타나와 슬로언 경을 보더니 말했다.

"저를 무시하는 것이 아니라면 결투를 진행하시죠, 슬로언 경."

"절대로 그런 것은 아니고……."

난감한 듯 말끝을 얼버무리던 슬로언 경이 결국 체념의 한숨을 푹 쉬었다.

"손속을 봐주지 말고 뭉개 버려, 슬로언 경."

아스타나가 다시 한번 비릿한 웃음을 지으며 슬로언 경에게 귓속말을 했다.

그래 봤자 다 들리거든.

슬로언 경은 매우 불편한 얼굴로 나를 보며 물었다.

"정말 괜찮으시겠습니까, 롬바르디 영애?"

이제는 조금 짜증이 날 판이다.

배려를 해 주는 것은 좋지만 슬로언 경의 저런 언행은 라모나를 무시하는 것밖에는 되지 않는다.

나는 팔짱을 끼면서 대답했다.

"정확한 이름과 직위가 어떻게 되시지요, 슬로언 경?"

"예. 저는 황실 제3기사단 부단장, 에디안 슬로언입니다."

"아아, 그러시군요. 황실 기사단은 제국 검법을 아주 심도 있게 수련한다던데, 맞나요?"

"그렇습니다, 롬바르디 영애. 저만 하더라도 스무 살에 입단한 이후 15년간 제국 검법을 수련해 왔습니다."

꽤 자랑스러운 듯, 슬로언이 가슴팍을 툭툭 치며 대답했다.

"그으래요."

제국 검법을 정통하게 배운 사람일수록 라모나 앞에선 약해진다고 했지.

아니나 다를까.

잔뜩 굳어 있던 라모나의 얼굴이 어느새 살짝 풀려 있었다.

"진행하시죠."

내 말에 아스타나가 피식 웃었다.

캘로가주가 없으니 어디서 와인을 한 잔 찾아서는 홀짝이고 있는 모습이 정말 주먹을 부른다.

"이보시오."

슬로언 경이 라모나에게 정중한 목소리로 말을 붙였다.

"이름이 어떻게 되시오. 적어도 알아는 두어야 할 것 같아서."

"저는……."

라모나가 슬로언 경을 똑바로 바라보며 대답했다.

"제 이름은 라모나 브라운. 브라운 경이라고 부르시면 됩니다."

슬로언 경의 눈동자가 지진이라도 난 듯 마구 흔들리는 모습이 참 볼만했다.

"들었어요? 결투가 벌어진대요!"

"결투라고요?"

"네! 그것도 1황자 전하와 피렌티아 롬바르디 영애라고 하던데요!"

귀족들 사이에서 소문이 빠르게 번지고 있었다.

"갑자기 왜요?"

"글쎄 1황자 전하께서 롬바르디 영애에게……."

몇십 년 만에 브라운 가문이 다시 등장한 여파가 다 가시기도 전이었다.

"세상에, 이 연회는 정말 최고예요!"

“이렇게 흥미로운 일들이 연달아 벌어지다니!”

귀족들은 저마다 환호성을 외치며 삼삼오오 모여 결투가 벌어질 곳으로 바삐 달려갔다.

“우리도 슬슬 가 봐야 하지 않겠어, 전하?”

테드로가 몸이 달아 조바심을 내며 페레스에게 물었다.

라모나는 아카데미 6년간을 함께 동고동락한 절친한 동기였다.

그런 친우가 드디어 가문의 숙원을 이룰 첫발을 내딛는 현장을 한순간도 놓치지 않고 함께하고 싶었다.

“그래야지.”

페레스가 여유로운 발걸음을 옮기기 시작했다.

얼마 지나지 않아 페레스와 삼인방은 사람들이 둥그렇게 모여 있는 풀밭에 다다랐다.

사람들은 2황자이자 피렌티아 롬바르디의 약혼자인 그가 도착하자 소곤거리며 앞다투어 길을 비켜 주었다.

“이미 결투 준비가 끝났네.”

리그니테가 작게 휘파람을 불며 말했다.

따로 날을 잡아 결판을 내지 않고 당일에 결투가 이뤄지는 것도 흔치 않은데.

몇 시간의 준비도 없이 바로 결투가 시작되는 경우는 더욱 드물었다.

“폐하도 말릴 생각은 없어 보이시고.”

아니, 말리지 못한다고 해야 하나.

그만큼 1황자가 내뱉은 모욕은 엄청난 것이었다.

요바네스 황제는 아예 제일 앞자리에 자리를 잡고 앉아 결투를 지켜보고 있었다.

그 옆에는 룰락 롬바르디 가주와 갤러한 롬바르디도 함께였다.

화려하다 못해 엄청난 결투의 증인들이었다.

“빼도 박도 못하겠군.”

모두 철저히 계획된 일이니 어쩌면 당연했다.

리그니테는 모여 있는 귀족들과 아무것도 모르고 자신만만한 얼굴을 하고 있는 1황자, 그리고 검을 잡고 마주 선 두 기사를 보면서 작게 중얼거렸다.

“참 무서운 분이야, 전하의 약혼녀분은. 이 모든 게 한 사람의 작품이라니.”

그 말에 페레스가 리그니테를 천천히 돌아봤다.

무슨 당연한 말을 하냐는 듯.

“티아잖아.”

그러고는 아주 기대에 가득 찬 눈으로 다시 결투장을 바라본다.

반짝거리는 눈동자에는 정인에 대한 애정도 담뿍 담겨 있었다.

“둘이 똑같구만, 똑같아.”

리그니테가 작게 어깨를 부르르 떨었다.

“브라운 가문의 사람과 검을 마주할 수 있다니, 영광이오.”

슬로언 경이 라모나를 바라보며 나직하게 말했다.

빈말이 아니었다.

슬로언 경뿐만이 아니라 소식을 듣고 모인 황실 기사단의 기사들도 모두 같은 얼굴을 하고 있었다.

"……고맙습니다."

라모나는 복잡한 심정을 애써 감추며 대답했다.

그때 요바네스 황제가 조금 굳은 얼굴로 자리에서 일어났다.

누가 이겨도 요바네스에게 득이 될 일이 없는 결투였다.

마음 같아선 이렇게 일을 벌인 아스타나를 당장 어딘가에 처넣고 싶지만.

요바네스 황제는 라모나와 슬로언 경을 향해 짧게 말했다.

"준비되었으면 시작해라."

황명에 두 기사가 서로를 보며 인사했다.

스르릉.

검 두 자루가 서늘한 소리와 함께 모습을 드러냈다.

이렇게 기사들의 진검 결투를 좀처럼 볼 일이 없는 귀족들은 손에 땀을 쥐며 집중했다.

사박사박.

라모나와 슬로언 경은 서로를 향해 검을 겨눈 채로 천천히 움직이기 시작했다.

한 걸음, 한 걸음이 승패로 바로 연결될 수 있는 만큼, 무겁고 또 신중했다.

그때, 슬로언 경이 먼저 앞서 전진했다.

결투를 오래 끌지 않겠다는 움직임이었다.

한 발, 두 발.

성큼성큼 내딛는 보폭에 두 사람의 거리가 금세 좁혀 들었다.

"핫!"

짧은 기합과 함께 슬로언 경은 라모나를 향해 검을 휘둘렀다.

단순하지만 완벽하게 빈틈을 파고드는 노련한 한 수였다.

하지만 슬로언 경의 검은 그것을 짧게 쳐 내는 라모나의 검로에 의해 막혔다.

이어지는 라모나의 공격도 만만치 않았다.

그르륵!

순식간에 슬로언 경의 검을 거꾸로 타고 올라갔다.

날카로운 검 끝은 슬로언 경의 목을 노린 채였다.

핑!

경험이 풍부한 슬로언 경은 당황하지 않고 라모나의 검을 감아 냈다.

상대의 힘을 이용해 수비에서 공격으로 바로 넘어가는, 제국 검법에서 자주 쓰이는 기술이었다.

그러나 의외의 상황은 그 뒤에 일어났다.

카랑!

날카로운 금속음이 울리며 라모나의 검이 다시 한번 위협적으로 짓쳐들어온 것이다.

"……헛!"

슬로언 경이 헛숨을 집어삼키며 몸을 뒤로 젖혔다.

덕분에 겨우 라모나의 공세를 끊어 낼 수 있었지만, 미간에는 깊은 주름이 파여 있었다.

이해를 할 수 없었다.

분명히 자신의 기술은 먹혀들었는데.

순간적으로 라모나의 검은 그 흐름을 무시하는 것처럼 움직였다.

"어어……?"

그런 반응은 결투를 지켜보던 황실 기사단에서도 똑같이 흘러나왔다.

"방금 뭔가가……."

전야제에 참석한 검을 다루는 귀족들도 하나같이 동일한 모습을 보였다.

분명히 슬로언 경이 우세한 결투인데, 라모나의 검은 순식간에 그것을 뒤집어 버렸다.

"하앗!"

슬로언 경은 몸의 중심을 찾자마자 다시 한번 덤벼들었다.

캉! 캉! 카앙!

두 검이 부딪치는 소리가 치열했다.

특히 라모나는 이를 악물고 슬로언 경의 무거운 검에 맞섰다.

하지만 체력과 연륜의 월등함에서 오는 차이는 어쩔 수 없었다.

라모나가 조금씩 뒤로 밀리기 시작했다.

"아아……."

안타까운 탄성이 곳곳에서 흘러나왔다.

동시에 아스타나의 얼굴에는 비린 미소가 번졌다.

자신의 승리를 예감한 것이다.

"하압!"

슬로언 경도 같은 생각을 한 것인지 빠르게 공세를 펼치기 시작했다.

타핫!

경쾌한 소리와 함께 슬로언 경의 커다란 몸이 기민하게 보법을 밟았다.

기본에 충실하면서도 군더더기 없는 정석적인 움직임이었다.

황실 기사단의 부단장다운 성취였다.

순식간에 치고 나가는 슬로언 경은 금방이라도 라모나를 베어 버릴 것같이 위협적이었다.

하지만.

또다시 이상한 일이 벌어졌다.

"아, 아니?"

라모나도 동시에 거리를 벌리기 시작한 것이다.

그리고 두 사람의 걸음은 마치 거울로 비춘 것처럼 똑같았다.

"저, 저게 뭐지?"

누군가가 경악하며 외쳤다.

단순히 보법을 반대로 되감는 것이 아니었다.

라모나가 보이는 보법은 슬로언 경의 것과 같으면서도 달랐다.

그것은 조금 더 정교했고 더 원숙했다.

그리고.

그극! 카라랑!

모든 것이 순식간에 일어났다.

라모나의 눈매가 날카롭게 변하는 듯하더니 조금 전, 슬로언 경의 흘려 내기 기술을 그대로 펼쳤다.

하지만 이번에도 달랐다.

정확히 반 수.

슬로언 경이 보였던 것보다 반 수 빠르게 수비가 공격으로 바뀌었다.

후웅!

검로를 따라 한차례 강한 바람이 부는 듯하더니.

"하아, 하아."

어느새 라모나의 검은 슬로언 경의 목 앞에 멈춰 있었다.

그대로 눈을 두 번 깜박인 슬로언 경은 연회장의 빛을 반사하는 라모나의 검날을 잠시 바라보다가 말했다.

"져, 졌습니다."

"와아아!"

"대단해! 정말 대단해!"

사방에서 환호성이 터져 나왔다.

짝짝짝!

박수갈채도 쏟아졌다.

황실 기사들도 자신의 상관이 졌다는 것은 잊고 동그래진 눈으로 라모나를 멍하니 보고 있었다.

"대체 저 기사는 누구지!"

"롬바르디 영애의 호위이니, 롬바르디의 기사이겠지!"

"여하튼 대단해!"

이미 모두들 이것이 명예를 건 결투라는 사실은 잊은 모습이었다.

"조금 전의 그건…… 아니, 전부 다……."

슬로언 경이 혼란스런 얼굴로 중얼거렸다.

자신이 졌다는 사실마저 까맣게 잊게 할 정도로 강렬한 패배였다.

그러고는 불이라도 쏘아 낼 듯한 강렬한 눈으로 라모나에게 물었다.

"도대체 어떻게 한 겁니까?"

이 자리에 있는, 검을 수련해 본 이들이라면 모두 묻고 싶은 질문이었다.

라모나가 보인 움직임은 '상식'을 넘어선 것이었으니까.

"가르쳐 주시오, 브라운 경."

슬로언 경이 다가가 말했다.

아직 가쁜 숨이 제대로 돌아오지도 않은 채였다.

"……."

기사들이 숨죽였다.

그러나 큰 기대는 없었다.

그런 엄청난 비기를 이렇게 공개된 자리에서 선뜻 가르쳐 줄 것이란 기대를 하진 않았기 때문이었다.

"슬로언 경이 처음으로 보였던 흘려 내기 기술은 반쪽짜리입니다."

하지만 라모나는 차분한 목소리로 입을 열었다.

"이렇게 돌리는 동작에서 끝낼 것이 아니라 검을 한 번 더 당겨야 합니다. 그렇게 하면 상대방의 호흡을……."

아예 검을 다시 들어 예시를 보여 주는 친절함까지.

기사들은 그 모습에 당황해하면서도 한 글자라도 놓칠까, 자기도 모르게 두어 걸음 다가섰다.

결투의 장에서 갑자기 전수의 장으로 바뀐 상황에 연신 환호만 하던 귀족들도 뭔가 이상함을 느끼고 머리를 갸웃거렸다.

"그렇다면 보법은 어떻게 된 겁니까?"

조용히 강좌를 듣고 있던 기사 하나가 물었다.

"그것은……."

이번에도 거침이 없었다.

라모나는 조곤조곤한 말투로 알아듣기 쉽게 설명했다.

그럴수록 황실 기사들의 얼굴에는 배움의 열망이 돋아났다.
라모나 브라운의 말 한 마디 한 마디가 금쪽같았다.
기사들에게 피가 되고 살이 되는 조언이었다.
개중에는 벌써 몇 개월째 진척 없이 막혀 있던 벽을 뚫은 이도 있었다.
"조금 전의…… 그 '반쪽짜리'라는 말이 정확히 무엇입니까?"
슬로언 경이 라모나에게 물었다.
"우리가 알고 있는 제국 검법이 반쪽짜리의 불완전한 것이란 말입니까?"
라모나는 대답 대신 한쪽을 바라봤다.
여유롭게 의자에 앉아서 미소 짓고 있는 피렌티아의 모습을 확인했다.
마치 마지막 명령을 기다리는 것처럼.
까딱.
피렌티아가 살짝 고개를 끄덕였다.
후우.
짧게 한숨을 내쉰 라모나는 말했다.
"맞습니다. 제국 검법으로 전승된 브라운 검법은 많은 부분이 생략된 '불완전본'입니다."
"허어……."
"'제국 검법'을 만드셨던 브라운 가문의 선조께서는 조금이라도 더 많은 사람들이 안전하고 빠르게 익힐 수 있도록 브라운 검법을 개량했습니다. 그 과정에서 필수적이지 않거나 체득하기에 어려운 부분들은 생략되었죠."

라모나의 청량한 목소리가 밤공기를 울렸다.

"하지만 대대로 브라운 가주들은 편집되지 않은 브라운 검법을 익혔고 그것을 토대로 황실 기사단의 단장직을 맡아 기사들을 가르쳤었습니다. 하지만……."

"아아, 그래서……."

사람들은 동시에 이해했다.

황실 기사단장직을 역임하던 브라운 가문이 사라지자 황실 기사들의 성취가 미묘하게 떨어지기 시작했던 이유를.

"또한 제가 알고 있는 많은 부분들은 지난 40여 년간 제 부친을 비롯한 브라운 가문의 생존자들이 각고의 노력으로 연구해 발전시킨 결과물이기도 합니다."

좌중이 술렁였다.

그리고 라모나에게로 향했던 시선이 자연스레 다른 사람에게 모이기 시작했다.

"결투의 결과를 발표하겠다."

굳은 얼굴의 요바네스 황제였다.

"명예를 건 결투의 결과, ……피렌티아 롬바르디의 대리인이 승리했다."

싸늘한 요바네스의 눈이 아스타나를 향했다.

보는 눈이 많아 도망가지도 못하고 얼굴이 새빨개진 채로 앉아 있는 한심한 꼴이었다.

그때 라모나가 움직였다.

자신의 검을 들고 걸음을 옮겼다.

그리고 피렌티아의 앞에 섰다.

스릉.

검을 두 손으로 받친 라모나는 천천히 피렌티아의 앞에 한쪽 무릎을 꿇었다.

그리고 엄숙하게 말했다.

“라모나 브라운, 승리와 명예를 레이디께 바칩니다.”

결투에 승리한 대리자가 흔히 하는 의식이다.

그런데 그것이 하필이면 롬바르디와 브라운이라.

주변의 분위기가 묘해졌다.

“용감하게 싸워 주어 고마워요, 브라운 경.”

피렌티아 롬바르디는 천천히 일어나 두 손으로 라모나의 검을 받았다.

그리고 아스타나를 향해 말했다.

“그럼 이제 황자 전하께서 사과를 해 주셨으면 하네요.”

아스타나의 몸이 크게 움찔했다.

“제 어머니를 모욕하고 저 피렌티아 롬바르디의 명예를 폄하한 사과를요.”

“내가 없는 말을 지어낸 것도 아니고……!”

아스타나가 벌떡 일어나며 외쳤다.

끝까지 저는 잘못한 것이 없다는 태도였다.

“1황자.”

하지만 요바네스의 싸늘한 음성 앞에선 그 기세도 순식간에 꺾였다.

“저, 저는…….”

아스타나가 주먹을 꽉 쥐었다.

무엇이 그리 분한지, 차분히 기다리는 피렌티아를 노려보며 쥐어

짜듯 말했다.

"미, 미안하다. 내가…… 실언했다."

결투까지 벌이고 얻어 낸 사과로는 조촐하기 그지없었지만 피렌티아는 어깨를 한번 으쓱했다.

"젠장!"

수치심에 술까지 깨 버린 아스타나는 욕설을 지껄이며 자리를 벗어났다.

등 뒤로 날아와 꽂히는 수백 개의 시선이 아스타나의 등을 떠밀었다.

"흥이 깨졌군."

요바네스 황제가 그렇게 말하며 앉아 있던 자리에서 일어났다.

그리고 라모나에게 물었다.

"그대, 이름이 무어라 했지?"

"라모나 브라운입니다, 폐하."

라모나가 다시 한번 무릎을 꿇으며 정중하게 대답했다.

"브라운 가주와의 관계는?"

"제 부친 되십니다."

"그래……."

요바네스의 말꼬리가 길어졌다.

그리고 슬쩍, 검을 쥐고 있는 오른손으로 시선이 향했다.

잘리지 않고 멀쩡한 손으로.

"사냥 대회에 참석하는가, 브라운 경?"

"예. 모자란 실력이지만 브라운 가문의 이름으로 참석합니다, 폐하."

"그래, 행운을 빌지."

요바네스는 그 말만 남기고 돌아섰다.

조금 전 라모나가 보였던 한 수 위의 검법에 대한 언급은 없었다.

라모나의 어깨가 조금 아래로 처졌다.

하지만 황제의 뒤를 따르는 황실 기사단은 라모나를 돌아봤다.

미련이 잔뜩 남은 눈이었다.

그렇게 서서히 흩어지는 인파 속에서 우두커니 서 있는 라모나의 어깨를 부드럽게 잡는 손길이 있었다.

"롬바르디 영애."

"걱정하지 말아요, 브라운 경. 브라운 가문의 화려한 복귀는 성공적으로 첫발을 내디뎠으니까요."

티아가 녹색 눈을 생기 있게 반짝이며 웃었다.

"나만 믿어요."

이상한 일이었다.

그 말 한마디와 미소만으로 라모나의 가슴속에 힘이 솟았다.

정말로 든든했다.

그런 라모나의 마음을 아는지 모르는지.

"아스타나, 그 쪽팔려 하는 멍청한 얼굴이라니."

티아는 어딘가 악당 같은 웃음을 지었다.

"꼬시다, 꼬셔."

의미를 잘 알 수 없는 말을 하는 어깨가 마치 춤을 추듯 들썩였다.

다음 날 아침.

사냥 대회가 시작되는 날이니만큼 새벽 이른 시간부터 롬바르디 별장이 분주했다.
고용인들이 동트기 전부터 일어나 바쁘게 움직이고 있었기 때문이었다.
그리고 그중에는 황후를 따라 궁에서부터 나온 이들도 있었다.
사냥 대회 내내 머무를 일정으로 챙겨 왔던 많은 짐이 하인들의 손에 다시 차곡차곡 정리되는 중이었다.
"그 괘씸한 자가."
잠을 자지 못해 푸석한 얼굴로 객실 소파에 앉아 있던 황후가 잇새로 중얼거렸다.
"감히…… 감히 날 그런 식으로 모욕해?"
어젯밤 브라운의 떨거지들을 데려와 의기양양한 미소를 짓던 롬바르디 늙은이의 얼굴이 선명히 떠올라 도통 분이 풀리지 않았다.
황후는 공들여 정리한 손톱 끝을 안락의자를 덮은 가죽 속으로 밀어 넣었다.
"죽지도 않는 지긋지긋한 벌레 같은 것들."
브라운 가문을 의미하는 말이었다.
40여 년 전의 그날 이후, 앙게나스는 많은 인력과 시간과 자원을 브라운 가문을 청소하는 데에 사용해 왔다.
오른손이 없는 이들을 중심으로 추적하여 안정된 삶을 살고 있으면 죽였고 비루한 삶을 살고 있으면 살려 두었다.
그런데 어느새 모여서 그렇게 작당을 하고 있었다니.
"어제 그 자리에서 모두 죽여 버렸어야 하는 건데."
황후의 푸른 눈이 잔인하게 빛났다.

현재 앙게나스가 자리 잡은 땅은 척박한 서부에서 그나마 터전을 짓고 살아갈 만한 곳이었다.

제 땅을 지키지도 못했던 나약한 브라운 따위에게 다시 빼앗길 수 없었다.

브라운 가문 하나라면 고민할 것도 없다.

다시 쥐도 새도 모르게 쓸어버리면 될 일이었다.

하지만.

"성가신 늙은이."

룰락 롬바르디는 호락호락한 자가 아니었다.

경계하고 또 경계해도 이번처럼 갑자기 등에 칼을 쑤셔 넣곤 하는 것이 롬바르디 가주였다.

"아무래도 황후께선 전대에 무슨 일이 있었는지, 브라운 가문이 어떻게 이 지경이 되었는지 정확한 사유를 모르는 것이 분명하군!"

습격 사건에 대한 말이 아니었다.

그날 밤의 일에 대해서 모르는 제국민은 없으니.

룰락은 브라운 가문이 영지를 잃게 된 경유에 대해서 말하고 있는 게 분명했다.

"듀이지."

라비니의 부름에 옆방에서 짐을 확인하던 앙게나스 가주가 다가왔다.

"혹시 브라운 가문과의 일에 대해서 아는 게 있니, 듀이지?"

"영지에 관련된 것이라면, 누님도 아시지 않습니까. 생전 아버님은 유독 그 문제에 대해서는 말을 아끼셨다는 것을요."

"그래, 그랬지. 그래도 아들에게는 뭔가 언질이 있으셨지 않았나 해서 물어본 것이란다."

라비니 황후는 실망감을 감추지 못하며 말했다.

"정말 도움이라고는 되지 않는 아버지. 돌아가신 후에도 마찬가지로구나."

라비니 황후가 아무렇지도 않은 얼굴로 심한 말을 내뱉었다.

"어서 돌아가 앙게나스의 어른들을 만나 봐야겠다. 이대로는 안 되겠어."

룰락의 웃는 얼굴이 영 불길했다.

조바심이 날 정도로 께름칙한 느낌이 자꾸만 라비니를 괴롭혔다.

그즈음의 일을 직접 겪은 이들이라면 뭔가를 알고 있을 게 분명했다.

"어머니."

그때 아스타나가 방으로 들어왔다.

"어디 가십니까?"

"아아, 황자. 어미는 급한 일이 생겨 다시 황궁으로 돌아갈 것이랍니다. 황자께서는 사냥 대회를 즐기고 돌아오세요."

아스타나는 라비니 황후의 웃는 얼굴을 보고 되레 우물쭈물거렸다.

"어제 일에 대해서는…… 화내지 않으십니까?"

얼굴을 보자마자 크게 혼이 날 줄 알았는데.

평소와 다름없는 상냥한 미소가 오히려 무서웠다.

"그래요. 어제 한바탕 소란이 있었다지요?"

라비니 황후가 아스타나를 보며 물었다.

이제 올 게 왔구나 싶어, 아스타나는 서둘러 변명하려 했다.

"제가 다 설명할 수 있……."

"어제는."

라비니 황후가 아스타나의 말을 뚝 끊어 냈다.

"어제는 우리 둘 다 롬바르디의 손에 놀아난 것으로 합시다, 황자."

"……예?"

그게 무슨 말인가?

"롬바르디의 손에 놀아났다고요?"

아스타나는 어리둥절했다.

"저는 제가 먼저 갤러한 롬바르디의 딸을 모욕해서……."

"아아, 나의 아드님."

라비니 황후는 아들의 볼을 정겨이 쓰다듬었다.

어제 결투의 원인이 된 것은 분명 피렌티아 롬바르디와의 마찰이었다.

그런데 거기에 마침 대신 결투를 한 자가 브라운 가문의 사람이라 그 자리에 있던 모두가 브라운 검법의 우수함을 목격하다니.

그런 완벽한 우연은 없다.

라비니는 그 상황 자체가 무대처럼 잘 꾸며진 것이라고 확신하고 있었다.

지난번 황후궁에서의 만찬 자리에 갑작스레 페레스를 불렀을 때도 영악하다 생각했지만.

그런 깜찍한 일을 벌였을 줄이야.

여전히 눈을 동그랗게 뜨고 자신을 바라보는 아스타나에게 라비니 황후는 자애로운 미소를 지어 보였다.

"우리 황자님께서는 아무것도 모르셔도 된답니다. 다 이 어미에게 맡기세요. 무슨 수를 써서라도 황위에 올려 드릴 테니."

가시 돋은 장미의 꿀같이 달콤한 목소리였다.

"그, 그렇다면, 어머니."

아스타나가 머뭇거리다 말했다.

"저도 함께 황궁으로 돌아가면 어떨지……. 이런 무식한 대회에 참가했다가 제가 크게 다치기라도 하면 어쩝니까? 그러니……."

"안 됩니다."

라비니 황후가 단호하게 잘라 말했다.

"이런 시기에 황자께서 약한 모습을 보이셨다간 우리 모자가 모두 우스운 소리를 들을 수가 있어요."

"하지만……."

아스타나가 울상을 지었다.

어제 일도 그렇고, 아침에 일어나 창밖을 내다보니 안개가 자욱하게 낀 광인의 숲이 너무나 을씨년스러웠다.

다른 사냥 대회 전에는 잘만 설레던 가슴이 두려움으로 쿵덕거렸다.

"폐하께서도 참석하는 대회입니다. 황자께서 포기하고 황도로 돌아간다면 다들 황자가 무서워 도망갔다고 오해할 겁니다. 아니 그런가요?"

무서운 것 맞다.

그러나 아스타나는 창백한 얼굴로 몇 번 입술을 달싹이다가 마지못해 무겁게 고개를 끄덕였다.

"황자, 다른 귀족가 자제들과 함께 움직이세요. 그럼 별일 없을 겁니다."

라비니 황후가 마차를 타러 가기 위해 자리에서 일어나며 말했다.
하지만 아스타나는 계속해서 어두한 광인의 숲을 흘끔거렸다.
영 예감이 좋지 않았다.

드디어 사냥 대회가 시작되는 시간이 왔다.
나는 한자리에 모인 참가자들 앞에 놓인 단상에 오르고 있었다.
사냥 대회의 규칙을 설명해 주기 위해서였다.
그리고 단상 위에 선 순간.
"큽!"
나는 웃음을 터뜨리지 않기 위해 입을 합 다물어야 했다.
"크흠. 대회의 규칙을 간단히 말씀드리겠습니다."
모여 있는 참가자 대부분의 얼굴이 울상인 게 볼만했기 때문이었다.
물론 그중에는 눈을 번쩍이며 호승심을 불태우는 사람들도 있었지만.
"룰은 간단합니다. 앞으로 3일 동안 가장 많은 몬스터를 처리한 사람이 우승의 명예와 상금을 가져가게 됩니다. 증거로는 몬스터의 사체 일부분을 잘라 수거해 오시면 됩니다."
잘라 오라는 말에 벌써 몇몇이 속이 좋지 않은지 얼굴을 일그러뜨리는 것이 보였다.
조금 더 놀려 볼까.
"하지만 명심하셔야 할 것은 몬스터들 또한 사람을 사냥할 줄 아는 존재들이란 점입니다. 그러니 너무 숲속 깊숙한 곳엔 들어가지 마시고 위험한 상황에 빠지면 지급된 신호탄을 사용하십시오."

내 말에 더욱 사색이 된 사람들이 얼른 신호탄을 살펴보는 모습이 보였다.

"신호탄은 젖으면 무용지물이 되니 조심하시고, 신호탄을 사용하면 그 순간 대회에선 기권 처리가 됩니다."

그때, 노란색 보호구를 입은 아스타나가 불쑥 물었다.

"개인전이기는 하지만 위험한 상황에 다른 사람의 도움을 받는 것은 인정해 주는 것이겠지?"

얘가 머리 쓰네.

이번 대회에 참가한 사람들 중에 수십이 아스타나의 측근들이라는 사실은 이미 알고 있었다.

그러니 지금 내게 확답을 받아 저 안에서 무리 지어 활동하겠다는 것이다.

"그렇습니다. 하지만 말씀하신 대로 개인전이니만큼 지나친 협동은 삼가셔야 합니다. 물론 황자 전하께서 그런 일을 하실 리는 없겠지만요. 그렇지요?"

내 물음에 아스타나가 떨떠름하게 고개를 끄덕였다.

하지만 그러면서도 자기 옆에 선 심복들과 눈짓을 교환하며 웃는 것이 한층 마음이 놓인 것 같았다.

"질문이 더 있습니까?"

나는 참가자들을 향해 물었다.

아무도 손을 들지 않았다.

"그렇다면, 사냥 대회를 시작하겠습니다."

내 말에 롬바르디의 하인들이 커다란 깃발을 펄럭였다.

사냥 대회가 공식적으로 시작된 것이다.

기다렸다는 듯 숲 안으로 뛰어가는 사람들이 몇 보였다.

현실이 따분해 이런 기회에 지나칠 정도로 흥분한 것이 보였다.

“저런 사람들이 제일 명이 짧더라.”

뛰어 들어가는 뒷모습을 보면서 내가 중얼거릴 때였다.

페레스가 아카데미 삼인방을 데리고 아스타나에게 다가가는 것이 보였다.

거리가 멀어 말은 들리지 않았지만 두 사람 사이에 덕담이 오고 갈 리가.

아니나 다를까.

페레스가 뭐라 뭐라 몇 마디를 하자 아스타나의 얼굴이 창백해지는 것이 보였다.

그리고 제 측근들을 데리고 서둘러 숲속으로 향한다.

마치 도망가는 것처럼.

“뭐라고 했길래 저래?”

나는 페레스에게 다가가 물었다.

“티아.”

페레스가 나를 향해 눈을 살짝 접으며 웃었다.

“혹시 살인 예고라도 한 거야?”

“아니, 그런 거 아니야. 그냥.”

페레스가 고개를 저으며 대답했다.

“숲에 들어가면 나랑 마주치지 않는 게 좋을 거라고 했어.”

와, 잔인해.

그게 살인 예고가 아니면 뭐냐.

한 손으로 입을 가리고 자기를 쳐다보는 내 얼굴에 페레스가 고개를 갸웃한다.

"어제 티아 너에게 그런 말을 했으니 그 정도는 각오했어야지."

"그, 그래. 고마워, 페레스."

내 생각 참 끔찍하게도 해 주는구나.

"그럼 갔다 올게."

페레스가 그렇게 말하며 나에게 다가왔다.

그리고 익숙한 듯 내 이마에 입을 맞췄다.

"그래, 잘 갔다 와."

나도 페레스가 입고 있는 붉은 보호구를 툭툭 털어 주며 말했다.

그리고 아카데미 삼인방과 눈이 마주쳤는데.

"다, 다녀오겠습니다!"

"아이고, 허리야. 오늘따라 왜 이렇게……."

"수고하십쇼!"

재들 내 눈을 피하는 것 같은데.

왜 그러지.

"피렌티아 님."

페레스를 마중하는 나를 부르며 조용히 나타난 것은 클레리반이었다.

"저 안에서 도대체 무슨 일이 일어나게 되는 겁니까?"

그래, 궁금할 만하지.

"나도 잘 몰라요."

"예?"

"페레스와 내가 협력한 건 여기까지예요. 광인의 숲에서 사냥 대회를 열어서 브라운 경을 모두에게 선보이고 아스타나와 황제를 참가시킬 것."

"정말 모르시는군요."

클레리반이 얼떨떨하게 말했다.

"그렇다니까요."

"만약 피렌티아 님께서 물어보셨다면 황자 전하께선 무엇이든 답해 주셨을 것 같은데요."

"맞아요. 그렇겠죠."

"그런데 어째서 물어보지 않으셨습니까?"

"왜냐면……."

나는 또다시 짙게 안개가 낀 검은 숲을 바라보며 대답했다.

"나나 페레스나, 무슨 짓을 해서든 원하는 것을 이뤄야 하는 사람들이니까요."

참 이상한 일이었다.

꽤 많은 사람들이 숲 안으로 진입했다.

그런데 뿌연 안개가 낀 숲속은 고요하기만 했다.

마치 광인의 숲이 사람들의 소리까지 다 먹어 치운 것처럼.

"마기가 굉장하네. 이러니 몬스터들이 와글와글 모여 살지."

테드로가 말했다.

"귀족가 도련님들이 식은땀깨나 흘리고 있겠어."

스틸리가 킬킬거렸다.

"너는 귀족가 도련님이 아니냐, 그럼?"

동부의 패자, 루만가의 아들인 리그니테가 눈살을 찌푸리며 물었다.

"나랑 저런 샌님들을 비교하지 말라고. 어릴 때부터 남부 밀림을 앞마당처럼 드나들면서 사냥을 배우는 섹터 가문의 후계자라고, 내가."

스틸리가 어깨를 으스댔다.

그때, 굵은 나무에 발을 올려놓고 신발 끈을 단단히 매던 페레스가 그를 불렀다.

"스틸리."

"응, 전하."

"추적, 가능한가?"

페레스의 말에 스틸리가 씨익 웃으며 대답했다.

"그쯤이야, 식은 스프 먹기지."

남부 밀림을 앞마당처럼 드나드는 섹터 가문의 후계자, 스틸리의 특기는 사냥감의 흔적을 쫓는 '추적'이었다.

"젠장, 무슨 숲이 이래!"

아스타나가 음산한 숲속을 돌아보며 불평을 쏟아 냈다.

"다시 돌아 나갈 수도 없고……."

미련 가득한 두 눈이 방금 걸어온 길을 돌아봤다.

그리고 멈칫했다.

"뭐야, 왜 길이 없어?"

아스타나의 말에 그 뒤를 따르던 귀족가 자제들도 동시에 고개를 돌렸다.

"저, 정말 왜 길이 없지……."

"저 나무가 눈에 익는데 저쪽으로 들어온 것이 아닐까요?"

"아니, 나는 저쪽이……."

제각각 의견이 갈렸다.

그러고는 동시에 아스타나를 바라본다.

어찌하지요?

이 무리의 리더는 아스타나였으니 당연한 일이었다.

"왜 날 봐!"

하지만 아스타나는 버럭 소리를 질렀다.

"너희가 길을 찾아 나를 모셔야 할 것 아니야!"

아스타나에게 우두머리란 그런 의미였다.

가장 편하고, 가장 우선시되어야 할 존재.

1황자이자 유일한 적황자로 태어나 평생을 그리 받들어 모셔지며 살았으니 어찌 보면 당연한 일이었다.

그때, 가장 앞으로 나선 이가 있었다.

"일단 몬스터를 찾아야 하니, 제가 앞에서 모시겠습니다."

긴 검을 뽑아 든 벨레삭이었다.

이번에 단검까지 새로 장만한 것 같더니 아무래도 단단히 마음먹은 모양이었다.

아스타나의 눈에 들어 다시 측근 노릇을 해 보겠단 마음 말이다.

"그래! 너만 믿는다, 벨레삭!"

아스타나는 어찌 되었든 좋았다.

이 으스스한 숲을 가장 앞서서 헤쳐 나가야 하는 것만 아니라면.

"그, 그럼 제가 가장 후위를 맡겠습니다."

벨레삭이 나서자 다른 이도 눈치를 보더니 나섰다.

"아무리 광인의 숲이라고 해도 초입에서 별일 있겠습니까?"

"맞습니다. 그리고 우리가 몇 명인데! 몬스터가 나타나더라도 해치울 수 있을 겁니다!"

이래 봬도 어렸을 때부터 교양으로나마 검술 수업을 꾸준히 받아온 귀족 남성들이다.

위급할 시에 검을 다루는 방법쯤은 알고 있었다.

서로가 서로를 돌아보는 얼굴에 미약한 안도감과 자신감이 다시 돌아왔다.

"그럼 앞으로 곧장 갈까요?"

벨레삭이 아스타나에게 물었다.

멍청한 녀석.

아스타나가 인상을 쓰며 대답했다.

"아니, 일단 초입 지역에 머무르면서 지리에 익숙해지는 게 먼저다."

사실은 단순히 저 숲 안쪽으로 더 들어가는 게 무서워서였지만, 아스타나는 이유를 그럴듯하게 꾸며 냈다.

"오오, 역시!"

"황자 전하만 믿겠습니다!"

깊숙이 들어가지 않는다는 아스타나의 말에 그의 심복들의 만면에 화색이 돌았다.

아스타나는 그 반응에 어깨를 으쓱하며 짐짓 이성적인 척 말했다.

"우리가 이런 상황이니 다른 사람들도 크게 다르지 않을 거다."

아무리 그 자식이라도 말이지.

아스타나가 페레스를 떠올리며 중얼거렸다.

"겨우 네 명이서 뭘 하겠다고."

자신을 따르는 사람들은 열댓 명이나 되었다.

움츠러들었던 아스타나의 어깨가 다시 의기양양하게 펴졌다.

그리고 막 걸음을 떼려고 했을 때였다.

퍼엉-!

갑자기 조용한 숲을 울리는 커다란 소리가 들려왔다.

"아악!"

아스타나는 크게 비명을 지르며 머리를 감싸고 몸을 숙였다.

"누, 누군가가 신호탄을 터뜨린 모양입니다!"

벨레삭이 저 멀리 하늘 위로 솟은 붉은 불꽃을 가리키며 말했다.

"나, 나도 알아!"

아스타나가 애써 침착한 척하며 버럭 외쳤다.

"그런데 우리 저쪽으로 가려던 거 아니었습니까?"

신호탄을 터뜨린 이유는 십중팔구 몬스터 때문이다.

그러니 몬스터를 잡아서 승리를 노리는 사람이라면 그쪽으로 뛰어가는 것이 맞았다.

하지만 아스타나는 신호탄이 터진 정반대 편으로 태연히 발걸음을 옮기며 말했다.

"이쪽으로 간다."

그러나 그 결정에 토를 다는 이는 없었다.

그게 누구든 신호탄을 쏘게 만든 것이 있는 쪽으로는 가고 싶지 않았기 때문이었다.

저택 주변의 땅과 숲이 만나는 평야의 경계선.

훌륭한 음식이 가득 차려진 테이블과 남녀노소 함께 즐길 수 있는 간단한 놀이 등, 사냥 대회에 참가하지 않는 귀족들을 위한 여러 가지 볼거리와 즐길 거리가 차려졌다.

흥겨운 음악도 끊이지 않고 흐르고 있었다.

정오가 넘어갈 때쯤 침실 밖으로 나온 요바네스 황제는 어느새 술이 거나하게 취해 있었다.

"이게 다 갤러한 너의 딸아이가 준비한 것이라고?"

요바네스는 술을 따라 주던 갤러한에게 문득 물었다.

"예, 그렇습니다. 폐하께서 오신다는 소식에 더욱 신경 쓰느라 며칠을 꼬박 고생했습니다."

갤러한이 뿌듯한 미소를 지으며 대답했다.

"그래, 그래. 부럽군, 부러워."

요바네스가 술잔을 입가에 가져다 대며 나직이 말했다.

"제 손녀딸이라서가 아니라 우리 티아가 제법 유능한 아이입니다."

룰락도 옆에서 한 수 거들었다.

"후우."

결국 요바네스에게서 거한 한숨이 터져 나왔다.

그 모습을 가만히 지켜보던 룰락이 빙그레 웃으며 말했다.

"고민이 많으시겠습니다, 폐하."

"……그것을 알면서 그리 손녀 자랑을 합니까?"

요바네스가 툴툴거렸다.

"저는 잠시 일어나겠습니다."

갤러한이 눈치껏 자리를 비켜 주었다.

남은 술을 한입에 털어 넣은 황제가 어딘가를 노려보며 입을 열었다.

"내가 아직 멀쩡하거늘, 어찌 다들 후계 이야기들뿐인지. 마치 내가 어서 죽기를 바라는 것 같지 않습니까."

후계 이야기가 나오는 것 자체를 극도로 꺼리는 황제는 그리 드문 일이 아니었다.

원래 권력은 혈육과도 나눌 수 없는 것이니.

"앙게나스가 많이 불안한가 봅니다. 폐하께 근심을 드리는 것을 보면."

"근심뿐입니까!"

입을 연 김에 모조리 쏟아 내려는 듯, 요바네스는 반쯤 빈 룰락의 잔에 술을 부어 주며 얼굴을 일그러뜨렸다.

"아주 내가 당장이라도 죽을 것처럼 밀어붙입니다."

주변의 눈만 없다면 당장 병나발이라도 불 기세였다.

룰락도 함께 고개를 절레절레 저었다.

'황후가 몸이 달은 모양이구먼.'

절대 저렇게 요바네스에게 불만이 쌓일 정도로 몰아붙일 라비니 황후가 아니었다.

하지만 원래 사냥감은 본능적으로 느끼는 법이다.

수풀 속에서 무언가가 저를 노리고 있다는 사실을.

그래서 가면 안 되는 방향으로 뛰어가 버린다.

그쪽이 낭떠러지인 줄도 모르고.

긴 수염 아래로 빙긋 웃던 룰락은 짐짓 걱정스러운 말투로 제안했다.

"폐하, 늙은이가 노파심에 하는 말이기는 하나, 당분간 조심하시는 것이 어떻겠습니까."

"조심이요?"

"예, 뭐. 황제궁이 아닌 밖에서 먹고 마시는 것이라든가, 황후궁에서 보내오는 물건 같은 것 말입니다."

"황후궁?"

요바네스의 한쪽 눈썹이 치켜 올라갔다.

"말이 지나친 것 아닙니까."

요바네스가 화가 난 것처럼 목소리를 낮췄다.

하지만 그리 위협적이지는 못했다.

이미 눈동자는 흔들리고 엄격한 표정에는 금이 갔다.

의심의 싹은 소름 끼치도록 뿌리를 빨리 내리는 편이다.

"제가 실언을 한 모양입니다."

룰락은 순순히 뒤로 몸을 뺐다.

"사죄의 의미로 벌주를 마시지요."

그러나 술잔 뒤로 감춘 입가에는 미소가 진하게 떠올라 있었다.

앙게나스의 앞길을 망치는 것은 언제나 즐거운 일이었다.

"제가 말했잖습니까. 저럴 거라고."

클레리반이 숲 위로 솟아오르는 붉은 신호탄을 가리키며 말했다.

"벌써 세 번째입니다, 저게."

"대회 시작한 지 몇 시간이나 됐다고 벌써 저래요?"

"아마 별것 아닌 거에 놀라서 쏘아 올렸을 겁니다. 토끼라든가, 토끼라든가, 토끼 같은 것 말이죠."

클레리반이 안경을 치켜올려 쓰며 피식 웃었다.

"광인의 숲에 마기가 흐르고 몬스터가 출몰하기는 하지만 다 숲 중심에 가까워졌을 때의 이야기 아닙니까."

"그러게요. 저 신호탄이 올라온 구역은 아직 초입 중에서도 초입인데."

다들 겁이 너무 많은 것 아냐?

신호탄이 쏘아진 쪽으로 롬바르디의 기사들이 출동하는 것이 보였다.

"다들 무서우면 자기 발로 나와서 기권하는 성의라도 보이든가. 우리 집 사람들만 힘들게."

"그러게나 말입니다. 하지만……."

클레리반이 광인의 숲 초입 너머를 바라보며 말했다.

"저렇게 요란한 소리가 무엇의 신경을 건드릴지는 아무도 모릅니다. 또 사냥당한 몬스터들의 피 냄새가 무엇의 식욕을 돋울지도요."

마침 불어오는 차가운 바람 때문인지 그렇게 말하는 클레리반의 목소리가 평소보다 더 서늘하게 느껴졌다.

그때였다.

펑! 퍼엉-! 펑!

저 아래쪽.

여전히 숲의 초입이지만 입구에서 꽤 멀리 떨어진 쪽에서 세 발의 신호탄이 동시에 올라왔다.

"호오, 저쪽에서 무슨 일이 벌어진 모양이군요."

클레리반의 눈이 반짝였다.

아스타나 일행은 숲의 가장자리를 따라서 걷고 있었다.

"헉! 허억!"

대화는 없고 가쁜 숨소리만 흘렀다.

이상한 일이었다.

몇 시간 정도 걸은 것 같기는 하지만 그리 험한 산속도 아닌 곳을 걸었다고 이리 숨이 찰 리가 없는데.

"마기 때문인 건가."

누군가가 숨소리 사이로 중얼거렸다.

그래, 맞다.

이게 다 마기 때문이다.

그래서 몸이 이렇게 물먹은 솜처럼 무겁고 머리도 멍한 게 틀림없다.

바스락.

근처 풀숲에서 이상한 소리가 들렸다.

"아악! 시끄러워!"

여전히 앞서 걷던 벨레삭이 고함을 치며 풀숲을 크게 베었다.

하지만 그곳에는 아무것도 없었다.

벨레삭도 알고 있었다.

한 시간 정도 전쯤부터 아무 이유 없이 일행이 걷는 근처의 풀숲이 흔들렸다.

깜짝 놀라 도망을 친 적도 있었고, 용감하게 풀 더미를 찔러 본 적도 있었다.

그러나 그때마다 그 안에는 아무것도 없었다.

"아무래도……."

벨레삭이 아스타나를 돌아보며 말했다.

"다 같이 환청을 듣는 것 같습니다. 광인의 숲에는 마기가 흐른다고 들었는데 그것 때문이 아닐까요."

"환청이라니……."

다른 이들의 얼굴에 공포심이 어렸다.

"전하, 이만 기권하고 나가시는 게 어떻겠습니까?"

마임베르트 가문의 첫째가 아스타나에게 물었다.

"맞습니다, 전하."

벨레티론의 셋째도 같은 말을 했다.

"마, 말씀만 하시면 제가 신호탄을 터뜨리겠습니다."

손에 꼭 쥐고 있던 붉은 신호탄까지 보여 주면서.

"미쳤어? 안 돼."

하지만 아스타나는 고집스레 고개를 가로저었다.

폐하께서 보고 있는 앞에서 기권을 해서는 안 된다.

라비니 황후도 몇 번이나 강조했던 것이었다.

그때였다.

바스락.

이번에는 등 뒤의, 조금 더 먼 풀숲에서 소리가 들렸다.
벨레삭은 이번엔 검을 휘두르지 않았다.
어차피 환청이라고 생각했기 때문이었다.
그런데 모두의 표정이 이상했다.
"어, 어어……."
전부 벨레삭의 뒤쪽을 가리키고 있었다.
크르륵!
이상한 소리가 들린 것도 그때였다.
이건 환청이 아니다.
깜짝 놀라 재빨리 뒤를 돌아본 벨레삭이 외쳤다.
"모, 몬스터!"
비늘로 뒤덮인 녹색 피부에 입술 밖으로 삐죽이 솟아 나온 송곳니, 그리고 비정상적으로 긴 팔과 거대한 몸체.
"으으……."
일행은 순식간에 그 자리에 굳어 버렸다.
쿵! 쿵!
몬스터가 한 발씩 다가오는데 그 누구도 꼼짝하지 못했다.
"어떻게 좀…… 해 봐!"
아스타나만 벨레삭을 앞으로 툭 밀며 소리칠 뿐이었다.
"신, 신호탄을……."
결국 벨레티론의 셋째가 신호탄의 줄을 당기려던 순간이었다.
퍼엉!
신호탄이 발사되는 것과 비슷한 소리와 함께 몬스터의 머리가 터져 나갔다.

털썩, 쿠웅!

머리를 잃은 거대한 몸뚱이가 힘없이 앞으로 쓰러졌다.

그리고 모습을 보인 것은 몬스터의 녹색 피를 뒤집어쓴 페레스였다.

"여기서 보네."

페레스가 아스타나를 보며 말했다.

온몸에 소름이 돋았다.

주춤주춤.

아스타나는 뒷걸음질을 쳤다.

몬스터를 무서워하며 숲을 헤매고 있었지만 가장 두려워해야 했던 것은 본 적도 없는 괴물이 아닌 페레스였다.

초록색 피 칠갑이 된 붉은 보호구가 섬뜩하게 빛났다.

후웅.

페레스가 아스타나를 노려보며 가볍게 휘두른 검이 무서운 소리를 냈다.

검날에 묻어 있던 푸른 체액이 바닥에 흩뿌려졌다.

"내가 경고했을 텐데."

페레스가 낮은 목소리로 말했다.

"내 눈에 띄지 말라고."

"자, 잠깐!"

아스타나가 외쳐 봤지만 이미 늦었다.

검을 든 페레스가 아스타나에게 성큼성큼 다가오고 있었다.

"마, 막아!"

아스타나가 뒤늦게 외쳤다.

"2황자 전하!"

"멈추십시오!"

주변에서 멈칫거리던 심복들이 일제히 달려들었다.

"에헤이, 전하!"

"참아, 참아!"

"여기서 이렇게 쉽게 죽이면 나중에 후회한다구!"

페레스의 뒤를 지키던 아카데미 삼인방도 얼른 다가와 말렸다.

"으, 으윽……."

아스타나는 벌벌 떨었다.

페레스의 붉은 눈동자가 마치 목덜미를 옥죄는 것 같았기 때문이었다.

평소에도 똑바로 바라보기가 꺼림칙했던 눈이었지만 오늘은 뭔가 달랐다.

깜박이지도 않고 아스타나를 직시하는 눈에 숲의 어두운 기운이 일렁이는 듯했다.

"전하!"

리그니테가 페레스의 어깨를 잡으며 외쳤다.

"……."

그제야 페레스가 걸음을 멈췄다.

하지만 아스타나를 내려다보는 눈은 여전했다.

"여기 이거 마셔!"

테드로가 짐을 실은 말의 허리에서 무언가를 가져왔다.

그것은 검은 가죽으로 만들어진 수통이었다.

페레스 일행의 짐이 묶여 있는 말에는 같은 모양의 수통이 몇 개 더 매여 있었다.

"마기 때문에 그래! 마기 때문에 머리가 이상해지는 거라고!"

테드로의 말을 그 자리에 있던 모두가 들었다.

"이 약을 조금씩 마셔 둬야 안전하다니까!"

테드로가 채근하며 페레스의 손에 수통을 쥐여 줬다.

벌컥.

페레스가 수통 안에 든 액체를 한 모금 넘기고 소매로 거칠게 입을 닦았다.

여전히 붉은 눈은 그대로였지만 살벌한 살기는 사라졌다.

"마기가 정말 사람을 미치게 하는 건가 봐……."

"괜히 광인의 숲이 아니었어."

아스타나의 측근들이 겁에 질려 중얼거렸다.

그리고 커다란 소리가 연이어 터졌다.

펑! 퍼엉-! 펑!

결국 세 사람이 신호탄을 터뜨린 것이다.

페레스가 물러나자 조금 살 만해진 아스타나가 그들에게 눈을 부라렸다.

"죄, 죄송합니다, 황자 전하. 하지만 이 숲은 너무 위험합니다……."

"맞습니다. 황자 전하도 저희와 함께 안전한 곳으로 돌아가심이……."

그들이 서둘러 변명을 늘어놓았다.

하지만 아스타나는 의외로 그들에게 윽박지르거나 하지 않았다.

오히려 순간적으로 혹했다.

'나도 저들과 같이 나갈까?'

그런 마음이 굴뚝같았다.

자신도 모르게 신호탄으로 손이 가던 찰나였다.

"그 주인에 그 개들이군."

페레스가 싸늘하게 비웃었다.

"뭐야?"

"저 정도 몬스터는 너희 전부가 덤볐다면 충분히 해치울 수 있었을 거다."

페레스가 땅에 쓰러진 몬스터의 사체를 턱 끝으로 가리키며 말했다.

동시에 모두의 시선이 그곳으로 쏠렸다.

"말도 안 돼."

"저렇게 작았나?"

분명히 거대한 몬스터였다.

걷는 소리가 쿵쿵 땅을 울릴 정도로.

하지만 바닥에 쓰러져 있는 몬스터의 크기는 성인 남성만 한 것이었다.

근육질에 생긴 것이 무시무시하기는 하지만 페레스의 말대로였다.

모두가 덤볐다면 충분히 해 볼 만한 정도였다.

"크큭. 겨우 저런 거에 그렇게 겁을 먹다니!"

"황도에 사는 귀족들은 다 저렇게 한심한 모양이지?"

"명색이 검을 잡은 사람이라면 휘둘러 보기라도 했었어야지! 쯧쯧."

아카데미 삼인방이 모두 들으라는 듯 큰 소리로 킬킬거렸다.

"가자."

페레스가 등을 돌리며 말했다.

"내가 처리하지 않아도 숲 안에서 죽겠어."

그렇게 말하고 뒤돌아 걸어가던 페레스는 짐말의 허리를 확인했다.

이윽고 그 얼굴에 만족스런 미소가 옅게 스쳤다.

해 질 녘이 되었다.

사냥을 마무리한 이들이 하나둘씩 숲의 입구로 돌아오고 있었다.

“오오, 저자는 셋이나!”

“저쪽은 다섯이더라고!”

“에이, 작은 것들이 아닙니까? 아무래도 큰 몬스터가 점수가 더 높지요!”

카드 게임을 하며 시간을 때우고 있던 귀족들이 저마다 참가자들의 사냥 결과에 말을 얹었다.

그때 2황자 페레스가 모습을 드러냈다.

“와아, 일곱!”

“지금까지 1순위!”

귀족들의 반응이 뜨거웠다.

반면, 1황자 아스타나는.

“흠, 빈손이시군.”

“2황자 전하와 대결 중이신 것 아니었나?”

초라한 아스타나의 성적에 다들 애써 비웃음을 감췄다.

자기도 모르게 조롱하는 말을 내뱉지 않기 위해 입술을 꾹 다문 이들이 대부분이었다.

“아니, 저건 누구지!”

누군가가 막 입구 밖으로 나온 한 사람을 가리켰다.

“라모나 브라운 경이다!”

붉은 머리칼과 대조되는 푸른 방어구를 입고 나타난 건 라모나였다.
조금 지친 발걸음으로 걸어 들어오는 라모나의 짐말에는 커다란 것이 매달려 있었다.
"몬스터의 머리?"
"저렇게 큰 몬스터를 잡았다니……."
"자잘한 것 열 마리보다 어려운 것 아닌가?"
보통 몬스터의 한쪽 귀나 팔 등을 잘라 오는 다른 이들과는 다르게 몬스터의 목을 댕강 잘라 온 라모나였다.
정해진 규칙은 없기에 무심코 머리를 잘라 온 라모나는 다른 참가자들을 보고 조금 아차 싶은 얼굴이었다.
"허허, 역시 브라운이군!"
브라운 가문에 대한 언급도 자주 들렸다.
"결국 2황자 전하와 브라운 경의 대결인가?"
"그래도 2황자 전하께서 이기시겠지!"
아무도 아스타나를 언급하는 사람은 없었다.
아스타나의 존재는 아예 대회에서 잊힌 것이다.
"젠장."
1황자와 2황자의 사냥 대결은 어느새 유야무야된 것이다.
아스타나는 자신을 멀리서 노려보는 요바네스 황제의 시선을 느낄 수 있었다.
그리고 그 안에 노골적으로 섞인 못마땅함과 '네가 그럼 그렇지' 하는 눈초리도.
급기야 요바네스가 다가오는 두 황자들 중 페레스 한 사람만을 향해 입을 열었다.

“2황자.”

“네, 폐하.”

“수고했다. 아주 보기 좋구나.”

“감사합니다, 폐하.”

그러나 아스타나에게는 아무런 공치사도 없었다.

그저 쯧 하고 혀를 차는 소리 하나뿐이었다.

“저어, 전하.”

그때 벨레삭이 뒤에서 슬그머니 무언가를 내밀었다.

“내일 사냥부턴 이걸 마시면서 한번 해 보시죠.”

“이게 뭔데?”

“숲에서 2황자 무리와 마주쳤을 때, 그들이 마기를 운운하면서 마셨던 수통 중에 하나를 제가 슬쩍했습니다.”

“뭐야?”

아스타나의 눈이 반짝였다.

“이왕이면 더 많이 훔치고 싶었지만 걸릴까 봐 하나밖에…….”

“이런 게 있었으면 진작 말을 했었어야지!”

아스타나가 얼른 수통을 빼앗아 들었다.

“그래, 이것만 있으면…….”

숲의 몬스터는 별로 무서운 것들이 아니었다.

페레스가 단칼에 죽인 몬스터만 보더라도 열 명 정도가 한 번에 덤비면 못 잡을 것도 없었다.

그러나 사람을 미치게 만든다는 마기 때문에 숲에 들어가는 것이 여전히 두려웠는데.

“환청도, 환시도 더 이상 생기지 않는다는 거겠지?”

아스타나가 웃었다.

마치 천군만마를 얻은 것 같았다.

"잘했다, 벨레삭."

아스타나의 손이 벨레삭의 어깨를 짚었다.

"가, 감사합니다, 황자 전하!"

짧은 칭찬에 벨레삭이 좋아 어쩔 줄을 몰라 했다.

"다시 숲으로 들어간다."

아스타나가 마지막으로 페레스를 한번 노려본 뒤 말했다.

"저, 전하!"

벨레삭이 당황해 아스타나의 등 뒤로 따라붙으며 말렸다.

"밤엔 너무 위험합니다!"

"누가 밤까지 있겠대? 아직 해가 완전히 지려면 한두 시간 정도 남았으니 더 사냥을 하겠다는 거다. 다들 따라와."

결국 죽상을 한 이들이 슬금슬금 다시 숲으로 향했다.

"어어, 말려야 할 것 같습니다!"

오늘은 황제의 호위를 서던 슬로언 경이 당황해 외쳤다.

"폐하, 1황자 전하께서 지금……."

"가게 두어라."

요바네스가 아스타나의 뒷모습을 못마땅하게 째려보며 말했다.

"겨우 초입에서 알짱거리다 말겠지. 모자란 녀석."

마음에 들지 않았다.

부족한 점이 너무나 많았다.

그때 요바네스 황제의 눈에 페레스의 모습이 들어왔다.

단상 위에 앉아 있는 자신에게 묵묵히 꾸벅 인사를 하고 별장으로 돌아가는 또 다른 아들.

"설마 2황자를 황태자로 삼으실 생각은 아니시지요?"

이곳으로 오는 마차 안에서 황후가 했던 말이 떠올랐다.

"그 어미의 천한 피가 이 램브루 제국의 황위를 잇는 핏줄이 될 수는 없는 일이 아닙니까."

그 말에 동의했다.

하지만 1황자보단 2황자에게서 우수한 듀렐리 황가의 모습이 더 많이 보였다.

그러면 된 것 아닌가?

1황자에게서 자꾸만 앙게나스의 부족한 점들이 보이는 것보단 낫다.

요바네스 황제의 눈이 페레스의 뒷모습에 오래 머물렀다.

하지만 한 가지 눈치채지 못한 점이 있었다.

페레스의 뒤를 따르는 것이 언제나 같이 세 명이 아니라는 것.

페레스를 따라 나오던 스틸리와 테드로가 툴툴거리며 다시 숲으로 돌아갔다는 것이었다.

사냥 대회 2일 차.

아스타나는 정체를 알 수 없는 수통 속 약물을 한 모금 크게 들이켜며 웃었다.

"좋아, 아주 좋다고."

사냥이 아주 수월하게 흘러가고 있었다.

아니, 그 이상이었다.

"벌써 열여덟 마리입니다, 전하!"

벨레삭이 몬스터의 오른팔을 잘라 내며 외쳤다.

"가자! 다음엔 더 큰 놈을 잡아야 한다!"

아스타나가 가쁜 숨을 쉬며 말했다.

"조금 쉬었다 가시는 것이 어떻습니까, 전하."

"맞습니다. 도저히 더는 못 걷겠습니다……."

측근들이 다 죽어 가는 목소리로 말했다.

열 몇 명에서 시작한 일행은 어느새 여섯으로 줄어 있었다.

모두들 아스타나의 무리한 행동으로 다치거나 힘들어 포기하고 신호탄을 당겼던 것이다.

"시끄러워!"

아스타나가 사납게 윽박질렀다.

"저, 전하……."

심복들은 동시에 움찔했다.

한 손에 검을 들고 초록색 피로 뒤덮인 아스타나의 모습이 공포스러웠기 때문이었다.

마치, 어제의 2황자를 보는 것 같았다.

마기에 잠식되어 제정신이 아니었던 그 상태를.

"어제 해가 지기 전에 다섯 마리, 그리고 오늘 사냥을 시작한 뒤로 벌써 열세 마리다! 사냥이 한창 잘되고 있는데, 따라오지 못할 것들은 그럼 빠져라!"

이제 한 손에 든 검을 측근들 얼굴 앞에 이리저리 위협적으로 휘두르기까지 한다.

아스타나가 언제나 무례한 편이기는 했으나 이런 식은 아니었다.

자신을 따르는 무리들도 어디까지나 자존심과 자부심이 강한 귀족들이란 사실을 잊지는 않았던 것이다.

그런데 지금 아스타나는 마치 그들을 파리 취급하고 있었다.

귀찮게 귓가를 위잉거리는.

"강행군을 따라올 수 있는 자만 와라. 그리고 빠질 거면 조용히 빠져. 어차피 너희들의 어설픈 공격은 별로 도움도 되지 않으니 사냥에 초 치지 말고."

아스타나가 또 습관처럼 수통의 약을 들이켜며 씩씩거렸다.

"내가 분명히 무슨 경지에 도달한 게 틀림없어. 그렇지 않고서야 이렇게 힘이 넘치다니."

아스타나는 흥분을 감출 수 없었다.

벨레삭이 훔쳐 온 약이 마기에 미치는 것을 막아 준다더니 효과가 아주 좋았다.

어제는 숲의 기운에 절어서 조금만 걸어도 힘이 들고 숨이 차더니 오늘은 그런 것이 없었다.

발걸음은 가볍고 검은 쭉쭉 뻗어 나갔다.

숲속에서 몬스터를 자주 마주쳐도 겁이 나지 않았다.

오히려 반가웠다.

이왕이면 한 마리를 처치하고 돌아서면 바로 다음 목표가 나타났으면 좋겠다는 생각까지 했다.

"벨레삭 너는 날 따라와라."

아스타나가 벨레삭을 돌아보며 말했다.

어제 수통을 훔쳐다 준 이후로 벨레삭은 예전처럼 다시 아스타나의 오른팔 역할을 하고 있었다.

"예, 황자 전하!"

벨레삭이 신이 난 것은 당연했다.

"붉은 갑옷이 우리를 쫓아오지는 않는지 계속해서 주의를 기울여라, 알겠지?"

붉은 갑옷.

페레스의 붉은 방어구를 의미하는 말이었다.

"그 녀석만 조심하면 돼, 그 녀석만……."

아스타나가 걸음을 내디디며 중얼거렸다.

이 숲에서 지금 자신이 조심해야 할 것은 붉은 방어구를 입은 페레스.

그뿐이었다.

사냥 대회의 마지막 날이자, 3일 차.

"죽어! 죽어!"

아스타나는 몬스터 위에 올라타 칼을 찔러 넣고 있었다.

푹, 푹.

아스타나의 몸이 움직일 때마다 소름 끼치는 소리가 울렸다.

"황자 전하……."

벨레삭이 아스타나를 불렀다.

그러나 몬스터를 찌르는 것에 열중한 아스타나는 그 소리를 듣지 못했다.

지난 3일간 아스타나가 잡은 몬스터는 총 마흔 마리가 넘었다.

뭔가에 홀린 사람처럼 해가 뜨기 전부터 저녁까지 계속해서 사냥만 하고 돌아다닌 결과였다.

"이봐, 우리가 이제 황자 전하를 말려야 하는 것 아닐까?"

벨레삭이 조심스레 동행에게 물었다.

"……?"

그러나 돌아오는 대답은 없었다.

돌아보니 마지막 남은 일행이었던 브렉센 가문의 첫째가 서 있던 자리가 텅 비어 있었다.

아스타나가 사냥에 열중한 사이 대회를 포기하기 위해 슬그머니 빠져나간 것이다.

꿀꺽.

벨레삭이 마른침을 삼켰다.

이제 남은 것은 아스타나와 벨레삭 단둘뿐이었다.

'그래, 어쩌면 잘된 거야.'

벨레삭은 그렇게 생각했다.

사냥 대회에 참석하기 전, 어머니 세랄이 그렇게 말했다.

"위험한 만큼 네게 기회가 찾아올 수도 있다는 말이다. 알겠니, 벨레삭?"

모두가 도망간 이 상황에서 자신만 황자 전하의 곁을 끝까지 지키고 있다.

이게 진정한 충성이 아니라면 뭐란 말인가?

"그분의 측근 자리를 되찾을 마지막 기회란 말이다!"

벨레삭은 세랄의 말을 떠올리며 고개를 끄덕였다.

아스타나의 상태가 평소와 조금 달라 보이기는 하지만 사냥을 즐기고 있는 것뿐인데 뭐 어떤가.

게다가 지금 같은 상황에 말리려고 나섰다간 미운털이 제대로 박힐 게 뻔했다.

벨레삭은 아무런 말도 하지 않고 가만히 있기로 했다.

그때였다.

"벨레삭, 수통을 가져와."

아스타나가 명령했다.

"예, 여기 있습니다."

벨레삭이 재빨리 몸을 움직여 수통을 건넸다.

수통은 어느새 거의 다 비워져 가벼웠다.

"전하께서 우승하실 겁니다."

벨레삭이 웃으며 말했다.

아스타나가 기뻐할 거라고 생각하면서.

그리고 벨레삭의 예상은 맞았다.

아스타나가 피식 웃으며 고개를 주억거렸다.

이미 머리를 푹 젖게 한 몬스터의 피가 웃는 아스타나의 잇새로 스며들었다.

"맞아, 페레스 그 천한 것도 이렇게 많은 몬스터를 잡지는 못했을 거야. 이 근방의 몬스터들은 내가 씨를 말렸을 테니까."

아스타나가 위험하게 낄낄거렸다.

"그래, 내가 녀석보다 강한 게 틀림없어."

"……네?"

벨레삭이 고개를 갸웃했다.

소드 마스터인 2황자보다 강하다니?

"이 몬스터들을 도륙하는 날 좀 봐. 그 자식은 절대 이렇게 못 해."

"하지만……."

"시끄러워! 내가 더 강해! 그런 녀석 지금 마주친다면 단칼에 죽여 버릴 수 있어!"

아스타나가 발악하듯 외쳤다.

"허억!"

벨레삭은 입을 다물었다.

굳은 녹색 피가 덕지덕지 묻은 아스타나의 검이 목 앞에 다가왔기 때문이었다.

"마, 맞습니다. 전하께서 더 강하십니다."

"그렇지? 역시 너도 그렇게 생각하지?"

아스타나가 멍하니 풀린 눈으로 말했다.

"그래, 나에게 좋은 생각이 있어."

"좋은…… 생각이요?"

순간 안 좋은 예감이 벨레삭의 머리를 스쳤다.

"그 더러운 반쪽짜리를 죽일 거야. 가자."

아스타나가 돌연 발걸음을 옮기기 시작했다.

마지막으로 죽인 몬스터의 사체는 잘라 챙길 생각도 없었다.

"지금이라면 그 자식을 죽일 수 있어. 숲속이니 아무도 모르겠지."

아스타나가 계속해서 킬킬거리며 혼잣말을 했다.

"그 천한 것만 죽이면 다 끝나. 다 끝난다고."

황제 폐하도 더 이상 날 무시하지 못할 거야.

어머니도 아주 잘했다고 날 자랑스러워하시겠지.

"어디 있는 거지? 붉은 갑옷. 붉은 갑옷."

아스타나가 주문처럼 읊조렸다.

어두컴컴한 숲속에서 아스타나의 눈이 붉은색만을 찾았다.

"저깄다."

아스타나가 웃었다.

숲 속을 정신없이 걷다 보니 갑작스레 나타난 자그마한 풀밭.

그리고 그 반대편에 마법처럼 페레스가 나타났다.

"붉은 방어구."

그 옆에 롬바르디의 계집도 함께 있는 것을 보니 페레스가 틀림없었다.

아스타나가 검을 고쳐 잡았다.

그리고 페레스를 향해 무작정 달려가기 시작했다.

"전하!"

벨레삭이 깜짝 놀라 뒤를 따라오며 자신을 부르는 소리가 들렸다.

하지만 아스타나는 멈추지 않았다.

페레스를 죽이기에 지금보다 더 좋은 기회는 없었다.

아스타나는 페레스의 재수 없는 얼굴만을 노려보며 계속 달렸다.
"막아!"
그때 지금까지 눈치채지 못했던 이들이 아스타나의 시야에 들어왔다.
황실 기사단들이 페레스의 주변을 지키고 있었던 것이다.
아스타나는 순간 당황했다.
황실 기사단들이 왜 저 자식을?
그리고 다음 순간 분노가 치밀었다.
오호라, 너희들이 어느새 저 천한 것의 뒤에 줄을 대고 있었구나.
"죽여 버리겠어!"
아스타나가 크게 외쳤다.
놀란 페레스의 얼굴이 바로 앞에 보였다.
채앵!
하지만 황실 기사단의 손에 아스타나의 검이 저 멀리로 날아갔다.
"허억, 허억!"
녀석이 바로 앞인데.
손을 뻗으면 닿을 거리인데.
여기서 포기할 수는 없었다.
그때 아스타나의 눈에 벨레삭이 들어왔다.
정확히는 그 허리에 맨 단검이었다.
"죽어!"
아스타나는 그렇게 고함을 치며 벨레삭의 단검을 뽑았다.
그리고 페레스를 향해 크게 휘둘렀다.

사냥 대회 마지막 날이 밝았다.

"호오, 이게 내 방어구인가?"

요바네스 황제가 번쩍거리는 금색의 흉갑을 들어 올리며 말했다.

"예, 폐하. 일부러 눈에 잘 띄는 색으로 준비했습니다."

"그래, 그래. 이 정도라면 광인의 숲 한복판에서도 내가 잘 보이겠군!"

요바네스가 껄껄 웃음을 터뜨리며 내 어깨를 툭툭 쳤다.

아, 저번부터 진짜.

나는 슬쩍 몸을 뒤로 빼면서 말했다.

"폐하의 안전은 그 무엇보다도 중요하니까요."

괜히 내가 주최하는 사냥 대회에서 요바네스가 다치는 일이 생겼다간 골치 아파진다.

"허허허! 말을 참 예쁘게 하는구나!"

황제가 다시 한번 웃음을 터뜨렸다.

"모처럼 사냥터에 와서 제대로 된 사냥 한번 해 보지 못해서 내가 내심 뿔이 났었는데, 네 덕분에 크게 웃는구나!"

그러고는 시종에게 손짓을 해 자기 몸에 방어구를 입히게 한다.

당연히 내가 준비한 흉갑은 요바네스 황제의 몸에 딱 맞아 들었다.

"그래, 아주 좋구나. 기사들은 다 준비가 되었나?"

요바네스 황제가 기사단장에게 물었다.

"예, 폐하. 저를 포함해 총 열 명의 기사들이 함께 들어갈 것입니다."
딱 봐도 매섭게 생긴 황실 기사단장이 다가와 보고했다.
어딘가 서셔우 가주가 생각이 나는 외모였다.
나는 그 모습을 잠깐 보다가 슬쩍 끼어들어 요바네스에게 물었다.
"폐하, 혹시 실례가 되지 않는다면, 저도 동행해도 될까요?"
"으음? 피렌티아 네가?"
황제가 꽤 놀란 듯 눈을 동그랗게 뜨고 되물었다.
"예. 대회의 마지막 날이기도 하고, 저도 한 번쯤 숲 안으로 들어가 보고 싶었는데 아직 기회가 없었습니다."
"하지만 어린 영애가 들어가기엔 꽤 위험한데?"
황제는 귀찮은 듯 말했다.
그럴 줄 알고 장전해 놓은 말이 있지.
나는 요바네스 황제를 향해 생긋 웃으며 말했다.
"강건하신 황제 폐하와 멋진 황실의 기사님들이 옆에 계시는데 제국에서 그보다 더 안전한 곳이 어디 있겠습니까?"
아니나 다를까.
황제의 입꼬리가 감출 수 없이 헤벌쭉해진다.
무뚝뚝하기가 바위 같았던 황실 기사단장의 얼굴도 작게 씰룩였다.
"어허허! 맞는 말이다! 그래, 함께 숲으로 들어가자꾸나!"
"와아! 허락해 주셔서 감사합니다, 폐하!"
나는 요바네스 황제에게 머리를 숙여 보이고 황실 기사단장에게도 작게 눈인사를 했다.
"……안전히 모시겠습니다, 롬바르디 영애."

기사단장이 낮은 목소리로 말했다.

내 이럴 줄 알았지.

광인의 숲에 들어온 지 한 시간쯤 지났을까.

황제 일행과 나는 한 사람과 맞닥뜨렸다.

한 손에 활을 들고 있는 페레스였다.

우연히 이동 경로가 겹친 것 같은 마주침이었지만 글쎄, 과연 우연일까.

이럴 줄 알고 내가 따라왔다.

페레스가 무엇을 준비했든 사냥 대회가 끝나는 오늘일 거라는 예감이 강하게 들었거든.

"폐하, 여기는……."

요바네스 황제에게 무언가를 말하려던 페레스가 나를 발견하고 말을 멈췄다.

'왜 네가 여기 있어?' 하는 표정이었다.

나는 웃으며 네 볼일 보라는 뜻을 전했다.

그냥 구경하러 왔을 뿐이야.

하지만 얼굴이 딱딱하게 굳은 페레스는 나에게서 눈을 떼지 못했다.

"2황자도 이 근처에서 사냥을 하고 있었던 것인가?"

결국 요바네스가 먼저 말을 꺼냈다.

"……예, 폐하. 여기는 제법 위험한 몬스터들이 나오는 곳입니다. 다른 쪽으로 이동하시죠."

페레스가 나에게서 어렵게 고개를 돌리며 말했다.

"흐음, 그런가? 아직 꽤 초입이라고 생각했는데 말이지."

"예, 제가 안전한 곳으로 모시겠습니다."

페레스의 말에 황제가 황실 기사단장을 돌아봤다.

"그편이 낫겠습니다. 숲 내부의 사정은 저희보다 황자 전하께서 더 잘 아실 테니 말입니다."

결국 나와 황제 그리고 황실 기사단 열 명이 줄줄이 페레스의 뒤를 따라 움직이게 되었다.

언뜻 숲 초입의 안전한 곳으로 가고 있는 것 같았지만 페레스는 우리를 이끌고 크게 돌아가고 있었다.

흐음, 혹시 이거?

그때 갑작스레 일이 벌어졌다.

"키아악-!"

괴상한 소리를 지르며 날카로운 발톱을 가진 몬스터가 튀어나왔다.

그리고 펄쩍 뛰어오른 그것이 노리는 것은 공교롭게도 황제였다.

황실 기사단이 빠르게 황제를 보호하려고 했다.

피잉!

그러나 페레스가 쏜 화살이 먼저였다.

옆에서 날아온 화살을 맞고 몬스터는 바로 나가떨어졌다.

하지만 녀석은 혼자가 아니었다.

곧바로 다음 녀석이 튀어 올랐다.

그런데 이번에는 방향이 좋지 않았다.

황실 기사들의 사각지대에서 접근한 것이다.

"허억!"

요바네스 황제가 깜짝 놀라 뒤로 물러섰지만, 몬스터가 그대로 황제를 덮치는 데에 성공할 것처럼 보였다.

"키야악!"

몬스터의 괴성이 바로 앞에서 들렸다.

그렇게 몬스터의 기다란 발톱이 황제의 흉갑에 닿았을 때.

번쩍!

푸른 빛이 번쩍이고 몬스터가 반으로 갈라져 바닥으로 떨어졌다.

"허, 허어……."

요바네스 황제는 눈을 껌벅거리며 연신 바람 빠지는 소리만 냈다.

그리고 황제의 두 손이 자신의 보호구를 더듬었다.

금색 보호구에는 깊은 발톱 자국이 길게 나 있었다.

"폐하! 괜찮으십니까!"

기사들이 순식간에 주변을 경계하는 진을 만들고 외쳤다.

"보, 보호구만 스쳤을 뿐이다. 호들갑 떨지 말라!"

이 순간에도 황제는 센 척을 한다.

손가락 덜덜 떨리는 거 다 보이는데.

"이것을 대신 입으십시오."

검을 집어넣고 옆으로 다가온 페레스가 황제에게 자신이 입고 있던 것을 벗어 주며 말했다.

"크게 흠집이 난 방어구는 다음 공격을 받으면 제 몫을 하지 못할 겁니다."

요바네스 황제의 시선이 순간 아무 방어구도 입지 않은 페레스의 몸으로 향했다.

"그래, 그러도록 하지."

결국 페레스가 입고 있던 붉은 방어구가 황제의 몸에 둘러졌다.

그 순간 나와 페레스의 눈이 마주쳤다.

페레스의 붉은 눈동자가 깊게 가라앉아 있었다.

"조심해."

페레스가 내게 말했다.

나는 대답하지 않고 페레스를 빤히 바라봤다.

황제의 방어구를 금색으로 준비해 달라고 한 건 녀석이었으니까.

"어서 돌아가자."

적잖이 놀랐는지, 요바네스 황제가 말했다.

"저쪽입니다."

페레스가 그렇게 말하고 다시 앞장서서 움직였다.

그리고 얼마 지나지 않아, 나는 페레스의 계획이 무엇이었는지 알게 되었다.

"……1황자?"

계속해서 움직이고 있는 우리 앞에 아스타나가 나타났다.

머리부터 발끝까지 몬스터의 피에 절어 있는 상태로 한 손에는 검을 들고 있었다.

아스타나는 웃고 있었다.

그리고 돌연 우리를 향해 달려오기 시작했다.

정확히는 내 옆에 서 있는 황제를 향해서.

"막아!"

기사단장이 외쳤다.

기사들이 재빠르게 황제의 앞을 지켰다.

그리고 몇은 아스타나를 막기 위해 달려 나갔다.

"멈추십시오!"

하지만 아스타나가 너무 빨랐다.

마치 뭔가에 홀린 듯한 멍한 눈으로 다가서는 기사들을 뿌리치고 달려왔다.

괴물 같은 힘이었다.

"죽여 버리겠어!"

괴성을 외친 아스타나가 바로 지척까지 다가왔다.

"젠장."

황제의 옆을 지키고 있던 기사단장이 결국 검을 빼 들었다.

황자를 향해 검을 빼 드는 것은 황실 기사에게는 최후의 수단과도 같았다.

이를 악문 황실 기사단장이 아스타나의 검을 쳐 냈다.

채앵!

검이 멀리 날아가며 아스타나는 빈손이 되었다.

"전하, 진정하십시오!"

황실 기사들 앞에 검을 버리고 헐레벌떡 아스타나의 뒤를 쫓아온 벨레삭이 외쳤다.

그리고 그 순간.

"죽어!"

아스타나가 발악하듯 외치며 뭔가를 휘둘렀다.

그르륵!

뭔가 긁히는 소리가 내 귀에까지 선명하게 들렸다.

그런데 그 뒤를 잇는 것은 황제의 비명이 아니었다.

"아악! 아아악!"

정신없이 땅 위를 구르며 고통에 찬 울음을 내뱉는 것은 아스타나였다.

"내 손! 아악, 아파! 내 손!"

아스타나의 오른손이 없었다.

붉은 피가 콸콸 흘러나오는 자리엔 아무것도 없었다.

"어, 어어……."

잘려 나간 손은 그 자리 그대로 굳은 벨레삭의 발치에 떨어져 있었다.

아직 날카로운 단검을 쥔 채로.

모두가 얼어붙은 그때.

"단장, 폐하를 보호해라."

페레스가 낮은 목소리로 명령했다.

바닥에 뒹구는 아스타나를 차갑게 내려다보면서.

"……예."

굳은 안색의 기사단장이 대답하고 바닥에 떨어진 단검을 집어 들었다.

아스타나의 손과 함께.

그리고 부관에게 건네며 말했다.

"잘 보관해라. 황제 폐하 시해 혐의의 증거다."

아스타나가 죄인이 되는 순간이었다.

그때 페레스가 내게 다가왔다.

녀석이 내 얼굴로 손을 뻗었다.

"피가 튀었어."

"아……."

황제의 옆에 서 있었으니, 아스타나의 피가 튄 거겠구나.

페레스의 손이 내 볼에 닿았다.

그리고 조심스레 얼굴에 묻은 피를 닦아 주기 시작했다.

"미안."

아스타나의 손을 잘라 낼 때는 아무렇지 않았던 녀석의 미간이 찌푸려져 있었다.

"미안해, 티아."

페레스가 나직한 목소리로 말했다.

"으아악!"

여전히 울리는 아스타나의 비명 소리와 '배후를 알아내야 하니 살려 둬야 한다'는 기사단장의 목소리도 들려왔다.

"허."

잠시 잊고 있던, 요바네스 황제의 목소리였다.

"허허……."

황제는 헛웃음을 흘리며 붉은 방어구의 가슴팍을 매만지고 있었다.

아스타나가 낸 것인지 얕은 검 자국이 나 있는 부분이었다.

"결국 이렇게……."

의미를 알 수 없는 말을 중얼거리던 요바네스 황제는 아스타나를 바라봤다.

페레스도 아스타나를 보며 툭 던지듯 내뱉었다.

"아마 마기 때문일 겁니다."

"마기?"

“광인의 숲에서 사는 몬스터의 피에는 짙은 마기가 흐릅니다. 사람의 가장 깊은 곳에 있던 욕망을 들끓게 한다고 하죠. 그것을 저렇게 뒤집어썼으니 마기에 이성을 빼앗긴 겁니다.”

“욕망, 욕망이라.”

중얼거리는 요바네스 황제의 눈이 점점 식었다.

“2황자.”

요바네스가 페레스를 불렀다.

그리고 황명을 내렸다.

“1황자를 황궁까지 압송해라.”

이번 생은 가주가 되겠습니다 4

초판 1쇄 인쇄 2024년 1월 12일
초판 1쇄 발행 2024년 1월 31일

지은이 김로아
펴낸이 최원영
편집장 예숙영
편집 박상희
편집디자인 한방울
영업 김민원 조은걸
물류 이순우 최준혁 박찬수

펴낸곳 ㈜디앤씨미디어
출판등록 2002년 5월 1일 제117-90-51792호
주소 서울시 구로구 디지털로 26길 111 JnK디지털타워 503호
대표전화 (02)333-2513 팩스 (02)333-2514
전자우편 dncbooks@dncmedia.co.kr
디앤씨북스 블로그 http://blog.naver.com/dncbooks

ISBN 979-11-264-6987-1 04810
ISBN 979-11-264-6983-3 세트

2023.12.26